太行道

TAI HANG DAO

不若
著

江苏凤凰文艺出版社
JIANGSU PHOENIX LITERATURE AND ART PUBLISHING

目录

卷一·镇魂篇

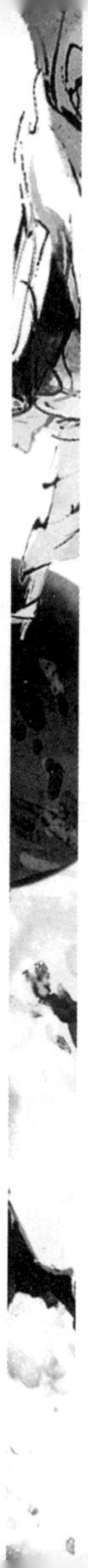

卷二·无间篇

卷一

镇魂篇

此地怨气深重，
四周又有七棵槐木坐镇，
压着数十万大军的英魂，
是个永不超生的绝阵。

第一章 消失的女儿

临近破晓，街道两旁就支起了卖早点的小摊，装着小笼包的蒸笼此时热气缭绕，老板裹着粗布头巾，不慌不忙地招呼着三三两两的来客。

左边一家馄饨铺，门前的大锅里熬着一锅骨头汤，正沸腾滚滚地冒着白泡，香飘十里，光闻着就让人满口生津，尝一口汤汁，更是令人赞不绝口，所以每日未等老板开门就有无数人候在门前，以防还未轮到自己，馄饨就已售罄。

这家店的老板是一对夫妻，男人负责熬汤招呼来客，妇人则在一旁垂头包馄饨，手法娴熟而快速，眨眼间一个模样漂亮的馄饨就扔在了笸箩里。为免面皮黏在一起，妇人在馄饨上撒一层干面粉，端起笸箩拨了拨，然后递给丈夫下锅。

不到小半日，当天的馄饨就已卖光，后面还有一长队的客人未能吃上，老板赔着笑说道："不好意思啊各位，明日请早。"

大家只得苦着脸散去，有些径直走进了隔壁的包子铺，也算是带动起周边经济。

一个扎着羊角辫的小女孩立在馄饨铺门口，一双圆溜溜的大眼睛巴巴地望着老板收摊，稚气道："排了一刻钟，手脚都冻麻了，公子还等着吃呢，今儿若是买不回去，肯定会被罚站的，老板行行好，再给做一碗吧。"

老板一脸为难地打量着眼前这个小女孩："可是皮、馅儿都没了。"

女孩可怜巴巴地眨了眨眼睛，一副回去就要挨罚的怯懦模样，老板瞅着心下一软，便道：“要不明儿我给你留一碗，你直接来端吧。”

女孩闻言脸上一喜，脆生生地道了谢，便蹦蹦跳跳地离开了，脚下的青石板被她踩得踢踏作响，小手搅着发辫，留下一路清脆的铃铛响。老板瞧着她欢喜雀跃的背影，不禁会心一笑，收拾起桌上的碗筷便进了屋。

翌日清晨，当女孩悠悠地踱到馄饨铺时，老板夫妇却还未开门支摊，排队等候的乡亲吆喊了一阵，敲门也不见动静，便三三两两地散去了。

隔壁包子铺的老板不停地对络绎不绝的来客解释道：“好像是夫妇俩的女儿一宿未归，找去了吧，估计今儿是不开店了。客官，灌汤包要来尝一尝不，刚上笼的，鲜着呢。”

女孩立在门前，抿着唇，两边嘴角下垂，瞥了眼可着劲儿拉客的包子铺老板，又闷闷不乐地盯着面前紧闭的大门，嘀咕道：“说好了今天留一碗的。”

谁想到老板会因为意外失了约，女孩揪着小辫子，衣袖滑到手肘处，露出一截骨瘦白皙的手腕，上面一根红绳系着铃铛，手臂晃动，那几颗精巧的铃铛却不响，仿佛被掏空了里头的金属丸一样。

包子铺的老板是个细致的人，瞄来瞄去总感觉不对劲，就算这铃铛是空心的，但几颗空心的金属铃撞击在一起也是会响的，于是忍不住问道：“小姑娘，你这铃铛怎么不响呢？”

女孩终于正眼看向老板，弯起眼睛笑：“响的呢。”

“瞎说，你晃来晃去的我也没听见。”

女孩一双眼睛弯成月牙状，刚要开口，就被人打断：“老板，再加两屉包子。”

“好嘞。”老板应着，把手里的布巾一甩，搭在肩膀上，转头送包子去了。

女孩盯着他的背影呢喃道：“因为没命听啊，没命的人才听得到！”说完，转身往僻巷走去……

接连数日，那间馄饨铺都没再开门，夫妻俩找女儿的事情传遍街头巷尾，尽人皆知，却无人瞧见过他们女儿的踪影。

枝头上结了一宿的冰霜被晨阳消融，化成水滴渗入土壤，又被晌午的日头烘干。馄饨铺的老板被官差扔出衙门，血淋淋地摔在大街上，正巧挡住了一个过客的去路。

他顾不得那人收住的脚步，髋骨碾过那人鞋面，不管不顾地往衙门里爬，哭喊着："大人，我女儿真的在谢宅啊大人，求您替草民做主啊……"

官差提着板子，凶神恶煞道："刁民，竟敢诬告谢员外，戏耍官府，再不走，就再打你二十大板。"

围观的群众越来越多，聚集在衙门前指指点点，同情者有之，却无人为他遭受县衙杖责而不忿。

馄饨店老板拖着血淋淋的屁股爬上台阶，欲再做纠缠，突然，远处传来一声呐喊："王六，王六，不好了……"

包子铺老板扒拉开人群，气喘吁吁地冲到馄饨店老板王六跟前，一脸惊慌失措："你家那口子跑去谢宅要人，一头磕在人家门口那座石狮子上，你赶紧过去吧，要出人命了……"

闻言，执杖的官差与王六异口同声地惊呼道："什么？！"

官差一拍大腿，迈过门槛："这不胡闹吗！"

王六一个挺身想要爬起来，却因刚吃过棍杖屁股开花，伤到了筋骨，直接从台阶上滚了下去，摔在了某人脚边，那人鞋面上还沾上了一块血污。

王六抬起头，见一个束着长冠的女子岿然不动地挺立原地，身形笔直，逆着光看不清她的轮廓。

包子铺老板上前搀扶起王六，然后一瘸一拐地将人扶走，为首的官差将棍杖往地上一蹾，厉喝道："都愣着作甚，跟上去看看，别闹出人命了。"

在衙门口卖萝卜的小贩盯着逐渐远去的一行人，驼着背坐在扁担上，道："王六这老两口怕是丢了闺女儿急出失心疯了，死咬着谢宅不松口。"

看热闹的路人立即应和："可不是，县太爷下了搜查令，把谢宅翻了个底儿朝天，连他闺女一根头发丝儿都没找见。结果怎么着？王六最后才道出是他女儿夜夜托梦，跟他媳妇儿说自己被关在了谢宅。这不扯淡吗，无凭无据的，光做个梦就将人告上官府，把县太爷给气得，当庭杖责了王六二十大板。"

一老妇双手拢袖，忍不住问："如今又跑去谢宅寻死觅活的，该不是在讹人吧？"

卖萝卜的小贩摇摇头："讹人倒不至于，老王家的馄饨铺向来生意火爆。"

路人顺着话题往下说："那不是为财，许是为别的呢？"

"人为财死，鸟为食亡，还能为什么……"

贞白沿街而行，步子沉缓，与县衙拉开一段距离后，众人的议论便逐渐听不清。她跨入街尾的祥云客栈，穿堂行入后院，便隔绝了一切喧嚣嘈杂，当初她之所以挑选这个客栈正是因为此地住宿清静。

伙计端着几碟小菜从回廊那头转出来，步伐稳健，迎面就是一张招牌式笑脸，招呼她："道长回来了，可要帮您准备饭菜？"

贞白道了句"不必"，便直接上了楼。相比伙计把木质梯阶踩得嘎吱响，她走起路来竟毫无声息。

忽然，底下传来一阵清脆的响铃声，贞白步子一顿，回过头，见一抹天青色的娇小身影从假山处一闪而过，隐没入堂屋。

贞白只稍做迟疑，便抬手推门进了屋。室内陈设简洁，一床铺，一方桌，墙角一个立式木柜，以便存放行囊，只是材质相对差了些，年岁一长就有些发潮，透着股朽木之气。她倒不是特别介意这股味道，比这难闻百倍的腐臭她都忍受过，何况这是祥云客栈最便宜的房间。

贞白瞥了眼窗外，斜阳正逐渐沉入太行山峦。她伸出素白的手，将余晖关在窗外，室内顿时陷入一片阴暗。她走到床前，开始闭目打坐，周身气压随着入定一点点降低，有冷风从门窗的缝隙中飘入，吹着她的衣摆和发丝微微浮动。

到子夜时分，冷风中夹带着一阵响铃声，若即若离，却清脆至极，紧接着，又是一阵"呼呼""沙沙"的响动。贞白起身下床，抓起手边的沉木剑夺门而出。

后院西南角的榕树被冷风吹得沙沙作响，摇落几片枯叶。贞白纵身一跃，几个起落便停在墙根处，垂头查看没入土壤的树根，树根蜿蜒伸出了围墙外。

这间客栈虽饭堂临街，住宿处却背靠旷野，墙外了无人家，因而十分宁静。

贞白蹲下身，纤长的手指轻轻抚上冒出地表的树根，须臾，飞身越墙而出。

青衫女孩冲到廊下时，正好瞧见一道黑影闪出墙外，她抬手看了眼手上的响铃，疑虑道："咦？小飘飘？"

此时，廊下沟渠里的水面一荡，那棵榕树及周围的假山也好似颤了颤，整个院子仿佛微不可察地震动了一下，若没有极高的警觉性，根本洞察不出。

女孩蹙眉："异动？"再不迟疑，循着那抹黑影追去。

她敛了声息，刚要踩着榕树越墙而过，就听见背后有人叫唤："哎，小孩子不许爬树！"

哪个多管闲事且没眼力见儿的货？！她收住要一跃而上的势头，转过身，就见客栈掌柜径直走来："这大半夜的，你家大人呢？摔着了可怎么办……"

站在隔外的贞白听见动静，遂将插入地底的沉木剑抽出，转身朝漆黑的旷野行去。

月隐星稀，照不亮脚下的路，杂草乱枝剐着裙袂，贞白微微垂首，从宽大的袍袖中掏出一张符箓，手腕一翻，掌心则燃起一簇豆火，映照着她冷白的侧脸，风一扫，火光晃动，只够看清脚下的方寸之地。贞白步履谨慎，看似走得缓慢，仅仅迈过几步，却仿佛缩地成寸般，踏在了数丈之外。

待青衫女孩糊弄完掌柜跃上围墙时，已经寻不见贞白的影子。

越靠近斜坡风越大，冷风飕飕地灌进衣服里，将袍袖吹鼓成两个风袋，贞白掌心的豆火猛烈晃动了数下，噗地熄灭了，在空中冒起一缕青烟。能灭冥火，那便不是寻常的风了。贞白面无表情，环视一圈，奈何周遭一片漆黑，她探出脚踩在一块石头上，刚要攀向斜坡，就听见轰隆一声，黑沉沉的天幕划过一道闪电，电光骤亮，一瞬的晃眼后，夜空仿佛被利剑豁开一道裂口，又在转瞬之际弥合。

贞白握紧沉木剑，手中的符箓一挥，化作一盏青灯高挂在树梢。眼见方才被闪电劈过之处已成为一片焦土，贞白下意识地后退两步，斟酌须臾便转身往城门走去。

更深露重，杂草上的霜露打湿了裙袂，她刚踏上大路，就见远处一名妇人急匆匆奔来。妇人面色青白，发髻松散，额上缠着的纱布渗出几缕血丝，眼窝凹陷，显得惊惶焦灼。妇人身后紧追着几名乡邻，上气不接下气地喊道："王六他媳妇儿，不能去啊，那可是乱葬岗，去了就回不来了。"

闻言，妇人的双腿猛一打战，匍匐在地，厉声哭喊道："王六……"她挣扎着爬起身，却被追上来的乡邻拦住，急得号啕大哭，"别拦着我……"

贞白在听见"乱葬岗"三个字时就止了步，她声音清冷，如同这寒夜凝结的霜，没有一丝温度地提醒道："长平乱葬岗里葬着的全是士兵，煞气极重。"

当年大端王朝率军诱敌于长平发起征战，坑杀西夏大将降卒四十余万，战地遍及山岭、河谷、关隘、村镇等五十多处，尸骨遍野，头颅成山，村落沦为废墟，到处生灵涂炭。无数尸骸暴露于荒野，未经掩埋，在长平湿热的气候及风吹日晒下，尸体腐坏，污染山河，最终暴发疫病，祸及邻近数个村庄。无数村民死的死，逃的逃，这里便成了人人避之唯恐不及的乱葬岗。

妇人闻言一怵，转头望向说话之人。此女束长冠，墨发半垂，冠顶一颗珠翠吊坠；着玄色长衫，缎面细腻光泽；腰悬墨玉，古朴沉郁；身负沉木剑，长约二尺六寸，通体乌黑透亮。按理，民间女子概不束冠，束冠则为出家修道之人，况且此人还身负道家法器。

妇人哭诉："可是我家那口子已经去了啊，我得把他找回来……"

乡邻道："你这不是去白白送命吗，谢家人真是作孽，再怎么上火也不该胡说八道啊。"

贞白在一旁听他们七嘴八舌，总算厘清了事情的来龙去脉。

原来王六丢了女儿后，夜夜梦见女儿说自己身处谢宅，因此王六报官搜查了谢宅上下，然而搜查无果。王六夫妇不甘心，便整日在人家门前死缠烂打、寻死觅活，搞得谢宅家无宁日。那谢家人怒火攻心之下便脱口而出："你们满城都找遍了，我谢家也被你们掘地三尺，连个鬼影都没有，还让不让人安生了？谁知道你女儿是不是被哪个野男人拐跑的，乱葬岗找过了吗？！那里头有进无出的，说不定早就尸骨无存了……"

说者无心可听者有意，谢家人话虽恶毒，却也不是毫无可能。然而那乱葬岗是什么地方？之前曾有猎户及外地商队误入乱葬岗，就再也没能出来。上个月天现异象，乱葬岗上空乱云飞渡，阴霾漫卷，持续月余不散，还伴随着雷鸣电闪。有个孩子贪玩误闯进去，被樵夫看见，急急忙忙回到城里喊人。后来两名修士途经此地，自告奋勇前往救人，结果到现在都还没出来。是死是活，村民心里都有了判定。

若是王六与其女进了乱葬岗，铁定是有去无回的，乡邻哪能由着妇人再去作死。

贞白脸上闪过一丝疑虑："两名修士？上个月进了乱葬岗？"

一名乡邻点头应道："是啊，到现在都没出来，估计跟那孩子一起凶多吉少了。"

贞白垂眸："哪家的孩子？"

众人面面相觑，纷纷摇头："就是没……没听说谁家丢了孩子。"

正因为村里没有儿童失踪，在众人的质疑和责备下，樵夫也不太笃定了，毕竟当时天黑雾浓，看走了眼也不无可能。如此一来，众人便未将此事放在心上，继续若无其事地过日子，只当是那樵夫眼花，害得两名修士枉送了性命。

此刻又有人补充道："那樵夫还说，许是其他村子跑过来的，说不定是流浪儿呢。”

贞白思忖之际，忽然，一老妇猛拍大腿，瞪着一双松弛下垂的眼睛危言耸听道：“不……不会那樵夫看见的，是什么不干净的东西吧？”

恰巧那地方又是乱葬岗，经老妇人这一点拨，众人细思极恐。

此时阴风一刮，包子铺老板打了个寒战，眼珠子一转，望向贞白冷白的侧脸，吞吞吐吐道：“这……这位……道……道长……您怎么看？”这种怪力乱神的猜测，还得向修道之人求证。

贞白用余光淡淡一瞥，并未接话，只道：“回去吧，那地方不是普通人能靠近的。”

妇人本已痛失爱女，如今丈夫又寻到了乱葬岗，凶多吉少，令她更加悲痛欲绝，当下心想，既已没了指望，那还不如追随丈夫一起去了罢了，她奋力想要挣开乡邻的手，拉扯间场面一阵混乱。

贞白极不喜喧嚣，更厌烦听见号哭，她深知世间多的是不听劝诫之人，便不想多费口舌，转身离开。只是刚走出两步，就听见有乡邻惊呼：“那是什么……”

哭闹声戛然而止，空气陡然变得寂静。贞白脚步一顿，回过头，只见黑暗之中，一白衣人提着一盏白皮灯笼徐徐而来，那人墨发披散，更衬得面色苍白，他脚步轻得仿佛随时都会飘起来，寒风一拂，白衣翩翩，越显瘆人。

“娘哎……”包子铺老板猛地一声嗷叫，被吓得肝儿颤，箭步冲到了贞白身后，“道……道长，您……您对付得了吧？”

贞白一时无语。

第二章

乱葬岗走出的人

“过来了。”包子铺老板嗓子一紧，仿佛被人掐住了气管，他瞪着惊恐的双眼，抖着双腿往后退，被脚下凸起的石块一绊，整个人直接砸进了路旁那条阴沟里。

贞白再度无语，这种自己吓自己的能耐也是没谁了。

随着包子铺老板一声凄厉的惨叫，乡邻们也被吓得哀号连连，众人撒丫子狂奔，也顾不上王六媳妇儿了。王六媳妇儿此刻估计也给吓蒙了，立在原地，僵成一根铁焊的桩子。

包子铺老板头顶着一根稻草从阴沟里站起身，正欲往上爬，就见那吓死人的玩意儿“飘”近了。那人提着白皮灯笼的手上满是血污，身上那件宽宽大大的白袍子在风中晃荡，里头仿佛就剩一把骨头架子，有种诡异的空荡。然而更诡异的是王六媳妇儿突然暴走，大喊一声“王六……”，就朝那不知是人是鬼的玩意儿扑了上去。

包子铺老板伸出五指，惊恐地捂住半边脸，眼睛睁成一只独眼龙，奈何那爪子刚在阴沟里沾了一手的稀泥，被他这一捂，糊了满脸。

再说那妇人，应是中了邪吧，才会将近两米的“骨头架子”错认成王六那个矮胖墩儿，况且这“骨头架子”虽面如白纸，模样却俊俏得很。

妇人冲到那白衣跟前，一把抓住了那只挑灯的手，触及的瞬间，彻骨冰冷的手背冻得她一颤。

若不是那人浑身透着一股森森阴气，又在夜间神出鬼没，包子铺老板都要怀疑这老娘儿们是上赶着吃人家豆腐了。

妇人泪眼婆娑道："这灯笼，是我家王六拎出门的，怎会在你这儿？他……他人呢？"

包子铺老板闻言一愣，放下捂着半边脸的爪子，细看那白皮灯笼的下角，果然写着"王氏馄饨"几个字。

"骨头架子"眼周发青，苍白的嘴唇翕动，嗓音跟破了的风箱在抽拉一般，极其嘶哑："山下，去……"

他一张口，妇人就闻到他满嘴的铁腥味，猛地缩回了手，没想到那"骨头架子"却整个儿一斜，晕倒在地，背后的剑匣压在了身上。

包子铺老板瞠目结舌，鬼也会晕？他一个激灵，手忙脚乱地从阴沟里爬出来："大嫂子，这是个活的吗？"说着就去探那人的呼吸，真是个活的！他又并起两指探向白衣人的颈动脉，突然"嘶"的一声缩回手："都凉透了。"

再凑近一瞧，此人好似有几分面熟，但因方才吓得不轻，脑子一时还不太灵光，想不起来是谁。

他在这城里打开门做生意，人来人往，见过不少好看的皮相，但丧成这样还这么俊俏的，还真没几个。半晌，他终于一拍大腿道："他……他不就是一月前进乱葬岗的修士吗？！哎哟，娘哎，出来了？就他一个人出来了，还有一个呢？"

闻言，冷眼旁观的贞白终于靠近了些，她弯下腰打量白衣人半晌，突然眉心一皱。

包子铺老板察言观色道："道长，有什么问题吗？他从那种地方出来，会不会被什么……"

贞白："背回去。"

"啊？"包子铺老板反应过来，连连点头，"噢噢噢，背回去。"他在前襟上蹭掉手上的泥浆，转身蹲下，抓起那人的手就往背上拉，费了好一会儿工夫。

这修士全身软绵绵的仿佛没长骨头，可扛上背之后又觉得他全身只剩皮包骨，硌得人生疼。一个月前这修士虽谈不上多健壮，但还算匀称刚劲，个儿高，相貌又端正，身背剑匣往包子铺一坐——他做了二十多年生意，还从来没有哪天像那般火爆过，都赛过王六家的馄饨铺了。这人招蜂引蝶地引来了整条街的小姑娘老娘儿们。都是群只见过油菜花的乡下佬，突然来了朵油菜花中的翘楚，哦不，是牡丹花，简直一枝独秀！男人怎么能用花来形容，娘里娘气的，一点都不酷。管他的，反正好看就是了。原本与他一同前来的男子也是个清秀的，只是跟他坐一起，就显得平平无奇了些。

包子铺老板边回想往事，边背起修士就要往回走，奈何修士身高八尺，压在他身上，长腿拖地，活像个一米四五的小儿背了个踩着高跷的大高个儿。

妇人急道："他刚才说山下，是不是说我家王六在山下啊？"

包子铺老板："他说的？"

妇人忙点头，包子铺老板扭头对贞白道："那个……道长啊，这又是在乱葬岗外头，能不能劳烦您同我们走一趟？不会让您白跑的。"

妇人立即掏出钱袋递给贞白，后者并未去接，冷冷拒绝："我不去那里。"

包子铺老板："为何？"

妇人紧紧握住钱袋，抹了把泪。

贞白右移一步，伸手在修士的腰侧掏了掏，拿出一块用木头刻成的符箓，递给妇人："带在身边，只要不入乱葬岗，它能挡煞。"

妇人连忙接过，转身就往乱葬岗的方向跑去。

"大嫂子，你别一个人去啊，等等。"包子铺老板放下修士，让他靠在一棵树上，拜托贞白照看，便慌忙提起灯笼追那妇人去了。

冷眼旁观的贞白，原本不太想救眼前的人，但乡邻们说，他是为了救那个孩子而进的乱葬岗，她只能强行挤出来一丁点儿善心，守在一旁，而非转身离开。

此时三更已过，蔽月的黑云渐散，银光漏过桑叶，照在树下的人脸上，只见他脸色苍白如雪，长睫若羽，面如冷玉，只是呼吸若有似无，仿佛下一刻就会断气。贞白的目光顺着他白腻的脖颈往下滑，在微敞的领口后隐约看见几道血印，像是被尖利的树枝划伤的。在乱葬岗里待上月余还能活着出来，也不知此人是命大还是本事大。

贞白的视线停在修士右手的虎口处，那里有一道极深的豁口，结过痂，周围的血块已呈褐色，大概因为未经包扎而又遭撕扯便再度裂开了，此时鲜血还未干透。贞白有片刻出神，随即她蹲下身，探其脉搏，目光陡然一沉。她捋起他的袖管，只见那苍白的臂膀上青黑色筋脉根根凸起，在皮下阡陌纵横，蜿蜒直上。接着她又扒开他胸前的衣襟，赫然见那些青黑色筋脉交错在他胸膛，直往心口蔓延。若是包子铺老板那几人在场，看了估计得吓瘫。

是尸气，且已侵入肺腑。而他领口下仿佛被树枝划伤的血痕，是他给自己刻下的一个符咒，以防尸气攻心。但乱葬岗的怨煞之气太重，这个符咒根本不足以自保，尸气攻心只是早晚而已。

贞白拎起他垂下的手，微微施力，其虎口处渐渐愈合的伤口便重新裂开。她轻轻掐了一下，掌心凝了道真气，仿佛形成一个吸盘，从虎口引流出的鲜血逐渐呈褐色，蔓延入心口的青黑筋脉正以肉眼可见的速度缓慢消退。

修士的脸色在月下白到几乎透明，好似有一只手在他体内死劲儿拉扯，要将他抽筋剥皮般。他极为痛苦地皱起眉，长睫微颤，挣扎着欲抽回手，却被贞白强行拽住，然而那青黑色筋脉在即将退到肩头时猛然停住，贞白加重力道，可那爬满全身的青黑色筋脉却未再消退半分，反而以更快的速度重新蔓延向胸膛。

修士惨白的嘴角渗出一滴血，贞白心下一惊，立即收手："是附骨灵。"正如其名，附骨灵是一种附在人骨上的怨灵邪煞，可盘踞入心，侵皮附骨，使人肌肉萎缩，血脉枯竭，直到骨头与皮肉生生剥离，变成一只非人非鬼的"白骨精"。

眼前的修士肌肉瘦削，眼看就要瘦成一把骨头了，若不是刻在胸口的那道符咒，恐怕早已化成一堆白骨。显然，即便他走出了乱葬岗，若无法驱除身上的附骨灵，也是命不久矣。

贞白撕下修士衣服下摆的一块布料，简单粗暴地缠在他的虎口处，胡乱打了个死结。刚站起身，就见包子铺老板以百米冲刺的速度狂奔而来，一时没刹住脚冲到了她前方，又气喘吁吁掉回头，抹了把脸上的冷汗，道："不……不好了，您先看着他，我去城里喊人帮忙，都……都死了。"

贞白一怔："谁死了？"

包子铺老板弯下身，双手撑在大腿根，粗喘道："王六，还有……"他指了指靠在树下的修士，说，"跟他一起的那个。"

"那妇人呢？"

"受不住刺激，大悲过头，昏倒了，我现在得去找人来帮忙。"

贞白了然，瞥了树下那人一眼，沉着道："这人也快死了。"

她语气太过从容冷静，仿佛只是在说这人受了寒，以至于包子铺老板一时没反应过来，点了点头，又猛地抬起下巴："啊？"他狠狠咽了口唾沫，试探性地问了句，"还有救不？"

贞白垂眸："试试吧。"

"哎。"老板应着，去扶昏迷不醒的修士，"救命要紧，先背他回去，再通知乡邻们过来。哎，对了，给他弄到哪儿去？"

"祥云客栈。"

包子铺老板一鼓作气，把人背到祥云客栈时差点岔了气，也顾不上其他，火急火燎地冲出门去找人了。

一夜折腾，天刚麻麻亮。保和堂的药师一大早就被扰了清梦，揉着惺忪睡眼接过方子，又打了个哈欠才懒懒散散地抖开药方，细瞧片刻脸色蓦地一沉。上面全都是大补的药材，亏他还以为是什么要命的重疾呢天还没亮便来敲门，啥时候不能补，偏要大早上进补，还补得这么狠，下如此猛的药怕是养了头大象吧？！

药师一抬眼皮，看着面前一脸冰霜的女冠："请问道长，这药是？"

贞白："救人。"

药师眨了眨眼，提醒她："这可是大补啊，一般体质受不住的，即便特别虚弱，也得慢慢进补调养。"

"不一般。"一个快被附骨灵蚕食殆尽的身体哪能一般。

药师欲再言，被贞白一句"抓药"给堵了回去。又不是让他卖砒霜，顶多吃得人喷血，药师暗自一琢磨，便拎起药秤绕到药柜前，拉开药格狠抓了一把。

取药时贞白掏出一块玉牌搁在柜台上："抵押。"

药师递药的手一滞："咱这儿可不是当铺，要不您先去换了银子再来取？"

他的手刚要缩回去，药却已被贞白迅速接了："烦请务必保存好，贫道择日定当来赎。"

"哎……"药师刚想阻拦，奈何人家转身就走，他抓起玉佩准备去追，却感觉那玉佩触手冰凉，寒气直贯掌心，垂眸一瞧，那玉佩色泽剔透，再不识货也能看出此乃上等墨玉。他把玉佩翻了个面儿，发现上头以小篆字体雕刻了一个"杨"字。

那女冠姓杨？药师不再琢磨，将玉佩塞进了袖子里，反正折腾到这会儿脑子已经清醒了，过不了三刻也该开门营业了，他索性抱起药杵转入后堂捣些药材。

贞白走出保和堂不远，就见包子铺老板领着乡邻和一队官差，把两具尸身和昏厥的妇人抬进了城。

第三章 院底的骸骨

祥云客栈的伙计将一碗煎好的汤药端进房，笑眯眯地开口："道长，按您的吩咐，四瓢水熬成一碗，丁点儿都不带多的。"

贞白颔首，接过汤碗："辛苦了。"

"您客气。"伙计端着托盘带上门离开了。

贞白将药碗搁在矮凳上，瞅着榻上的人斟酌须臾，便伸手捏住他双颊，将一勺汤药灌入他微张的唇齿中。药汁滑入，浸润他原本干燥到几乎撕裂的咽喉。

修士的喉结上下滚动，做了个吞咽的动作，只觉一股清苦在口中蔓延，而且还在源源不断地流入。他想抿紧唇，奈何两颊被人用力禁锢着，迫使他不得不一口一口咽下去。他勉力撑开眼皮，却只能半睁半合地撑开一条缝，涣散的目光从浓密的睫毛中透出来，好似被一排帘子遮掩着，只能瞧见一个模糊的剪影。

贞白的手一松，那张苍白的脸颊上留下了几个指痕。

强撑着一丝混沌的意识，修士张了张嘴，虚弱地挤出两个字："冯……天……"

估计是那个与他同行之人，一早被抬回县衙时，贞白见到了。冯天早已殒命，尸体已经腐烂，想必在乱葬岗里就已不幸身亡，却被他不顾一切地带了出来，还有那个闯入乱葬岗的王六，想必也是被他拖出来的。明明已自身难保，却连个亡人都不愿抛下，光是这份侠肝义胆，贞白亦是动容的，否则她也不会耐着性子，一口一口地给他灌药。这个人，许是值得她救一回。

她搁下汤勺，在瓷碗里碰出轻响，淡淡道："尸体送去了县衙，等你能下地了，再去认领吧。"

修士双眸紧闭，睫毛微微颤动了一下，便再无动静。

此时包子铺老板寻到客栈，想请贞白前去瞧瞧王六的尸身。县衙那边查不出个所以然来，只道王六是滑了脚，脑袋磕在了石壁上摔死的。但毕竟是死在乱葬岗那种地方，包子铺老板才特地来请贞白走一趟，加之王六即将下葬，也需要请道士择吉地。

贞白刚想拒绝，就见对方掏出钱袋奉上，正是昨日王六媳妇儿摸出来的那一包。

她自出世以来就一路穷困潦倒，如今连玉佩都给抵押了，若是手边再无银钱，兜里那几个铜板只够再续一日房钱。所以即便贞白不修此道，斟酌须臾还是收下了，她在修士心口压下一道符，便跟着包子铺老板出了门。

刚踏入王家小院，就见一口黑棺停在堂屋正中，妇人一身丧服跪在棺椁前，潸然泪下，哀痛憔悴。她麻木地往盆里丢着纸钱，动作迟缓，被火舌舔到手指也毫无知觉般。那模样，着实凄惨可怜。

贞白冷目一扫，视线停在院角一簇青竹上。深秋之际，这竹子未免太过繁茂。贞白略一思索，想起初次在县衙见到王六的情景，他被杖责扔出大街，恰巧挡住她的去路，那一瞬她分明在此人身上捕捉到一丝阴气，所以站定未动。之后又听说他被失踪的女儿托梦，贞白以为是他女儿香消玉殒，化了阴灵寻回来让父亲前去找寻自己的肉身。如今看来，并非如此。

贞白抬脚迈过门槛，进到堂屋。妇人抹掉泪，撑着棺椁一角有些吃力地起身，强忍着悲伤相迎："道长。"

贞白向来不会安慰人，只道了句"节哀"，便绕到灵前，探了探死者。就如官府所说，死者除了头部撞伤别无异样，只是……

贞白目光一沉，转头问王六媳妇儿："这院子里的青竹一直都长青不败吗？这都深秋了，也不见一片落叶。"

包子铺老板闻言，走到院子里一瞧，难掩讶异，濒临冬季，四处的花草树木都已逐渐枯黄凋零，怎么王六家这竹子却还郁郁苍苍生机盎然，仿佛正值春盛。

妇人道："说来也怪，原本这竹叶都快掉光了，谁知一个月前的某天，突然冒出了新芽。"

贞白神色一肃："一个月前？"又是一个月前。

妇人点点头："是啊，突然枝繁叶茂的，王六还高兴了一阵，说咱家这是块风水宝地，谁知……"说着有些哽咽，生生把话头压了下去。

见贞白脸色不对，妇人战战兢兢道："这竹子，有什么不妥吗？"

贞白并未作答，径直走向院角处，越靠近，那股阴冷之气便越浓重，竹下放置着藤椅方桌，想必平日是个乘凉的地方。贞白抬手，缓缓扶上竹竿，半垂的眼皮微不可察地颤了颤。

她浅声问："这院墙后头，有坟冢？"

妇人一脸茫然："没有啊，后面就是一片竹林，不过叶子也都落了，前头住着人呢，后头哪能是坟冢。"

贞白："可是阳宅就建在了阴宅上。"

闻者无不战栗。妇人的声音有些抖："道……道长，这话从何说起啊，我们一家搬来此地二十多年了，这院子是后来我们家挣了些钱，王六去找人扩建的，住了好多年，一直平安无事啊。"

"所以这些青竹是扩建的时候没有砍掉的吗？"贞白轻描淡写地说，"地下确实埋了堆尸骨，没有坟冢就是无坟无棺的无名尸，许是被人所害，怨气颇重。"

妇人脸色煞白："不可能。"

贞白并不多费口舌去解释，只道："顺着竹根一挖便知。"

包子铺老板一脸惊悚，犹犹豫豫开口："要我……我去拿铲子？"

"现在不行。"贞白道，"这里还压着棺呢。"

包子铺老板和妇人都快被她莫名其妙的话吓出病了，纳闷道："道长，您方才不是还说无坟无棺吗，怎么又压着棺了？"

贞白简明扼要道："竹棺。"

闻言，二人不约而同地睁大眼，绷直了背，汗毛倒立，盯着跟前这一簇茂密的青竹，猛地后退了两步。

包子铺老板："啥？这这这这这……"

贞白道："青竹乃空心，招阴，于游魂而言如同棺椁，于是便成了这孤魂野鬼的坟冢。"只是，这堆尸骨在地底被埋了几十年，从未有甚异变，而这簇青竹也是在一个月前突然聚阴新生。

许是贞白的面色太过凝重，包子铺老板和妇人更加惊惧不已，但心下难免怀疑贞白是在危言耸听，毕竟未曾亲眼所见，很难相信这些怪力乱神的事情，况且若这地下真埋了什么冤魂，家里又怎会没个古怪事发生？思至此，妇人忽地一怵，不是没有，她闺女不是莫名其妙失踪了吗？往寻常了想是人为的，可王六之前日日梦见闺女哭诉，说自己被困于谢宅，然而翻遍了谢宅确实不见闺女踪迹。仔细一琢磨，莫非真不寻常？

妇人打了个寒噤，早已六神无主，泪目道："道长，那可怎么办，小女的失踪会否也与之有关？"

有无关联贞白也不敢断定，但她隐隐觉得，此事与一个月前发生的事情相关，至于何事，她也不得而知。贞白心中惴惴，方才她触及修竹，绕指的阴气还未散尽。自进门伊始，她就发现这块院角属聚阴之地，所以即便秋冬腊月，也会草木长青。妇人说一个月前这竹子还落了叶，那么此处的风水，是最近才起的变化。

贞白问："昨夜我给你的木刻符箓呢？"

妇人半晌才反应过来，忙从腰间摸出符箓，双手递上。

此符箓刻痕极深，一气呵成，颇费修为，用来挡煞镇棺再合适不过，贞白挥手一掷，直接将木符插入土里，侧首对包子铺老板道："可以挖了。"

若说方才他们还对贞白的话半信半疑，那么当包子铺老板大汗淋漓地挖出一具骸骨的时候，就全都信了。包子铺老板猛地丢开铁铲，仿佛扔开一根烧红的烙铁，急速倒退间他一屁股坐倒在地，两腿赶紧胡踢乱蹬，让身体往后挪移些许，这才惊魂未定地顿住，指着方才自己挖的大坑哆哆嗦嗦地叫道："死……死……死人。"

自家院内怎么会挖出一具骸骨？妇人早已吓得魂飞魄散，现在家里就剩她一个人，没了主心骨，旁人说什么，她就信什么，何况真的挖出一具骸骨来，更是让她对修竹成为阴魂竹棺之事深信不疑，她扑通一声跪在贞白跟前："请道长开坛作法，赶紧把它收了吧。"

贞白看了眼正午的日头，不疾不徐道："入夜再说吧。"

包子铺老板脸色惊惶，暗忖，是等入夜跟那玩意儿一战的意思吗？

现在不除，等到晚上还不得吓出什么病来，妇人忙道："加钱！"

贞白摇摇头："不过是一缕残魂，才养月余，若现在动了，日头一晒就散了。"

包子铺老板顿时无语，不赶紧晒它个灰飞烟灭还留着过年？但眼下挖出死人，除了害怕他只想去报官。

贞白垂眸，目光落在木符插入的位置上，她上前蹲下身，用指腹沾了一抹泥上的灰烬，若有所思地寻觅片刻，最后在枯草下拾起一角还未烧尽的旧纸钱，纸钱被露水打湿又风干，上头还沾着尘垢。

冥纸除了祭拜还能作甚？莫不是王六一家早就知道此地埋了尸，抑或是他们所埋？贞白回过头，目光审度。妇人被盯得背脊一凉，怯懦又茫然："怎……怎么了？"

贞白直言："你们曾在此处烧纸祭拜过？"

闻言，包子铺老板迅速在脑中推演了一出杀人埋尸的大戏，惊愕地扭过头。

妇人一怔，条件反射地答道："没有啊。"忽而她又想起什么，点头道，"哦，有，小女失踪后不久，日日给她爹托梦，但人始终未找到，我们就在这里祭过祖先，求神灵庇佑。"

贞白这才收回目光，从容道："待入夜之后，再问问这残魂对你女儿失踪一事是否知情。"

跟鬼魂打听消息虽然瘆人，但妇人爱女心切，立即点头如捣蒜。

接下来的半日，贞白便上山替王六择坟地，不过她不善此道，只能凭直觉，不说宝地，起码不会错选到风水差的地方。

翻过山丘，行过小径，视野尽头隐约出现了一座坟冢。

贞白越走近，越感觉不舒服，她皱了皱眉，只觉得这阴宅的选址委实太差，别说风水了，简直称得上是一处凶地。可当她真正靠近，却又感觉眼界大开，待看清了地形，她不禁驻足。

此处山脉生气充盈，于路径深处止息，背靠主山，来龙深远，气贯隆盛，左右山脉环护，砂环水抱，可谓藏风养气。只是……此墓树根穿棺，藤蔓缠碑，碑上刻着"谢远之墓"。为何这样一处风水宝地会聚阴生怨，仿佛大凶之境？

贞白蹙眉，刚要往前走，就听到一声惊呼，一个樵夫从陡坡上摔了下来，呈"大"字形趴倒在地，嘴里还叼着根稻草，他刚想抬起头，却"哎哟"一声，又被自己那捆木柴砸中了屁股。

樵夫吐掉嘴里的稻草，呻吟连连："疼死我了。"他掀开身上的柴捆，挣扎着想爬起身，结果右腿动弹不得，疼得龇牙咧嘴。

这荒山野岭的，还好遇见一女冠，樵夫忙喊道："道长，救命啊，我这右腿好像折了，动不得。"

贞白走上前，蹲下身抚上樵夫的右腿，细细查看，冷不防用手一扭，就听樵夫凄厉的惨叫在山间回荡。

第四章 报官

包子铺老板正在路边砍柳枝，一根根整整齐齐地码在脚边，预备用来做出殡时引路的魂幡。

如今王六惨死，他女儿失踪，家里就剩一个寡妇，无依无靠的，让人怜悯，左邻右舍能出力的都过来帮忙了。

一位老太提着一篮祭奠用品走过来："老九，东西我都买齐了，你给王家送过去吧，我孙子在家咳嗽得厉害，我得先带去保和堂看看。"

"成，给我吧。"包子铺老板接过篮子，挑开上面那层粗布看了眼，又细心掩上，"您去吧，我给一块儿送过去。"

老太叹息一声"可怜哦"，便摇着头离开了。

包子铺老板将柳枝捆成一扎拎在手里，刚准备回去，就见贞白从山路那头下来，还有个衣衫破烂、下巴沾着泥的樵夫拄着木棍，一瘸一拐地跟在其后，甚是狼狈。

包子铺老板迎上前："咋了这是？"

樵夫摆摆手："摔了一跤，得亏这位道长路过，不然我今晚就得在山上过了。"

"这样啊，严重吗？要不去医馆包扎一下。"

樵夫摇头："家里有药，我回去自己包扎就行。"随即又谢了贞白的接骨搭救之恩，才转身离开。

包子铺老板目送樵夫走远才凑到贞白跟前："道长，东西咱们都备齐了，您那边如何？"

贞白颔首，表示妥当，抬眸望了望西沉的落日，便同包子铺老板往回走。行过两条街，刚转了个弯，就见几名官差押着王六的媳妇儿过来。王六媳妇儿哭着喊冤："我没有杀人，没有埋尸，不关我们的事，你们放开我，王六尸骨未寒，还等着我将他入土为安，求求你们了官爷，放了我吧，我是被冤枉的……"

杀人？埋尸？贞白捕捉到重点，转头看向包子铺老板："你报官了？"

包子铺老板大惊失色，猛摇头："没有啊，我们按照您的吩咐把骸骨用稻草收殓了，让大嫂子在家守着，然后我才出来办事的，怎么官差就来了？"

这具骸骨挖出来还不到半日，况且只有他们三个人知情，官差是怎么收到消息上门捉人的？

被贞白锐利的目光一刺，包子铺老板急了："我真没有！"他手提竹篮和柳枝，大步上前拦在中间，讨好地问，"官爷，这是发生什么事了？"

妇人一见包子铺老板和贞白，哭得更伤心了，无助地喊："救我啊，我没有杀人，没有杀人。"

官差横眉竖眼道："你是何人？别挡着衙门办案！"

包子铺老板低眉顺眼答道："我叫赵九，是她街坊，这不她家出了事，左邻右舍的帮忙搭把手嘛，毕竟死者为大，她丈夫还没下葬呢，各位官爷怎么就抓人来了，她究竟犯了啥事啊？"

官差有些不耐烦："有人报案，王六家杀人埋尸。"

包子铺老板心里一咯噔："何人报的案？"

官差道："一小女孩在街边玩着一根指骨，恰巧被路过的何大爷瞧见了，于是领着她来衙门报了案。那孩子说是误入王六家院子拾到的，我们过去一看，果然证据确凿。"说着推了包子铺老板一把，"别挡路，快闪开。"

赵九一个没站稳，踉跄着倒退了几步，眼看着官差就要把妇人押走了，忍不住腹诽：什么熊孩子跑人家院子里捡指骨玩儿？！

一旁观望的路人七嘴八舌地议论："这王氏真杀人啦？"

"听说还把人埋在院子里呢。"

"哎哟，作孽啊，太吓人了。"

"不会吧，那夫妇俩平时看着挺和善的呀。"

“知人知面不知心，瞧见没，官爷手里那一包，就是从王氏院子里挖出来的尸骨。”

众人一阵唏嘘。

赵九转过身，对贞白道：“是个小孩……”说到一半却顿住了，他微张着嘴，目光穿过贞白的侧脸投在了后面一个青衣女童身上。女童站在那道横开于大街处的逼仄的陋巷口，纤细苍白的手指搅着青丝，手腕一下下转动，腕上的铃铛却不见响。

赵九听不见，可贞白听见了，她闻声回头，那女孩便咧开嘴角笑了，露出甜甜的酒窝。

赵九之前就觉得这丫头有些奇怪，而今又见她站在何大爷身边，当下走上前，用提着柳枝的手指向女孩：“你你你……”又觉得这熊孩子要是知道自己玩了人骨该吓坏了，谴责的话一时说不出口，所以手指头一转指向何大爷：“我说何大爷，都是街坊邻居的，王六家已经够倒霉的了，你这不是把人往绝路上逼吗？”

何大爷辩解道：“我当时也吓一大跳，想也没想就拉着孩子去了衙门，哪知道是在王六他们家捡到的，瞧瞧，人在做，天在看，别以为杀人埋尸就能瞒天过海，早晚都要遭报应的。”

这报应无疑说的是王六女儿失踪、王六惨死、王氏被绳之以法的事！赵九脸色一沉：“您老话可别乱说，遭什么报应！还没查清楚呢，别弄出个冤案来。”

那何大爷是一路跟着官差进王家的，亲眼看到他们刨开草垛，在坑里找到了骸骨，甚至还找出了一把铁锹，何大爷猜测，那肯定是杀人埋尸的凶器，要不怎么王氏看到这把铁锹的时候眼睛都直了，好半天没回过神。

衙门内有仵作验骨，很快便推断出这具骸骨已经被埋二十余年，鉴定性别后，官府便从三十年前的失踪人口开始翻查。

何大爷还欲与赵九争辩：“现在人赃俱获，那王氏一看就心里有鬼，就算她不是凶手，肯定也知道内情。”

赵九急道：“说话不用负责就可以乱说是吧，上来就给人扣罪名，还肯定，你肯定个头啊。”

何大爷嘴角抽搐，在大街上被人指着鼻子骂老脸多少有些挂不住，顿时尖酸刻薄起来：“哎哟，赵九，平时没见你多热情，怎么王六一死，你就百般殷勤地往人寡妇门前凑，打的什么主意呢，那心思都写脑门上了也不知道收一收，可别半夜进错了被窝啊。”

“我去你个老不死的，满嘴喷粪。”赵九一气之下把手里那捆柳枝直接砸了过去。

何大爷猛地后退躲开，脸红脖子粗地喊道：“好你个王八羔子，被人说中了就急眼了是吧，你不就是打馄饨铺的主意吗！就你那点龌龊心思，早就盼着人丈夫两腿一蹬然后自己替补上去吧。可惜啊，天不遂人愿，馅饼还没啃上，那寡妇就下狱了，你白殷勤了这么久，还不得恨上我！”

这何大爷是出了名的说话刻毒，比那些背地里嘴碎的妇人更甚，舌头一卷就是淬了毒的利箭，刺得赵九咬牙切齿。他跳脚道：“别胡乱搬弄是非污人名声，王六如今尸骨未寒，当心他半夜爬起来抽你个老不死的。”

何大爷冷嘲道：“我又没往人寡妇门前凑，王六要是真诈尸，去抽谁还不一定呢！”

比嘴贱，赵九的道行远远不及何大爷，但动起手来可就不一样了。当下他一篮子扣在了何大爷头上，篮子里的香火纸钱全撒了下来，还有一包朱砂粉，撒了何大爷满身，接着便是一顿拳脚。

何大爷鬼哭狼嚎：“来人啊，打人啦，救命啊，要死人啦，赵九你个杀千刀的啊……”歇斯底里地将已走远的官差给嚷了回来。官差赶紧把赵九从何大爷身边拉开。何大爷岁数大了，被揍得叫苦连天，只见他把竹篮从头上摘下来狠狠朝赵九砸了过去，鼻青脸肿地抱着胳膊哭道：“官爷啊，这王八犊子是想要我小老儿的命啊，乡亲们可都看见了，就因为我说了他跟那王氏的丑事，他就想杀人灭口，我看他就是做贼心虚，说不定王六就是他俩合谋害的，快把他抓起来！”

“放屁！”赵九气得直跳脚，无奈被官差架住了，他只得扯着嗓子骂，“你个老王八蛋成天游手好闲的，就知道搬弄是非颠倒黑白，活该打一辈子光棍儿无儿送终，我呸！”一口唾沫飞溅到了何大爷脸上。

何大爷满头朱砂粉，整个人红彤彤的，活像只爹了毛的染色鹌鹑，撸起袖子就要冲上前：“狗娘养的……”半途就被官差架住了。

官差气势迫人道：“当街打架斗殴，还有没有王法，当我们是死的吗！通通带回去！”

一场闹剧止于两人双双被官府押走。贞白不敢断定赵九此番表现出的热心是否如何大爷所言是有所图谋，毕竟人心难测，况且她遇见赵九之时，正是王六遇害当日，对他的为人其实并不了解。

人群一哄而散。贞白并未跟去衙门，因为眼下令她疑虑的，是面前这个小女孩。

贞白直截了当地开口："是你在生事？"

小女孩脸上带着点看闹剧的意犹未尽，她迎上贞白的目光，微微斜着脑袋，稚气道："我就是想找她给我煮一碗馄饨，这也叫生事？道长……"女孩的目光扫过贞白眉心的一竖红痕，又在其沉木剑上睃巡，此剑通体乌黑透亮，遇水则沉，本是道家法器，剑身却以蛇纹盘踞，入目邪气，顿显可怖阴森。

女孩声如银铃，话锋一转："谁生事还说不定呢，我看你就是名妖道吧？！"

贞白面色如常，反问："你又是谁作的孽？！"

女孩澄澈的眼眸忽地一沉，眨眼间又消退殆尽，仿佛那一瞬的戾气只是错觉，她仍是一脸天真无邪，笑眯眯地对贞白道："你救回来的那个男人已经醒了，去了县衙认尸，我特地来告诉你一声。"

贞白挑眉："你在跟踪我？"

"自作多情！你打哪儿来的，我跟踪你作甚？"女孩眨了眨眼，坦言，"一个多月前，我跟着他来的。"

女孩说："你不知道他是谁吗？"

贞白眉心微蹙，女孩继续说道："李怀信，太行道掌教千张机座下亲传弟子，他还有一个身份……"

闻言，贞白的瞳孔蓦地一缩。

女孩"咦"了一声，说："怎么，你不知道吗，我还以为你是知道才会出手相救的。"

贞白不可否认，在她看见那块木刻符篆时，心里便有了七八分猜测，那符文的首尾样式来自太行，依着种种因缘，她才决定伸出援手。只是……太行道，太行道……这三个字在她心里千转百回地念着，仿佛有一只手在翻云覆雨，搅动她静如止水的心湖，从层层微波到惊涛骇浪，直至搅出一个巨大的漩涡，吞噬一切。

贞白还记得那位故人，来自太行……

后来那女孩又说了些什么，她都有些恍惚，直到最后一缕霞光被夜色吞没，街上的行人纷纷归家，屋舍炊烟四起，灯火次第亮起，照进她有些涣散的眼眸中，她才慢慢回过神来。不知何时，四下寂静，唯剩她一人。贞白收回心神，大步往衙门方向走去。王六还未下葬，她拿人钱财，就没有不办完事的道理。

第五章

第二具骸骨

赵九跟何大爷当街斗殴，不是多大的罪，在衙门各自吃了十板子就给放了。赵九揉着屁股一瘸一拐地走出来，而那何大爷毕竟上了年纪，身子骨再硬朗也吃不消这顿杖罚，最后是趴在宽凳上被衙役抬着去了保和堂，走的时候还不忘咒骂一句：“赵九你这鳖孙！”

赵九鼻孔朝天冷哼了一声，看见贞白走过来，他立即扶着腰往前挪。许是怕牵扯到伤处，他两腿大张，走起路来左摇右摆，跟只鸭子似的。他把贞白拉到一旁，压低声音，神神秘秘地说：“道长，大事不好！”

贞白拂开他的手，刻意拉开一段距离：“何事？”

赵九掩嘴道：“方才我出来前，听那捕头跟县太爷说，大嫂子在里头招了。”

贞白蹙眉：“招什么了？”

赵九环顾四周，见四下无人，方道：“招了那把铁锹是他们家的，而仵作验出那名死者骨头发黑，疑似是被毒死的，所以他们推测是凶手在埋尸的时候，用铁锹刨了坑，不留神就一起埋了。”

所以并不是贞白起初猜测的那样：死者被他人谋害埋在竹林里，后来王六家扩建院墙，无意中将尸骸圈进自家宅院。事实可能是凶手杀人害命后，在王六家的院子里刨了个坑，将尸体掩埋了。而这个凶手，极有可能是王六或其妻，甚至是一起作案。可是谁会把一个死人埋在自家院子里呢，多瘆得慌啊，每天踩着一条人命度日，就不做噩梦？

此时，一个官差行色匆匆走出来，点了门口两名衙役道：“快，跟我再去一趟王六家。”

衙役立即跟上询问：“头儿，啥事儿啊？”

为首的道：“我们带回来的那包骸骨里头，多了一根腿骨。”

那衙役好似没明白：“多了啥？”

“哼，你说多了一根趾骨咱还能怀疑这死者长了十一个脚指头，但他总不能多长一条腿吧？”

衙役会意：“也就是说，有两名死者！”

“对，利索点，咱得把王六家院子整个儿翻一遍。”

听完对话的赵九惊愕地张大了嘴，双眼瞪得铜铃似的，目送官差走远，他好不容易才回过神来，转向贞白：“不……不……不会吧？道长，我们要不要跟上去瞧瞧？”

贞白却充耳不闻般，问了赵九另一个问题：“你为什么会如此尽心地帮助王氏？”

说不定今日他是为了摸进衙门打探消息，才会故意殴打何大爷。贞白向来没有一颗玲珑心，也并无多大的智慧，不然也不至于当年被人摆了一道，至今连害她的人是谁都不知道，甚至连丁点儿头绪都没有。

赵九张了张嘴，神情黯然地说：“你知道王氏馄饨铺那样火爆，而我们这些小摊在旁边开了数十年也没有倒闭，是为什么吗？”

贞白从未关注过这个，更无甚了解。

赵九继续说：“其实他家馄饨每日限量，为的就是给我们留一口饭吃。谁会嫌钱多呢，他大可以把馄饨卖到晚上再收摊，可是他说，咱不贪心，够过日子就行，都是街坊邻居的，出来讨生活，有钱大家一起赚。”

这样一个不贪图利益之人，又怎会杀人呢？

赵九叹了口气：“如今他们家遭难，我若不尽心帮衬点儿，良心该喂狗了。”

贞白没说话，她第一次正眼打量面前这个五官扁平、身材瘦小的男人，他的衣服上有几处线头好似没修剪干净，袖口也沾着面粉，整日围在包子摊前转的小老百姓，为了生计起早贪黑的，根本没有那么多讲究，或许也没那么多曲折的心思。

半晌，贞白微微颔首，示意赵九跟她走。

一群官差冲进王家院子，将灯笼挂在青竹上，并以此为中心下铲。其中一个衙役拾起那块插入土里的木刻符篆："头儿，这是什么？上面还刻了字！"

为首的官差接过，反复翻看，压根儿不晓得上头画的是什么，他沉吟道："好像是块符。难道说，凶手还请了道符在此地镇尸？"

衙役们面面相觑，心中更加觉得王氏可疑，只有住在这里的人才知道地里埋着尸，才会因为惧怕而特意请符以求内心安稳吧？待翻完这个院子，非连夜审出个结果来不可。

果不其然，距上一具骸骨埋葬之处不到一尺的地方，又挖出了另一具骸骨。衙役往旁边铺了块白布，忍受着腐朽的气息，捍住死者的衣服，小心翼翼地将一具比较完整的骸骨拎了出来，又在土里掏了掏，把一些碎骨捡完。

为首的官差蹲下身，在鼻子前扇了扇风，驱散异味，瞅了半天才说："这人穿的是寿衣。"

"是哦。"另一个人插话，"只有死人才会穿寿衣。"

为首的疑虑道："凶手杀了人还给其穿上寿衣，是不是太多此一举了？"

衙役接话："埋在同一处，上一具尸体却是被草草处理的，穿的是平常的粗麻布衣。"

为首的官差伸出手，摸了摸那件寿衣："上等的绸缎。"

他的目光上下睃巡，最后锁定其颈骨的位置，那里系着一根红绳。

官差抬手一钩，拉出一个折成三角形的黄纸包。他小心翼翼地打开，目光扫过，瞳孔骤然收缩，满脸肃杀道："快，把尸骨抬回县衙，让仵作查验。"

衙役一脸诧异，不知发生了何事："怎么了，头儿？"

为首的官差将黄纸折好放进袖中，并不多做解释："回去再说，先判断死因！你们两个留下来继续挖，我一会儿再派些人手过来。"

三名衙役抬着尸骨走出院门之际，贞白与赵九隐入栅栏的拐角处，待一行人走远，赵九才探出脑袋，压下心中的惊悸，开口道："什么情况？怎么又挖出来一具，不会真的跟王六和大嫂子有关吧？"

贞白蹙眉，隐隐感觉不太对劲。阴风吹过，屋檐下的白皮灯笼微微晃动，磕在门楣上，发出细碎的声响。

“谁？”院内正铲着泥土的衙役直起身，警惕地看向四周。

闻言，赵九虎躯一震，原地立正，低声问：“发现我们了？”

贞白半晌无语，似乎做好了准备要从栅栏的拐角走出去，她身形纤细，脊背挺直，一身黑衣在阴风中飞扬，赵九看在眼里，感觉如同神仙之姿。他内心正赞叹，又听得另一个衙役说：“哪里有人，起风了，赶紧挖吧。”

贞白的脚步收住了。

那衙役看着堂屋门前白帐飘动，棺椁前那盏长明灯的火苗左摇右摆，仿佛随时都会熄灭。月黑风高在人家灵前挖尸骨，着实有些毛骨悚然。一阵冷风从脖颈后面灌入，衙役不禁打了个寒战：“头儿啥时候派人来啊，我觉得只剩咱俩怪瘆人的。”

另一个衙役是个胆儿肥的，闻言笑道：“咋的，你还怕有鬼啊？！”

后者嘴硬道：“去你的，你才怕呢。”

“人死如灯灭，我可不信那个邪……哎呀，我去！”他刚说完，扭头就见挂满灵堂的白帐飞舞起来，被长明灯的火舌一舔，顿时点燃了，火焰猛地上蹿，灵堂骤亮。

衙役把铲子一扔，就朝院前那口水缸扑过去，喊道：“灭火啊。”

两人手忙脚乱地拿着瓢盆浇水，一阵慌乱过后，火被扑灭了。两人瞧着被自己弄得一团糟的灵堂，正觉得愧对亡灵，忽地大风一卷，堂屋的大门砰的一声被吹合上了，松松的门闩倾斜，直接挂在了门扣上。

二人俱是一惊，惶然地站在棺椁前，而那盏火光摇曳的长明灯，在方才大门猛然合上的瞬间受气流冲击也熄灭了。堂屋内一片漆黑，两人的呼吸一窒，顿觉头皮发麻。

贞白趁此时闪入院中，停在那几株倒在地上的青竹前。她伸出手，在虚空中轻抚几下，指尖才落在其中一株青竹上。她的手指下意识地朝下滑动几寸，摸到凸起的竹节，暗忖：没道理啊，只剩几缕聚不齐的残魂，怎会有这么重的阴煞气？难不成，阴魂被人拘走了？

贞白脑子里忽地闪过傍晚时遇见的那个小女孩。难道是她？这个念头一现，就被贞白否定了，白日里她在此处摸到的也就只剩一点残魂，由于实在太弱才没有贸然拘出，本以为入夜能将其凝聚成形，谁料剩下的不过是一股怨气。除此之外，再无任何线索。

贞白凝神，指尖触到另一根青竹，突然传来砰砰几声，堂屋的木门被人自里面狠狠撞击。

冷风从门缝里灌入，梁上垂落的白帐飘扬，不时扫过两名衙役的后背，吓得他们一个激灵哀号出声，撞门撞得越发狠了。

贞白刚站起身，便看见堂屋的门闩哐当落地，两名衙役双双摔出，身体砸在石板上，发出一阵闷响，尘土飞扬。

两人痛吟出声，在地上挣扎稍许，刚爬起身，就见庭院中立着一个黑影。再一看，那黑影竟瞬移到了院门外，形如鬼魅，他们甚至都没看清黑影有所动作。二人又眨了眨眼，确认自己不是眼花，腿立即软了。

与此同时，迎面走来几名官差，挡住了贞白的去路。

那人显然一愣："你是何人？大半夜在此作甚？"

贞白挺直而立，不欲与官府纠缠，刚想敷衍几句，赵九挤了进来，喊道："道长，道长，您走错了，我家在那边儿。"又转向官差，圆滑道，"不好意思啊各位官爷，咱走错门儿了。"

堂屋外吓得腿软的两个衙役此时回过神来："等等。"

他们抬步走近，拍了拍衣服上的尘土，对着贞白一阵打量，其中一个道："有问题！"

另一个道："对，肯定有问题！"

贞白神色淡漠："官府跑来砸人灵堂的事，我可以当作没看见。"

"啥？"居然被反咬一口，衙役当下急了眼，"胡说八道！我说怎么灵堂突然着火呢，八成就是你所为，趁我们进去灭火，再弄来一阵风，把门关了又把门闩给插上，然后闯进来，想毁灭什么证据？！"

贞白面不改色："所以你是说，我能呼风唤雨吗？"

那人一愣。

刚来的官差听闻，也觉得这罪名扣得有些白痴，他视线往堂屋里一扫，里头被搞得乌七八糟的。

赵九适时叹道："人都死了，还不得安生，官爷……"

“行行行了！”衙役抬手制止，“你打住啊，衙门办案，我们自会妥善处理，你们，赶紧走，别跟这儿妨碍我们办差。”

“哎。”赵九连忙应下，朝贞白做了个手势，示意她赶紧离开，自己则脚底抹油地先跑了。

被关进灵堂的衙役欲阻拦，刚来的官差按住其肩头，对身侧人颔首示意：“你去跟上。”

“是。”那人奉命出了院子，一路尾随而去。

圆月掺了杂色，星光斑驳，赵九刚要开口，就被贞白抢先了：“有人。”赵九连忙噤声，差点咬了舌头。

两人在夜色中疾行，突然拐入一片荒地，枯枝遍野，杂草丛生。

赵九暗自纳闷怎么越走越偏，正心底发慌呢，突然被贞白猛力一推，摔进了一个草坑里，手背被坑里的枯枝划出一道血痕，他不明所以，来不及喊疼，就见近处一黑一白两个身影挥剑横扫。

被那道骤亮的剑光闪了双目，赵九抬手遮挡，随后再扒拉开枯草一看，忍不住睁大了眼睛，由衷感慨道：“高人啊！道长果然身手不凡！”

只是，这白衣人是从哪儿冒出来的？为什么要背后袭击他们？旷野月隐星稀，剑光又晃眼，除了能辨雌雄，却看不清来人的长相。赵九挠了挠腮帮，觉着那又长又细的“骨头架子”略有些眼熟。突然，他灵光一闪，这瘦成骨头架子的大高个儿不正是他千辛万苦背回来的修士吗？！救命之恩不报，居然还搞偷袭，简直中邪了！他再一寻思，那人刚从乱葬岗出来，说不定真中了邪呢。

“中邪”的“骨头架子”挽出一个剑花，朝贞白眉心刺去，后者身轻如燕，凌空一跃，脚尖点在其剑上，借力一旋，沉木剑直逼其面门，修士半身后仰，剑尖贴着其鼻翼以毫厘之距惊险划过。

修士握紧剑柄，手臂微颤，欲强行提气，却听对方开口：“附骨灵。”

修士眸子一颤，愣怔了瞬间。

贞白道：“再乱动的话，你就做不了人了。”

赵九躲在坑里，见二人休战，立即跳出来，说：“哎，你还记得我不？东市里卖灌汤包那个，是我昨晚好心背你回的客栈，这位道长救的你，你怎么还恩将仇报，跑来杀咱……啊啊啊啊啊……”

赵九边说边走近，突然又尖叫着倒退回去，瞪着双眼，仿佛见鬼了一样。

那可不就是鬼啊，满脖子黑筋纵横交错，一路爬到了下巴和脸颊，那张俊逸非凡的脸，此刻狰狞得可怕。赵九吓得舌头打结："你你你……是人还是鬼啊？"

贞白被他一惊一乍的嚷嚷吵得耳膜生疼，说道："现在还是人。"

赵九狠狠咽下一口唾沫，心道：什么意思？一会儿就不是了吗？

贞白不多做解释："把他背回去。"

赵九一愣，抵触情绪涌上心头：又背？刚才还上蹿下跳大战三百回合的人会需要人背？

赵九正想着，就见刚才还撑剑而立的修士身体晃了晃，倒在了地上。

他不可思议地睁大眼：闹呢！挺能演啊！

更可气的是，就算再不情愿，他也得忍着惧怕，将这只随时可能变异的长脚鸡给背回去。

第六章

刮骨

木桌上的油灯过于晦暗，贞白拨了拨灯芯，把灯挪到床前，借着光亮查看修士的状况。她伸出手，拉开他的衣襟，却突然被他握住了手腕。他绵软无力地制止道：“做什么？”

贞白垂眸，半句废话也没有：“你的时间不多了。”

修士心知肚明，他刻在自己胸前的那道符咒，已经撑不住了，可是面前这个女冠，他信不过。

即便神思清明，他也无力抵抗，只想弄明白：“你想做什么？”

贞白简明扼要地回答他：“刮骨。”

修士满脸诧异。贞白不做犹豫，扯开他胸前的衣襟，指尖顺着那一根根黑色筋脉在其肋下游走，她说：“附骨灵与阴灵附体不同，它在你的血肉之下，吸附骨骼，最后会把人变成什么样，我想你在乱葬岗里见过吧？”

修士猛地一震：“是你？在乱葬岗……我看见你……”

贞白的指尖顿在他心口处，目如寒冰：“看见如何？”

修士瞪大眼，蓦地扯住她衣袖，想挣扎起身，却被贞白毫不费力地按了回去。她垂眸，像看死人一样看着他，低声问：“你叫李怀信，太行道弟子？”

仿佛被人掐住了咽喉，他有些吐字不清：“你究竟……”

“你无须知道我的底细。”贞白打断他的话，“我之所以救你，是为了还你在乱葬岗里那次误打误撞的恩情，你我自此两清。”

言罢，她将衣袖自他手中抽出，李怀信手里没了支撑，虚握着拳头，无力地搭在床沿上。

此时赵九与客栈伙计提着水桶进来，将滚烫的热水倒入浴桶里。贞白看了眼即将满溢的水，点头道：“可以了，你们出去吧，带上门，无论听见什么动静都不许靠近。”

赵九瞟了眼床上那个半死不活的人，目光触及床沿那只黑色筋脉纵横交错的手，狠狠打了个哆嗦，逃也似的奔了出去。

不知情的客栈伙计一脸欲言又止，慢悠悠地带上了门。他跟赵九谈不上熟，但也算认识，出了门他就忍不住把方才的疑惑说了出来：“道长是要沐浴吗？不是还有个男人在？”

赵九原本也正纳闷呢，被伙计这一问，一时也答不上来，只能神情复杂地瞥了对方一眼，半天才憋出一句：“别胡说八道，干活儿去。”

伙计咧嘴笑了笑，提着水桶下楼了。

贞白听着门外脚步声渐远，这才转回床沿，掏出一张符纸燃了，灰烬落在油灯中，漂浮在表层。

她说：“刮骨驱灵，势必会伤及根基，我不敢保证你的死活，或者会否废了修为，无论哪种结果，总好过沦为一具为祸世间的白骨。”

李怀信闭着眼，一脸的生无可恋：“废人吗？你倒不如给我个痛快！”

“要死要活的人我见过很多。”贞白抓起他的手，划破其指尖，鲜血滴入灯盏中，漫不经心地说，“你也可以自行了断的，怎么？留着最后一口气从乱葬岗出来，不就是挣扎着想要苟活吗？！”

李怀信眉头紧皱，眼眸半睁，反正死活都捏在这个女冠手中，想通了这一点，反倒能够豁达直面了。

他目光平静，扫过她冷淡的眉眼，落在自己滴血的指尖上，评价道：“歪门邪道。”

贞白握着他的手一滞，抬眼对上那双倨傲的眸子，暖黄的光晕映在里头，似琉璃一般，好看极了，可惜被爬满半边脸颊的细黑筋脉给毁了。贞白松开手，瞥了眼跳动的火苗，不予理会。

李怀信将她每一个细微的反应都收入眼底，方才他说她是歪门邪道的时候，她分明是介意的，于是他又说了句："邪不压正。"

贞白倏地伸出手，揪住他前襟猛地一提，将他整个儿拽了起来。他瘦得轻飘飘的，只觉眼前一阵天旋地转，脊背抵在了床尾的木板上。

"是否邪不压正，就看你今晚熬不熬得过去了。"说着，她拿出手腕粗细的长绳，将他绑在了床尾。

"你……"

"怕你受不住，发作起来拆了客栈。"

不等李怀信做好心理建设，贞白的掌心已经多了一枚薄如蝉翼的利刃，如此在他全身血肉里刮剃一通，与剥皮削肉的酷刑一般无二了，从小养尊处优的他，何时受过这样的折磨。

薄刃入体的瞬间，他张了张嘴，一嗓子叫唤还没发出来，就被一块布巾堵住了嘴，生生卡在了喉咙里，然后咕咚一声，艰难地咽了下去。

贞白的掌心覆在他的手腕，那是薄刃切入的位置，随着她的掌心移动，利刃也在他的骨肉里游走，利刃所过之处，黑色筋脉随之而退。然而只移动了一寸，就已疼得他几欲昏厥，贞白的掌心一路往上，听着耳边快要破膛而出的闷哼，终于大发慈悲地停在了他的手肘处。

短暂的停留后，贞白的掌心继续向上移动。

他重重地粗喘着，额头沁出薄汗，咆哮被堵在嗓子眼儿里，吼不出来。他止不住地发颤，视线逐渐涣散，唯独那股撕裂的疼痛，尖锐地撞击神经末梢，仿佛被人千刀万剐。他瞪着一双猩红的眼睛，承受着这非人之痛，暴怒地盯着眼前人，然而她面无表情，铁石心肠地刮过他肋下，毫不手软，直至停在他腹部。

李怀信胸前堆叠着凌乱的衣襟，里衣早已被冷汗浸透，贴在皮肤上。他痛苦地垂着头，尖削的下巴抵在胸前，汗水沾湿了眼睑，此刻他眨了眨模糊的眼睛，盯着那只停在他腹下的手，有那么一瞬间，他感觉自己的小兄弟也要性命不保！

仿佛是为了印证他的猜想，那只手稍做犹豫，便朝他腹下探去。李怀信手脚都被缚了起来，只好紧紧地合上眼皮，赴死一般，内心早已崩溃：这人还有没有廉耻，要不要脸！

没有廉耻兼不要脸本人面无表情地移开视线，瞥了眼床头那盏忽明忽暗的灯，这是她为李怀信点的一盏长命灯，一旦混了鲜血的灯芯燃尽，而附骨灵还刮不出体外，人和灯便会一起油尽灯枯。

贞白收回视线，再看向李怀信身上时，诧异地在他耳根处发现一抹浅淡的血色。

许是痛到麻木了，李怀信的反应没有方才那么激烈，只是筋疲力尽地隐忍着。贞白加快了速度，薄刃从左至右在他身上刮剃一遍后，到了另一条臂膀处。

他的意识已经模糊不清，仿佛经历了一场生死浩劫，所有的气力都被耗尽，耳边嗡嗡作响，身子重得一直往下坠，好像有什么东西正从体内流失。

突然，束缚着他的绳子一松，塞在他嘴里的布巾也被抽掉，他还未来得及吸一口气，便感觉到一股钻心的刺痛，仿佛手腕被利刃洞穿。李怀信倏地抬起头，双眸大睁，对上贞白冷静的眼睛。她抓着他的右腕，声音很低：“好了。”

床头的油灯光线越发微弱，室内一片暗淡。李怀信脱力地往前一栽，整个人倒在了贞白肩头，他眨了眨被汗水模糊的双眼，对着眼前一片白腻的颈项，报复性地一口咬了上去。他从来没想到自己有一天会沦落到束手无策，只能咬人泄恨的地步。

贞白整个人一僵，本以为此人现在毫无威胁才给他松了绳子和布巾，不料他竟还留了这手。

贞白用力推了推，冷冷道：“松口。”

兽性大发的李怀信叼着贞白脖子不放，大有要把牙齿嵌进肉里的势头。

贞白抬手，锁其咽喉，长指一收，刚好把握住令人窒息的力道，这才将李怀信从脖子上扯下来，扔进浴桶里，重力压得水花四溅，浇了她满身。

贞白掏出两张符箓，拍在了浴桶边沿，还是解释了句：“你满身尸气，得净一净。”

李怀信方才咬人那一下，已经是用尽全力，现在连呼吸都觉得费劲，只能跟个傀儡似的任人摆布。他瘫坐在浴桶里，任滚烫的水淹过双唇，全身的毛孔仿佛被扎入千万根银针，疼得要命。也不知是筋脉断了还是骨头散了，他如今连根小指头都动不了，难道瘫了？他觉得自己熬不过半宿，就会被这个女冠折磨死。

贞白立在一侧，看他眉心紧蹙，如瀑的长发披散在水中，如同一片晕染开的墨色，漂浮在白缎锦袍上。她犹豫片刻，把手伸进他的白缎锦袍，从领口探了进去。

李怀信陡然睁开眼，眼中簇起一把火，恨不能将眼前这个女冠烧成灰烬。

“住手。”他一开口，声音嘶哑得厉害，是方才被堵着嘴低吼，破了嗓子。

贞白置若罔闻，从他怀里摸出一个钱袋，打开看了看，里头装着五枚铜钱：“五帝钱？！”

李怀信目眦尽裂，若是能够动弹，他早已扑上前抢了：“还给我。”

贞白抽紧钱袋，盯了他半晌，突然道：“你在乱葬岗裹了满身尸气，得在水里泡个半宿才能完全净化。”

李怀信愣了愣，有些反应不过来，就见对方已经将他的钱袋占为己有了。

贞白话锋一转：“你去过衙门了？那人的尸骨呢？”

李怀信脸上闪过一丝错愕。

贞白回忆道：“冯……天？”她记得他意识混沌时喊的就是这名字。

李怀信瞪大眼，一切的一切全都倒映在他琉璃般的瞳孔里……

第七章 入阵

一个多月前，他和冯天途经此地，恰巧听闻有个小女孩误入长平乱葬岗，二人当即决定前往。

深秋露重，子时月阴，他背负剑匣，手执青灯，与冯天并肩而行。

十年前，大端王朝与西夏那一战，烽烟迷眼，血漫大地，万千尸骨于长平垒砌成山。触目之处，一片残肢断骸。那一战使大端王朝元气大伤，却也赢得了大端史上最为惨烈的胜利，惨烈到只差一点便令其江山倾覆。这皇皇帝业，是以万千骨血与英魂所铸！他们抛头颅、洒热血，为国捐躯，永世埋骨于长平！

李怀信与冯天踏入这片被鲜血浸染过的土地时，便感觉到了泼天的怨气。

秋末之际，草木皆枯，这里常年无人行走，因此脚下无路，枯草遍野，一脚踩上去，草枝脆折，咔嚓作响。地面凹凸不平，又被杂草掩盖，走在上面根本不知下一脚会踩到什么，软的或许是泥土，硬的或许是石块，也或许是别的什么。

两人已走得极其谨慎，却还是冷不防一个脚下打滑，冯天身体猛地后仰，被李怀信及时伸手扶住了："当心。"

冯天点点头，接过他手里的青灯，走到前头引路："路这么难走，小孩子进来这种地方，应该跑不远吧？"

他步子一顿，抽出长剑，将跟前几根带刺的藤蔓砍断，扫向两边。

李怀信紧随其后，脚步落在冯天踩过之处："说不定。"

"之前你说这边天象有异，所以咱俩才中途拐了道，我昨天算了一卦……"

"卦象如何？"

冯天转过身，灯光由下至上照在他脸上，压低嗓音道："大凶。"

李怀信挑眉："谁大凶？"

冯天神秘兮兮道："你，跟我。"

李怀信嗤之以鼻："你哪次算卦不是大凶之兆，没那个天赋还非要学人占卜，我都被你算死多少次了。"

冯天撇撇嘴，继续往前开路，只是转身的一瞬，退去了脸上的玩世不恭，在青灯映照下，神色显得异常肃穆。他握紧剑柄，拨开又一根藤蔓，越是往前，杂草越高，几乎没过膝盖。

周围死一般寂静，稀稀拉拉的几棵树上挂着零星的黄叶，欲落不落。寒风萧瑟，刮过耳郭，好似呜咽。

冯天脚下忽地一沉，陷入一个方寸大的小坑中，他用力一拔，未拔出来，反倒脚踝一痛，直接卡住了。

他低叫道："什么玩意儿？！"随即使劲一蹬，只听咔嚓一声，他脚踝一松，赶紧拔腿后撤。

李怀信上前一步，拨开杂草，就见一个骷髅头在小坑里碎得四分五裂。

李怀信："让你当心点儿。"

冯天不乐意道："路都看不见，怎么当心？凭直觉啊？这熊孩子究竟跑哪儿去了？"

"行了，我走前面吧。"李怀信伸手要去拿灯，被冯天挡了回去。冯天边提着灯径直往前走，边说："您金贵，我才是那马前卒。"

李怀信嘴角一勾，赞同道："也是。"

自我羞辱的冯天嘴角一抽，不明白自己为什么要跟他一起搅和，欠的吗？

他想起小时候，第一次见到掌教和师叔带上山的李怀信，长得跟瓷娃娃一样，忒好看，无论模样还是装束，都比所有太行山的弟子漂亮。他一时色令智昏，哦不，一叶障目，就跟这厮称兄道弟了。

李怀信在太行山修身养性十年，哎，"修身养性"这四个字不提也罢。若非要提，那他就是修了个骄奢的身，养了个浪荡的性。道心不坚，修什么道！除了学艺还算勤奋外，他就是来太行山当祖宗的，谁都得把他供着，只差一个神龛，就能给他烧香磕头了。就连他要上太行之巅用甘泉水泡澡，掌教师叔都没有半声制止，那甘泉水可是他们每日晨昏定省之时饮用的，就算他李怀信冰肌玉骨，也不能让大家喝一肚子洗澡水吧。好在这厮没有太放飞自我，最后让工匠在后院凿了个天池，从太行之巅分流出一脉甘泉水，供他在自个儿院子里头无尽畅游，真他娘的奢靡！

他不作的时候，就是太行山上一只赏心悦目的花瓶。而就算他作，掌教及师叔们也会毫无底线地惯着。凭啥呀？凭他爹是大端王朝的霸主！而太行道受命于天子，为大端王朝占卜天运。简而言之，就是太行道再牛，也是给大端王朝打工的，虽不用天天跑去京都上班，但也是寄人篱下，要看天子脸色的。顺道，也就看起了李怀信这小王八蛋的脸色。他放着金碧辉煌的宫殿不住，非跑到山上来养尊处优，说好听点叫养病，实则是来兴风作浪的。

就这样一个奇男子，却抱着满腔上天入地的壮志雄心，想要仗剑天涯。他觉得自己苦学十年，应学以致用，有所建树。

这祖宗要兴风作浪，区区太行道已经施展不开拳脚了，又心心念念要拉他一起下山历练。冯天真是一个头两个大。别的师兄弟下山叫历练，有他李怀信在，只能叫惹是生非。这不，眼下就惹是生非，哦不，是历练到乱葬岗来了。

好在，李怀信满腔热血的劲头还未过，平日的骄矜也没带到乱葬岗里来，否则，他要是突然发作叫冯天去弄顶花轿把他抬进去，冯天恐怕真的控制不住要抽人了。所幸他还没欠扁到这种程度，所以，十年的友谊小船一直没翻。

冯天把杂草往两边拨了拨，方便后面的祖宗下脚。

李怀信突然开口道：“冯天。”

“又怎么……”“了”字还没出口，只觉眼前剑光一闪，阴气扑面，好似一团什么东西蓦地散了，电光石火间，冯天还未来得及看清楚，愣愣地回过头，就见李怀信警惕地握着剑柄。

冯天举着青灯，额头流下一滴冷汗，握紧了手里的长剑防备地问：“看清是什么了吗？”

“看不清。”他说，“没有实体。”

这鬼地方除了枯枝败叶和满山遍野的骨头，也就他俩算得上实体了吧？

身后又有一股气流逼近，冯天回身一个横扫，把它打散了，却有一只状似乌鸦的黑雾直冲其面门，他抬手去挡，那鸟状物正巧扑灭了他手里的青灯，仿佛被火化了般，瞬间消散。

冯天两眼一抹黑："什么玩意儿？！"

此时，寒风四起，草木俱颤，树上依稀几片枯叶飘零飞落，窸窸窣窣。

"哑——"

冯天一惊，就听鸦声四起，仿佛千百只乌鸦倾巢而出，群飞将至，冯天头皮一麻，喊道："怀信！"

李怀信有些烦躁："吵死了。"

以前在太行他嫌三师叔养的丹顶鹤吵，命人用绳子在那些鹤的长嘴上绑了个花式蝴蝶结，饿了好几天，差点没把下山归来的三师叔气晕过去，抹着老泪为他的宝贝鹤崽子们搬了个家。这些乌鸦的叫声显然比丹顶鹤的叫声更要命，这一幕若被千里之外的三师叔看见，肯定会跳着脚对李怀信咆哮一句："人贱自有天收！这就是报应！"

冯天退到李怀信身边，道："乌鸦食腐，对尸体散发的腐烂气息异常敏感，乌鸦成群出现本就不是好兆头。况且，这些乌鸦，不是活的。"

李怀信被吵得心烦意乱，从怀里抓起一把符纸就扔了出去，冯天见状大叫道："你省着点儿！"

后者不管不顾，只想让耳根清净，又抓出一把，大手一挥。

冯天暗暗咬牙：败家子儿！

最后一把符纸悬于顶，呈圆形气罩状，乌鸦一哄而散，飞至上空盘旋，有数十只被拘于符阵之中，四处乱窜，撞到边沿，则蓦地消散。李怀信冷哼，五指收拢，符阵回缩，只听鸦声凄厉，群灭一片。太行山十年，总归不是白待的。

冯天承认，这厮并不是只有金玉其表的花瓶，但灭几只黑鸦，就一副老子天下无敌赶紧来夸的德行，实在让人想翻白眼，也不想想自己糟蹋了多少符纸。

冯天很想把他那翘上天的尾巴按下来，但还是一言难尽地夸道："厉害。"

然后，就见那祖宗跩得二五八万的，剑指苍穹，打出一式"气吞山河"，打得那团乌鸦逃的逃，散的散，再也聚不起形状。

冯天站着没动，既然他那么爱秀，就让他去表现好了，反正这方圆五里地，也就几个阴灵来捧场。估计这祖宗在太行憋闷久了，早就想出来一展神威，只是选了个不咋地的地方。

李怀信："戳着作甚，几只鸟而已，瞧把你㞞的！要不是有我在，你早哭鼻子了。"

冯天："呵呵……"

李怀信翻了个白眼："点灯，开路。"他还忙着救死扶伤呢，没那闲工夫磨叽。

冯天也懒得理他，重新点亮青灯，往斜坡行进。入了松林，二人纷纷松了口气，因为终于没有没过膝盖的杂草了，起码能看得见路，一脚踩下去，泥土松软，像是受过潮，抬腿便是一个印记。李怀信低头看了眼鞋上的泥，皱了皱眉，却忍着没发作，他扯下裤腿上沾着的几根稻草，指腹却仿佛被针扎一样疼，忍不住"嘶"了一声，引得冯天回头："怎么了？"

李怀信道："凑近点，衣服上好像有东西。"

冯天赶紧提灯上前，就见李怀信裤腿上沾满了苍耳，这是一种浑身长刺披针的瘦果植物，最容易沾在衣服上。冯天刚想乐，嘴角咧到一半，李怀信就从裤腿上扯下一把扔向他的脑袋。

冯天："喂，你缺德不缺德。"他抬手一抓，扯得发根都疼。

李怀信皮笑肉不笑："逮着机会就想幸灾乐祸，欠收拾。"

谁欠收拾！冯天把头发扯得乱七八糟的，指着李怀信低吼："幼稚不幼稚！"

李怀信一哂，又往对方头上扔了几颗，大剌剌地道："幼稚啊。"

冯天被他这破罐子破摔的无赖劲儿气得抓狂，一摸裤腿，掌心又被扎了一下，干脆扯下来不管三七二十一地砸向对方的脑袋。如此你来我往，左闪右避，两人身手矫健，跟躲暗器似的，穿梭于松林间。

这一路，他俩看似打打闹闹，其实你追我赶间，脚下生风，也是在飞速前行。可是为什么，好像又绕了回来？李怀信忍不住身形一顿，而冯天总算如愿以偿地将暗器打在了他头上。

不过冯天虽慢了半拍，此刻也反应过来不对劲。

李怀信指了指地面："脚印。"

冯天举起青灯，观察前面凌乱的脚印，分明是他俩方才留下来的："有人布了阵法？"

这种怨气滔天的地方谁敢进来布阵？李怀信瞥了他一眼："你怎么不说鬼

打墙？！”

冯天礼尚往来地回他一瞥：“哪只鬼敢蒙我的眼？”

李怀信嗤笑道：“大言不惭。”

冯天没理他，躬身观察起来，距他们五步之遥有一条沟渠，好似将整个松林隔成两段，他们方才走的是前方，那边的泥地上蜿蜒着两人的脚印，如今绕回了原地，他们若再往前行，就是重复打转。

李怀信问：“能看出来是什么阵法吗？”

冯天咬了咬嘴唇，这是他思考时的习惯动作，他四下张望，绿松一棵挨着一棵，长得尤为密集，如半撑开的伞，遮天蔽月，哪怕是白天，也不见得多亮堂，到了夜晚，透下来的月光更是微乎其微。他来回转了一圈，又围着一棵绿松晃荡，并无异样，也看不出任何阵法布置的痕迹。

冯天蹙眉道：“不应该啊。”

“什么不应该，就是你学艺不精。”

“你帮不上忙就别打岔。”

“皮痒了是吧。”

冯天回以挑衅：“打一架？”

两人四目相撞，又齐齐不屑地扭过头，互相嫌弃。

李怀信嗤之以鼻：“棒槌！”

冯天反击：“老二！”

“叫谁老二啊？！”

“叫你哪，千年老二！”

李怀信被噎得脸红脖子粗，“老二”这绰号算是他的逆鳞，一触就爹，也就冯天敢时不时嚷嚷。说来也巧，他在皇家排行第二，拜师也没能抢占先机，这就算了，更重要的是，他无论如何勤学苦练，都打不过那大师兄秦暮！所以，这“老二”的称号可谓实至名归。

太行年年举办问道论剑大会，都是弟子之间互相切磋，他就从没斗赢过那秦暮，年年稳居第二，真乃奇耻大辱！排名虽未对外公布，但李怀信这厮心高气傲，最要脸面，他觉得自己是天之骄子，聪颖过人，是世间仅此一个、绝无仅有的奇男子，怎能被那个假正经比下去？也不知他打哪儿来的自信，又偏偏在这上头屡屡受挫，对他打击不小。每年那几天，他都会因此暴跳如雷，甚至殃及池鱼，大家跟着没好日子过。

后来冯天为了安抚他，绞尽脑汁想了个能让他稳居第一的赛事，便是在私底下搞了个比美大赛并封他为花魁。那会儿李怀信少不更事，受伤的心灵还真的因此得到了安慰。后来的后来，当天真无知的李怀信辗转于尘俗，知道“花魁”一词的出处时，恨不得把冯天给杀了。

第八章 附骨灵

丝丝凉意从衣摆钻进身体，方才两人穿过杂草时，被露水打湿了裤管，贴在腿上，此时寒风拂过，毛孔收缩，冷出一身鸡皮疙瘩。

在李怀信反手拧断他胳膊前，冯天机敏地妥协了：“我是老二，我是万年老二行了吧。”

李怀信长眉轻挑，心满意足地松了手。

冯天虽是个嘴炮，却总能在火被点燃的瞬间吐一口唾沫星子把火苗扑灭，也算及时止损，所以李怀信说他欠呢，从头到脚都是一把贱骨头，不收拾就不老实。同样地，冯天也觉得李怀信是个贱人，光是放狗去咬对他春心萌动的小师妹这点，就贱得令人发指！当年小师妹含羞带怯地碰了他一根手指尖，李怀信就跟别人玷污了他的清白一样，一脸嫌弃地避之如蛇蝎。不喜欢就不喜欢呗，你为此养条狗来咬人家作甚！

面对冯天的谴责，这小爷居然来了句：“她居心叵测，想坏我修行。”

冯天差点笑倒在地上：“你修了个童子鸡的行！”

不料对方一愣：“修道之人，难道不需要守身如玉吗？”

冯天被噎住。李怀信又说：“那我打发了婢女，拒绝了宫里送来的侍妾，修的这个清心寡欲是在自虐吗？”

冯天有点胸闷，他觉得跟这个二货没法沟通。

李怀信思忖片刻，又摇了摇头，喃喃自语道："不行，那些歪瓜裂枣的……"他脑子里快速过了一遍那些莺莺燕燕的姿色，忍不住打了个寒噤，这些个庸脂俗粉不配给他暖床，谁也休想染指他，他宁愿继续自虐也不能浪费精元。更何况，他看谁都没有欲念！

打从认识李怀信，冯天才算是开了眼界，这人的心气简直高到厚颜无耻，他当时肯定是脑子进水了，才会跟这个二世祖偷跑下山，回去以后，指不定被掌教师叔怎么体罚呢。

想到此，冯天隐隐觉得脊背骨发麻，再加上身处这阴森森的松林阵，一时间竟无从找寻突破口。他抬起头，看不见天色，头顶就像盖了块幕布，只有站在沟渠边，才能看见水中倒映的圆月与星光。

李怀信提议："沿着沟渠走？"

冯天也正有此意，他用苍耳在原地做了个十字记号，两人便顺着长长的沟渠行进。一路上耳听六路眼观八方，四下寂静得有些诡异，若真有小女孩误入，早该被吓得嗷嗷直哭了，可一路上连个喘气儿的都没遇上，甚至没有任何生物的足迹。

李怀信有些怀疑，那樵夫真的看见一个小女孩进了乱葬岗吗？周边的村庄和城镇都离此地甚远，大晚上的，一个小女孩独自跑到这种鬼地方来难道是为了躲猫猫？

这里的湿气太重，鞋底沾满了黏腻的泥土，沉甸甸的，再加上被露水打湿的裤管，李怀信感觉格外不舒服，却又强忍着没有发作。不知走了多久，前方仍然看不见尽头，沟渠两旁松树挺立，看似参差不齐，却又好像存在某种不可言喻的规律，这种微妙的感觉很难阐述，所以他一直闷声不语。冯天也没有开口，静静地走在他身后，静静地……

李怀信心头一咯噔，这么长时间，冯天怎么连句牢骚都不发？身后几乎没有半点鞋子踩踏软泥的动静，他猛地驻足，转过身，面前空空荡荡，冯天已不知去向，整片松林独剩他一人。

李怀信有瞬间的慌张，喊了声："冯天！"

回荡在松林中的只是一阵短促的回音。

不至于这个时候戏弄人吧？李怀信有些恼怒："你小子，有点儿分寸啊，出来！"

回音过后，重归寂静。

他又试着喊了好几声，而冯天仿佛已经消失在这片松林里，无迹可循。真是邪了门儿了，明明方才还紧跟在身后的人，走着走着就不见了。

李怀信在太行，拜于掌教座下，习的是符箓剑道。而冯天则拜于三师叔座下，修习六爻八卦，奇门遁甲，可惜此人天资愚钝，就跟榆木疙瘩一样，实在没有半点天赋。他也曾自暴自弃了一阵，反倒是后来跟着李怀信厮混，半途修习符箓剑道，才有所精进，否则冯天至今在太行都可能一无是处。李怀信与众师兄弟都认为，冯天当年是入错了门。拜错师也就罢了，那三师叔收徒也不看此人天赋资质如何，简直就是瞎子摸象，逮谁都一样，太随心所欲了！冯天不是那块料，他还死攥着人不放，不许冯天另拜他门。当初因为冯天跟着李怀信修习剑道，三师叔没少体罚他，骂他是叛徒、白眼儿狼，真是蛮横跋扈至极，一点儿都不讲道理。若论起来，冯天就是给他耽误的，六爻八卦不得要领也就罢了，拐个弯偷学符箓剑道，才刚有所精进，就被糟老头子拖回去关了禁闭，如今两头不靠，修了个半残，算是太行山上一大悲剧。

别人不是不同情冯天，但同情也没辙，糟老头子蛮不讲理，是个敢在掌教面前耍横的无赖。不过，一物降一物，唯独李怀信这祖宗因为有大端王朝的庞大后台，谁都不放在眼里，每每能把老无赖气得吹胡子瞪眼。惹不起李怀信，他只有抓住冯天揍，揍得冯天哭爹喊娘的。别看冯天在外面牙尖嘴利的，一旦遇上他师父，立马变㞞包，这一㞞，就放弃了跟李怀信修学符箓剑道，老老实实握着铜钱去做他的窝囊废了。

此刻这窝囊废不知所终，李怀信担心他身临险境，多少有点慌张。

跟冯天厮混久了，耳濡目染，李怀信多少也了解了一些八卦阵法，但程度仅限于听过，就像和尚念经，你顶多记住了一句“阿弥陀佛”。他是个心高气傲的剑修，觉得只要修成大能，还怕什么旁道，所以根本没将三师叔精通的领域放在眼里。毕竟本届、上届乃至上上届，太行都是由剑修当家做主，三师叔之流就是陪衬的。谁知现在，他就在八卦阵里着了道，乱葬岗之行给心高气傲的他狠狠上了第一堂课。

他不能坐以待毙等冯天破阵找来，四下张望之后，他往前迈了几步。松林之中看似无任何异样，却怎么都走不到尽头，李怀信加快了脚步，走了大概一刻钟，他倏地停住，睁大眼盯着前方的脚印……他箭步上前，发现那是之前冯天以苍耳做下的十字记号，不由得皱起了眉，他终于意识到自己被困在了这个松林阵。

心理素质稍微差点的，此刻大概已经因恐惧而方寸大乱。李怀信纵身一跃，脚点树干，借力攀上一棵青松，站在树梢，维持住平衡。借着月光，他眼前豁然开阔，目力所及，是铺天盖地绵延的青松，没有尽头，既看不见来时的荒草地，也不见山丘，他不确定自己到底走了多远。他估算了一下时辰，若这片松林真如眼前所见一般辽远，那么他要从标注的起点走回原点，至少得花费大半日工夫，然而他不过一个时辰就绕了回来，由此可见，这片松林实际上并没有他所见的这般辽远无际！

思忖之际，视野渐暗，李怀信仰起头，见黑云蔽月，稀疏的星子也逐渐失去光辉，悄然隐没于夜空。随即一阵闷雷响起，预警一般压在乱葬岗的上空，蓄着滚滚而来的气势，却迟迟未曾劈下。

天现异象！李怀信生出一种不祥的预感。

片刻，黑云将圆月完全遮蔽，再也不见丁点儿光亮。头顶的闷雷，好似豺狼虎豹袭击猎物前克制的低喘，蓄势待发。寻常百姓定会以为，打雷就意味着要下雨了。只有修行者能分辨，这不是寻常的雷电，而是遇劫才会遭遇的九天玄雷。

李怀信嗓子一紧，翻身跃下，掏出符箓燃起一盏青灯，他必须尽快找到冯天，走出这片松林阵。

就在他挑灯迈步的一瞬，雷鸣风啸，寒风从林里卷来，接着响起了一阵窸窸窣窣的声响，来自四面八方，似乎有什么东西正破土而出。他手里的青灯光线不强，照射的范围不足两米，而恰在两米以内，有一块泥土突然松动了一下。

李怀信面颊紧绷，右手下意识地往后一摸，抚上背着的剑匣。匣子里有七柄灵剑，以七魄命名，是当初他入太行道时，由太行道掌教千张机的师父，前任掌教流云天师亲自赐下，从未离身超过五百米。他的情况比较特殊，不像大师兄秦暮那样，悟剑意而入道，凭本事踏上的剑修之路。他是师祖流云天师闭关前，耗费七七四十九日，硬生生将七柄灵剑插入其道心。所以李怀信的剑修之路，不是自己悟出来的，而是因为有个了不起的爹，走了后门。这不甚光彩的剑气成了他人生之中的一大污点，那时年仅十岁的李怀信，还懵懵懂懂的，就糊里糊涂且厚颜无耻地走了捷径。或许也正因如此，无论他怎么勤学苦练，都敌不过秦暮，那颗想证明自己的心，在一年又一年的“第二”中忍辱负重，成为人生中又一大污点！

此时他手挑青灯，万分警惕地盯着前方松动的泥土缓缓逼近。突然周遭咔嚓声四起，灯光照射之处，一截指骨破土而出，接着是掌骨、头颅骨……一具苏醒的骷髅，一点一点地从地狱爬上了人间。

不容犹豫，他猛地抽出雀阴剑，斩下了那具还未完全出土的骷髅，头颅落地，沾着湿泥，滚至一棵树的树根处，牙齿却仍在上下咬合，余下没有头颅的身体还在向他扑来，李怀信身子微斜，又是一剑斩下，骨头散架的一瞬，发出一声尖啸，一团黑雾自骸骨中剥离，闪电般朝他撞来。

李怀信手疾眼快，将青灯一抛，挂上枝头，摸出一张驱灵符，挥剑扫出，又是一声尖啸，那团黑雾撞在了树干上，却没有因此消散。他心下一凛，什么鬼！

四面八方的咔嚓声还在朝他涌来，他却还未找到一招诛邪的法子。黑雾速度极快，眨眼间就涌到了跟前，稍一松懈，就往人身体里撞。李怀信丝毫不敢分神，因为他发现怀里的符箓只能阻隔、抵挡黑雾的袭击，却根本无法将之彻底打散。

又有五六具骷髅已经奔入了青灯的光圈之内，李怀信捏了个剑诀，横扫而出，骷髅纷纷散架，却又有五六团黑雾蜂拥而至。剑气一荡，黑雾蓦地扩散，不容他松一口气，一缕黑烟就已缠绕上他的剑尖，原本以为会消散的黑气再次聚拢。

李怀信见状喃喃道：“没完没了了？！”

无数具骷髅拥到跟前，李怀信拔出第二柄灵剑，双刃碰撞，铮铮作响，犹如弦音刮耳，他祭出一柄长剑，幻化出无数道剑影，人却浑然未动。剑光好似长了眼睛，七拐八弯地绕开青松，劈碎了一堆白骨。接着，他手腕翻动，捏了个诀，幻化出第二拨剑影：“歼邪！”扑上前的几团黑雾被剑光刺穿，倏地消散。

第一柄灵剑化虚为实，重新回到他手中，趁第二拨剑影歼邪之际，他长臂一展，在虚空画出两道弧形，口中默念剑诀，两指夹起符箓，往弧形中一抛，金光刺目，剑阵已成。待骷髅拥入，少说也能绞杀上百，如此，他便能腾出精力专歼邪祟。

然而此时，突然响起一个暴怒的声音：“不能砍，你别瞎砍！”失踪的冯天不知从哪里突然冒出来，扯着嗓门儿嚷嚷道，“作死啊，这玩意儿要钉死在骷髅里，否则骨头架子一散，它就得钻出来重新找寄宿。”

李怀信一怔，可惜已经晚了，数十具骷髅闯入剑阵，被削得七零八落。

“冯天？你去哪儿了？”他扫了眼面前这个衣衫不整的人，犹豫地问，“为啥不能砍，这些是什么？”

冯天有些低喘，语速却极快：“是附骨灵，居然碰上这么难缠的邪祟。若是被它们乘虚而入，咱就得活活变成白骨精！”

李怀信诧异地回过头，这骷髅对付起来容易，灵剑一扫就散架，然而附骨灵却格外难缠，他已经试过了，一般驱灵的符箓奈何不了，灵剑也斩不散，得动点儿真格，采取祭灵歼邪之法，还不能保证尽数全歼，万一有个狡猾的漏网之鱼，就凶多吉少了。

“还不快把剑阵撤了，没见过你这么胡来的。”冯天一副看白痴的表情，接着掷出数张驱灵符，贴上黑雾，趁邪祟迟滞的瞬间，又捏了个诀，出剑刺它们个灰飞烟灭，只是这种打法颇费体力跟修为。冯天诛邪的间隙，仍不忘挖苦某人：“长点学识再出来闯荡吧，否则会被无知害死的。”

李怀信撤剑阵的手一顿，听见后半句时，恨不得把冯天推进去大卸八块！然而现在要一致对外，他按下这股冲动，在心里默默记下一笔账，秋后再算！

第九章 镜像

剑阵一撤，四面八方的骷髅便排山倒海地拥上来。眼见就要被骸骨淹没，李怀信还没搞明白：“这玩意儿太不结实了，根本吃不住我的剑法，一扫就散架，如何把附骨灵钉死在里头？”

冯天手上未停：“刺腧穴！”

李怀信：“哈？”

冯天忍不住翻了个白眼，演示一般，逮住一个骷髅就刺了下去，喊道：“就是印堂啊祖宗，印堂！印堂知道吧，你额头，眉心，这种常识性问题，掌教没教过你？”

被侮辱了智商的李怀信脸一垮，冯天实在是太欠揍了。

他方才那个“哈”分明是带着讽刺的疑问，这白痴是听不出来吗？他以为冯天跑出来阻止他的剑阵是另有高招，结果呢？刺腧穴？哈？聚灵气一个一个地刺？以两人之力，势单力薄，去对付数以万计的骷髅大军，这办法也忒蠢了。就算体能再好，也有力竭的时候。况且，这骷髅一窝蜂地扑上前，千手观音来对付都够呛，而冯天连个三头六臂都没有，竟敢跑来侮辱他的智商？真是见了鬼了！

李怀信一边跟无穷无尽的骷髅近身搏斗，一边骂了冯天个狗血淋头，骂到最后差点一口气上不来，手也软了，长剑扫出去，削掉一排头盖骨，然而前排有一个骷髅个子比较矮，剑刃堪堪从它头顶扫过，幸存者毫不受阻地扑过来，李怀信见状，赶紧飞起一脚将骷髅踢散了架，在附骨灵剥离而出的瞬间斩了个魂飞魄散，他对冯天喊道："老子要歇会儿！"

冯天刚掀翻一大片，嘲讽道："你以为是在太行考核啊，都得惯着你？也不看看现在什么处境，附骨灵可不认你那天王老子爹，想歇？歇不死你！"

李怀信难得没有反唇相讥，他琢磨了一下冯天方才的话，提炼出关键点："这些附骨灵生前都是大端王朝的将士。"

冯天反应极快："你不会觉得他们死后还会听皇家调遣吧？"

"啧！"李怀信皱起眉，若不是两手兼顾不暇，他真想打爆冯天的狗头，他说，"这些将士，曾保我大端江山，拼死作战，故此化为怨灵，想到这个，我突然有点下不去手。"

冯天斜眼一瞥，就见那个下不去手的家伙痛快淋漓地削飞了一排头盖骨，手脚麻利！

冯天嘴角抽搐，没忍住，嘴贱道："都是你大端的子民啊！"

李怀信一剑洞穿两具骷髅，跟串糖葫芦似的，像煞有介事地道："胆敢袭击皇室正统，造反吗？！"又一举推翻了先前的论点，"况且我大端将士的英魂怎会化为邪祟，绝对都是敌军幽灵！"

冯天顿时无语，简直要给这货的脑回路跪了。恰巧此刻，天空一声轰鸣。冯天龇牙道："你个遭雷劈的，真敢说，老天爷都听不下去了。"

风起云涌，雷声滚滚，仿佛铁锤一下下砸在上空，震颤人心。

李怀信骂道："你是白痴吗，分不清九天玄雷啊？"

冯天闻言一愣，差点被骷髅手戳到肩胛骨，他堪堪避过，有点不敢置信："九天玄雷啊，百年难遇的。"

"你激动个什么劲儿！这玩意儿正好压在乱葬岗，又不长眼。肉体凡胎，若招一道雷劫，即便是掌教那样的修为极高之辈，也得外焦里嫩，驾鹤西去！你我若是走个大运，中了这百年难遇的一劈，尸骨无存的下场还算是好的。"

冯天打了个寒战，虚心求教："不好的呢？"

李怀信咬牙道："魂飞魄散。"

冯天脸色一白，下意识地握紧了剑柄，漆黑的双瞳中全是乌泱泱一片白骨，浩如烟海，奔腾而至，他感觉自己如陷炼狱，忍不住后退了几步。他头上的玉笄斜了，一缕碎发垂在耳侧，上面还沾着两颗没有拔掉的苍耳，狼狈又滑稽。他说："怀信，这邪祟数量太多了，没完没了的，咱们得想法子脱身。"

二人抵着背，四面楚歌，脸上已见强弩之末的疲态，若再不脱身，恐怕他们耗到力竭也无法歼灭这批犹如千军万马的附骨灵。乱葬岗的亡灵太多，怨气深重，这片松林只是冰山一角，所以想要全歼是不可能的，除非镇压，可是凭他俩的修为，身上除了几把趁手的灵剑，连个像样的法器都没有，根本无法镇压，就算太行道掌教千张机亲临，恐怕也做不到。

就在四面的骷髅扑上前的瞬间，二人纵身一跃，默契十足地跳上了青松。树干被骷髅撞得左摇右晃，李怀信稳住身体，长眸微垂，骸骨累积成山，有一只手骨已经快伸到他的脚后跟了，放眼望去，骸骨手舞足蹈，指骨弯曲成爪，争先恐后地爬上树梢。

"娘哎。"冯天头皮发麻，方寸大乱地在树梢蹦跶躲避。

李怀信追着他的影子："都这么久了，连个北都找不着，我要你何用？！"

"有本事你自己去找啊，这就是个镜像界，顾名思义，会一生二,二生四,四生八，乃至产生无数个对轴，你以为找着的北，可能只是镜像之中的一个虚幻空间。知道这些骷髅为什么怎么杀都杀不完吗，因为在镜像空间里，它们也会一生二,二生四，翻了倍地蹦出来。啊……"冯天一脚踩空，差点掉下去，脚正巧落到一个蹿上来的骷髅头顶，借力稳住了身子。

李怀信停到他跟前："哪里有镜子？"

冯天："沟渠照月，你瞎啊。"

李怀信无语凝噎，难怪看似一望无际的松林，走不了多长时间就绕回了原地，原来皆由镜像所生。他说："也就是说，身在镜像中，也能生出九九八十一个我？"

冯天翻白眼："能生出来的话，咱俩还能被它们追得四处乱窜？镜像界所照应的，皆是阵法生成那日已存在其中的事物，你我都是后来的侵入者，好比盗贼入室，不仅生不出九九八十一个你，还会被团灭。"冯天停顿了一下，换了个不那么凶残的说法，"或者，被赶出去。"毕竟他也身处其中，不想被团灭。

显然，曾有修为极高的人在此布下镜像阵，其用意，或许是为了防止普通人闯入乱葬岗？这个猜测一闪现，就被李怀信推翻了，普通人恐怕连这片林子都进不了，设下如此庞大的阵法，分明是针对他们这样的人。

分神间，脚下一沉，李怀信"呃"了一声，就被数只手骨缠上了小腿，然后猛地一拉，他整个人就被拽了下去。他在半空抓住树枝，飞身一旋，剑气如虹，劈出了半大点空间。

跑远了的冯天刚折返，就见这不知轻重的家伙劈碎了骷髅骨，无数附骨灵从碎骨中剥离。

李怀信面色冷峻，道："整个松林都是附骨灵，乱窜也没用，我来应付它们，你去找出路。"

冯天咬了咬牙："要破这镜像阵法，得先找到对轴点，那个……"

李怀信闻言长眸一扬，之前沿着沟渠而行，见两旁松树林立，看似参差不齐，却好像存在某种规律，他起初就隐隐觉得不对劲，只是一时并未厘清头绪，此刻被冯天一语点拨，才骤然想起来，沟渠两旁对应的一草一木是一模一样的，无论凸起的石子、泥地的坑洼，甚至细微到树皮的纹理，都似铜镜映照出来的一样。

李怀信打断冯天的话："右前方。"

闻言，冯天不假思索，一剑刺向了李怀信所指的方位，干掉一拨骷髅。

"你这一琢磨事儿身体反应就跟不上的毛病实在是要命。"

冯天嘴硬道："一心不可二用。"

骷髅太多，两人势单力薄，实在应接不暇，更何况冯天又是这种脑子跟行动力只能单一运转的物种，目前只能先顾着他的脑子了。李怀信可以单打独斗，以一敌十也不在话下，但面对成千上万的附骨灵，他不得不再次启用剑阵……

冯天目瞪口呆地看着他祭出无数剑影，没有像方才那样胡来一气，而是放了个大招，正中数十具骷髅的印堂，一击即中，放倒一大片。

冯天心想：……有这实力，你早干吗去了！

大招嘛，身体吃不消，用几次就虚弱了，所以李怀信对正在发怔的冯天催促道："我扛不了多久！"

冯天回过神，连忙道："哦哦哦，去沟渠边。"

然而身处松林，又有镜像阵扰乱视听，连星月都被乱云遮挡，当下难辨方位，根本不知道沟渠在哪个位置。

冯天急出一脑门汗，他抬起手，握住了剑穗，上面系着五枚铜钱，历经万人手之实，汇集百家之阳气，可抵御邪祟鬼魂，红绳从中间的方孔穿进去，编成一串，是当年入太行时，师父亲手交给他的。奈何他总也不开窍，卦象从未应验过，眼下这危急关头，他掷出五帝钱，想辨个方位，反正从小到大没一回准过，也不指望这次能瞎猫碰上死耗子，他干脆反着卦象来推演，说不定能蒙对。

所以当卦象指示往东，他便指着西方对李怀信喊道："这边。"

毫不知情的李怀信，以为冯天是经过深思熟虑，有根有据做出的指引，于是赶紧杀出一条小路，领着冯天往西奔，仿佛前方就是一条海阔天空的出路。

如此不知跑了多久，李怀信已折腾了半宿，没有片刻的休整，几乎要体力不支了，突然，他猛地刹住了步子，盯着眼前的场景，不可置信地眨了眨眼。

冯天没料到他会突然停下，差点撞在他背上，赶紧钩住了一棵松柏，才稳住了。

眼前这些打斗的痕迹以及被剑阵击碎的骷髅，彰显着他们又回到了原点。

两人面面相觑，冯天一脸无辜，强行辩解道："我刚刚占了一卦……"

李怀信立即爹毛："滚蛋，你自己几斤几两心里没点儿数吗！还真是不放弃自己啊，有那闲工夫算卦不如多杀几只附骨灵，让你破阵你跟玩儿似的……"

冯天抢白道："我是根据卦象反着来的，这不是找不着方向吗，无星无月的。"

李怀信要被他蠢哭了："你没有风感的吗？除了咱俩是阵法布下以后闯入的，还有这风，自打进来，就吹着西南风。"

冯天一个激灵，两眼发光："对哦！"

此时上空再度响起隆隆的雷声，这次却不再只是躲在云层中唬人的预警。只见电光骤亮，穿透针尖大的松叶，照得二人脸色惨白。

他们几乎同一时间反应了过来，不约而同跃上树梢，就见闪电从云间蜿蜒而下，直直劈在松林一处，现在看来，闯入镜像界的不只有他俩和风，还有一道天雷闪电。闪电所劈之处成为一片焦土，那便是镜像界中真实的领域。

原本对九天玄雷充满畏惧的冯天此时竟觉得有几分亲切，他说："老天爷简直帮了大忙了。"

李怀信心塞地想：我怎么会带这个破个阵还得靠天的窝囊废出来？

二人纵身一跃，裹着劲风，朝闪电所劈之处奔去。

第十章 尸骨坑

焦土之中有一道深深的裂缝，五棵被闪电劈中的青松倒在裂缝处，叶子、树干都被点燃了，此时正火光冲天，焚烧着那些从地底爬出来的“白骨精”。

盯着滚滚浓烟，李怀信心下一凛，转头去看冯天，只见冯天已经脸色煞白，猛地拽住他，落地撤退，同时低喊了句：“不好。”

大火烧尽白骨，附骨灵则藏在浓烟里四处飘散，仿佛毒液溶入水中，防不胜防。

李怀信两眼一抓瞎，怼冯天道：“老天爷帮了大忙了？嗯？”眼下这情形别说帮忙了，简直是要赶尽杀绝。

“呃……”冯天感觉如同五雷轰顶，“我可能会错了意，跑啊。”

身后的浓烟犹如毒瘴一样弥漫开来，紧随着二人的脚步往外扩散，冯天一回头，眼见就要被黑烟吞噬，赶紧加速，两条腿跑出了风火轮的架势。

这种节骨眼儿上，他突然想起来乱葬岗之前算的那一卦，上气不接下气地说：“大凶，我这次是不是算准了？”

李怀信真想抡他一巴掌：“你算没算准都是大凶，从没有过吉卦。”

要让冯天算命的话，保准人人都是短命相，五年前的一天晚上，他还胆大包天地算过掌教见不到第二天的太阳，结果掌教不仅安然无恙地见了五年第二天的太阳，还在继续见。在算卦这条道上，冯天一直是在打击中成长，早就穿了套护心的铠甲，面对任何人的嗤笑，他都是无坚不摧的，甚至没了受辱受嘲的概念，习以为常，麻木了。冯天自己心里也有数，十六岁之前他也倔过，自暴自弃的时候拿着五帝钱去买阳春面，但朝代更迭，时下用的已是大端王朝的货币，那五帝钱花不出去，他又乖乖地揣回了太行。那次他刚算出大师兄秦暮要在深冬暴毙而亡时，大师兄就突破了两重修为出关了，再次失算的冯天心情沉到了谷底，李怀信终于站出来说了句人话："你很想那个假正经死吗？你能比我还烦他？我都没想他去死呢，你这算不准也是好事，不然整个太行山都成坟场了！积点德吧，以后别算了，跟我修剑去。"冯天就这么被李怀信拐跑了，从此李怀信也跟三师叔结下了抢徒弟的梁子，在太行山闹得鸡飞狗跳。

冯天还在神游天外，突然被人一把拽住，他一时没刹住脚，反弹了回去，撞在了李怀信肩上："干什……"话未问完他就愣住了，只见四下一片寂静，密集的松林变成了旷地，只有几棵枝叶稀疏的松树，天色仍旧是鬼气森森的黑。他猛地回头，方才飘散的烟雾不见了，但远处那片松树林还能看见。

冯天有些茫然："我们出来了？"

见李怀信点头，他又问："怎么出来的？"

"跑出来的。"

冯天闻言一噎："废的什么话！"

李怀信的神情有几分复杂："那些东西出不来吗？"

冯天观察须臾，说："好像是，烟雾也散不出来。"

李怀信蹙眉："所以那个人不仅是为了防止我们这样的人进去，更是为了防止里面的东西出来？！"

冯天有些蒙："哪个人？"

"布下镜像阵法的人。"

冯天四下一扫，脑子猛地清明了："这乱葬岗是被人封印起来的，我们根本没有出去，而是闯过了松林阵那道禁制，到了最里头。"

李怀信的脸色更显凝重，向来自视甚高的他心底掠过隐隐的不安，仅仅一个松林阵，就差点将他们困死，若不是闪电雷劫，将镜像界劈出一道裂痕，他们恐怕已经葬身其中了。所以归根结底，还是老天爷帮了大忙。

眼下冯天担心的是："里头着火了，会烧起来吗？"

李怀信挑了挑眉："怎么？你还要进去救火？会呼风唤雨还是怎的？"

冯天道：“你这种人怎么没被烧死在里头。”

李怀信道：“冯天，你父母还健在吧，说这种话是要诛九族的，我告诉你。”

冯天就笑了：“得亏你不是太子，否则你要是当了皇帝，绝对是滥杀无辜的暴君。”

“你怎么知道我当不了皇帝？”

“老二啊，你们皇家，向来立嫡不立庶，立长不立幼，你……”“不是嫡也不是长，永居第二”的话还未说出口，迎面就挨了一记飞毛腿，冯天敏捷地躲开了，奈何对手阴险狡诈，玩了一套声东击西，一巴掌糊在他后脑勺上，他嗷叫一声：“你有点肚量行不行，老二怎么了，过不去这道坎儿了吗，一提就上手。”

“这还没有肚量？换个人我早捅破他喉咙了，别蹬鼻子上脸啊。”

“行行行。”冯天摆摆手，扭过头盯着远处的松林，“咱俩都差点被困死在里面，那熊孩子呢？一路过来，连个影子都没看见。”

“按理来说，若真是进来了，现在应该不会再活着了。”

冯天倒吸一口冷气，即便他也这般认为，却仍是有些扼腕：“那尸体呢？我们也没看见啊。”

李怀信一挑眉毛，像看傻子一样看着冯天：“乱葬岗里全是尸体，你一具一具翻去！有气儿的还能喊一嗓子，找起来相对容易，咱就先指望那孩子命大吧。”

冯天张了张嘴，还没来得及说话，便听到土里一阵窸窸窣窣的声响，越来越近，仿佛就在脚下。他不禁后退了一步，四下巡视，却什么都看不见。

李怀信道：“在地下。”

“不会又是那玩意儿吧？！”

“这儿埋了几十万大军呢，谁知道呢。”

突然起了风，草木沙沙作响的声音伴随着地底的声音灌入耳中，扰乱视听。寒风割面，冯天打了个冷战，又被风吹起的尘土眯了眼，他抬手揉了揉，看见李怀信的墨发长袍在寒风中猎猎飞扬，再往上看，只见明月不知何时已露出了轮廓。

“怀信，不太对劲啊。”

李怀信仰起脸，望着月下黑云翻墨，越压越低，几欲笼罩整个大地。

“是地动吗？”冯天脚下不稳，挪了两步，“有没有感觉到？”

“有。”李怀信答道，他俯下身去，目及之处并没有土壤松动的迹象，他伸出手，还未触到地面又缩了回去，转头道，“冯天，把地刨开看看。”

冯天犹豫了一下：“谁知道这里有没有布下阵法，说不定地下镇着什么东西，万一把妖孽刨出来就不好了。”他潜意识觉得这地方不对劲，可能布着阵法，却又看不出什么端倪。他学的东西很庞杂，师父言传身教，就算他不开窍，学无所成，但好歹也算见识过，对阵法的敏感度还是有的。所以李怀信并没有怀疑他的直觉，而是问：“你看出什么了吗？”

冯天摇了摇头，狂风大作，仿佛有一双手在将他往前推，他被动地迈了几步后，仍旧能感觉到脚下几乎微不可察的动静。李怀信则直接抽剑插入土里，剑尖一挑，拨开的泥土被狂风卷走，两人看着那个小坑微微一愣。

冯天蹲下身，摸了摸坑里的东西，确定地抬起头说：“是树根。”

李怀信皱眉，有些不解：“树根在动？”

“不是。”冯天说，“好像在长。”

他们四下张望，周围只有几棵枯败的小树，有棵粗壮的槐树在二里之外，离得甚远，按理说，那棵树的根茎不可能生长到他们脚下来。况且这树根在地底穿土的动静不小，好似一条虫子蠕动在被褥底下，五感敏锐的修士定能感觉到这种微末的异样。

“嘶。”冯天抽回手，“不对，这树根聚阴极了，咱去前面看看。”

两人被飓风推着往前，寒气灌了满身，几乎侵皮入骨。一段距离后，他们被眼前的景象吸引了目光，不约而同地停下了脚步。

只见前方道路逐渐往下倾斜，凹出一片幽谷，透着茫茫的深寒。夜幕之下，空谷之中，有一棵参天古树，巍然苍劲，扎根于谷底，以目力丈量，似千丈之高。

两人走到幽谷边沿，放眼望去，不由得目瞪口呆。只见幽谷中央，巨大的古树盘根错节，密密麻麻直入地心，在土里蜿蜒纵横，延绵不绝。

冯天咽了一下口水，从震惊中回过神来：“从没见过这么大的古槐，得有千万年了吧？太壮观了！”

上空乱云飞渡，与那荫翳蔽日的参天古树相得益彰，此情此景，同样让李怀信震颤不已。

此处四面环山，斜坡陡峭，狂风在耳边呼啸，风入幽谷而不泄，可谓藏风聚气。

冯天张了张嘴："这地方……"

"怎么了？"

"风雨所会，阴阳所合，万物得以生机，古槐屹立，乃天地中心之柱。"冯天抬手往前一指，"啧"了一声，"没想到乱葬岗里还有这么一处风水绝佳的宝地。"

绝到什么程度？冯天道："能修皇陵了。"

李怀信又想抽人了："谁会把皇陵建在乱葬岗里？"

冯天道："真龙穴啊。"

李怀信嗤之以鼻："多好啊，不如把你家祖坟迁到这儿来吧。"

冯天怒目圆瞪："我说你咋这么损呢，我说能修皇陵，就是打个比方。"

"你有九条命？敢拿天家打比方。"李怀信说，"还当着我的面儿。"

"你又不介意……"

"介意。"

冯天嘴角一抽，斜了他一眼，心想：行，我让着你。

二人顺着斜坡而下，狂风呼啸中夹杂着呜咽声，传到耳边，令他们脚步一顿，本以为是错觉，细听之下，两人忍不住对视，李怀信紧皱眉头："百鬼……"他不确定似的顿了顿，冯天便接过了话："哭丧。"

百鬼哭丧！哭什么丧，给他俩吗？！

听着催命似的哭丧，冯天的脸色顿时变得极其难看，他刚要开口，就见李怀信脚下一绊，整个人失去了平衡，他正想拉李怀信一把，不料自己也被什么东西绊了一下，两人双双滚下斜坡，砸进一个大坑里。

李怀信的后背重重撞在一处凹凸不平的硬物上，整个人仿佛散了架，一阵剧痛让他忍不住咬紧了牙关，他深吸一口气，手撑住地面想要爬起来，不料手心摸到了一截纤细的长条物，触感不似树枝也不似石头，他轻轻一抽拿到眼前，竟是一截骨头。他顾不得后背的剧痛，猛地弹起身，却发现自己正身陷骨堆之中，骨头没过了膝盖，他脚底踩着一块疑似头骨的东西才没有踏空摔倒。站定后，他望了眼自己身处之境，头皮猛地发麻了。

冯天呻吟几声，挣扎着从骨堆里坐起来，当他发觉这是个巨大的尸骨坑时，也倏地怔住了。

方才他们站在斜坡上，目光都被远处那棵千丈古槐吸引了，没想到斜坡底下还有这么巨大的一个深坑。

“作孽啊。”冯天回过神，汗毛直竖，“一场大战死了多少人。”

闻言，李怀信转头望着他，脸色发白。他能感受到这片尸山骸骨里的怨气无比深重，几乎侵入骨髓。

尸骨坑里堆满了兵刃、铠甲、马骨……那些烈士的尸骸有些被腰斩，有些被斩下头颅，还有无数断臂残肢，将十年前那场惨绝人寰的杀戮呈现在眼前：一名名战士在战场上嘶吼着，奋战着，浴血杀敌，最后倒在血泊中，壮烈牺牲，客死他乡，连尸身都无人收殓。

李怀信依稀记得父皇曾经感叹过，一个朝代的兴盛是多么不易。

能有多么不易？年少无知的他怎会懂得。他自小身处红墙碧瓦，含着金汤匙出生，锦衣玉食，养尊处优，几乎要风得风要雨得雨，所见皆是花团锦簇之景，所闻无非是后宫妃子的钩心斗角，圣宠得失。他无法理解父皇的忧思，每日起早贪黑，下朝后在御书房里对着堆成小山的奏折殚精竭虑，更不知父皇熬至深夜所批下的每一个奏折，每一个抉择，都可能造成天下的动荡。

走神之际，他感觉全身一阵乏力，依稀听见冯天在喊：“怀信，怀信，李怀信！”

寒风裹缠在他身上，从每一个细小的毛孔中侵入，眼前黑影重重，乱麻似的闪过，鼻息间弥漫着血腥味，全是令人窒息的杀戮之气，耳边充斥着兵刃相接的铮鸣，还有歇斯底里却似乎无比遥远的呐喊：“李怀信！老二！老二！”

真是让人上火啊！他正要发怒，想割了此人的舌头，耳边的声音却忽地一变，有人喊他：“二殿下。”那嗓音十分低沉而略带苍劲，“二殿下，走过去，站上去。”

李怀信用力地眨了眨眼，眼前依旧是天旋地转的重影，什么也看不清，他想问是谁在说话，你是谁？张了张嘴，却发出一声痛苦的低吟。

好疼啊，有什么东西正往他身体里钻，仿佛想侵占他的灵魂。

他觉得自己整个人好像浮在半空，脚下踩不到实地，每一下挣扎，都踏着虚空。

第十一章 幽谷古槐

“二殿下！”

“二郎！”

声声惊呼刺入耳膜，震得李怀信心头一突。感觉手腕猛地被人攥住，他拼命将目光聚焦，依稀看见冯天那张惊恐焦急的脸。冯天在他身上压了道符，厉声喊道：“老二！”

冯天的剑劈向怨念冲天的黑气，符光一闪，鸣声凄厉，缠裹在他们周围的怨气蓦地消散。

李怀信只觉身子一沉，仿佛被人从半空一抛，直坠而下，再次砸了个晕头转向。好在地面挺软，没有摔在那堆硌人的尸骨上，不过这地面却好似薄冰一般冰凉。

李怀信的神志还有些恍惚，脑袋昏沉沉的，他想揉一揉额头，手腕却被冯天紧紧攥着，他微微侧首，看见冯天倒在他身旁，衣衫不整，脸上有几处青紫的伤痕。

冯天回望他，一脸受了内伤的表情，咳道：“你刚才发什么愣啊，被怨气乘虚而入，差点就让它们给撕了。”

李怀信道：“我想起在皇宫里……”

冯天睁大眼，匪夷所思道：“对着几亩地的骸骨思故乡？你怎么想的啊！”

李怀信被方才那股怨气缠得筋疲力尽，此刻只觉得肺里阵阵绞痛，没力气跟冯天贫，还未等他缓过劲儿来，突然感觉一阵地动，他和冯天皆是神色一凛。

震动越来越剧烈，李怀信撑地的手掌一滑，摸到了一个冰冷湿滑的东西。

“娘哎！”旁边的冯天一跃而起，垂头看着脚下黑黝黝的一排纹路，目瞪口呆地喊，“蛇吗？”

李怀信赶紧踉跄着倒退数丈，面对着这庞然大物，内心翻涌：“巨蟒吧？！”

巨蟒的尾巴在身上盘了盘，弯成一盘蚊香状，仿佛还处于沉睡状态。

冯天的后背沁出一层冷汗，被风一吹，忍不住打了个寒战。且不说这巨蟒是否有毒，攻击性强不强，光是盘一圈，就能把他俩给活活绞死，所以此刻他俩连呼吸都变得格外谨慎。

李怀信打了个手势，示意冯天赶紧离开这儿。经过一夜的折腾，两人都有些乏力了，又都受了点伤，若再与巨蟒缠斗，怕是只能沦为它的下酒菜了。

冯天点了点头，握着剑小心翼翼地后退，不料突然踩到一截枯枝，发出咔嚓一声脆响，他立即石化在原地，一颗心提到了嗓子眼儿，慌乱地观察那条巨蟒的反应，见它依然酣睡，他才做贼似的松了口气。

李怀信倒不像冯天般一惊一乍的，方才冯天大喊大叫了一通，这家伙都没个动静，跟耳背了似的，然后他们从它身上狼狈逃跑，它也只是盘了盘尾巴，显然这种干扰对它而言微不足道。

逃到安全距离，二人才转过身，仔细看着幽谷中的古槐，不由得愣住了。

古槐盘根错节，根茎庞大，每条树根都比他们的体形还要大，根深蒂固地扎入土里，四通八达地延展开去。

冯天道：“槐树本就属阴，气根繁多，直通地底，最为聚阴。”

而此地乃乱葬岗，埋了几十万军魂。李怀信道：“这里阴气极盛，岂不是肥沃得很，难怪古槐会长成奇观，看来全靠尸气滋养。”

冯天神色一凛：“不对啊。”

“什么不对？”

“这儿的风水不对。”冯天转过头，望着背后酣睡的庞然大物，“有蟒蛇，更是活龙地。”

李怀信一脸的不可思议：“跑到乱葬岗来看风水？”

“不是，大哥，这地方邪门儿。”

李怀信忍不住笑了："乱葬岗还能不邪？你就说这树吧，槐乃木鬼，忌种植于阴宅，根茎穿棺缠尸，家宅必遭不宁，咱眼前这棵，气根直穿尸骨坑，邪！"

"重要的不是这个。"

"嗯？"

"好吧，这个也重要，但是……"冯天顿了顿，咬了咬嘴唇才说，"我刚才也说了，此地乃龙脉所在，灵气充沛……"

李怀信不得不打断他："阴气充沛！"

冯天瞪他一眼："能不能听我把话说完。"

"纠正错词。"

冯天继续说道："阴气充沛，则——以阴养怨，以怨养尸。"说着他倏地抬起头，"对，关键就在这个怨气，因为此地藏风养气，龙气不泄，怨气自然也不会散，所以几十万大军的怨愤被压在地下，将原本的真龙穴生生逆转为大凶之地，改变了整个风水的局势。"

冯天若有所思，四下张望，脸上的表情复杂难辨。整个幽谷升腾着泼天的怨气，阴煞至极。他在原地转了一圈，数了数远处围绕着幽谷的山峰，那上面总共挺立着七棵树。

突然，他猛地一颤，嘴皮子哆嗦了一下："七棵？"

李怀信视力极好，借着月光，他遥望着山顶那几棵树，透过形态辨别，应当是："槐树？！"

那七棵槐树比起幽谷这棵，自然是小巫见大巫，但也是高大挺秀，跟旁边的灌木相比，显得尤为醒目。

他们刚才经过其中一个山坡，见坡顶那棵槐树的气根一直在不断生长，与其他枯木相接，好似在地下织成网状，贯穿整片山峦地脉。

冯天纳闷道："谁栽的七棵槐树？乃是风水大忌，压着幽谷里的死士，不得超生啊！"

李怀信沉声道："不对，山上七棵，这里还有一棵，是八棵。"

冯天一愣："八棵？"他有些茫然地转过头，"那就不是个阴毒的死局了。八棵，八棵是什么意思？"耳边的呜咽声忽高忽低，像风啸亦像鬼泣，干扰着冯天的思路，让他有些混乱。

说话间，两人一直在向古槐靠近，它在幽谷中心，就像一座巨大的地标，巍然屹立。越是走近，气温越低，仿佛置身冰窖，冻得人战栗，这是阴气极重的原因。

李怀信说："怎么比尸骨坑还让人发冷？"

"这树浸淫在尸气之中，早就把方圆数十里的阴怨煞气当成养料吸收了，估计得成精！"话刚说完，冯天突然盯着树冠的下方，愣在了原地。

眼前的情景太过骇人，繁茂的树冠之中竟横着一个……人？那人的肩胛被粗枝穿透，整个身体支棱在树冠中间，脸被绿叶挡住了，白发如流水倾泻而下，随风而动，垂下的白衣和指尖，一水儿的苍白。

冯天的后背起了一层毛毛汗，被阴风一吹，仿佛结了层薄冰，寒气贴着背心，怎么也散不去："是……什么？"

"上去看看不就知道了。"李怀信阔步上前，一副不惧天地的气势。

冯天急忙跟上去，生怕这祖宗不知天高地厚，犯了大忌。

地上堆积着无数落叶，盖住了松软的黑泥，李怀信刚踩上一条树根，就被冯天拽住了："等一下。"

李怀信回过头，目光带着询问。

冯天咬了咬牙："我跟你一起。"

两人踏着树干，几个起跳便跃上了树冠，最后停在一根粗壮的枝头上，相距那人一米有余，能清楚地看见那人的模样，若对方突然发难，他们也有防御空间。

是个女人，瞎了一目，左眼被剜去，似个漆黑的空洞，右眼紧闭，面色死白，甚至发灰！只需一眼就能辨别此人死亡已久，而且死状诡异瘆人。

冯天忽然意识到一个很严峻的问题："这里怎么会死了个女人？而且尸身还没腐烂！"

按理说，在这地方丧命，等不到尸身腐坏，就已被怨气蚀得渣都不剩了。

"是近日才闯进来的吗？"李怀信踩着树枝往前挪，冯天紧跟其后，两人双双探到了尸首前。

扫视一圈，白衣无尘，毫无被怨灵侵袭的迹象，李怀信的目光最后落在穿过女人肩胛的树枝上，挑了挑眉："被叉死的？也不致命啊！难道是失血过多？"

冯天答不上来，他心里也有一万个疑惑："她是什么人？怎么进来的？"

"没点儿能耐的话，闯不进这鬼地方。"

“看看她身上有没有什么能够验明身份的物件儿？”冯天想要搜寻，却半天下不去手，两手犹犹豫豫地左右移动，他有点惊讶自己在这种节骨眼儿上居然还顾及礼法，讲究男女授受不亲。

李怀信催促：“磨蹭什么？找啊。”

冯天心一横把手伸进女尸腰间，触到一块冷硬的玉石，他掏出来端详，是块正反都刻着“杨”字的玉佩。李怀信也凑过去看了看，这是块上等的好玉，但对于见惯了奇珍异宝的他来说，也就一般般吧，没多大稀罕之处。既无更多发现，冯天索性又把玉佩塞回女尸腰间，这死人的东西，多拿一秒都嫌晦气。

李怀信的目光停留在那根刺穿女尸肩胛的树枝上，伤口处已经辨不出血色，白衣上只剩下一团黑色的污迹。鬼使神差地，他伸出手，握住那根树枝。一瞬间，伴随着尖锐的刺痛，寒流如冰柱般洞穿他的掌心，封冻住他的臂膀乃至全身，将他的手掌牢牢禁锢在树枝上。

冯天惊叫一声，赶紧伸手去拉他，却被一股巨大的力量震开，狠狠摔在地上，发出一声巨响。

猛地遭受重创，冯天竟一时撑不起身，只能放声大吼：“怀信！放手！快放手！”

厉风如刃，李怀信握着树枝的虎口一点点撕裂，鲜血汩汩，顺着树皮往下流，在沁入女尸肩胛的瞬间，他体内的鲜血仿佛遭到吸噬，不断往外涌，源源不竭，几乎要被抽干。须臾之后，血液似乎有些供不应求，树枝突然爆发出一股更强的力量，猛地撕裂他的虎口，若不立即撒手，整个手臂都有可能被撕裂。李怀信气沉丹田，奋力一挣，在气流震击下，摔在了离冯天不远之处。

冯天急切地问：“你没事吧？”

李怀信看了看手上的伤口，有些愣怔：“那具女尸……好像有异。”

“尸变了吗？”冯天倏地抬起头，忽然反应了过来，“第八棵，不是树，是……天棺！”

李怀信侧首，一脸震惊地看向冯天：“什么？！”

“是天棺，没错，这是天棺。”冯天缓缓站起身，愣愣地望着面前这棵顶天立地的古槐。一般棺椁下葬都是横向入土，竖起来的则是天棺：“不是天葬，不是树，是墓。没错，葬于龙穴处，她就是墓主。还真的有人将墓穴选在乱葬岗？”

“不是。”李怀信咬了咬牙，忍着剧痛站起身，“那根树枝上施有钉魂禁法，那具女尸应该是……被镇压在此的。”

“死后被镇压？”

李怀信摇了摇头：“她衣服上有黑血，插入肩胛的树枝上下方向的都有，看似有挣扎的迹象，不排除是被活活钉死的。”

冯天瞠目：“活活钉……钉魂，钉的可是生魂！”

“没错，是生魂。”

“她是造了多大的孽？！”

一个女人能作多大的恶，竟要被活活钉死，在这乱葬岗里永不超生。

李怀信问：“你知道这是什么阵吗？”

冯天仰起脸，看着古槐上那具女尸，茫然地摇了摇头：“此地怨气深重，四周又有七棵槐木坐镇，压着数十万大军的英魂，是个永不超生的绝阵。”

这些士兵生前保家卫国，死后却落得个永不超生的下场。

李怀信侧首，疑问：“有什么目的呢？”

冯天试着猜测：“莫非，阴魂化煞，怨灵作乱，所以才必须镇压在此，毕竟，要超度几十万大军的怨魂，就算让咱们整个太行的师尊弟子出动，也不一定能做到。”

“所以是哪个了不起的能人，可将数十万怨灵镇压地下？”李怀信满眼不屑，挑着眉毛讽刺道，“神仙吗？”

“啊？”冯天想了想，“也许是很多能人合力呢？”

“哦，这么伟大的工程，咱太行怎能不出一份力，你入门十余年，听说过吗？”

冯天一愣，双目圆瞪：“你是说……”

李怀信冷哼一声：“长平周围的村子和城镇，一直平安无事，从未发生过怨灵四处作祟的情况，否则太行道早就得到消息前来除魔歼邪了，又怎会出现你说的各派能人赶来镇压，而唯独太行置身事外的情况？”

冯天机械地点点头：“对，听周围的百姓说，这些年虽有人误入乱葬岗没能出来，却并没有闹过邪祟侵入村子害命的乱象，所以……”

李怀信接过话：“这个阵法，是早就布下了！”

早在聚阴成怨之前！

第十二章 冥蟒

冯天大脑飞速转动："也就是说，这些阴魂，极有可能是被镇压之后出不去，才会怨气冲天？！"

冯天的智商总算跟上节奏了，李怀信不胜欣慰，点了点头，应道："嗯。"

冯天只觉口干舌燥，做了个吞咽的动作："还有松林中的附骨灵，全都被阵法困在乱葬岗内，一只邪祟都逃不出去。为什么？要压着几十万亡魂，令它们不得超生？造下如此业障，就不怕遭天谴吗！"

"想必是不怕的。"李怀信瞥了眼仍在渗血的虎口，撕下一块衣角将伤口裹紧，道，"况且，每一个上过战场的将士身上杀孽都重，都牵涉了因果报应，用他们来布阵，怨煞之气最深，也最易将龙穴化为凶地，可想布阵者的居心。无论什么目的，终归是造的大孽，所以此人绝不是什么善类。此事就怕造成大祸，惹得天下动乱，我们须尽快回去禀明师父。"

好像发现了一个巨大的阴谋，冯天郑重地点头，又指了指古槐："那这具女尸呢？总不会也是……"

"长平大战后不久，极有可能是被布阵之人钉死的。"

"长平之战？"冯天估算了下时间，道，"十年了，这尸身竟然十年不腐，荫尸吗？"

李怀信目光凌厉，四下一扫，定格在树冠上，沉声道："你没发现整个大阵都是以她为中心吗？更何况，这口‘天棺’吸收了多少怨灵煞气，供养着这具……”李怀信顿了顿，斟酌须臾，终究采用了冯天的措辞，“荫尸。”

“而且……”李怀信抬了抬那只受伤的手，说，“我刚刚不小心，喂了她点儿血。”

冯天惊骇，提高了声线喊道：“你就不怕她诈……蛇……”

“诈蛇”是个什么玩意儿？应该叫诈尸吧！而且为啥最后那个“蛇”字的音调还陡然降了下去？李怀信蹙眉，扭头看冯天，只见冯天已经转过身，背对着古槐，仰着头，直愣愣的，不知在干吗。

突然听见一阵嗞嗞声，李怀信头皮一麻，条件反射地转过身，就见巨蟒居高临下地垂着头，一双眼睛绿得发光，蛇头上有两簇幽冥业火正在幽幽地燃烧。巨蟒俯视着他们，嗞嗞吐芯。

短暂的对峙，李怀信后背已经冒出一层冷汗，他的手下意识地伸到背后，摁住了剑匣的机括。

“怀信……”冯天的声音听起来有点虚弱，估计是面对这庞然大物，还没开始战斗，气势就先弱了，“它怎么就醒了？”

那蛇头微微俯低，殷红的蛇芯子几乎扫过他们面门，浓浓的腥气扑面而来，熏得人窒息。

李怀信感觉自己每一根神经都绷紧了，血液翻腾，直冲大脑，在那条蛇芯子即将舔上他脑门的瞬间，他再也无法忍受地后退了几步。

巨蟒立即分辨出面前的活物，试探变成了攻击，猛地张开血盆大口，阴影中的毒牙锋芒毕露。

“闪开。”李怀信大喊一声，和冯天齐齐跳开，他凌空一跃，手指已按下剑匣的机括，抽出雀阴灵剑，剑光一凛，当空斩下，剑气如虹，直贯巨蟒的七寸。

方才对峙时，他便暗暗算准了时机和位置，只为一击即中。然而剑刃落下之时，竟哐当一声，斩在了巨蟒仿佛铜皮铁骨的鳞甲上，连一点细小的刮痕都没能留下。

李怀信心下一惊，还来不及跳开，巨蟒便长尾一扫，扫得他脚下趔趄，扑倒在蟒背上。蟒蛇本属冷血动物，浑身鳞片光滑，他伸手一抓，滑不溜秋的硬是没能拽稳，他在蟒背上滚了两圈，就被甩了出去。

冯天见状，刚要伸手接人，谁知巨蟒长尾一卷，直接将还未落地的李怀信卷住了，顺势一收，缠得李怀信差点喘不上气。

“怀信！”冯天嗓子一紧，嘶吼一声，像用棍子一样，直接用长剑去敲击巨蟒的鳞甲。此举无异于以卵击石。蟒身一扫，冯天还没来得及躲开，整个人便飞出去十余丈，狠狠撞在古槐上，吐出一口老血。他一擦嘴角，握着剑柄站起身，余光瞥见方才那口鲜血迅速沁入了树根之中，简直比土壤还要吸水。他皱了皱眉，却无暇顾及这异状，提起剑便朝巨蟒再度冲了过去。

巨蟒俯冲而下，张开血盆大口朝冯天咬下的瞬间，冯天猛地双膝跪地，一个倒仰，双膝冲击着向前滑行数十米，仰面与那血盆大口擦过，直冲向其腹下，手里的长剑早已蓄势待发，捅向那处看似薄弱的腹部。

只听铮的一声，仿佛捅在铁柱上，果然只是看起来薄弱而已。这条巨蟒连腹鳞也坚不可摧，密密实实呈覆瓦状排列，将整个蟒身护得无懈可击。

看着被巨蟒缠紧的李怀信，冯天急火攻心，举着长剑在蟒腹下一通乱砍。对于巨蟒来说，这样的力度就跟挠痒痒似的，毫无杀伤力，它蟒身一压，欲将腹下这个胡搅蛮缠的小人儿碾平，就跟碾死一只蚂蚁一样。

眼见巨物砸下来，冯天猛地一个打滚翻出去，堪堪避过，蟒身砸到地面，发出沉闷的重响，扬起一片尘土，冯天边呛咳边迅速往后退。

巨蟒尾部缠着李怀信，朝冯天蜿蜒而行，一双碧绿的眼睛，捕猎一般锁定目标……

李怀信越是挣扎，巨蟒缠得越紧，他被勒得肋骨仿佛要断裂，疼得呼吸艰难，差点握不住雀阴灵剑。巨蟒追着冯天前行时，他也被缠在其中随蛇身左摇右摆，感觉五脏六腑都撞成了一团，翻天覆地地搅动。一阵又一阵的天旋地转过后，李怀信使出九牛二虎之力，咬牙切齿地吼出一句：“冯天你大爷的！你跑个屁啊！”

“喊啥啊，我是为了防止它把你这个俘虏一口给吞了，才不惜以身作饵……”冯天的脚刚落在一块岩石上，还未来得及停歇，巨蟒已横撞过来，他猛地起跳，便见那块岩石已被撞得四分五裂，碎石飞射。冯天的膝盖冷不防被一块碎石砸中，感觉腿脚一麻，那碎石不偏不倚击中了他腿部麻筋，他嗷叫一声，本想以金鸡独立的姿势落在地面，结果却整个儿摔在了一堆落叶里。

巨蟒呲的一声，蹿至他眼前，猛地张开嘴，两颗獠牙如同镰刀般锋利。

完了！冯天的脑袋轰然一响，心想：死到临头了。

一股腥气充斥在鼻息间，他屏住呼吸，赴死般闭上了眼睛。

须臾，想象中的剧痛却并未降临，冯天犹豫着把眼睛睁开一条缝，只见巨蟒定格了数秒，随即猛地回缩，仿佛被一股巨大的力量狠狠一拽，生生往后拖拽了数十米。

巨蟒长身弯起，像一张拉开的弓，在幽谷中痛苦地挣扎。

冯天睁大眼，见数十道镇灵符封贴住巨蟒的尾部，好似将蛇尾钉在了原地，导致这条巨蟒只能半身不遂地扑腾，而李怀信此时正白衣飘飞地立在巨蟒背上，手中的雀阴剑被卡在巨蟒的鳞片中。

冯天目瞪口呆，这是怎样一拨神操作？！

李怀信掏出一沓镇灵符，捏了个诀，扬手一抛，又镇住了半截扑腾的蟒身。

冯天更是瞠目结舌，不是，这得多邪乎啊，镇灵符居然治得了蟒蛇？

冯天还未从“这刀枪不入的玩意儿居然被符箓给治了”的震惊中回过神来，贴在巨蟒尾部的数十张符箓蓦地蹿起火苗，化成灰烬。巨蟒的尾巴重获自由，顿时头尾翻腾，砸得地面砰砰震响。

“娘哎！”冯天倏地一跃而起，腿上的麻劲儿尚未完全消散，踉跄了一下才站稳。

李怀信撒完了最后一沓镇灵符，大声说道：“这是条幽冥蟒蛇，把你身上的镇灵符拿出来，贴在它头部。”

此时巨蟒的脑袋高高抬起，张着血盆大口就要朝背上的李怀信咬去，冯天心惊胆战，赶紧从怀里摸出一沓符箓，狠狠一咬牙，一蹦三尺高，冲向巨蟒，在它俯首咬向李怀信的瞬间扬手一撒，纷纷贴在其首部，还有几张落进了巨蟒的嘴里。

蟒首蓦地一僵，随后砸落地面，震得地面轻颤。

冯天呼出一口气：“总算消停了。”

话刚说完，李怀信方才贴在蟒身的十余道符箓又烧成了灰烬，蟒身在地上微微一动。

冯天脸色骤变，立即又掏出一沓符箓贴在其头部以作加持。

李怀信从蛇鳞下抽出雀阴剑：“这些符箓镇不了它多久。”

冯天狠狠道：“趁现在，把它头斩了。”

李怀信冷冷地瞥他一眼：“要不你把它脖子上的鳞片给刮了？”

“啥？”

“或者你来斩，用你的剑！”

“不是……”冯天这才反应过来，看了看自己手中的剑，顿时不淡定了，“哎哟，我去，卷刃了，说好的灵剑呢，还斩不了一条蛇！”

李怀信强调：“冥蟒。”

冯天沉默下来，神情凝重地看了巨蟒一眼：“我知道，师父曾说过，很多坟茔里都会有蛇，而某些帝陵之中甚至可能有蟒蛇，其中少数是由灵气化成的，可能是护棺神兽，一般不宜斩杀。可是……”冯天皱了皱眉，继续道，“也要因地而异吧，这里本是真龙穴，风水绝佳，养出来的该是地地道道的灵蛇，如今却成了乱葬岗，那么这条冥蟒，就有些意味不明了。”

“不是说龙气不泄，怨气不散吗？冥蟒便是聚此处龙气所化，怨气所生，二者相兼才聚气成形，算是亦正亦邪吧。若说是护棺神兽，护的会是这口天棺吗？或者，尸骨坑？”冯天有点纠结，他觉得这鬼地方处处充满了不解之谜，特费脑子，当然也可能是因为他学艺不精。

就他们说话这会儿工夫，压在冥蟒脑袋上的符箓又被烧成了灰烬。冯天伸手在怀里掏了掏，拿出最后五张符箓，愣了一下：“哎，就这儿张了。”

李怀信刚想去接，抬起手，就见缠着虎口的布巾被鲜血染红了，湿漉漉的，正往下滴血，他“嘶”的一声，这才感觉到疼：“得赶紧离开这儿。”

冯天撕下自己一截袖子递给他：“缠紧一点儿，把伤口压实了才能止血，右手就先别用剑了，虎口一挣就会裂。”

“恐怕不行。”

“怎么不行？”

李怀信目视前方，眯缝了一下眼睛，刚缠到一半的右手再次握紧了剑柄：“还得应付她。”

“谁？”冯天倏地抬起头，顺着李怀信的目光望向古槐，正好瞧见横在树冠上的那具荫尸手指动了动，他眨了眨眼，确定不是错觉，“尸变了吗？”

随即背后又有符纸燃烧的动静，冯天只觉脊背一寒，浑身冒了一层鸡皮疙瘩，木木地说：“大事不妙啊。”

李怀信显然也已洞察他们腹背受敌的险境，低沉地应了声：“嗯。”

第十三章　天雷

李怀信说：“你选一个吧。”

冯天有点蒙：“什么？”

“荫尸还是冥蟒？选一个。”

“啊。”冯天看了看手里卷了刃的长剑，冥蟒的战斗力他算是见识过了，铜皮铁骨刀枪不入的，翻腾一下就能地动山摇，凭自己的武力值……斩一具荫尸倒不在话下。权衡之后，冯天把仅剩的五张镇灵符给了李怀信：“荫尸吧。”

李怀信接过，瞄了眼他手里的破剑，从剑匣中抽出伏矢剑扔给他：“用这柄吧。”

“哎。”冯天赶紧扔了自己的剑，接了过来。

两人十分默契地背向而行，各自面对自己的劲敌。

冥蟒头上最后一张符箓化为灰烬的瞬间，身体猛地一蹿，如离弦之箭。李怀信步步生风，往崖壁奔去，在冥蟒袭来的刹那间双腿一蹬，跃向高处。冥蟒结结实实地撞在了岩石上，砸出一个岩坑，崖壁轰然垮塌，李怀信脚下的石头也随之坠落，他手疾眼快，攀住上方一块凸出的石头，奈何那石块也已松动，无法受力，人和石头齐齐下跌，砸在了冥蟒的头顶。冥蟒昂首，他便滑向其后背，想伸手抓住其鳞片，奈何这孽障的鳞片太过滑腻，他还未找到机会将剑刃插入，便被这孽障狠狠甩了出去，重重坠地。

眩晕还未过去，那冥蟒的巨尾又索命长鞭般抽了下来，李怀信敏捷地一躲，往旁边滚了好几圈，才以手撑地，单膝稳住。抬起头的时候正好看见冯天僵立的背影，手里握着他的伏矢剑，一动不动地面向古槐。

古槐巨大的树冠之上，正站着那具白衣白发的荫尸，脚踩绿叶，整个人如同虚悬在空中。

天上乱云飞渡，仿若地狱怨灵在盘旋。荫尸蓦地睁开眼，被剜去的左目如同深不见底的黑洞，弥漫着令人惊骇的阴怨之气。

李怀信只觉遍体生寒，大吼一声："冯天！"

冯天僵立在那里，全身上下除了被冷风卷起的长发衣袍，几乎纹丝不动。

李怀信回过头，看了眼朝自己袭来的冥蟒，咬紧牙关，猛地冲向冯天："快闪开！"

喉咙都喊破了，冯天却毫无反应。李怀信见状，来不及多想，奋不顾身地往前一扑，伸出双臂搂起冯天往一旁滚去，这时才听见冯天在耳边喃喃说了句："刚才实在动不了。"

经过一夜的跌打碰撞，浑身关节痛到如同错位，李怀信强撑着提剑起身。

就在他搂着冯天滚向一旁时，飞窜而来的冥蟒已来不及拐弯，直冲向古槐，却并未如李怀信所预想的那样撞在树上，而是围着古槐一圈圈缠绕直上，钻出树冠之时，张开血盆大口，猛地一口吞掉了那具诈活的荫尸，抖落无数落叶。

冯天刚爬起身，就目睹这一幕，惊得瞪大眼："这孽障……就这么给吃了？！"

说好的护棺神兽呢！护的哪门子棺！说吃就吃的吗！

一具荫尸还不够塞牙缝的，冥蟒掉过头来，一双绿幽幽的眼睛饥渴地锁定了眼前的两个人。

冯天被瞪得心里一阵发毛，而此时李怀信已做出应急反应，低喝一声："跑啊。"随即拔腿狂奔。冯天紧跟其后，没跑出几步，就听见一声惨嗞，接着是一声轰隆闷响，大地震颤，晃得人脚下不稳。

二人急急刹住步子，猛一回头，只见冥蟒重重倒地，大口一张，那具被它生吞入腹的荫尸飞跃而出，旋身踩在冥蟒头部，然后屈指成爪，如利刃般插入了冥蟒一只眼，再利索地一剜，将那只绿瞳抠了出来！

冥蟒发出惨嗞，痛得在幽谷里横冲直撞，长尾一扫，岩壁纷纷垮塌。李怀信与冯天一边躲避着冥蟒的横扫，一边还要留心不被垮塌的巨石砸到，回头望时，只见那具荫尸立在滚滚尘烟中，白发如瀑倾泻而下，握着那颗绿宝石般的眼珠，不为周遭的乱象所动。接着，荫尸抬起手，将那颗折射着月光的眼珠塞进了自己黑洞洞的眼眶……

这个场景实在太诡谲，以至于李怀信几乎忽略了接下来她只是伸了一下手，那条扑腾得快要山崩地裂的冥蟒便不再动弹了。

尘埃落定之时，荫尸那张死灰般的脸露出了清晰的轮廓，双目一睁一闭间，绿色的眼珠变得和右眼一样黑白分明，与他隔空对视。

李怀信彻底看呆了，直到被冯天狠狠地拽了一把，他才猛然回过神来，闪电划破了浓浓的黑雾，仿佛利刃将幕布撕开一道口子，强光从裂口射入，刺得他眼前一花。

那道一早就已蛰伏于夜幕中的九天玄雷，在冯天拽着李怀信冲出幽谷之后，当空劈下，继而接二连三地滚过天幕，落在幽谷之中。

两人跑出老远才敢停下，此时撑着一块凹凸不平的石壁喘息着，脸上的惊惧之色尚未消退，手脚仍是僵硬的。

冯天张了张嘴，说话都不太利索："刚……十……十几道……天雷吧。"

李怀信苍白着脸，抬了抬眼皮，两眼慢慢从涣散调整到聚焦，迟钝地点了点头："嗯。"

冯天重重地吸了口气，脱力似的坐到了地上："吓死我了，得亏咱俩跑得快！是天罚吧？冲着那具荫尸去的吗？这玩意儿得多可怕啊，居然招来了天雷！你看见了吗，她刚才手一压，那条冥蟒就不动了，我居然以为自己能收服她！好在，老天爷又一次帮了大忙，啧，你说她被劈死了没？哎，怀信，怎么了，丢魂儿了啊？"

丢魂儿倒不至于，只是他想起了刚才的对视中那具荫尸的眼神，有些不知所措。他木讷地盯着冯天数秒，抹了一把脸，让自己定了定神，回道："十几道天雷，应该不可能挨得过去。"

听到这个答案，冯天松了口气，可一个念头又让他整颗心倏地揪紧了，他伸长了脖子问："那……那个阵呢？"

"什……"李怀信话说到一半，似乎也想到了什么，与冯天大眼瞪小眼。

"就那道天雷的威力，连岩石都能劈裂，更别说一道压着怨灵的大阵了。恐怕……”冯天惊恐得有些说不下去，若是因此破了大阵，那么镇压在地下的几十万怨灵，岂不得全部窜出来作乱！

仿佛是为了印证他的猜测，幽谷的方向突然传来崩塌的巨响，震得人耳膜嗡鸣，大地余颤连连，李怀信踉跄了一下，石壁上方的泥土、碎石纷纷滑落，落了他一头一身的土。

李怀信避开了一块碎石，道：“是山崩吗？”还没来得及抖落身上的尘土，就听见从幽谷方向传来阵阵魑魅的呜咽，此起彼落，万鬼哭嚎，绵绵不绝……

冯天猛一起身：“要出大乱子了！”

若是让几十万怨灵大军冲破大阵，闯出乱葬岗，后果将不堪设想。这个念头刚在脑海里冒了个头，二人的脸色一下子变得刷白。

冯天恨不得抽自己一个大嘴巴子，这就是他所谓的“老天爷帮了大忙”？！

李怀信从没想到自己第一次下山历练，就碰到这么惊天地泣鬼神的大劫难，完全超出了他的能力范围，他有些呼吸艰难地握紧了剑柄，艰涩地开口：“咱们得回头。”

冯天惊道：“疯了吗，回头送死啊，现在得赶紧出去通知掌教。”

“来不及了，如果怨灵窜出乱葬岗，恐怕方圆百里都将沦为人间炼狱，根本等不到我们回太行搬救兵。”

“少不自量力了，大师兄不在，咱俩连个封灵阵都画不完。”

李怀信抿了抿唇，欲言又止：“……冯天，是不是我闯的祸？本来……可能没事的，这个阵法在此压了十年，一直没出过事儿，就……”他顿了顿，看了看自己仍在往外渗血的虎口，想起他的血曾经渗进荫尸的肩胛，忐忑极了。

冯天洞穿了他的想法，打断道：“关你屁事啊，来之前你不就看出了这边天现异象吗？而且在镜像界的时候就下了一道雷劫，分明是老天爷在捣乱，一道天雷把那荫尸劈得魂飞魄散不就完事儿了，非要劈个山崩地裂。”

“可是……”

“别可是了，现在不是钻牛角尖的时候，出去再想办法吧。”

大阵若破，凭他们的修为，就算折返，搭上性命也无济于事，既如此，又何必去担那个风险，做无谓的牺牲。他不怕死，可他不能让李怀信命丧于此。

“冯天，你忘了自己是谁吗？太行弟子，除魔卫道，你明知怨魂一旦出去就会危害百姓，也不管吗？”

“不是，你以为自己多大本事？管得了吗！”

李怀信有些气恼，他满腔的壮志雄心一出来就大受打击，但他心里清楚，自己此刻不是在跟冯天逞强或较劲。他转过身，一剑斩下路边的枯木，劈柴似的削成方块状。他们带来的符箓只剩下五张了，手边没有黄纸和朱砂，只得就地取材，用荒木刻符。

冯天看着他执拗的模样，知道这祖宗作天作地的性子又要发作了，今儿要替天行道。他在太行山横行霸道惯了，难免有点忘形，所谓初生牛犊不怕虎，他还真以为自己上天入地无所不能，不过冯天不得不承认，这小子虽不自量力，但心眼儿好！

幽谷里的鬼哭狼嚎仍不绝于耳，想起村镇里的百姓，冯天妥协似的叹了口气，走上前捡起一块荒木，全神贯注地开始刻符。俗话说：我不入地狱谁入地狱！

李怀信瞥他一眼。冯天沐浴在他的目光里，平心静气道：“就这么着吧。”

“怎么着？”

冯天一抬眼皮，依旧平心静气：“我陪你死了算了。”

“死你大爷！”

“我大爷早年就被你给咒死了，积点口德吧，老二。”

李怀信“啧”了一声：“找抽呢。”

“省点儿力气一会儿抽鬼去吧，别跟我这儿费劲了，我皮厚，怕你手疼。”

李怀信没忍住笑：“我又不抽你脸。”

“滚！你才脸皮厚。”冯天吹了吹刻好的符箓，道，“好好劈柴吧你。”

李怀信瞥了眼他刻好的符文，评价道：“还行，有点儿长进，就是太慢了，你更适合劈柴。”

冯天斩钉截铁地回绝：“你劈。”

李怀信没理他，捡起木块开始刻符。

冯天出言制止：“你能打一点，一会儿指不定多麻烦，这种耗损精力的事我一个人做就行了。”

“你一个人能做多少？”

“也是，这种环境里，多少符都是不够的。”冯天瞄了眼李怀信剑下的刻纹，眼神蓦地一亮，“你刻的是——封灵阵乾位。”

李怀信不掩得意："谁说没有秦暮那个假正经在我们就画不出封灵阵，事先把他站的乾位画出来不就行了。"

"你可以啊！"冯天想了想，又按捺住激动，"不过，行得通吗？"

李怀信眼睛一斜："你现在是在质疑我吗？！"

废话！当然质疑了！

大型封灵阵，是由八位修士，分别站乾、坤、坎、兑、艮、震、离、巽八个方位协力而成的。修为越高的人，画出来的封灵阵威力自然越大，像冯天这种半路出家的水准，凑个坎位，跟大师兄那种级别的搭档一下，勉强能拘个冥蟒那样的护棺神兽，注意重点，是勉强！勉强拘住冥蟒的封灵阵是不稳定的，经不住折腾，只要从里头攻击最薄弱的坎位，就容易破阵。相对地，剔除他这种低配，把各个方位都换成掌教那样的尊师级别的大能，画出来的封灵阵，锁它几条冥蟒都不在话下。但是眼下，压根儿没有掌教那样的大能，连大师兄都不在场，就他这个低配和李怀信这个中配加起来，要画个只有乾、坤、坎三个方位的小型封灵阵来镇压乱葬岗的几十万怨灵，闹呢！这不过是封灵阵中最小型最弱的一款，是他们在太行练习的时候，拘几只夜游魂来解闷儿用的。

想到此，冯天的心凉了半截，他刚才还瞎激动了一下子。跟着这祖宗作死，有什么值得激动的，真是嫌命太长了。

第十四章 补阵

折回的山路上碎石堆叠，人一走动，石子就在脚下四散滚动，脚尖一不小心就会被卡在缝隙中，寸步难行。而余震之后的峭壁仍然不时飞沙走石，行走之中几乎避无可避，冯天的脸颊被一块带棱角的石子划出一道血口，再加寒风割脸，有些雪上加霜。

绕过这座高峰，数里之外便是幽谷，远远就能望见连绵起伏的山峦将幽谷环绕其中。历经十几道雷劫之后，其中一座山体轰然坍塌，当时听到巨响，两人已预料到这种情况，可此刻亲眼所见，仍旧忍不住心惊胆战。

“错了。”冯天突然开口，声音嘶哑，“我们搞错了。”

他无厘头的一句话让李怀信皱起了眉头：“什么错了？”

冯天苍白着脸，一只手抓住李怀信的手臂，一只手指向远处的峰峦，数道：“一、二、三、四、五、六……”然后他的手指定格在坍塌的山体上，艰难地说道，“七。”

他抓着李怀信的手因太过用力而微微颤抖，他说：“四方龙脉延绵而至，在此交会结穴，由七座山峰阻气止息，故而龙气不泄，相对地，怨气亦不散。所以，真正压着数十万大军亡灵的大阵，其实是这七座山，那山峦之巅的七棵槐树，只不过是大阵之上的七颗钉子。”

听完这番陈述，李怀信愣了许久，内心不仅仅是震撼，他半天才说出一句：

“那现在山都塌了啊。”

山塌了，自然龙气外泄，怨气涌散。

已成为一片焦土的幽谷之中，古槐倾斜，大地被天雷劈出三两道裂痕，一如长长的沟壑，蜿蜒交错至坍塌的山峰前。鬼哭狼嚎就是从这道裂痕中传出的，那声音在山谷里回荡着，盘旋不绝，裹挟在寒风之中，呼啸而至，仿如附在人的耳边哀鸣，极尽凄厉。

如墨般的黑气从这几道裂痕中升腾而出，聚拢成虚影，好似一个个穿着铠甲的勇士，终于从这道封印了他们十年的阵法中解放出来，嘶吼着重见天日。此时天上黑云翻墨，如帐幕压顶，笼罩住整个乱葬岗。

那鬼哭狼嚎在地底源源不绝，排山倒海般一浪接一浪地翻涌而起，仿佛下一刻便会将整个大地掀开，然后阴兵汹涌而出，造成一场人间浩劫。李怀信只觉四肢发软，里衣早已被冷汗浸湿。

号叫声越来越近，夹杂着战马的声声嘶鸣，穿云破空。金戈铁马如在眼前，仿若当年的混战重现。被镇压地下永不超生的怨灵，尖啸着即将冲破桎梏……冯天的脑海只闪过一个念头：完了！他碌碌无为的二十年里，在太行山得过且过，学无所成，只和大师兄以及李怀信捉过几只夜游魂，除了在藏书阁内看过几本惊心动魄的《天下奇谈》，他还是第一次亲身经历这么大的阵势。若想凭他和李怀信二人之力扭转局势……算了，他不像李怀信那样狂妄，实在不觉得自己有拯救苍生的能力，别说拯救苍生了，他一向都是被拯救的那个。

冯天刚要绝望的时候，就见那座崩塌的山体之中走出一个……人？确切地说，是一个女人。若不是那一头华发，冯天和李怀信差点没认出来她就是那具荫尸。她的衣服被天雷劈得焦煳，连袖子都少了一截，衣衫褴褛的，塞一只豁口碗给她，就能上街行乞了。

两人难以置信地看着那具荫尸，感觉整个人都不好了。

李怀信道：“居然挨过了十几道天雷。”

天劫之下，整座山都崩塌了，她竟然还能从里面走出来。她走到制高点，举目四顾，须臾，伸出手，抚上了那棵连根倒地的槐树，掌心蓄了一股力量，顿时阴风大作，四面八方地朝她所在之处卷动，然后一股股怨气凝聚，经她的掌心灌入古槐。古槐被缓缓扶正，根茎倏地插入土里，攀附岩石，疯狂地衍生滋长，蔓延开去……

冯天惊呆了："她在做什么？"

李怀信愣了半晌，好像依稀看懂了那荫尸的用意，但又不太确定："好像在，修补大阵？"

"什……么？"冯天不可思议地睁大眼，结结巴巴地，"补……补阵吗？她？"

冯天转过头，只见穿过岩石的树根缓缓收紧，仿佛渔夫在捕获了一兜鱼虾之后猛地收网，迸裂的山体碎石在树根的缠绕下一点点重新垒起……此情此景，让冯天感觉如坠梦中，整个人僵成一块化石。

站在制高点上的荫尸五指张开，虚抚在古槐上，肩膀微微颤了颤，好似有些体力不支，继而又抬起另一只手，奋力屈指，欲继续操控……

"快，帮忙！"

李怀信猛地大喊一声，吓得冯天一哆嗦。眼见李怀信朝幽谷冲去，冯天立即追上，却仍有些茫然："怎么帮？我可不会操控树根啊，我说，这人是槐树成的精吧？"

李怀信跃下一块凸石，迅速往前奔去："除了山崩，没看见幽谷里还有三道裂纹吗？"

"啊，对！"冯天紧跟其后，"看见了，我们是要去补那三道裂纹吗？不过那谁……行不行啊，我看她好像有些撑不住了。"

李怀信脚步没停，却忍不住回头望了一眼，那人周身黑气缭绕，华发在狂风中乱舞，单薄的身子微微一晃，屈膝跪了下去。她遭受了十几道天雷，已是强弩之末，却仍旧在勉力支撑着，双手虚抚着槐树，以阴怨煞气为养料，源源不断地灌入树根……

李怀信难以描述自己此刻的心情，她到底是人是鬼，是正是邪？这些都尚未明确，但她此举，让他产生了一种并肩作战的惺惺相惜。

仿佛是有所感应般，那人微微抬起头，与他遥遥相望，目光微凉。须臾，她俯首垂眸，眉头轻皱，面露痛苦之色，原本屈起的手指不敌重力牵扯，猛地一松，那些被树根垒起的岩石再次出现崩塌的迹象……

李怀信脚下一滞，唯恐下一刻那人就撑不下去。分神间，就听冯天喊道："小心。"他回过头，差点撞上了一名阴兵虚影，李怀信侧身闪过，挥剑一劈，剑身从虚影中穿过，虚影分毫不伤。李怀信见状，愣了一下，赶紧补了一张符箓才将其斩杀。

无数黑气正从裂纹中涌出，逐渐凝聚。

“不能再拖了，得快。”李怀信喊道。

若让更多的黑气散出来，凝聚成人形虚影，则灵剑无法直接斩杀，必须借符箓辅助，而他们手里只有为数不多的几枚木刻符箓，根本降不住数量庞大的阴兵，唯一的办法便是将裂纹修补，把怨灵镇压在地下。

冯天应声，以最快的速度奔向裂纹之外的坎位。

李怀信拿出五块事先刻好的乾位木符，默念符咒之后，纷纷插入焦黑的泥土中，随即纵身一跃，奔至坤位，无数道剑光掠下，在地上刻出阵法。

一整套剑法连贯打完，地上的符文已成，他再抽出一柄吞贼剑，飞掷而出，隔空操控着令其悬于乾位上空，他与冯天对视一眼，然后默契十足地握紧剑柄，三剑齐齐插入符文中心，一个巨大的结印成形，将三方贯连相接，阵启！

二人握紧剑柄，插入焦土，剑身每深入地下一寸，就会耗费一股真气，直到将整个剑身没入土里，方能成阵，否则前功尽弃。

李怀信兼顾乾位、坤位两处，必须耗费两倍真气。相对地，若将一份真气一分为二，乾、坤两处的封印就会削弱。那么成阵之后，封灵阵是否牢固，有多牢固，就不好说了。

然而剑身还差一小截便没入焦土时，突然分寸难进，仿佛扎在一块铁板上，李怀信死命往下按，额头沁出薄汗，打湿了垂下来的一缕青丝，沾在颊边。他抬起头看向冯天，发现对方的长剑也还剩一小截，同样分寸难进。

“怎么回事？”冯天喊道。

“不知道。”李怀信说，“压不下去了。”

“别松手，压不下去这阵就成不了，到那时，阴兵出世，为祸人间，必将生灵涂炭。”

无须冯天多言，他当然知道此刻万万不能松手，只差最后一步，最后一步……

突然，他猛地抬起头，睁大眼，反应过来冯天为什么要啰唆这么一句。他看见起先从裂缝中涌出的黑雾已一点点凝聚成虚影，仿佛一支整肃的队伍，训练有素地排成两列，正踏着虚空，朝冯天迈去。

李怀信瞳孔紧缩，不知所措地看着那队阴兵虚影向冯天靠近。

越来越近了！

他的手微微一抖，欲抬起来。

“老二，别松手。”冯天的声音很轻，却仿佛利剑刺入他的耳膜。

更近了。

李怀信僵在原地，目眦尽裂，无数细小的血丝仿如蛛网爬满他的眼球。

只差两步了。

冯天看着他，安抚似的说：“老二，别松手。”

李怀信拼尽了全力往下按，长剑始终半寸未进。

“躲开！”他疯了般大喊出声，摁住剑柄抬起头，已经红了眼眶。

冯天没有躲开，阴兵从他的身体里穿过，阴寒之气直灌入体，仿佛有一把钩子在他的脏腑里肆虐翻搅，狠狠拉扯，然后一下下撞击着他的灵魂，几乎要将他的灵魂与肉体生生剥离撕碎。那股冲击力太强了，让人有种被卷入巨浪的溺亡感，冯天双手紧握住剑柄，不敢松懈，直到阴兵已穿过身体，他仍旧保持着插剑入阵的姿势，不曾松手。

时间仿佛凝固了，李怀信呼吸一窒，瞪着冯天，心里的惧怕如潮水般将他淹没。直到冯天手里的剑身终于完全没入焦土，轻轻抬起头，与他对视，他整个人才如释重负般，吐出一口气，身体却有些摇摇欲坠。

冯天牵了一下嘴角，诧异道：“呀，哭啦？”

李怀信眨了一下蓄满水雾的眼睛，才发现视线早已模糊。

冯天嘲笑道：“都多大人了，还哭鼻子啊，哈哈哈哈。”

李怀信狠狠将泪水逼了回去，火冒三丈地瞪着冯天：“滚！”

冯天笑了几声，蓦地收住了，他皱了皱眉，抿了抿发青的嘴唇，看见李怀信铁着脸狠狠往下摁剑柄，却仍旧未能成功。

冯天问：“怎么了？”

“下面好像有块铁板，可能是运气不好，正巧抵在什么兵刃上了。”

“哦。”冯天应了一声，没再说话，也没有过来帮忙的意思。

李怀信隐隐觉得不对劲，抬眼去看冯天，就见他依旧保持着方才那个跪坐的姿势，一动未动。

他的心忽地一紧，下意识地喊了声：“冯天。”

“嗯？”

“你……没事吧？”

“嗯。”

闻言，李怀信只觉得更加心慌：“嗯什么啊，你到底有没有事？”

冯天顿了许久，久到李怀信快要爹毛的时候，终于缓缓开了口：“我以前有没有跟你说过，我们家在东桃村是酿酒的大户。我爹的看家本领就是会酿桃花醉，一壶桃花醉，十里飘香，我小的时候，跟我哥想要偷喝一口，被我爹发现了，把我俩狠揍了一顿，他不许小孩子喝酒。”

不知道冯天为什么会突然提起亲人，李怀信捺住心里的忐忑，顺着问了句：“你还有哥啊？”

“嗯，我哥比我出息，是要传承我爹手艺的。我从小上房揭瓦，淘气狠了，我爹就怕我在村里跟瘸拐刘家的儿子瞎混，不学无术，以后为非作歹，所以就把我送到了太行山。离家那年，我爹在地里埋了几坛子桃花醉，说是等我成年了回去，我们爷儿仨不醉不休。”说到此，冯天顿了顿，声音弱了下去，好似叹息，“如今，我都二十岁了，那几坛桃花醉，应该还在地里等着我吧？！”

听完这番话，李怀信觉得心里莫名地发酸，他说：“等从这里出去，我们就上你家喝酒去。”

冯天牵了牵有些僵硬的嘴角，用一种从未有过的轻声细语讲道：“老二，你一会儿别哭啊，我可能……出不去了。”

这种话一听就让人火大，李怀信发泄般猛地施力，终于将长剑整柄没入，钉在符咒中，阵成！

可他非但没有松一口气，心里还窝了一把火，一路烧到嗓子眼儿，他想吼：谁哭了！我才没哭！然而他只是无力地转过头去。刚才他看见冯天的脸色白得吓人，是那种发灰的死白，而握着剑柄的手无力地垂着，他不愿，更不敢回头去看冯天。

他望着已经成形的封灵阵，幽幽地说：“说这种话，晦气不晦气。”

然后，他的声音低低的，像是在对冯天说，更像是说给自己听：“我们能出去，我一定会带你出去。”

第十五章 再见，冯天

那人的双手握紧成拳时，崩塌的峰峦被树根盘绕着垒起一座低矮的小山，根茎仍在肆意疯长，蜿蜒向幽谷，从地底一路穿过李怀信脚下，钩住了那棵已经倾斜的千丈古槐，纵横交错着盘住根茎，缓缓拉直扶正。

李怀信看不见，但他能感觉到，峰峦上的七棵槐树的根茎在他脚下贯穿相连，一点点修复了被天雷劈裂的大阵。而那个跪在小山上的身影，耗尽了最后一丝气力，像一张薄薄的纸片，寒风一吹，就毫无支撑地倒了下去。

这短短的一瞬间，仿佛过了春秋三载，他遥望那个人倒下，却始终不敢回头看一眼冯天。

冯天在他说完那句话之后，就再也没有出声。深秋的寒风那么凉，在幽谷里如同霜雪，李怀信此刻却觉得自己被架在了火上烤，有种强烈的灼烧感，他想再听冯天说点什么，哪怕叫他一声“老二”，可他在原地站了那么久，冯天也没像往常一样催促一句：“你发什么呆！”

四周有风声，有树叶摇动的沙沙声，还有怨灵的呜咽，如此嘈杂，但没有冯天的声音，他的世界似乎突然变得悄无声息，什么也听不到。

他终于没忍住，叫了声：“冯天。”

他缓缓转过头，看着跪坐在原地的冯天，低低垂首。

他说：“阵成了，起来吧，我们该走了。”

他说："我们出去，冯天。"

他说："怎么的，还要让人扶不成？"

他说："去东桃村，去你家。"

他说："成年人，还喝不喝你的桃花醉了？"

他说了很多很多话，冯天都没有理他。

这小子真的是，越来越踿了，绝对的，三天不打上房揭瓦，李怀信面露愠色："再不起来，信不信我抽你啊。"

而冯天这个平时一点就着的炮仗，此刻没有跳起来跟他掐架，没有挑衅地一抬下巴说："打一架？"

李怀信内心的那点自欺欺人在此刻终于崩盘，他整个人一慌，步伐凌乱地向冯天走去，边走边喊冯天的名字，嗓子都哑了。他脚步虚浮，每一步都仿佛踩空了一样，踉跄着摔在了冯天跟前。

他伸出手，握住冯天冰冷的手腕，愣愣地问："你是不是冷？"

他卸下剑匣，脱掉外衣，裹在冯天身上："冷你就说啊，我又……"给冯天裹外套时手上用了点力，他话未说完，冯天便重心不稳，栽进了他怀里。李怀信僵着不动，任凭冯天靠在自己颈间，小心翼翼地问："你困了吗，冯天？"

愣怔须臾，他望了望天际的微光，已近破晓，又自问自答地说："天要亮了，困了就睡一会儿吧，折腾一宿没合眼了，但是说好啊，就睡一会儿，一会儿咱就得出去了。"

然而冯天这一觉睡了很久很久，久到他都忘了自己守了多少个日夜。他试图去叫冯天，可没能把他叫醒。他看着冯天灰白的脸色，整个人开始发抖，眼眶红了一次又一次，他都强行把泪水憋了回去，他想：我不能被冯天笑话。可是他耳边总响起那句"老二，你一会儿别哭啊，我可能……出不去了"。

我不哭，他把脸埋进冯天肩头，在心里说：我会带你出去的。

第十六章

红绳

哐哐的砸门声响起，李怀信倏地睁开眼，发现自己泡在浴桶内，他环顾一圈，看见端坐在案前的女冠时，才从记忆中抽回思绪。

门被外面的人一脚踹开，强光射进屋里，刺得李怀信眯缝起眼。

两名带刀的衙役走进屋，扫了眼浴桶里的人，微微一愣，显然是没料到这大清早的竟有人在沐浴，还是穿着衣服沐浴，真是怪胎，顿时又觉得没什么可避嫌的。

目光扫过站起身的女冠时，衙役想起了正事，板着脸道：“这位……那谁，叫什么？”

民不与官斗，贞白虽对这些擅闯者极其不悦，却更不愿惹麻烦，遂答道：“贞白。”

真白？李怀信投以注目，上下打量之后，心中鉴定：确实挺白。

衙役道：“昨晚在凶案现场的人是你吧？”

贞白紧了一下眉，未作声。

衙役说：“昨晚在王六家院子里的人，是不是你？”

贞白答：“是。”

衙役点点头，掏出一块木刻符箓，举在贞白面前问：“王氏昨夜招供，说这块符箓是你给她的，而且插在了她家院子里，装神弄鬼的，以便挖尸，是吧？”

李怀信看清衙役手里那块符箓时，明显一愣，就听女冠惜字如金地答了一个字："是。"

衙役满意地把符箓揣进怀里，道："那就没错了，现在需要你同我们到衙门走一趟，配合调查。"

贞白疑虑："什么意思？"

"意思就是，你涉嫌与王氏夫妇密谋害命。"

"有什么证据？"

衙役拍了拍胸口那块符箓，义正词严道："这就是证据，你不是已经承认了吗，走吧！"

贞白并未多做辩解，她扫了眼浴桶里的李怀信，便抓起案上那把沉木剑迈出了房门。店小二与赵九唯唯诺诺地站在走廊里，正欲窥视，就见贞白出来了。

赵九低唤道："道长。"

贞白颔首，叮嘱了赵九一句："劳烦帮浴桶里的人换身衣服，再喂碗粥，他已经无碍了，只是目前还动不了。"

赵九连连点头，应承下来："放心吧道长，等我安顿好他，就去衙门给你做证，是我托你给王六择吉地的，这院子里埋尸的事儿也跟你没关系。"

贞白道了声"不必"，径直下了楼，与两名衙役往县衙方向走去。

出乎意料的是入县衙后并没有对簿公堂，两名衙役将她带入了一间审讯室，说是审讯室已算客气了，此地四面挂着不同的刑具，炭盆铁夹老虎凳，俨然是个严刑逼供的地方，对付王氏这种怯懦妇人，只需往里一押，还没等他们上刑，几个活阎罗稍一恐吓，就能把她吓得全盘托出。

贞白一进来，就见王氏哆哆嗦嗦地跪在地上，像一根被人榨干了水分的甘蔗。

听到动静，王氏如惊弓之鸟似的回过头，看到贞白就开始抹泪："道长，我不是故意连累你的，他们让我招供，我都是实话实说啊。这事儿跟你没关系，我不会昧着良心冤枉你，可是，我们院子底下埋了尸骨这事确实是你发现的，我只能一五一十跟官爷交代了。"

为首的捕头姓梁，此时从椅子上站起来，收敛了方才威逼的脸色，看向贞白，似笑非笑道："所以说，若死者不是与你这位道长有关，就是你还真有一些通灵的本事咯？"

贞白迎上他的目光，神情漠然。

梁捕头道："总不可能是巧合吧？"

贞白终于应了声："不是。"

"那是什么？"

贞白道："她家院内阴气极重。"

"啥？"梁捕头向来是个不信邪的人，"你装神弄鬼那一套，骗骗这些无知妇人也就罢了，在衙门里可行不通。"

贞白不是个善于诡辩之人，如实道："现在都什么气候了，难道你们没有发现，王氏院子里的竹子仍然郁郁葱葱吗？"

闻言，几个捕快面面相觑，脸上露出古怪的神色。

王氏连忙道："对，当时道长一进来，就发现我家院子里的竹子长青，很不对劲，所以才……"她没再继续说下去，小心翼翼地瞥了眼贞白，又瞥了眼梁捕头，枯草般委顿地缩回地上。

梁捕头上下打量着贞白，其实自她迈进门开始，他就打消了心底的怀疑，因为这女冠委实年轻，看起来不过二十有余。而从王六院子里挖出来的两具尸骨，经仵作验证，少说也有二十年之久了。如此推演的话，当年女冠还是个乳臭未干的黄毛丫头，做不出这等密谋害命的事，除非……

梁捕头问道："道长师出何门何派？"

贞白道："一介散修，无门无派。"

"何时到的此地？"

"一个月前。"

"从哪里来？"

贞白顿了一下，抬眼看他，半晌无语。

梁捕头又问："来做什么？"

贞白的手在袍袖中握紧。

梁捕头乘胜追击，诈供道："不会是专门来王六家的院子里挖尸的吧？"

贞白这才缓缓道："找人。"

"找谁？"

"不知道。"

梁捕头蹙眉，以为自己听错了："什么？"

贞白冷静重复："不知道。"

梁捕头讶异道："你不知道自己要找谁？"

"是。"

"你找这个不知道找谁……不是……"梁捕头有些语无伦次，捋了捋舌头道，"你都不知道找谁，那你找什么？"

"人。"

"什么人？"

"不知道。"

梁捕头差点给她整蒙了，愣了一下：不知道找谁你还找，你找个鬼啊，竟敢糊弄到我头上，真是不怕吃牢饭啊。

他继续耐着性子问："那你为什么要找这个不知道是谁的人？"

贞白皱了一下眉头，反问："这跟案情有关吗？"

"谁知道呢，万一你找的就是这两名死者呢？"

贞白肯定道："不是。"

"那就是跟这两名死者有关的人？"

贞白有点吃不消，这官府里的人委实难缠，无论说什么都能联系到死者，所以破案就靠凭空臆断吗？不过，她从对方的话中捕捉到一个信息，遂问："你说有两名死者？"

梁捕头嗤笑："对呀，怎么，你通灵只通了一名吗？！"

贞白毫不在意他的嘲笑，颔首道："是，当时只发现了一具尸体，另一具呢？"

没想到她态度如此认真，梁捕头目光探询，盯了她半晌，最终选择了告知，无论这女冠有没有嫌疑，他说出来，也存着试探的目的。

贞白听完，沉吟道："我能看看尸骨吗？"

"怎么？"梁捕头面露讥笑，"道长是要作法吗？"

贞白不解："作什么法？"

"招魂或者……嗯？"他意有所指地挑高了眉。

贞白就是再没眼力见儿，也看得出对方满脸的不屑，她并不介怀，坦言道："你若认为可行，贫道试试也无妨。"

梁捕头："……"什么叫"你若认为可行"！看不出本大爷是在讽刺你吗？可行个头！

贞白无视他抽搐的嘴角，淡然道："请带路吧。"

梁捕头心想：你还真想在我县衙里头跳大神啊？

见对方愣在原地，贞白催促道："不走吗？"

"走。"梁捕头从牙缝里挤出一个字，大步迈出刑房，没走几步，又放慢速度等着贞白跟上，他回过头，假意询问，"需要我派人去买些香烛纸钱吗，或者黑狗血什么的，做法事用得上。"

他倒要看看，这人要如何在青天衙门里装神弄鬼。

"嗯？"贞白想起自己抵押在保和堂的那块玉佩，遂问，"真要做吗？付费吗？"

"啥？"梁捕头一脸惊愕，"付费？"

"你不是想要招魂审案吗？"

梁捕头一脸严肃："你知不知道你现在是疑犯，我能治你的罪，你最好指望着一会儿能给自己洗脱嫌疑，否则下半辈子就等着蹲大狱吧。"

贞白了然："也就是没钱，那就不做。"

梁捕头语塞，这人脑子缺根弦吧，想钱想疯了才会不分场合地坑蒙拐骗，连官家的主意都敢打。

梁捕头忍不住对她投以注目，结果这人还面不改色，一本正经地装出一副高冷范儿，跟真的似的。

行过回廊，迈入验尸房。

室内阴凉，中间摆着两张长桌，不高不矮，到贞白髋骨之下，上面分别放置着已经拼凑完整的两具骸骨。桌前摆着一只香炉，里头插着三炷已经燃尽了的香，还有一撮香灰落到了地上，这是仵作验尸前的习惯性祭奠，诚表对死者的敬意，恕冒犯之责。

贞白走近，在第一具骸骨前站定，观察须臾，抬手轻触骸骨的颅顶，再从头到脚扫视一遍，得出结论："此人七十古稀，乃寿终正寝。"

梁捕头闻言一愣，不敢置信她的说法竟跟仵作的完全一致，还真让这女冠给蒙对了。

贞白继续道："没有怨气残魂，所以之前我才没有发现。"

"哦？"梁捕头来了兴趣，问，"另一个呢？"

贞白瞥了一眼另一具骸骨，确定是之前她让赵九挖出来的那具，言简意赅道："有怨气，死于非命。"

"就这样？"梁捕头追问，"然后呢？"

"然后什么？"

"怎么死的？"

"一个寿终正寝，一个死于非命。"

"这不废话吗！你不想洗脱自己的嫌疑了是吧？敷衍谁呢？"

贞白斜睨他，中肯地点评："胡搅蛮缠。"

"什么！你说谁胡搅蛮缠？！你……"

"这两人都是二十年前的死者，我有没有嫌疑你心里清楚。二十年前我并不在此地，王氏的供词也很明白，我是她请来为王六择吉地的，那块木符并不能证明什么。你将我唤来，有何疑惑尽可以问，无须左右试探。况且，调查死因不应该是你们官府的职责吗，又不是我埋的尸，你来问我？"

这女冠看着沉默寡言，原来还挺能狡辩啊，你说不在就不在，谁信！

梁捕头继续胡搅蛮缠道："我就问你啊，你不是能通灵吗？那你显个神通让我瞧瞧！"

现在的衙役都是这副德行吗？怎么跟三教九流的地痞流氓差不多！贞白在心底长叹一口气，为了不被官痞子赖上，她解释道："此人寿终正寝，已身死魂消。而那一个，怨气虽重，却只剩一缕残魂，连聚拢都做不到。"

"合着说来说去，你就是个江湖骗子呗，我听王氏说，她还给了你不少银钱，知不知道欺诈要在里头蹲几载？"

贞白看着他，不想做无意义的争辩，只道自己是收钱办事，便把话题扯开了："查县志了吗，往前推三十年，其间有没有失踪人口的报案？"

梁捕头对上贞白的目光，没好气道："我还用你教！"

随即他微微收敛了一丝痞气，正色道："有四个人，其中一男一女因两情相悦却遭到父母反对而私奔，私奔后就再也没有回来过。另外一个，是谢家刘掌柜的小儿子，二十年前他才七岁，而死者是成年男性，所以直接排除在外。最后这个人可能性比较大，是曹寡妇的丈夫张成，夫妻二人经营着一间米铺，据案宗记载，当年张成是去给东城一家食肆送货，叫……叫什么来着，哦，对，东来顺，结果一去不回，东来顺的老板当时不在店里，是一个伙计签的字，让张成把粮食卸在了后厨，当时有许多人看见张成独自离开了东来顺，后来就再也没人见过他。”说完他又补充道，“当时衙门上下出动，整整找了两个多月，实在查无线索，渐渐就成了悬案。不过张成是外乡人，县城里人流量大，成日进进出出的，他身边又没个伴儿，不排除是大家没注意到。”

贞白点点头，问：“所以王氏之女失踪，也悬了吗？”

梁捕头正纠结着当年的悬案，没料到贞白居然来个大反杀，一时没反应过来，愣了一下，他的脸色蓦地阴沉下来：“悬个头啊，这件事我们衙门上下倾巢出动，全力以赴，你没看到贴了满城的寻人告示吗，那王六……”

梁捕头说到王六就上火，额头暴起青筋：“还有那王氏，这夫妻俩，非要诬告人谢家，我们派人去翻了个底朝天，他自己连人家谢宅的胭脂盒都抠了个遍，那胭脂盒才多大啊，巴掌都不到的瓷器能装得下他那闺女吗！他是去找女儿还是给人抄家啊？是不是傻！都说没有了，还死倔，瞎折腾，结果把命给折腾没了吧，我真是……”

梁捕头越说越激动，几乎到了暴走的边缘：“现在还成了杀人疑犯，在院子里埋了两具尸体啊，这是什么逆天的行为？杀人！埋尸！他都敢？！夫妻俩原本好好做着生意，与人为善，也经常给咱当差的方便，不用排队就能去他那儿吃几碗馄饨，说起来，那口感……”一不小心跑题了，梁捕头猛地打住，拳头抵在唇上假咳两声，为了挽回面子，又绷起脸训斥道，“你一个嫌疑犯，打探那么多想干什么？”

贞白：“……”她打探什么了，不都是他一直口若悬河滔滔不绝吗？！

梁捕头道：“我还没问你呢，发现尸骨为什么没有立即报官，昨晚你又鬼鬼祟祟地跑去王六家里做什么？行迹尤为可疑，要不是被我们及时发现，你是不是准备毁尸灭迹？”

这梁捕头真是个栽赃陷害的好手啊，经他一推敲，滴水不漏地把贞白摁在了疑犯的边缘。贞白解释说，没有报官是因为预备晚上问问那缕游魂，结果晚上去时发现竹棺中只剩一缕无法聚拢的残魂。

梁捕头听了就是一通痛批：“你个神棍还敢信口雌黄！平常那些江湖术士无非也就跟无知百姓们胡说八道混口饭吃，还没谁敢在官府里危言耸听！”

一股深深的无力感漫上心头，反正说什么对方都不会相信，贞白索性保持缄默。

梁捕头道："没话说了吧？"

贞白不语，的确无话可说，早知道赚一袋银钱会摊上这种麻烦，她断然不会应下此事，可惜没有早知道。她余光一扫，不经意瞥见一抹暗红，蓦地转过头，看见寿终正寝的那具骸骨的腿骨上系着一根红绳，因长年埋于地下，红绳的色泽变得十分暗沉，已有些黑紫。

贞白眉头一皱，绕到长桌的末端细看。红绳略粗，是由三股细线编制而成的，在脚腕上打了个死结，走近了仔细瞧过才会发现，死结的末端，露出了一截黑色的细丝。

梁捕头见她揪着一根红绳不放，问："你看什么？"

贞白道："头发。"

梁捕头好奇地凑上前："什么头发？"

"这根红绳里，编着几根黑发。"

梁捕头愣了愣，弯腰细瞧："这能说明什么？可能是结发夫妻什么的，用这种法子贴身收藏。"

贞白随口问了句："你会吗？"

"嗯？"梁捕头想了想，这种事也就那些深闺妇人才会做吧，他一个大男人，戴这种编绳？梁捕头摇了摇头道："我不会并不代表别人也不会。"

显然贞白指的不是一个大男人会不会戴结发绳这种事，她直接忽略了梁捕头的话，继续研究那个死结："这是，血？"

"嗯？"

贞白用指甲刮了刮编绳，指腹出现脱落的铁锈粉末，她轻轻碾磨开，凑到鼻下轻嗅，那上面透着一股陈年的腥气："麻线是以血染成的。"

闻言，梁捕头也有样学样地照做，经他多年的经验判断，绳子确实染了血。这个细节连他和仵作都没注意到，不料这女冠还真有点儿能耐，至少心细吧。可是一条编绳为什么要用血来染，或者是不经意蹭到的血迹，又或者死者受过伤，绳子被鲜血浸湿了……

梁捕头正揣摩着，就听见贞白道："这是，锁阴绳。"

梁捕头偏过头看着一脸专注的贞白，明明挺标致一姑娘，怎么就误入歧途了呢？梁捕头顿了许久才开口："三句话不离本行啊。"

贞白神色凝重，自言自语道："锁阴绳没有断，魂体就不该消，可是他的魂儿却散尽了。”

梁捕头没听懂：“你在嘀咕什么呢？”

贞白置若罔闻，依旧喃喃自语：“为什么要在一个寿终正寝的人身上绑一根锁阴绳，锁住他的魂体呢？”

“喂。”被无视让梁捕头极其不爽，他忍不住提高了声线，“我问你在嘀咕什么！”

贞白这才转头注视着他，并没有回答他的问题，而是问：“查出这人是谁了吗？”

“嗯？”梁捕头没料到她突然有此一问。

贞白道：“跟王六是什么关系？为什么会埋在他家院子里？查到了吗？”

“我……”梁捕头一时语结，他眨了眨眼，抬手指了指自己，“你……在问我？”

“嗯。”贞白抬了抬下巴，目光四下一扫，一副“除了你这里还有别人吗”的神情。

梁捕头“啧”了一声：“你凭什么问我？”

贞白理所当然地说道：“你不是在调查吗？！”

“不是，你有什么资格来问我，应该是我审你才对。”

面对这无理取闹，贞白表示明了：“就是还不知道了。”

“哎……”

贞白转过身，打断他的话，漠然道：“是王六的亲人吗，父辈之类的？许是在家中过世未曾出殡，问过王氏了吗？”

这个当然问过。王六夫妇是三十五年前逃难到此地的，他们家乡发大水，淹没了祖屋，全家就他们二人幸免于难。夫妇俩一路颠沛流离，后来在此地扎根，靠卖馄饨起家，膝下只有一个女儿，上无高堂。

贞白听完，淡淡道：“那就从二十年前过世的老人查起。”

梁捕头大为不满，斜瞥她：“官府办案，该怎么查，用得着你来指手画脚……”

此时，一个衙役匆匆进来，着急忙慌地汇报：“头儿，查到了。近二十年来，城镇和周边的村子，家中过世的老人总共十六户，除去女性，还剩九户，都有后人处理丧事，按照民风习俗入殓下葬的。”

闻言，贞白转身看向说话的人。

梁捕头问："再除去家境贫寒的，有几户？"

"啊？"衙役一时没反应过来。

梁捕头一下就上火了："非得我事无巨细地交代你们是吧，去查案个个儿都不带脑子吗，跟了我这么多年丝毫不见长进，干脆别在衙门里混了，回家种田去吧。"

"啊？"衙役还是一脸茫然，不明白自己明明按吩咐查清楚了，为什么还会遭到劈头盖脸的一顿训。他们半夜接到命令，立即行动，一秒都不敢耽搁，如此雷厉风行不是该夸一下吗？

"啊啊啊？啊什么啊？就知道啊？"梁捕头抬手就想抽人，衙役缩了缩脖子，后退了一步，梁捕头指了指他，一副恨铁不成钢的样子，"我当时说没说过死者身穿的寿衣是绸缎做的，普通农户谁用得起？"

衙役蓦地反应过来："啊，是，说过。"

"但我没说让你们拎出大户人家是吧，就差这句话你们就转不过弯吗？长脑子是用来干什么的，摆设吗！"

"我……我错了，马……马上。"衙役说着一溜烟儿就往外跑。

梁捕头一叉腰，看着手下夺路而逃的背影，气不打一处来："这帮瓜娃子，真是费劲。"

他回过头，再看贞白，突然觉得这女冠顺眼多了，起码她在这短短的时间内提出来的几点，都跟他调查的切入点不谋而合，甚至还发现了他们之前没发现的那根血染的红绳，虽然这女冠有些神神道道的，但也比这帮四肢发达头脑简单的兔崽子强。

可惜啊，一大好姑娘，却是个不学无术、坑蒙拐骗的神棍。

第十七章

休养

贞白在水盆里洗完手，拿过一旁的布巾拭干："如果没其他问题，贫道就先告辞了。"

梁捕头提着刀立在一旁："我可还没准你走。"

贞白将布巾叠好，工整地搁回案板上，这才漫不经心地看向梁捕头："无凭无据的，官府难道还要收押我不成？接下去你们最难办的，是如何说服那几家大户去刨他们家祖坟，看看哪个坟冢里是空棺，你跟我耗着没什么意义。"

梁捕头眯缝了一下眼睛，审视贞白须臾，喊了声："来人，送道长回客栈。"

衙役从后堂迎出来，正待应承，贞白疏离道："无须劳烦，贫道自行回去就行。"

梁捕头道："案子未查清之前，你不能擅自出城，须随时等候传讯。"

"未查清之前？是多久？总得有个期限吧，恕贫道等不了一年半载。"

这女冠的言外之意，分明是在骂他们是一群废物点心，梁捕头咬了咬牙，道："三……"

"那就三日。"贞白抢过话，"三日之后，贫道还要去寻人。现在就不在此打扰了，你抓紧时间。"说完转身大步离去。

梁捕头怔怔地望着她的背影，有点蒙："三……日？"谁跟你说三日了，老子是说三个月，三个月！可是三个月说出去好像也挺废物的。

贞白健步如飞，眨眼工夫就已不见了人影，等梁捕头回过神追出去，连她一片衣角都没瞧见，只能咬牙切齿地吩咐手下：“这女冠肯定有问题，去祥云客栈把她给我盯紧了，发现任何异样都要来跟我汇报。”

“是。”衙役应声而去。

祥云客栈内，赵九按吩咐把李怀信从浴桶中扶出来，把人扒光后擦干身体，又费力地把人挪到床上，他在屋里翻箱倒柜地找了半天，也没找到一件能给这只长脚鸡替换的干爽衣裳，只能把从他身上扒下来的湿衣服晾到院子外，外面日头还算灿烂，估计天黑前能够晒干。接下来又去大堂端了碗备好的米粥进来，把不知昨夜经历了什么突然就变瘫了的李怀信扶起来，靠在床头上，此时的赵九已经折腾出一身汗。

李怀信胸前那些乱七八糟的伤口，让人看着有点害怕，好在他身上原本更可怕的青黑色筋脉已经消失，赵九心想，或许就像道长走之前所说的，这个人已经没事了吧。可眼下，这人就跟个活死人一样，任他如何摆布似乎都毫无知觉。

赵九坐到床沿，帮李怀信把被角掖到颈下，遮住那些鬼画符一样的划痕，这才端起粥准备喂他，一边还絮絮叨叨讲起自己和贞白如何救下他的事。

李怀信死气沉沉的脸上终于有了一丝回光返照的迹象，他琉璃般的眼珠动了动，望向赵九。

赵九瞧他有所反应，顿时说得更起劲了，有种把死人说活了的成就感。

“她……”李怀信想问点什么，一开口，嗓子嘶哑得厉害，跟个年久失修、抽不动的风箱一样。

赵九把一勺粥递到他唇边，他犹豫着抿了一口，太淡了，什么味儿都没有，只能润润喉。

赵九说：“你出来的时候，把我们都吓坏了，得亏当时有道长在，否则，你的小命就不保了，也算是命大吧。”

从赵九颠三倒四的絮叨中，他听出来是这个女冠救了自己，而且她现在还因为帮一个馄饨铺老板而惹上了官司。

李怀信的脑海中浮现出乱葬岗里的那个人，白衣白发在浓浓的怨气和阴风中狂舞，与这个黑衣黑发、长冠高束的女冠模样重合。他不会认错，就是那张脸，一模一样的脸，只是眉心多了一竖红痕。虽说她身上的阴气不比在乱葬岗里时那么令人战栗，但仍然极重，不是人能散发出来的，不管她如何掩盖，始终掩盖不住。

她是谁？为什么会在乱葬岗？那是何人布下的大阵？究竟有什么目的？这一切又有何联系……无数谜团在他脑海中乱麻似的缠在一起，让他理不出头绪……

李怀信正头昏脑涨之际，赵九打断了他纷乱的思绪："这就不吃了吗？"

"你才吃一口，多少再喝点儿，恢复快。"赵九举着汤勺的姿势维持了半天，"你都瘦成皮包骨了，怪吓人的。"

李怀信扫了眼寡淡的清粥，发自肺腑地认为这玩意儿喝多少都恢复不快，但谁也不可能喂病人大鱼大肉，吃不消。他在赵九的絮叨中慢慢喝掉一碗粥，感觉稍微恢复了一丝元气，同时也对那个女冠有了更多的疑惑。

她从乱葬岗出来以后，居然在这地方揽起了死人生意？李怀信有点难以置信，一个招天罚的邪祟，历经十几道雷劫，好不容易出来，非但没有为祸人间，还似乎有行善之举，实在是……他想到一半，又猛地意识到那个破损的大阵，当时若没有她修补，恐怕几十万怨灵已经破阵而出。所以，她可能不是个作恶之徒？

但邪祟终归是邪祟，难保她不会突然大开杀戒，到时再后悔，就为时已晚了。李怀信在心底暗下决定，一定不能放任她在世间行走，以免酿下大祸。可他如今的处境，别说对付那女冠，就是眼前这个连剑都没握过的赵九，也能一个不高兴就把他给解决了。他想起当初自己信誓旦旦要入乱葬岗救人，结果人没救出来，还把冯天给搭了进去。

冯天……他的心猛地一阵抽痛，几乎喘不过气来，他努力将胸腔内那股翻涌的情绪压下去，闭了闭眼，艰涩地说："那个孩子……抱歉……"

赵九刚放下碗，就听见李怀信沙哑地说出这一句，顿时有些心虚，他转过身，欲言又止地开口："其实吧，那什么，我估计是当时天太黑，那樵夫看走眼了也不一定，毕竟这么久以来，没听说谁家丢了孩子。"

李怀信抬起头，愣愣地看着赵九，张了张嘴，半天才挤出三个字："……没丢……吗？"

"唉。"赵九叹了口气，突然有点心疼这个可怜巴巴的修士，相比之前他刚进城时的意气风发，现在的模样实在太惨了，死了同伴不说，自己也落得半死不活的，让人不忍直视。

李怀信仰靠在床头，闭着眼，声音极低：“挺好的。”

“啊？”

他说：“没丢，挺好的。”

闻言，赵九更心疼了。瞧着他苍白的脸色，下巴尖得能戳死个人，赵九说：“你先休息一会儿，我去衙门打听一下什么情况。”

李怀信闭着眼没吭声，片刻便听见有开门关门的响动，赵九的脚步声越来越远……

晌午的日头暖暖地晒在身上，驱走了深秋的寒冷。

贞白出了县衙，径直去了保和堂，将之前抵押在此的玉佩赎了回来，又抓了一剂温补的药。刚走出铺子没多远，就碰上了步履匆忙的赵九。县衙与保和堂坐落在同一条街巷，无须拐弯，只是相隔甚远。

赵九远远地看见贞白，小跑着上前：“道长，我正要去衙门打听呢，他们没冤枉你吧？”

贞白摇摇头：“没有。”

“那就好。”赵九略微放下心，道，“咱们这位县太爷虽然没什么作为，但也不是个贪官污吏，有梁捕头在，也算得上是明察秋毫了。”

想起那个梁捕头，贞白应道：“嗯。”

“见着大嫂子了吗？”

贞白颔首：“她没受什么罪，就是被审了一宿，吓着了。”

赵九挠了挠腮，满脸忧虑：“那埋在院子里的尸骨，不会真的跟他们夫妻俩有关吧？”

“说不准。”贞白想起那根系在死者脚踝的锁阴绳，神情变得有些凝重。

赵九一阵唏嘘，说道：“王六夫妇都是心善之人，我觉得他们不会做这种伤天害理的事情。”

贞白沉吟道：“那个梁捕头，也说他们夫妇与人为善，可他并没有因此就相信王氏无罪。”

“唉，道长，我明白你的意思，知人知面不知心是吧？但我们街坊邻居几十年，我真的相信他们的为人。还记得有一年我家房梁塌了，砸中了我的腿，是王六听见动静把我拖出来，还背我去保和堂救治，那段时间我腿脚不便，也是承蒙他们夫妻俩照顾，每日给我送饭送菜的，而且……”

贞白没兴趣听他们邻里之间那些鸡毛蒜皮的和睦时光，打断他：“再去王六家看看吧。”

“嗯？现在？”

贞白颔首，提着补药转了个方向，往巷子里走去，赵九赶紧跟上。一路来到王家，推开院门，只见原本平整的地面变得坑坑洼洼，才一夜工夫，院子里到处都是深浅不一的坑，衙役几乎把院子整个儿地挖了一遍。

“这……唉……”见此情景，赵九瞠目结舌，一时竟说不出话来。

他踩了踩堆成小山的软土，走到一个大坑前往下看了看，挺深的：“挖完了他们倒是把土给填回去啊。”

贞白看向乱七八糟的灵堂，梁上挂着昨夜被烧了一半的白帐，边沿焦黑。棺椁前的灯盏倒在地上，里面的灯油已经漏干。

赵九避开坑洼，七拐八绕地走进灵堂，撸起袖子把灯盏放回矮凳上，又朝棺椁作了个揖，才叹气道：“这帮缺德鬼。”

贞白扫视一圈，之前那簇繁茂的青竹已经折断，倒在地上，被铲出来的泥土掩埋了小半段，她的目光一寸一寸地在青竹上移动，视线来来回回，把每一个竹节都看得异常仔细，然后目光停在竹子的顶端。顺着竹尖倾倒的方向，她微微抬眼，看见了一间小屋。

这间小屋坐落在院子的南边，独立而建，一进院子就能瞧见，却并不引人注目，有点像柴房或仓库之类的，所以一开始贞白也忽略了这间不打眼的屋子。

贞白朝小屋的门扉靠近，微微蹙眉。

这时赵九提着一把扫帚出来，说：“道长，我把灵堂打扫一下，烧纸钱的火盆被昨晚那两个官爷踢翻了，屋里到处都是灰。”

赵九正说着，见贞白立在小屋前，抬手抽掉了门闩。他心下好奇，也跟了过去。

随着屋门被推开，屋内的陈设映入眼帘。正对屋门的里头是一张红木床，垂着水红色纱帐，遮住了里头的景象。床的左边摆着一张梳妆台，右侧是立式衣橱，柜门雕着花团锦簇的纹样。

赵九道：“这应该是他闺女的房间吧？！”

确实一眼就能分辨出这是女子的闺房。贞白抬步走进去，不大的房间，一目了然。光看此间用度，家具摆设都是上好的木材，雕工精湛，色调搭配颇为讲究，一点也不比那些大户人家逊色，可想王六格外地疼惜这个女儿，可是……又感觉哪里不对……

贞白四下巡视，问："王六夫妇，疼这个女儿吗？"

"怎么不疼，小曲就是他俩的命根子，否则也不会因为她失踪而闹得家破人亡。"

贞白凝神道："可是不对啊……"

"怎么了？"赵九不明所以。

"这确定是他女儿的房间吗？"

赵九放下扫帚："是吧，刚刚我找灯油的时候，把那边的屋子转了一圈，里头只有一间卧房，榻上叠着王六的旧衣，应该是他们夫妇住的，然后就是厨房和仓房连着，剩下这间应该就是小曲的房间了。"

说着赵九进了屋，拿起梳妆台上几支钗花，笃定道："没错，就是，这支钗我还见小曲戴过。哦，对，我想起来了，小曲出生后，王六还特意请人来加建了一间屋子，当时还跟我打听过有没有认识的工匠，估计盖的就是这间，给他闺女的。道长，这里面有什么问题吗？"

贞白前后指了指，道："宅基前宽后窄，向首位于基地宽阔的一边，而坐山位于狭窄的一边，开口扩张，形似棺材，他是在给自己的女儿打棺材吗？"

赵九闻言一蒙，后背发凉："啥？！"

第十八章 诡异的屋子

“阳棺。”贞白道，“活人住的房子称阳宅，把阳宅按照棺材的形状建造，让活人住进去，就是阳棺，谁会把自己的女儿往死里养？”

赵九站在屋内，突然觉得浑身不适：“往死里……”

贞白抬起头，看向屋顶，房顶四周有梁柱，像极了四颗棺木钉。

赵九也条件反射地跟着抬头看，顿时汗毛直竖，平常人家的屋顶都能见横梁与瓦砾，而这间屋子上面吊了顶，是块长方形的木板，呈弧形，除了四角的四根梁柱，其他跟棺材盖无异，沉沉地压在人头顶。

“道长。”赵九紧紧握着那支钗花，一副受了惊吓的表情，“这房子是真邪门儿啊。”说着他将钗花扔回梳妆台上，掌心不经意被戳出了印迹，因为震惊，没顾得上疼，他两步退到了门外。

贞白没管他，只道：“阳棺盖棺，被四角梁柱钉死，主凶，压人气命，等同活埋。这样的布置，应是业内道家所为，所以当年建屋时，王六还请过道人？”

赵九听得起了一身鸡皮疙瘩，他搓了搓胳膊，胆寒道：“不会吧，谁会把自己家修成凶宅，这也太吓人了，而且王六怎么可能，那可是他亲闺女，宝贝得要命，不可能，绝对不可能……”

“若不是王六，那就是建房子的工匠存心害人。”

“这也不可能。”赵九摆摆手，“那工匠我们都认识，哦，对，道长你也见过的，就昨天，你不是去给王六择吉地吗，就是山上那个摔瘸了腿的樵夫。他以前是做工匠的，当年还是我给王六介绍的，活儿做得仔细，口碑一直不错，后来好像手受伤了，就不出工了。”

贞白想了一下：“那个樵夫？”

赵九点点头：“对。”

“知道他家住哪儿吗？”

“就住在城东，现在要去吗？”

“嗯。”贞白应道，正欲转身，就听咔嗒一声，好像有人踢到了石子。

窗外快速闪过一抹黑影，赵九虎躯一震，还未从阳棺的惊惧中挣扎出来，就被这突如其来的动静吓得差点灵魂出窍，他惊恐地吼了一嗓子：“鬼啊……”

贞白却不以为意地瞥了一眼紧闭的窗扉：“是衙门的人。”

闻言，赵九收住了颤抖的尾音，为自己汗颜了一把，这青天白日的，哪会有什么不干净的东西出没，只是因为这房子太吓人罢了。他僵在原地，问：“怎么会有官差？”

“一路跟来的。”

“啊？”他居然一点都没发觉，“是在监视咱们吗？”

“是吧。”贞白说，“那个梁捕头，疑心重。”

“那……咱们还去找樵夫吗？”

“去问问当时什么情况吧，这屋舍是他当年修建的，可能会知道些内情。”

“那行，他昨天腿脚受了伤，今天应该会在家休养。”赵九说着又瞥了眼这间闺房，不知是不是心理作用，总觉得阴气森森的，令人四肢发寒，他退后几步，只想快点离开这里，“咱现在就过去。”

贞白未做迟疑，便与赵九出了院门，往城东的樵夫家走去。

一直尾随他们的衙役露馅之后就离开了，此刻正飞奔入县衙，气喘吁吁地把在王六家中的所见所闻向梁捕头阐述了一遍，还格外带入氛围地压低了声音，跟讲鬼故事一样，旁边几个衙役听得后背直发凉。

“真的假的？有这么玄？”一个衙役不相信地问。

那负责跟踪的衙役讲完，一阵口干舌燥，端起桌上的一杯茶就猛灌，连茶叶都囫囵吞了，这才一抹嘴道：“可不是，那女冠说得跟真的似的，我在外头听着都吓一跳，结果不小心踢到了石子，暴露了行踪。他们现在要去城东那樵夫老苏家，就为当年建阳棺这事儿，我就立刻赶回来跟头儿汇报了。咱们要不要也顺藤摸瓜跟过去，看看到底有什么玄虚？”

“若真如这女冠所言，王六家中是个风水局，那建房子的老苏就很有问题。”梁捕头搓着下巴的胡楂儿，展开了联想，“这么说来，从二十年前王六闺女出生，要建这个房子起，这人就起了歹心，如此推测的话，王六闺女的失踪也很有可能跟他相关。”

“对。”众人附议。

梁捕头扫视众人一圈：“所以你们也相信，这神棍说的劳什子阳棺？”

跟踪贞白的衙役道：“头儿，咱也不能说全信，就是吧，这风水局的事很难说得清，就说这当今的天子还迷信呢。”

梁捕头看着他：“迷信啥？”

衙役底气十足道：“太行道啊，那传闻中的太行道，可比这个玄。”

民间不是还流传着一个说法吗，说太行山是国之核心，天下之脊，什么得太行者得天下。也不知是天子听信了这些传言而倚重太行道，还是因为天子倚重太行道而流出的这些传言，反正很久很久以前，曾引起过天下热议的是，承德年间，太上皇的嫡长子，继承大统之人，一出生就送上了太行道修行；而到了本朝，二皇子也被送入了太行道，可见天家对太行道的倚重非比寻常。

梁捕头一拍桌子，满脸愤慨：“你不说这茬儿还好，就是那皇帝老儿兴起来的风气，带头搞这些封建迷信，所以这些人一个个不务正业，削尖了脑袋想遁入道门，结果一不留神就入了个歪门邪道，搞得现在到处都有神棍招摇撞骗。就说那个什么女冠，啊，好好一大姑娘，不老老实实在家学学刺绣，择一夫婿相夫教子，非要跟风去搞那些神神道道的玩意儿，凑什么热闹！”

衙役道：“头儿，咱可都是吃着皇粮的，你在背后这么指责当今天子，就不怕……”

“怕个头，天高皇帝远的，他还能有顺风耳啊！瞅你那点出息。”梁捕头站起身，抓起佩刀，话锋一转，“分头行动，你们两个，去米铺找曹寡妇，带她来县衙认尸……唉，都一堆骸骨了估计想认也认不出来。还是看看吧，万一有什么发现呢，顺便再了解一下当年她丈夫失踪的案情，也去找东来顺的伙计问问，万一县志记载有什么遗漏。”

这是桩旧案，都过去这么多年了，要翻出来再查，大部分线索都已经断了。本来他们今日计划造访那几家大户，正琢磨着如何说服那些人去挖自家祖坟，这种讨打的事，就算是官差也会被人拎着棍子给打出来。可实在没别的法子了，总不能半夜三更偷偷去刨人祖坟吧，太不是东西了。再说，他们是官差又不是盗匪，平常再强势，也干不出这么有损阴德的事来。

正发愁时负责跟踪贞白的衙役就回来汇报了，所以梁捕头临时决定改变计划，让剩下的几个人跟着他去城东樵夫老苏家，看那女冠究竟能问出个什么名堂，他们也正好顺藤摸瓜。

一打定主意，梁捕头就带着手下风风火火出了衙门，直奔目的地。

樵夫老苏家是个老院子，说在城东，其实是在城东的最边上，独门独户地坐落在荒僻的一隅。院子里堆满了柴火，一捆一捆地码得老高，收拾得格外规整。

贞白和赵九的突然造访让樵夫有些意外，但见来者是昨日救过自己的人，他热情地把二人迎进了门，喜笑颜开地沏了壶茶，一瘸一拐地放在矮凳前，又去洗了两个碗来，他说："我都还没专程去跟道长道谢呢。"

赵九见他行动不便，便站起来接过他手里的碗，主动倒满了："你快歇着吧，别忙活了，道长来这儿又不是让你敬茶的。"

"哦。"樵夫笑了笑，拉了凳子在贞白对面坐下，"道长有什么事吗？"

贞白不会绕弯子，直奔主题地问："听赵九说，你以前给王六的女儿盖过一间屋子。"

樵夫似乎没料到贞白要问的是这么一件事，愣了一下，才反应过来："哎，是，都过去十几二十年了吧，那闺女都长大了……"说到此，他又想起王六闺女失踪的事，叹了口气才继续道，"我现在也不做那行了，手艺都生疏了，道长是要找人修葺屋舍吗？"

"不是，我今日去王六家看过，发现他女儿房间的格局有问题。"贞白看着樵夫的反应，道，"你是懂这行的，想必也知道修建阳宅，有些忌讳，不可能做个前宽后窄的地基。"

闻言，樵夫的脸色变了变，他有些不自在地搓了搓手，刚要开口，就听一阵嘈杂的脚步声逼近，他们转过脸，只见梁捕头带着手下直接迈进了院子，气势逼人。

三人不约而同站起了身。看见梁捕头的瞬间，樵夫的脸色突然变得刷白，他不由自主地往后挪了一小步，眼中难掩惊慌。

望着逼近自己的这张阎罗脸，樵夫小心翼翼地开口："我……我犯什么事儿了吗？"

梁捕头扫了眼贞白和赵九，逼视着樵夫，沉声道："你说呢？"

樵夫退后半步，膝窝磕了一下矮凳："我是良民啊。"

"良民？"梁捕头审视嫌疑人的目光尤为犀利，"那你心虚什么？"

"我……"樵夫卡了壳，扭头看了看贞白，咬了咬牙，"不关我的事啊。"

梁捕头厉声道："王六女儿那间房是你盖的吧，害人了知不知道，还敢说不关你的事，再不老实交代，就把你抓回衙门上刑。"

这些官差跟道长上门，原来都是为了同一件事，樵夫不经吓，他知道梁捕头在县衙里是个办案的厉害角色，是他们这个小地方的名捕，眼光很毒。

樵夫不敢隐瞒，只得老实交代："真不赖我啊梁捕头，当年王六请我上工，我看完之后，明明白白跟他说了那样盖房子会犯忌讳，可那王六拿着草图，坚持要这么盖，我还纳闷他是不是活腻味了。本来吧，这种活儿我不太愿意接，因为不吉利，但是扛不住他给的钱多。况且，他是在自家院里建房子，又不是去害别人，要建成啥样都无可厚非。"

梁捕头挑了下眉："害自个儿闺女就成？"

樵夫道："不是我说，他要真想害自个儿闺女，就算我不给他盖这种不吉利的房子，他也能投毒啊。"

"所以，王六为什么要劳心费神绕这么大一圈来害自个儿闺女？像你说的，他可以直接投毒啊！"

"这我哪知道。可能，哦，直接投毒的话一看就是谋杀，免不了被官府抓了去砍头，盖个这种索命的房子，则是杀人于无形。"樵夫说完，就对上梁捕头那双质疑的眼睛，顿时紧张起来，"你不相信吗，我说的可都是实情，真的是王六他……"

梁捕头打断他的话："王六要害自个儿闺女？虎毒还不食子哪！"

樵夫冤得要命，他觉得自己就算有十张嘴都说不清，只能尽力去解释："梁捕头，我是个本分人……"

梁捕头冷哼一声："本分人可干不出来这种事，多好的计谋啊，杀人于无形，所以，王六的女儿已经遇害了？尸体呢？你藏哪儿了？”

樵夫吓一大跳：“不是，我不知道，他女儿不是失踪了还没找着吗？”

“那你说什么杀人于无形，不就是暗指人已经死了，你还知道什么，赶紧老实交代！”

“我真不知道啊，我也没有暗指啊。”樵夫哭丧着脸，说，“我就是猜的，瞎猜。而且那房子吧，也就风水差点儿，唬人而已，要不是今天道长过来突然提起，我也不会把这事儿跟王六女儿的失踪联系在一起。这不，紧接着你就带着人过来了，气势汹汹的，给我吓慌了神，说话才颠三倒四的。梁捕头，你看啊，房子盖好之后，十几二十年了，不也一直平安无事吗，我估计吧，他女儿失踪，不关这房子什么事，更不关我的事。”

“做了缺德事，你就这样自我开脱对吧？”梁捕头道，“三言两语就想撇清关系，别以为王六不在了就死无对证，那王氏还在衙门里头喘着气儿呢，就等着跟你对质了。”

没想到，这一对质就给樵夫对出了个伤天害理的罪名。

显然王氏对自家闺女住着一口索命阳棺全不知情，突然听到这个事，让原本就迷信的王氏整个人都失了控，在衙门里又哭又骂，认定自己女儿和丈夫就是因此失踪和丧命的。若不是两个衙役摁着，王氏简直恨不得扑上去把那樵夫给活活咬死。

梁捕头的手在刀鞘上一下一下地敲着，斜瞥着樵夫：“怎么样，你还有什么要狡辩的吗？”

被王氏一顿发狂怒吼，樵夫狼狈地抹着汗：“我没有狡辩，当时王六找我的时候，王氏根本没在场。”

“你放屁。”王氏目眦尽裂，大哭大闹之后嗓子有些嘶哑，“你这个丧尽天良的凶手，就是你害得我们家破人亡……”

樵夫战战兢兢地往旁边挪，他想要辩解，可只要一开口，王氏就会怒吼着打断他，然后开始撕心裂肺地痛哭。

这一下午实在是太闹腾，不光是贞白，连梁捕头都被王氏的哭声震得耳膜刺痛。

樵夫扯着袖子不停擦汗，为自己申辩：“就是王六让我这么修造的，我本来不愿意，但是他给我加了三倍的工钱。”

衙役在旁插嘴：“给你三倍工钱你就愿意做这种损人不利己的事吗？”

樵夫心虚道：“有钱能使鬼推磨嘛。”

王氏显然难以接受这个说法，樵夫一说完，她忍不住又哭喊了起来：“你放屁，你是说我们要害自己的女儿吗，我十月怀胎，好不容易才有了小曲，她可是我们的命根子啊，你为什么要这么害我们……”

“对啊，无冤无仇的，我为什么要害你们，我图什么呀？！你应该去问王六，他究竟为什么要这么盖？！我真是，当初怎么就答应他了呢，我真是被钱迷眼了我。”

第十九章 借命数

许是折腾累了，王氏的哭声渐渐微弱下去，终于不再大吵大闹了，一直沉默的贞白这才开口发问："老苏，你说当年王六是拿着草图来找你的，那草图是他自己画的吗？"

"嗯？"樵夫想了想，"不知道啊，我也没问，但那张图画得挺仔细的，房子盖完之后，他就拿回去了。"

贞白又转向王氏："你见过那张图纸吗？"

王氏这会儿已经冷静下来，但仍然一脸悲痛欲绝，她抽泣着答道："没有，谁知道是不是他在胡编乱造。"

樵夫听完，欲回嘴，但想到方才对方那股悍妇劲儿，强行忍住了。

贞白又问王氏："王六懂些堪舆吗？"

王氏茫然地摇了摇头。

贞白问："家中以前是否请过什么道人、僧人之类的？"

王氏脸色煞白，愣怔地看着贞白："请过一位道长。"

"为何而请？"

王氏抹了抹眼泪："我女儿病了，寻遍了城里所有的大夫，都说没办法，后来连药都灌不下去了，我们也是病急乱投医，恰好遇到一位道长，就请他来帮我们看看我女儿是不是中了什么邪。"

“那道人怎么说？”

“他说，他说，我女儿是，先天……先天不足，八字纯阴，容易生病，而且阳气受损。”

听着王氏断断续续的陈述，梁捕头眉头一皱，他在腰间摸了摸，掏出一张叠成三角的黄纸。这是挂在那具寿终正寝的骸骨脖子上的，昨夜审讯的时候，他把黄纸给王氏看过，王氏说这是她女儿的生辰八字。他还纳闷，王氏女儿的生辰八字怎么会挂在这具骸骨身上？那这名死者跟王六夫妇肯定有关系。

梁捕头抖开了那张黄纸，递给贞白：“这是她女儿的生辰八字，系在那位寿终正寝的骸骨脖子上的。”

贞白接过看了一眼，眉头微微皱起：“你女儿的寿数只有三年，十几年前就应该夭折了。”

王氏忽地一怔，没错，她女儿病入膏肓之际正是两岁半，当年那个道士也是这么说的，活不过三岁。

贞白似乎有了一丝头绪：“所以，给你女儿盖那间屋子，是那个道人提出的？”

王氏愣愣地点头：“对。”

无须多言，众人也听出了这房子的构建是怎么回事儿了。

樵夫没有撒谎，王氏确实也不完全知情。那张草图应该是那个道人所画，而王六为了救女，听信了道人的话。

贞白喃喃自语：“本应三岁早夭，却活到了现在，是那个道人帮她借了命数吗？”

众人听着有些匪夷所思，梁捕头忍不住骂了句：“借什么命数？借谁的命数？你们这些装神弄鬼的玩意儿，真是害人不浅！”

是啊，借谁的命数？贞白陷入了沉思，不会是那名寿终正寝的死者，因为他的命数已经到头了，难道是另一名死者的吗？他是当年被人谋害然后埋在院子里的。

他们再问王氏，王氏却一无所知，只道那房子盖好让女儿住进去后，女儿的病就渐渐好转了。

樵夫如释重负：“就说不关我的事嘛。”

梁捕头瞪眼：“怎么不关你的事？房子可是你盖的。”

“讲道理，是王六自己高价请我盖的。”

不容樵夫狡辩，梁捕头疾言厉色道："请你？知道什么叫买凶杀人吗，买凶杀自己也叫杀人，你就是那个'凶'，脱不了干系。"

樵夫的脸色变得惨白，高喊道："梁捕头，我冤枉啊！不对，我杀谁啦？"

王六女儿即便是住在他盖的阳棺里，也只是失了踪，死没死还另说呢，他怎么就成杀人凶手了？

梁捕头瞪他一眼："闭嘴！"

樵夫立即噤声，在未找到王六女儿之前，他也成了疑犯被扣在了县衙，有口难辩。

贞白走出审讯室，一路缄默，而梁捕头再看她时，眼里的讥讽之色已经少了许多，虽然他对那些神棍还是不屑一顾，但这女冠确实有些能耐，不说装神弄鬼的那一套，起码查到了一些眉目。

梁捕头跟上她的脚步，斟酌着如何开口，不料贞白忽然回过头，神色冷淡地问："查到哪户人家的祖坟里是空棺了吗？"

"啊，"梁捕头挺直了脊背，双手背在身后，一脸正色道，"这个嘛，今儿在衙门里忙活了一天，正打算去查。"

贞白没说话，径直往外走。

梁捕头快步跟上："那什么……"

贞白脚下不停，只微微侧首，余光瞥着欲言又止的梁捕头："想让我帮忙？"

"不用。"梁捕头一口否认了，他堂堂名捕，声名远扬，需要找一个女冠帮忙吗，他只是想问，"你说的那什么借命数，反正我是不信的。但假如……我只是说假如啊，假如是借命数，会不会是王六听信了那个妖道的谗言，为了救自己女儿，谋害了那个青年人，把他的命数借给了自己女儿？"

贞白驻足，正视对方："若是这样，那他女儿的生辰八字就不应该挂在那名寿终正寝的死者身上。"

梁捕头恍然大悟："你是说，他女儿借的是那个老人的命数？"

贞白道："都不是，老人是寿终正寝的，没有命数可续。"

"啊。"梁捕头一拍脑袋，又大胆假设，"会不会，他们找的是个青年人，本来这人还剩几十年光阴，却把命数借给了王六的女儿，于是他自己就算活到头了，将将寿终正寝。"

不得不承认，这梁捕头的脑子很灵光，但是，贞白说："寿终正寝，就是自己活够了那么长的命数，一天不多一天不少，其他非正常死亡的，都不算寿终正寝。”

梁捕头这回听懂了，他没有再继续做假设，目送贞白走出县衙的大门。

赵九一直在衙门外徘徊，下午将樵夫抓回县衙时，就把赵九这个与案情无关的闲杂人拦在了外头。看见贞白出来，他立即迎上前询问。贞白向他简单道明情况，说其中还存着诸多疑点，需要回去慢慢梳理。

赵九叹了口气，经过这两日的所见所闻，现在什么千奇百怪的事他都见怪不怪了。

他把那包补药递还给贞白：“道长，你这奔波了一天一宿，先回客栈歇着吧。”

贞白接过药，问：“你呢？”

“我得回去和面啊，明儿还得开张不是，然后再睡个把时辰，实在有些扛不住了。”他也跟贞白一样，从昨晚一直熬到现在，有些精力不济。

二人就此分别。

到了祥云客栈，贞白把药交给掌柜的，托厨房去煎，又多续了两日房钱才上楼，她看了看口袋里所剩无几的铜板，又要面临弹尽粮绝的窘境了。

夜色四合，屋内一片漆黑，贞白走到案前，摸出火折子点灯。

扑哧一声，火苗燃起，照亮了整间屋子，也照亮了黑暗中的那双眼睛。

李怀信静躺了一天，脑中一直不停在琢磨，终于等到这人回来解惑，他问：“你究竟是谁？”

一开口，嗓音仍旧低哑，估计没个三五天的恢复不了。

“贞白。”她将沉木剑搁在桌上，转过身淡淡地答。

“我没问你名字。”李怀信追问道，“你为什么会在乱葬岗？”

贞白对上他的目光，语气毫无波澜：“不知道。”

“什么？”

“我说不知道。”

“失忆吗？什么都不记得了？”

“不是。”贞白神色淡漠，“当时晕过去了，醒来后，就被困在了那个地方。”

这人犯的什么迷糊？李怀信有些吃惊：“为什么会晕倒？”

贞白沉默地看着他片刻，开口："被雷劈的。"

李怀信更吃惊了，这人究竟是怎样的招雷体质?

他问："十年前？"

"嗯。"

"你是什么？"

贞白皱了一下眉："什么？"

"是人，还是别的什么？"

贞白又一阵沉默，缓缓开口："不知道。"

李怀信无语了，这女冠缺心眼儿吧，连自己是个什么东西都不知道，他起码还知道自己是个人。

究竟是真不知道，还是无可奉告，李怀信无法判断，他反复打量着她，得出一个结论：阴气太重！比死人身上的阴气还要重！所以，就算她在自己面前活蹦乱跳，是人的可能性也不大。

贞白靠向床沿，问："动不了吗？"

"嗯。"他跟全瘫了似的，一整天都保持同一个姿势，半边身子都麻了。

一想起昨晚遭的罪，李怀信那好不容易压下去的火又噌噌直冒，几欲爆发，偏偏这女冠是个往火堆上添柴的主儿。此刻只听她说了一句"我看看你的筋骨"，就一把掀开了被子，李怀信只来得及说一个"等"字，就觉得浑身一凉，绝望地闭上了眼睛。

他自发育开始，在太行山修身养性，也算是个洁身自好的出家人，从不近女色，也不准女色近他，更别说不着寸缕、赤条条地在异性眼前展示，还是在一个大姐面前，他觉得自己现在就是一幅摊开了的活春宫图！心中五味杂陈，他若是能动，恨不得一头撞死在床上。他一个清清白白的大小伙子，就这么给人"玷污"了。

然后那白看了他肉体的人，顿了一下，把被子搭回他身上，居然说："你怎么……不穿衣服？"

谁受得了这种窝囊气啊，他要是能动能自己穿衣服，会让人扒光了丢在床上等她回来观赏吗，观赏完了他还不能跳起来把这人眼珠子给挖了，真是，无处泄愤！

结果这不要脸的还敢问："你衣服呢？"

李怀信胸口好像压着一座火山，滚滚岩浆一路从心口烧到了耳根，他不想跟这个不要脸的说话。

大姐，你的羞耻心呢，还戳在这儿干吗，没看够啊！他刚在心里咆哮完，她一只手就伸进了被子，她指尖冰凉，触到他手肘滚烫的皮肤时，感觉像被烧红的铁块烙了一下。李怀信全身一颤，倏地睁开眼，又惊又怒，哑声低吼："你别碰我！"这是个女色鬼吗？光看还不够，居然还上手了！是想干吗？！

贞白的指尖在他手肘按下的瞬间，李怀信再也忍不住骂道："龌龊！"

贞白愣了一下，对上他暴怒的眼睛，有些不明所以，同时手指又往上移到他的臂膀处，另一只手也伸进被子，找到了他的手腕，把着脉搏一本正经地诊断："你这是，急火攻心了？"

闻言，李怀信差点真的急火攻心晕过去。他现在无法反抗，但是这个不要脸的若再敢对他有进一步的行为，他就咬舌自尽，决不屈服！可转念一想，这不要脸的本来就不是人啊，万一贪图他的美色，连他的尸体也不放过呢？

太耻辱了，李怀信此刻万念俱灰，正当他在活着和死后被凌辱这两者之间艰难抉择时，一阵敲门声响了起来，被子里那双图谋不轨的魔爪终于抽了出去。伙计推门进来的时候，李怀信仿佛看到他身上带着一缕曙光，然而这曙光瞬间就消失了，因为伙计放下汤药跟女冠打了声招呼就走了，李怀信想叫住他，可一开口，嗓子就疼得厉害，肯定是方才急火攻心，把原本就破了的嗓子直接给烧哑了。

眼睁睁地看着门被再次关上，李怀信一阵心灰意冷，他不能咬舌自尽，成为一个笑柄，但也绝不能活着受辱，毁了他一世英名。

第二十章 交换

贞白端过药碗，把汤勺搁在案上，看着他这副生不如死的模样，淡淡道：“放心吧，没有伤到筋骨。”

看着递到唇边的药碗，李怀信一脸提防。

贞白道：“一口喝了吧。”

李怀信皱眉，什么玩意儿就想让他喝？

贞白道：“我没必要多此一举救完你又毒死你。”

李怀信当然知道，她现在要捏死他就跟捏死一只蚂蚁一样轻松，根本用不着下毒，可谁知道这个不要脸的打的什么不要脸的主意，这又是碗什么不要脸的药。

他发不出声，只能咬牙切齿地用气音道：“拿开。”

贞白有些茫然，她方才给他检查过身体，都说了没有伤到筋骨，也就是不会成为废人，只需好生静养就能恢复，真不懂这人究竟发的哪门子邪火。

她问：“不喝吗？”

喝个屁，他真想一抬手把碗给掀了，再把这个不要脸的给掀出去，不，打出去！

贞白也不强求，把药碗搁在了床头的案前：“如果想早点恢复的话，就自己喝吧，调养身体的。”

说完，贞白转身，坐到了方桌前，背对李怀信，盯着面前的油灯出神。她思绪纷乱，要将这两日发现的线索重新梳理一遍：小曲的失踪，王六之死，竹棺，还有那两具骸骨，为什么老者身上系着锁阴绳和小曲的生辰八字？这两者之间是否存在某种关联？为什么锁阴绳未断，老者的魂魄却散尽了？诸多疑点都解释不通。还有，只有三年命数的小曲活到了现在，是借了谁的命数？不是老者的，也不是另一名死者的……贞白盯着火苗的目光蓦地一沉，难道是……王六？

小曲是王六夫妇的命根子，他为了女儿短寿二十年也不无可能，而且他如今死于非命，连魂魄都丢在了乱葬岗里。昨日她在王六灵前查探过，他的魂魄应该是闯入乱葬岗后，被里面的噬魂鸦啄散分噬了，所以只剩下躯体被李怀信带了出来。

贞白一时想不明白，她以前无所事事的时候也曾翻过些道术藏册，但不曾上心，因为其中有很多有违天道，或教人投机取巧走捷径的内容，若是心术不正，恐怕易惹祸端，所以她只是粗略地翻看了一下，只当消磨时间了，对此道的了解不多。

贞白想起李怀信的来历，转过头问："你知道借命数吗？"

有点诧异贞白会突然问这个问题，李怀信张了张嘴，嗓子烧得说不出话。

贞白起身走近，端起案前那碗药，捏着他两颊就灌了下去，李怀信猝不及防，差点被呛着。

他想骂人，无奈被贞白捏着两颊，只能把骂人的话和着汤药吞下了。药虽苦涩，但入喉湿润，嗓子顿时好受了许多。

贞白松开手，把空碗搁在一旁："你知道是怎么借的吗？"

一碗汤药，一半灌进了嘴里，一半沿着下巴流进了脖子里，打湿了被角，好在润喉之后他勉强能发出点声音了："借命数？说得好听，无非就是以命换命！"

"怎么说？"贞白试着去理解他的字面意思，"一生一死吗？"

李怀信冷哼道："我就知道，你不可能是什么善类。"

贞白不理会他的冷嘲，问："如果只借二十年呢？"

"哪有什么借十年二十年的，你想得倒美，你以为要借个八百年就拉十个人串起来杀啊？"李怀信道，"一生借一次，你活的那刻他就得死。别为了长生不死去害人，做这种逆天改命的事，就算苟且偷生也不会有好下场的。"

李怀信心想，就凭她问的这个问题，就不是什么好东西，留在世间绝对是个祸害，非除不可！

贞白将那句“以命换命，你活他就得死”翻来覆去地琢磨。难道不是王六？否则照李怀信所说，小曲三岁之时，王六就该丧命了。如此一来，这三个人都排除了，贞白不得不重新梳理，她的目光若有似无地落在李怀信耳侧，沉思之际瞳孔失了焦——

李怀信被她盯得心里发毛，这不要脸的落在他脸上那赤裸裸的眼神，肆无忌惮得让人愤怒。他堂堂大端王朝二殿下，太行道掌教千张机亲传弟子，是何等尊贵的身份，真是色胆包天，连他的主意都敢打！

被人当作观赏物一样盯着非常窝火，无奈他现在如同刀俎上的鱼肉，李怀信强忍火气：“你看够了吗？！”

贞白的思路被突然打断，涣散的瞳孔聚焦在李怀信脸上，有些茫然：“嗯？”

“出去。”

贞白一时没反应过来，看着他。

李怀信搬出礼义廉耻来：“男女有别你不知道吗？！”

“什么？”

装什么大头蒜啊，李怀信咬了咬牙：“都什么时辰了，你还要跟我待在一个房间吗？”

贞白这才听懂了对方的意思，道：“这是我的房间。”

她把床都让出来了，难道还要把她赶出去？即便知道男女有别，她也得跟他同屋共处多两天，因为没有再开一间房的钱。而且，哪有客人给主人下逐客令的道理，真不把自己当外人了。

李怀信愣了愣，猛地意识到确实是这个理儿，无奈自己浑身上下一个铜板都没有，还不着寸缕，这处境太憋屈了，他咬牙问：“你到底想怎样？”

贞白皱了一下眉，居然认真地思考起他的问题。

李怀信也跟着皱起眉，他在心底打算着，无论如何都不能屈服。

贞白想好了，从袖中摸出一个钱袋子：“我要这串五帝钱。”

李怀信脸色骤变：“你休想！还给我！”

贞白轻轻捏了捏钱袋：“是遭了阴兵撞魂吧，已经碎了，若还给你的话，你身上阳气冲煞，里面的魂魄就会散。”

李怀信苍白的嘴唇微微颤抖，这女冠居然知道，所以她昨夜给他驱尸气时掏出了这只钱袋，是为免伤到里头的魂魄？

他恍然意识到，这女冠阴气极重，整个气场就像是移动的养尸地，用她来以阴养魂，再合适不过。

“你——”

贞白知道他想问什么，坦言道：“我只是想问卦。”

问……卦？跟冯天？此刻的李怀信虽然很不愿意去说冯天无能，但是他也做不到昧着良心告诉这人冯天算卦精准，可若是他说出了实情，这人就不给冯天养魂了呢？

李怀信张了张嘴又闭上了，算是默认了，可又不放心把冯天的魂魄放在这人身上，谁知道她什么时候会变卦。

李怀信内心有点复杂：“你要问什么卦？”

贞白目光清冷，须臾才答：“我想问，是谁把我钉在乱葬岗的，我要找到那个人。”

她什么都不知道，不知道那人是谁，不知道那人在何方，更不知道为什么，突然有一天醒来，她就被困在了长平乱葬岗。

李怀信心里一紧，她是真的一点儿也不知道吗？连自己怎么死的都不知道？这也忒冤了！

他揣测：“是仇家吧？”

“仇家？”贞白低声呢喃，摇了摇头，笃定道，“无恩无怨，何来仇家？”

这可说不准，有时候结下梁子连自己都不知道，比如他在太行山上养的那条小黑狗，跑到菜地里刨死了人家刚发芽的秧苗，种秧苗的小师弟直接把他恨上了，但恨归恨，除了私底下嚼舌根，又不能把他怎么着，而且打狗还得看主人，也不敢把他的黑狗怎么着，用冯天的话怎么说来着，哦对，仗势欺人，他的狗，就是狗仗人势！后来这小师弟没办法了，有时间就去守着庄稼，见黑狗来了就撵，有次惹急了捡起石头就砸，这狗跟李怀信一个德行，在太行称王称霸惯了，直接扑过去把人大腿咬掉一块肉。小师弟哭哭啼啼向掌教告状，要求把那只畜生送走，结果那黑狗因为有李怀信撑腰，加上掌教袒护，最后被关了三天静闭，就被放了出来。那小师弟哑巴吃黄连，没地儿说理去。这条狗私底下给他招了多少怨李怀信不知道，若不是小师弟告到掌教那儿去，他可能一直都不会知道。不过发生这事儿后他没再放养小黑，除了冯天偶尔带它出去训练规矩以外，其他时间都会拴在柱子上。

李怀信没有道破，既然这女冠想找冯天问卦，就一定会好生养着五帝钱里的散魂，只是："若把五帝钱放在你这儿，冯天被撞散的魂魄需要多久才可以聚形？"

"不知道。"

"什么？"李怀信对这个答案非常不满。

"至少他不会灰飞烟灭。"

李怀信蓦地一震，就为这句话，他决定赌一把。他好不容易才将冯天的散魂拘入五帝钱内，却发现它越来越弱，仿佛随时都会消散殆尽。他很害怕，他怕冯天真的不在了，彻底从天地间消失，自己却连他一缕魂都留不住。他胃里反酸，眼睛发胀，只好不动声色闭上眼，强忍着心口那一阵抽痛。

一夜相安无事，贞白就像入定似的背对着李怀信坐在方桌前休息，到清晨醒来，油灯已经燃尽，她换了个以手支额的姿势。李怀信这才卸下内心防备，呼出一口气，勾了勾手指，惊奇地发现自己居然能动了。他费力地抬了抬胳膊，一只手滑出了被子，绵软无力，他没泄气，又动了动腿，此时，门外传来一阵脚步声，止于房门前，有人敲门："道长。"

是赵九。贞白起身拉开门，赵九是送包子来了。包子用纸包裹着，还腾腾地冒着热气："道长早啊，我知道客栈里有吃的，但还是想着给你们带点来，灌汤包，鲜肉馅儿的。"

贞白接过，道了声谢。赵九摆摆手，又指了指院外："我昨天把那谁的衣服晒外边儿了，忘记跟你说了，今儿来看见没收才想起来。"

贞白顺着他手指的方向望了一眼："一会儿还请你帮他穿上。"

"哎。"赵九应下，说，"其实我这么急着来是要告诉你，昨儿个晚上出事儿了。"

赵九跟着贞白进了屋，继续道："昨天我回去，和完面实在困得不行，倒头就睡了，都没听见外面有啥动静。今天早上蒸好包子支摊儿的时候，才听到大家议论，说梁捕头带队去让那几家大户挖祖坟了，说是里头可能有一具是空棺。"

贞白将包子搁在桌上："开棺了吗？"

"开什么棺啊，这不讨打吗！人气急了，一棍子把梁捕头的脑袋给开了瓢，据说流了好多血，那家子也因为袭击官差，被捕了。我刚才过来的时候，见县衙门口正闹得不可开交呢，估计折腾了一晚上。”赵九揉了揉鼻子，“好像是张员外打的，不过今早我看到谢家的轿子也停在衙门外头，有些纳闷。你说之前王六夫妻俩为女儿的事上谢宅大闹过一场，没有结果，如今官府怀疑这几家大户的祖坟中有一具空棺，尸体被埋在了王六家院子里，怎么又牵扯上谢家了，会不会有什么关联啊？”

赵九一语中的，依稀串出了一条线索，贞白蓦地抬头，抓起沉木剑就往外走：“我去衙门看看。”

“哎，道长，我也去。”

“等等。”李怀信脱口叫住一只脚已踏出门外的赵九，“你先把衣服给我。”

第二十一章

认物

贞白到县衙的时候，张员外的家眷正在门外吵嚷着，看热闹的百姓听了来龙去脉也跟着帮腔起哄。

张员外的夫人被拦在门外，喋喋不休地斥责官府欺压良民，贞白听了一耳朵，大致了解了昨晚的情况。梁捕头带人前后去了三家大户，协商开棺一事，毫无悬念都遭到了激烈反对，这不是让死者不得安宁吗！局面僵持不下，官府下了最后通牒，命令他们必须马上协助办案。没想到张员外是个暴脾气的大孝子，他把官帖一撕，二话不说就抄起手边的棍子打在了梁捕头头上。梁捕头完全没有防备，他万万没想到张员外居然有如此敏捷的身手，揍人之前都不带预警的，哪怕手起棍落之时喊一嗓子，让他有个应急反应，也不至于脑瓜开瓢。

贞白在县衙外没站多久，就有人出来领她进去。是那名一直在暗处盯梢的衙役，见贞白站在衙门外面，就立即进去通报了。

行过百米甬道，见梁捕头已经等在那里了，他脑袋被包扎了起来，额前的纱布被鲜血渗透，阴沉的脸上写着烦躁。

离得近了，贞白听见后堂似有拐杖突然一蹾，继而传出一个苍老的声音：“欺人太甚，我们谢家决不同意，否则我这把老骨头今天就撞死在衙门。”

贞白驻足：“谢家人？”

梁捕头一脸烦躁：“是，谢家老太太，年过七旬了，一听我们要开她老伴儿的棺，天不见亮就赶过来以死相逼了。”

从昨晚开始，那三户人家纷纷找上县太爷，一个个指着梁捕头的鼻子骂，压都压不住，特别是那谢家老太太，仗着自己年事已高，胡搅蛮缠，说她两句，手都没碰着她就往地上倒，她的儿孙见状，非说当差的殴打老人，冲过来就要跟他们衙役干仗，把整个后堂闹得鸡飞狗跳，最后是两边脸上都挂了彩。

县太爷向来是把软骨头，总想着息事宁人，以和为贵，况且这三家都是本地大户，多少都有一些官道上的人脉，若因为这事儿闹大了，他们到上头告他一状，那他头上这顶乌纱帽就别想戴了。因此县太爷狠狠斥责了梁捕头一顿，让他自己看着办，就脚底抹油躲了起来，把这个烂摊子撂给了他，现在根本没法消停。梁捕头想想就火大，再说他手下那帮愣头青，一个个炮仗脾气，没有领头的压制，面对着一帮刁民，吵不赢就要采取武力镇压。

一听里头闹得不可开交，梁捕头一个箭步冲进屋，就见两拨人吼得面红脖子粗，一副要撸起袖子开打的架势。

梁捕头把刀鞘猛地拍在门板上，怒叱道：“都给我闭嘴！吵个屁啊，今天谁敢动手通通给我下狱！”

众人闻言回过头，一时没了动静。

不过那谢老太太活到这把岁数，满头华发，是个黄土都快埋到脖子下的人了，还怕你个小小捕头？她佝偻着身子走上前，拿拐杖戳了戳梁捕头的肩胛，一脸的趾高气扬：“你倒试试看，我等奉公守法，犯了什么罪，岂是你们说抓就抓的？！你们一句‘衙门办案’，就想掘我老头子的坟，扰得他九泉之下不得安宁，简直岂有此理！”

梁捕头治过无数地痞无赖，最头疼的就是遇到这种冥顽不灵又牙尖嘴利的老人家，她占着理儿，又豁得出去，拿命维护着自己的底线，即便皇帝老儿来了她都能死磕到底。

老太太收回拐杖，又往地上重重一蹾，威严道：“有本事，你就把我这把老骨头拆了，开棺把我与老头子合葬！”

梁捕头握着刀柄的手紧了又紧，指尖压得发白，他眯缝了一下眼睛：“合葬啊？你老头子在不在那棺里还另说呢。”

老太太冷哼了一声，以牙还牙道：“是吗？那你自家祖先的尸骨还在不在坟里，你去掘开看过吗？”

“对！”一旁的张员外也应和道，“你要查空棺，先刨开自家的祖坟查查吧。”

见有人起了头，其他人也纷纷跳出来助攻，梁捕头被他们喊得头痛欲裂，揉了揉额角，感觉伤口又要裂开了。

贞白朝梁捕头靠近，低声说：“怎会闹成这样，你没有把死者的寿衣和那根锁阴绳拿给他们看过吗？若是自家亲人，那寿衣应该认得吧。”

梁捕头一愣，他英明一世居然在这件事儿上犯了糊涂，闹得这乌烟瘴气的，差点骑虎难下，他在心底骂了自己一句蠢货，低声吩咐手下人去验尸房把东西取来，又狠狠拿刀鞘敲了敲桌子：“肃静！肃静！都别吵了！”

待众人安静下来，梁捕头说：“我这儿有一样东西，想让各位认一认。”

老太太：“什么东西？”

“已经命人去取了，各位一会儿看了便知道。”

众人面面相觑，不明白梁捕头这葫芦里究竟卖的什么药。

衙役很快将寿衣取了来，放在案前摊开，只见那雪白的缎面上沾着泥垢，埋了二十年左右，已经陈旧。

梁捕头扫视众人一圈：“这是从王六家院子里挖出来的那具尸骨身上扒下来的寿衣，请各位上前好生瞧瞧，看有没有觉得眼熟的？”

闻言，有人后退了几步，嫌死人的东西晦气。

梁捕头补充道：“这件寿衣的料子是上好的绸缎，价格不菲，寻常人家根本穿不起，也就在座的各位，家业丰厚，家中长者去世，自然是要厚葬的。而儿女要尽孝道，后事必得精心准备，亲力亲为，不假他人之手，想必长者的陪葬衣物应是认得的，所以，还请各位上前瞧仔细了。”

众人面面相觑，都有些迟疑，还是张员外这个暴脾气的大孝子先一步靠到了案前。他仔细观察，觉得这寿衣的料子与他给老父准备的那件有些相似，但又不能确定，只得俯身凑近，伸手捏起衣料。

有人牵头，大家也都忍着恐惧，三三两两凑上前辨认。张员外直起身，将正准备凑过去看的亲弟弟拽开，又掏出帕子不停地擦手：“不是。”

他弟弟不悦道：“搞的什么鬼。”

张员外压低了声音：“应该跟咱们没关系，只要这些官差不找麻烦，咱就别做那只出头鸟了。”毕竟民不与官斗。

那弟弟看了自家老哥一眼，同样压低了声音：“你这出头鸟不都已经做了吗，把人官差头子的脑袋都给开了瓢，人家现在是还没空来找你算账，这时候你又想夹着尾巴做人了？晚啦！”

“嘶，我那不是气昏头……”张员外正要跟弟弟争论一番，就对上了官差头子犀利的眼神，两兄弟立刻昂首挺胸，停止了窃窃私语，装出一副无愧于心的模样。

梁捕头自是听见了张员外那句压低了声音的“不是”，即便隔得较远，看口型也是能确定的。

梁捕头收回目光，现在案前围着的是沈家的儿女及亲眷，他们总共来了七八个人，壮声势似的齐齐拥进衙门，把官府折腾得够呛，但相比谢家那群人，沈家还算是小打小闹了，此刻他们退到一边，说：“这不是家父的。”

“哦。”梁捕头把目光落到谢老太太脸上，抬了抬下巴：“谢老夫人，也劳驾您过来认认吧。”

谢老太太冷哼一声，满脸不屑，但还是拄着拐杖蹒跚移步，长子长女左右护法，其余的孙儿们谨小慎微地跟在其身后。

要说谢家能有今日的地位和风光，谢老太太功不可没。当年谢老爷子上当受骗，进过一批次货，砸了招牌不说，还几乎赔光了家当。谢老爷子为此一蹶不振，以酒度日，那个时期，是谢老夫人站出来，独自扛起了整个家，她每天起早贪黑，四处辗转，与不同阶层的人士周旋，生意才逐渐有了起色。后来谢老爷子看到妻子的辛苦付出，许是良心发现吧，遂扔了酒壶，重整旗鼓，与夫人一起振兴谢家。所以，即便谢老夫人如今已不再干涉家族生意，却仍是一家子的主心骨，余威尚在，受后代敬爱，只要她一发话，谢宅上下无一不从。

老太太活到这把岁数，什么大风大浪没见过，但摸到那件寿衣时，还是没能扛得住，她颤着枯槁的手，只说了句“这是我的针脚”就倒在了儿子的怀中。

怎么可能！谢家上下所有人都难以置信！当年老爷子溘然辞世，走得安详，老太太虽然伤心，却也明白世人垂老，终有这一天，便在灯下亲自缝制了老伴儿的寿衣，同时也给自己缝制了一套，备在箱底。老太太方才既然说那是她的针脚，自己的针脚断不会认错，可是当年老爷子下葬，所有人都是亲眼看见的，这寿衣明明穿在谢老爷子身上，怎么可能从王六家的院子里挖出来？谢家人百思不得其解，但此时也顾不得那么多了，他们手忙脚乱地围住老太太，生怕出现任何闪失。

寿衣有人认领，梁捕头反倒不急了。待他们把老太太扶到椅子上，端茶倒水地把老太太伺候顺气儿了，已经耗去了大半个时辰，中途梁捕头命人去把保和堂的孙大夫请来，诊完脉又扎了几针疏通气血，老太太总算缓过劲儿来。

陈、沈两家面带同情地过来问候了几句，实则等不及看戏，有人还装模作样地上前表示："这个出殡之后啊，按照规矩，上山到墓地都会开棺见逝者最后一面，谢老爷子下葬的时候，那么多子孙都去送了，亲眼看着他入土为安，怎么……"那人适时住了嘴，把话题抛出来，引得大家纷纷好奇。

一个年纪不大的男孩儿灵光一闪："不会是，有人知道谢老爷是城中巨贾，儿女定会厚葬，所以起了贪念，想去偷陪葬品……"

有人立即捂住了那男孩儿的嘴。

谢家长媳怒斥一声："胡说八道。"

梁捕头没有理会他们，此时他像是一个旁观者，走到了贞白身侧，手里捏着那根从骸骨腿上剪下来的红绳，琢磨着啥时候拿出来问问这是不是谢老夫妇的结发绳，又怕刺激得老人家当场气绝了。他正在为难着，就听贞白低声问："谢家老爷子，可是单名一个'远'字？"

"嗯？"梁捕头有些没听清。

贞白想起前日她上山替王六择吉地，路过一块墓地，碑上刻着"谢远之墓"，又问了一次："谢老爷子，可是叫谢远？"

梁捕头惊讶道："你怎么知道？"

"之前曾路过他的坟地。"

梁捕头盯着她，半晌才道："真巧。"

贞白补充道："给王六择坟地的时候，正巧经过。"

"哦，所以你今儿过来，就是想跟我说这个？"

贞白看向梁捕头："还记得之前，王六夫妇为什么非说女儿在谢宅吗？"

梁捕头神色一肃，冷不丁打了个寒战："说是女儿托梦……等等，你什么意思？"

贞白言简意赅："我觉得谢家有问题。"

第二十二章 空棺

“我知道谢家有问题……不是，王六夫妇更有问题。”梁捕头指了指贞白，“凡事讲证据，你别给我来装神弄鬼那一套，老子不信邪，托梦什么的，都是日有所思，这都哪儿跟哪儿啊，你就想联系在一起。”

贞白满不在乎地转过脸，视线落在案前那件寿衣上。

“我不相信！”老夫人压抑着激动，低低地喊出一句。

所有人都把目光投向她，梁捕头道：“没有亲眼所见，谁都不相信，就算一具尸骨和老爷子的寿衣摆在我们面前，没有打开他的坟冢确认里面是一具空棺，衙门也不会妄下定论，您说对吧，老夫人？”梁捕头走上前，将那条红绳递上，“还有这个，您给瞧瞧，是否老爷子的贴身之物？”

老夫人颤巍巍地伸出手来接，仔仔细细地瞧完后，又努力地回忆了一下，着实对此物没有任何印象：“不是。”

梁捕头见她的神态不像有假，又道：“会否是家中子女所赠？”

谢家在场几人纷纷摇头，都表示自己不曾送过老爷子这种东西，一般都会投其所好，送老爷子古玩或字画。

梁捕头将红绳拿回来，背着手道：“那就开棺确认吧，老夫人意下如何？”

老太太坐在木椅里，握紧拐杖的枯手微微颤抖着，内心备受煎熬。

梁捕头继续道：“若我们挖出的这具尸骨真是老爷子的，也好将他葬回坟地，入土为安，如此抛尸荒野实在是……”

“开！”老夫人中气十足地吐出一个字，打断了梁捕头的话。

“母亲……”谢家儿女们都不敢置信地看向老太太，正欲劝解，被老太太抬手制止了。她撑着拐杖，在女儿的搀扶下站起身，神色肃穆：“若是乌龙一场，扰了老爷子安眠，那么想必梁捕头定会给我谢家一个交代？”

梁捕头迎上老太太强硬的目光，应诺：“自然。梁某愿从此脱下这身官服，上谢家、谢老爷子坟前磕头赔罪。”

闻言，众衙役惊呼：“头儿……”

这回赌大了。

“好！”老太太高声道，“在座的各位都是见证人，到时可容不得你抵赖。”

梁捕头勾了勾嘴角：“放心，梁某向来一言九鼎。不过老夫人真正担心的，应该是老爷子是否在墓里吧？”否则，这老顽固绝不会答应让他们开棺。

一行人上山的路上，衙役忍不住问：“头儿，你真有把握吗？”

梁捕头摆摆手：“一半一半吧。”

“啊？”衙役急了，“那你赌这么大，真不想混啦。”

“你去赌钱的时候有把握吗，没把握你就不赌了？不照样输得精光了回来，跟我这儿蹭吃蹭喝的。”

“这能一样吗？！我只是输几顿饭，你这直接把饭碗都砸了。”

“听你这意思我只能当个捕快了是吧？瞧不起谁呢？”

“不是，头儿……”

“行了，别磨叽了，还指不定谁输呢！孙大夫跟上没？万一那老太婆一会儿昏厥过去，别挖个坟还闹出人命来。”

衙役往回看了眼，找见那个背着药箱的人才道：“后边儿跟着呢。”说完，又盯着前头的轿子发表意见，“你说都这么大岁数了跟着上来折腾啥呀，山路又不好走，坐轿子里头一颠一颠的，别给颠骨折了。”

“要是你媳妇儿或是爹妈的坟给人刨了，你就是骨折了也会爬上山来。”

衙役想了想：“也是。”他又东张西望了一会儿，队伍里还有陈、沈两家来凑热闹的人，正吭哧吭哧地往上爬呢，他的目光最后扫到几步开外的贞白，低声问，“她来干啥啊？咱开个棺材而已，来个女冠跟闹鬼似的。”

梁捕头顺着他的话答道："没准儿。"

"啊？头儿，你不是不信这些吗？"

"所以你管她跟没跟着呢，啰唆啥，攒点儿力气待会儿刨土吧。"梁捕头瞥了眼一语不发的贞白，评价了句，"这人还行吧。"

衙役没听懂："怎么？"

"起码她没有收了王氏的钱，见人下狱就跑路啊，应该是个有点儿良心的神棍吧，这不还想帮着把案子尽快结了，办王六下葬的事儿吗？"

"你怎么知道？"

梁捕头每天都要为属下的智商着急上火，他指了指跟在贞白身边瘦巴巴的赵九，不想再跟眼前这头蠢驴多费口舌。

赵九在他们一出衙门时就溜到了贞白身边，不声不响地将存在感降到最低，再一路跟到山上，见官差都没注意到他，确定自己不会被当成闲杂人等赶走，这才低声问了句要去干吗，得知是去开谢远之墓时，他震惊了好一会儿："真开啊？谢老太太同意了？"

"嗯。"贞白颔首，"同意了。"

赵九一个不留神，踩到了一颗小石子，脚下一滑，被贞白及时扶住肩膀才没有摔倒，但他方才低呼了一声，引来无数注目，他有些尴尬地埋头继续走路，大家也就自顾往前走，没人多留神这边。

深秋临冬，气温极低，山中晨雾未散，如薄烟遮目，视野一片朦胧，可众人还是一眼就看见了不远处那棵郁郁葱葱的灌木，梁捕头心头忽地一颤，环视周边，满目的枯枝败叶，唯独那一棵树，枝繁叶茂，在山中遗世独立。这未免太奇怪了！

待看见树旁那座坟茔时，梁捕头心里更是咯噔了一下，忍不住转头望了眼贞白。不知道为什么，他突然想起了王六院中那簇青竹，记得这个女冠被审讯时说："现在都什么气候了，难道你们没有发现，王氏院子里的竹子仍然郁郁葱葱吗？"

梁捕头出奇地将这两处联系在一起，脑子有些混乱，有种被这女冠施了咒的感觉，否则自己为什么会老往那些神神道道的事情上想？

"哎，老太爷的坟前怎么长了棵树？"有人嘀咕了一句。

梁捕头脱口问道："以前没有吗？"

“没有啊，三个月前我还来祭拜过。”接话的估计是谢家管事，年纪稍长，留着一撮山羊胡，他忽地拍了一下脑门，“我想起来了，有倒是有，但这树早就枯死了啊，老爷就没让我挖了，怎么这都快入冬了，突然又活了？”

闻言，梁捕头难以形容此时心里的复杂感受。

众人在坟前驻足，谢老太太被长子和儿媳搀扶出轿子。

见贞白走向那棵树，梁捕头快步跟了上去，还未靠拢，就听见老太太喊了一声：“梁捕头。”

他忽地止步，看见贞白抬手扶在树干上，眉头似乎微不可察地皱了一下，转瞬又恢复了平静。他居然有些好奇，这女冠不动声色地在搞些什么，奈何眼下是紧要关头，得先办正事。

一帮人站在坟前点香祭奠，俯身鞠躬，道了句：“谢老太爷，得罪了。”便拎着铲子开始动工。

谢老太太拄着拐杖，拂开左右儿女，岿然不动地立在坟前，紧紧盯住墓碑，声如洪钟：“跪！”

她身后一众子孙及家仆齐齐在坟前跪下，膝盖同时磕地，砸在石板上，发出一记闷响，震得几名握铁铲的衙役手上一抖，犹豫着何时落下第一铲。

谢老太太苍老威严的声音再次响起：“拜！”

谢家众人齐齐叩首，额头伏地，久久不起。

握着铁铲的衙役面面相觑，竟有些不知所措，纷纷望向自己的头儿。

梁捕头打了个手势，几名衙役收到指令，心一横，铲开坟头第一拨土。

谢老太太又喊：“起。”

谢家众人起身。

“再拜！”

谢家众人再叩首。

如此，一直持续到见棺，谢老太太的号令才戛然而止。再看谢家人的额头，个个磕得一片红肿，可怜见的。几名衙役见状内心一阵不忍。

正欲开棺之际，梁捕头捏紧了佩刀，本来有些紧张，耳后突然响起低低的一句：“不是空棺。”

梁捕头一怔，后背一僵，鸡皮疙瘩起了满身，他回头看了一眼，不知何时贞白居然站在了他身后。未等他有所反应，棺盖已经被揭开，几个衙役的手陡然一滑，抬到一半的棺盖哐当砸落，衙役顾不上去扶，个个儿跟见了鬼似的，惊恐地往后退，其中一位不慎踩到旁边堆起的小土坡，猛地一屁股坐了下去，又连滚带爬地往外跑。

梁捕头感觉事情有异，这几个手下跟了他多年，都不是胆小如鼠、见了死人就吓得屁滚尿流的人，否则也不可能挑他们来挖坟。

“见鬼！”有个衙役吼了一句。

梁捕头猛地跑上前，不可思议地瞪大了眼，手里的佩刀一时没握牢，砸到了土里。

直至听见众人一声惊呼，谢老太太晕了过去，谢家人手忙脚乱地围住老人家，急忙唤来孙大夫，在一片混乱中把老太太抬上轿子，梁捕头这才回过神来，按了按一个劲儿地跳的太阳穴。

正如贞白所言，不是空棺，但也不是谢老太爷的尸骨，棺材里头躺着的，是一名女子，梁捕头以前跟手下一起去吃王六家的馄饨时，不止一次见过这女子，他一时有些难以置信，就听旁边的赵九惊骇地喊道：“小曲！”

赵九瞪着铜铃似的大眼，将探上前的身子缩了回来：“这这……这……”“这”了半天都说不出一句完整的话来。

这是怎么回事？为什么王六失踪的女儿会在谢老太爷的棺材里？官差们翻遍了全城都找不着的人，居然在谢老太爷的坟墓里！

大家的脑子都有些发蒙，唯独贞白冷静道：“王六女儿托梦说她在谢宅，其实是在谢家的阴宅。”所以他们一大拨人之前跑去谢家找人，当然不可能找到。

梁捕头被她的话震得差点三魂出窍：“你——”

贞白道：“我今天过来，就是想跟你说这个。”

梁捕头抬手按住突突直跳的太阳穴，定了定神，感觉思维要被这神棍给带偏了。

“嘶——”梁捕头捡起佩刀，拍了拍刀鞘上的泥土，又十分烦躁地挥了挥手，衙役们立即收到指令，把那些伸长了脖子想要围观的闲杂人等赶到了几丈开外。

“这到底怎么回事啊？”

“谢老太爷真不在棺材里啊？”

“那棺材里躺着的是王六闺女吗？”

“所以谢老太爷真是被埋在了王六家院子里？”

……

看热闹的人被衙役推着往后，忍不住七嘴八舌地讨论起来。这王六家跟谢家究竟有什么恩怨？居然发生这么离奇的事！

梁捕头大步跨到坟前，前脚刚踩住边沿，四周就起了一阵寒风，从他的后脖颈直灌进衣领里，他一个哆嗦，脚下的泥土突然松动，他的身体蓦地一沉，重心不稳地就要往棺材里扑去。他的心猛地揪起，却感觉后领口被人一把揪住了，又往后用力一拉，把他带到了平地上。梁捕头一偏头，见贞白已经松开了手，两指并拢，夹着张符纸，扔飞镖似的扔了过去，贴在了棺材板上。

梁捕头惊奇地看着那道黄符，欲发作，又想起刚才脚底打滑的时候是这女冠出手拉了自己一把，不好当场翻脸，遂咬牙质问道："你搞什么名堂？贴符干吗！这么多百姓看着呢，他们本来就迷信，传出去还以为真是闹鬼，像什么话！本来案子就离奇，你又是跟着我们官府来的，到时候扯都扯不清。"

"压一压邪气。"

梁捕头蹲下身，正要去撕那张黄符，就听贞白补了这一句，顿时扭头警告她："你别跟这儿扰乱视听蛊惑百姓啊！"

贞白置若罔闻，只道："别撕了。"

反正撕不撕都无所谓，梁捕头招招手："得，你们几个，把尸体抬回衙门。"

方才挖坟的那几个衙役凑上前，正欲将小曲的尸身抬出来，贞白立即制止道："抬棺。"

"什么？"衙役有些不明所以。

"别碰尸体，抬棺。"

这女冠在这儿实在太妨碍公务了，梁捕头有些忍无可忍："碰尸体怎么了，你是不是想说，死者接触了人气一会儿得诈尸啊？"

"不会。"

"那就别跟这儿碍事儿了，边儿去。"

"是棺材的问题。"贞白道，"这是一口招魂棺。"

第二十三章 以魂养魂

安顿好谢老太太的谢家家主折回时正巧听见这番话，猛地僵在原地，盯着贞白，惊诧不已：“你说什么？”

贞白抬头，目光扫过远处的山脉，娓娓道来：“谢老太爷的墓穴选址在此，山脉生气充盈，于路径深处止息，背靠主山，来龙深远，气贯隆盛，左右山脉环护，砂环水抱，可谓藏风养气，是一处子孙兴旺的风水宝地。”

“没错。”当年他请了好几位得道高人前来看过风水，才将父亲葬于此处，仅凭这番话，就能判断这女冠绝非胡言乱语，而是有些真本领的。

贞白道：“可不知何时，此处的风水已经逆转，看似并无任何改变，但龙脉泄尽，聚怨聚阴，成为大凶之地。”

或许她知道是何时，就在一个多月前，长平乱葬岗里的山峦崩塌，大阵破损，即便最后已竭尽全力修补，但整个地势已经发生改变……所以，居然影响到了外界吗？因为此处与长平相邻，地脉贯连，而造成了损害？

贞白继续沉吟道：“而谢老太爷的坟冢中，却是一口空棺，这本无甚影响，所以二十年来平安无事，但——风水发生逆变，碑上有名，墓中无尸，这口棺，就成了招魂棺。”

谢家家主听得脸色发白，艰难地咬字：“招……魂……棺……？”他抬手指了指坟坑，奈何抖得厉害，“你是说，这棺材，招了那丫头的魂？”

“看来是。”

梁捕头在旁听得目瞪口呆，这次不仅没有喝止，反倒追问了句：“什么叫看来是？”说完他就想抽自己大嘴巴子。

“阴宅的风水直接影响子孙后代，而这里是谢家的阴宅，这棺要招魂，也该是招谢姓的血脉。”贞白道，“但是谢家好像并未因此家宅不宁，或有任何伤亡？”

谢家家主瞪大眼，摇摇头：“除了王六夫妇来闹过一场，并未发生其他异事。”

贞白道：“反而是王六家破人亡，所以，问题出在王六女儿身上，因为招魂棺，招的是她。”

“为什么？”谢家家主难以置信。

梁捕头突然插话：“是因为谢老太爷的尸骨埋在王六家中，从而有了什么千丝万缕的联系？那谢老太爷的尸骨是被王六挖回去的？他为什么这么做？”猛地意识到自己已经完全被贞白带着走，梁捕头一个激灵，把思维拉回正轨，“不对，你别扰乱我视听啊，这可能就是王六二十年前刨了谢家老太爷的坟，不知出于什么目的挖走尸骨，埋在自家院中，二十年后，又有人杀害王六之女，埋在谢老太爷的墓中？如此说来，这个凶手可能知道谢老太爷的墓是空的？或者知道王六曾经挖过谢老太爷的坟？否则，谢老太爷的尸骨埋在王六家，王六的女儿又埋在谢老太爷的墓中，不可能只是巧合。”

“的确不是巧合。”贞白一抬下巴，示意梁捕头看向坟头那棵枝繁叶茂的树，“你也许不信，但是这棵树和王六院中的青竹，你无法解释它们的反常。”

“那你有什么解释？”

“聚阴聚怨，枯木逢春。”因为外界似乎受到了乱葬岗的影响，这里便也出现了类似乱葬岗中的古槐因阴怨之气滋养而枯木逢春的迹象。

梁捕头瞥了那棵树一眼，转过头目不转睛地盯着贞白：“这就是你判断这墓里不是空棺以及当初王六院中埋了尸的依据？”

“可以这么说。”

“好！照你所说，这是一口招魂棺，难道是王六女儿自己挖开了坟躺进去的？”梁捕头看向棺中，他的视线落在小曲的纤纤玉指上，她双手交叠在腹部，指甲干净整洁，无半点泥垢。他蹲下身，踩在棺椁边沿道：“或者是坟墓和棺材自己打开，等王六女儿躺进去了又埋上土？”

梁捕头对贞白的说法嗤之以鼻，他伸手拽起死者的手腕仔细查看，感觉死者衣袖下有什么东西硌着手，本着不漏过任何蛛丝马迹的原则，他掀开死者衣袖，发现死者手腕上系着根红绳，是以几根细线编制而成的，打着死结，跟他在谢老太爷尸骨上剪下的那根编绳几乎一模一样。

贞白也看见了，但是站着未动，只道："割开看看，里头是否有一缕银发？"

梁捕头心里一突，掏出匕首照做，果然不出贞白所料，红绳中藏着几根银发，梁捕头有些发蒙："你怎么……会知道？"

"梁捕头，这可能真不是一桩寻常的案子。"贞白道，"别忘了二十年前，王六请过一位道人，让樵夫老苏给他女儿盖了间前宽后窄的闺房，那是仿棺材而建，本身就不寻常。而且小曲的生辰八字我看过，是个早夭的命数，却活到了这么大，我想，王六请那位道长干什么，你我已经心知肚明。"

梁捕头将案情的整个发展在脑子里快速过了一遍，王氏供认曾经为了救女请过一位道长，如今从这种种证据看来，就是王六当年迷信了那个妖道，以至于做出一系列害人害己的行为。难道他真的不得不往玄虚那方面想了？

他举着红绳问："这玩意儿是什么来着？"

"锁阴绳。"

"干什么用？"

"捆住死者魂魄不散，魂魄无法离体则无法超生。"

"捆住了吗？谢老太爷的脚上也绑了一根，你不是说他身死魂消了无法作法招魂吗？"梁捕头"啧"了一声，"你爱咋说咋说吧，我只想知道，为什么谢老太爷和小曲身上都有这玩意儿，而且一缕是黑发一缕是银发，显然是取了各自的头发没错吧，这在你们骗子……"他顿住，改了措辞，"在你们行当中，两者之间有什么讲究？"

贞白上前，接过那根红绳，虚握在掌心，又细瞧过那个死结，才转头看向谢家家主，问："谢老太爷的忌日是哪天？"

谢家家主虽然疑惑，但还是报出父亲的忌日，详尽到时辰。梁捕头与贞白闻言脸色皆是一变，谢老太爷的忌日竟跟小曲的生辰同月同日，虽然不是同一年。

贞白恍然大悟，抓到了重点："果然不是借命数，若我没有猜错，那名道人是想以魂养魂。"

"什么意思？"谢家家主在一旁听得心惊胆战，追问道。

“王六的女儿八字纯阴，是因魂体太虚而导致病体缠身，所以寻遍了大夫都回天乏术，药石无灵。”贞白边思考边说，“而魂体太虚，可以采取以魂养魂之法，正好谢老太爷的忌日撞上了王六女儿的生辰，二者不谋而合，满足了以魂养魂的最大条件。”

贞白垂眸，盯着手里的锁阴绳，继续道：“为免谢老太爷的阴魂离体，便用锁阴绳捆在死者肉身之上，祭以青丝，供以生魂，渡养给王六之女，因此，她才能活到这么大，而谢老太爷的阴魂被王六女儿当养料尽数吸取，所以，谢老太爷的招魂棺，就把小曲当成了谢老太爷，招了她的魂。”

贞白顿了顿，继续自顾分析道：“如此一来，那个道人让王六把女儿的闺房做成前宽后窄的基地就说得通了，因为养魂，得在棺材里养。”

在场所有人，包括梁捕头在内，个个目瞪口呆，今日所闻所见，好比天方夜谭。

谢家家主听完怒不可遏，他无论如何也没想到，自己父亲百年归老之后，未能得到安息，被王六掘了坟不说，连魂魄都被拿去喂了他女儿！他心里烧着一团火，却不知该找谁发泄，冤有头债有主，王六遭了报应，王六女儿也死于非命，可难道就这样抵消了？他气得双目通红，攥紧的拳头不住地发抖，心底有个声音在咆哮：抵消不了！

梁捕头蹲在坟坑前，半晌无语，他撑着膝盖，正欲起身，脚筋麻了一下，便弓着身子，想等这股麻劲儿过去，此时他的视线无意扫过小曲另一只紧攥着的手，那只手扣在小腹处，露出一块靛青色布料，方才他拽开了小曲叠在上面的那只手，注意力都放在了红绳上，又被那女冠儿句话说得脑袋发蒙，差点错过了重要线索。他忍着腿部的酸麻，又缓缓蹲了回去，将小曲手里攥着的靛青色布料抠了出来，这是一块用力撕扯下来的碎布，若他没猜错的话，应该是从凶手衣服上撕下来的。

小曲死前有过挣扎？他抬眼，隐约瞥见小曲的脖颈处有抹红痕……什么招魂棺，什么以魂养魂，简直一派胡言！

梁捕头好不容易找到了他杀的证据，刚要上前进一步细查，不料那谢家家主疯了似的，抄起一旁的铁铲冲到坟前，对着小曲的尸身就要一戳到底：“我杀了你！”

梁捕头猝不及防，他条件反射地想要阻拦，奈何两条腿酸麻得厉害，一使劲，整个人就摔到了地上，眼睁睁地看着谢家家主报复性地狠狠一铲子戳在尸体上，发出一声闷响。衙役迅速上前拉人，梁捕头忍不住骂了句娘：“早就死僵了还杀个屁啊，把他给我拉走。”

“别碰我！”谢家家主挥开衙役，愤愤地扔掉铁铲，“连死人都不放过，他们做出这等事，就该千刀万剐。”

梁捕头提醒他：“你现在戳的这位，也是个死人啊。”

谢家家主咬牙切齿道：“死人又如何，死了就想一了百了吗，想到家父故去却还要遭受这种罪，我决不可能善罢甘休！”

“衙门还没断案，你就听信这江湖骗子胡诌？什么招魂棺，以魂养魂，简直一派胡言！”梁捕头捏着那片靛青色布料，慢慢道出自己的推断：这是一起谋杀案，凶手是先杀死小曲，然后埋到了谢老爷子的坟墓里。至于其他的，还需要把尸体运回衙门，待仵作验尸查明。

他说：“谢家若想讨个公道，就该等案子水落石出，而非听信那些江湖术士的片面之词。”

谢家家主原本急火攻心，听了梁捕头的推断，半天说不出话来，那边来人说老太太情况不妙，他只得先囫囵应下，等待衙门彻查的结果，然后匆匆将老太太送回谢宅，留下其长子与管家善后。

梁捕头松了口气，再看贞白，就觉得极其闹心，得亏他及时压制住，否则谢家人闹起来，这局面不知道会乱成什么样。

腿上那股酸麻已经消退，梁捕头站起来，狠狠剜了贞白一眼：“妖言惑众！”

贞白只是说出实情，没料到谢家人会这般冲动，此时此刻，面对梁捕头的谴责，她选择保持缄默。有些真相，或许不是人人都能够接受的。

把王六女儿的尸体和棺材一起运回衙门后，不出一个时辰，这事儿就跟一阵风似的，传遍街头巷尾，可谓尽人皆知。大家纷纷对事件发表个人高见，有人支持神鬼一说，有人支持人为一说，而事件本身如何，也已被添油加醋地演变成了各种版本。就连祥云客栈的后院里，都有人边喝着小酒剥着花生边议论，去送点心的伙计时不时还会插几句嘴，一唱一和跟说书似的。

李怀信倚在床头，闭上眼静静地听，不禁感叹这世间真是无奇不有。

须臾，他睁开眼，抬起手，手腕处有两个血洞，比筷子细一点，已经结痂。

他想不起来这是怎么伤的，似乎是前夜，那女冠给他刮骨的时候，在最后一刻，手腕传来一阵钻心的刺痛，仿佛被两柄利器洞穿。

李怀信阴郁地想：她咬的？吸血了吗？

无奈当时他痛得意识模糊，什么都想不起来了。

万一那女冠真的会吸人血，放她这样在外头四处游荡，岂不要出大乱子。

第二十四章

指环

县衙的验尸房内已经停放着两具骸骨，再抬入一口棺材，空间就显得有些狭窄了。

仵作一身白衣，浸手祭香后便开始验尸。

小曲的脖颈处有几圈青紫色勒痕，乃是窒息而亡。

“但她绝对不是悬梁自尽的。”仵作一边查验，一边剖析。死者脚上穿着一双旧鞋，鞋底均有污迹和磨损，而鞋后跟处，有极为明显的摩擦痕迹。比如，被人从背后勒住脖子，想要反抗，便会不由自主地狠狠蹬腿，鞋跟处就会出现明显的磨损。

仵作再翻过尸体，发现死者下半身的衣裙沾满泥土，裙摆磨损严重，破了好几道口。褪去衣服后发现，死者背部以下有大大小小的青紫与破皮，这种伤势显然是长时间的拖拽造成的。

梁捕头道：“你是说，小曲是被人勒死后，拖到山上的？”

仵作道：“她脖子上的勒痕不均匀，濒死前有过强烈的挣扎，也可能是被勒着脖子活活拖死的。”

梁捕头的眸子一沉，仵作补充道：“我只是推测，不排除有这种可能。”

“会是谁呢？”梁捕头摸了摸下巴的胡楂儿，视线转到谢老太爷那具尸骨上，突然鬼使神差地想起了今日贞白那一番言论，他不得不怀疑，小曲的死与谢老太爷有所关联，否则不可能这么巧，凶手谋害了小曲，又把尸体放在了谢老太爷的空棺里。可是关联在哪里？该从哪里入手？

如果当年真是王六听信了妖道的蛊惑，为了救女儿，挖了谢老太爷的尸骨埋在自家院里，那么目前唯一能解开真相的人就是王六。可王六已经死了，棺材还停在自家堂屋里没来得及下葬，就因为一个无知的小女孩闯进去捡到一根指骨，被何大爷撞见后前来报官，将王氏也逮捕归案了。

梁捕头猛地想起来，这两日光围着谢老太爷的尸骨转，把另一具尸骨都给忽略了。昨天他去抓樵夫，让属下找曹寡妇前来认一认另一具尸骨是不是她丈夫张成，结果如何，他到现在都还没抽出时间过问。

他扶了扶头上的纱布，觉得伤口隐隐作痛，纠结是先换药呢，还是先了解案情，最后决定同时进行，一边拆纱布，一边听属下汇报。

“哎，那曹寡妇一见到尸骨就开始哭，最后直接晕过去了，给我们吓得，赶紧把她扛到了保和堂。我们还以为她是认出了这具尸骨就是她丈夫呢，结果在保和堂守了半天，她醒过来后，居然说是自己胆儿小，吓着了，死活都不肯再看一眼。”

额角的鲜血凝固后粘在了一块儿，揭掉最后那层纱布就扯到了伤口，梁捕头“嘶”了一声，把纱布扔在桌子上，对属下招了招手：“来给我上药……然后呢？”

衙役走过去，拿起桌上一个小瓷瓶，拔掉塞子往他伤口上倒：“咱也不能强押着她来认是吧，正没辙呢，她忽然说，成亲前，她丈夫是个赌徒，小指头被赌坊斩掉了半截儿，后来改邪归正自己做点生意，才攒了点积蓄娶了她过门。”

梁捕头皱了皱眉：“可那具骸骨的十指并没有残缺。”

衙役上完药，开始给他缠纱布：“对，所以那具骸骨不是她丈夫张成。”

还以为会是张成，结果线索又中断了，梁捕头烦躁地偏过头，衙役正在给纱布打结的手因他这一偏，没把握好力度，直接将伤口缠紧了，梁捕头痛得“嘶”了一声：“手上还有没有轻重了！”

衙役委屈道：“头儿，你先别乱动，我再帮你松一松。”

“行了，就这么着吧。”他挥开衙役的爪子，问道，“那捡到手指骨的小丫头找到了吗？”

“之前去寻过，没找到，这丫头也不知道钻哪儿去了，我们从昨晚到现在不是一直抽不开身吗，一会儿再去找找。”

“我说，也别光盯着那丫头，还有带她来报官的那谁，就那老大爷，也带回衙门审一审。”

“啊？”

“啊你个头。”

“我知道了头儿，马上就去。”

衙役一溜烟地就要跑，被梁捕头喊住了：“回来。”

衙役又退回去：“还有什么指示？”

梁捕头问：“你知道什么了？”

“把那大爷带回来。”

“为什么带他回来？”

衙役一脸茫然：“你让带回来肯定有你的理由啊。”

这狗腿子！梁捕头只觉得脑袋被套了一个紧箍，下属一开口，就是念的一句咒，他痛苦地按住额头。

衙役见状，紧张道：“头儿，怎么了头儿？”

瞧这一脸关切样儿，梁捕头恨铁不成钢地挥挥手：“没事，脑壳痛，你去吧。”

衙役不放心：“可是你脸色很难看啊，要不去让大夫瞧瞧？”

梁捕头咬牙切齿道：“别管我。”

衙役越发担忧：“好像很严重啊头儿，去……”

梁捕头忍无可忍：“别跟这儿碍眼了，赶紧滚，老子就是被你给蠢得！蠢货！”

见下属溜得比兔子还快，梁捕头愤愤地嘀咕道：“非要觍着脸来找骂，成心想气死我。”

随后，他又叫了几名下属一同前往王六家，也许能在小曲的房中寻到些蛛丝马迹呢？

他们一拨人刚进宅院，就看见赵九蹲在一个被挖开的大坑前，手肘搁在膝头，支着腮嘀咕道：“怎么会发生这种事呢，我还是有点接受不了，再缓缓吧，我还得再缓缓，道长啊……”一抬头，却正对上梁捕头的目光。

梁捕头凶神恶煞地对他吼了一声：“你在这儿干啥？！”

赵九吓得一跃而起，差点一跟头栽进坑里，好不容易才站稳：“我……

我……我……我跟……”结巴了半天说不清楚，只好指了指灵堂，贞白正好从里面走出来。

梁捕头又吼了一嗓子：“你们在这儿干啥？！”

贞白淡定道：“看看。”

“有什么好看的，这里是凶案现场，你当逛集市呢，想来就来。”

这梁捕头的脾气是真不好，动不动就冲人嚷嚷，中气十足，特能唬人，也许是在衙门当差这些年形成的职业病，压制刁民不容易。

贞白性子淡，别人的喜怒哀乐对她影响并不大，虽然偶尔也会有感慨，但大多时候都处在一种局外人的漠然中，她似乎一直都这样，不爱跟人计较，所以梁捕头对她凶神恶煞也罢，讥笑嘲讽也罢，她都无所谓。

曾经有个人说：“这是因为你不在乎。”

真的不在乎吗？她不知道。

那人还问她：“你试过把谁放在心上吗？”

放谁在心上呢，她一直都是一个人，独居深山，一年到头或许会遇上一两个借宿的过客，打扰一宿，翌日便谢过离开了。她一直以为自己会在那个深山老林的不知观中度过一生，与世隔绝，不料，却懵懵懂懂地闯入了尘世。还没等她反应过来发生了何事，就被钉在了乱葬岗的大阵里，长达十年，再睁眼，就看见了两个手执长剑的狼狈少年。

见贞白没回嘴，梁捕头迈进堂屋，没好气地说道：“看看这灵堂，乌烟瘴气的，你们来捣的什么乱。”

贞白：“……”

赵九：“……”

究竟是谁捣的乱？你心里没点数吗！

心里没数的梁捕头理直气壮地瞪了二人一眼，最后把目光停留在贞白身上：“说吧，你又发现了什么？”

“我们也刚到。”

赵九赶紧点头应和：“嗯嗯，前脚刚到，你们后脚就进来了。”

梁捕头将信将疑，拿刀鞘在门板上拍了拍，大喊：“孙排。”

负责跟踪贞白的那名衙役不知从哪儿钻了出来，凑到梁捕头跟前：“头儿，的确是前后脚的事儿，我盯着呢。”

赵九很是吃惊，心想：这搞跟踪的，现在都这么明目张胆了吗?

梁捕头挥了挥手，那衙役立即加入了搜查队，对大小屋子进行了仔细翻查，特别是小曲的闺房，梁捕头亲自上阵，连根针或刺绣上的线头都要仔细地瞧上半天，也不知这女红有什么好琢磨的。

赵九瞧着满院子的捕快，叹了口气。

一个衙役突然高喊了声“头儿”，提着一双布鞋和一件靛青色布衣从王六夫妇的房间走了出来。那布鞋看起来穿了有些年头了，鞋面已经泛白，鞋底也磨薄了，但是针脚密集，鞋垫打底很厚，面料软且结实，所以极其耐穿，看得出做它的人费了些心思。布鞋上沾满了泥巴，因为搁在床底，而此地秋冬气候又寒又潮，那泥巴还带着点湿度。湿泥都具有一定的黏性，梁捕头把鞋翻了个面，见鞋底沾着片绿叶。这个时节，除了少数四季常青的植物，大部分树的枝叶都枯败了，梁捕头不由得想起谢老爷子坟头那棵枯木逢春的树，再加上贞白那套玄学谬论的加持，令他对那棵树印象格外深刻，此刻只看了一眼，就立刻辨认出鞋底的绿叶跟那棵树是同一个品种，甚至可能就是出自那棵树，毕竟这满山萧索的，也就那一抹翠绿了。

谨慎起见，他还得再跑一趟谢远的墓地，比对一下鞋子上的泥土和树叶。

接着，梁捕头抖开那件靛青色布衣，一眼就看见衣摆下角有个缺口，他掏出从小曲手中抠出来的那一块碎布，正好能够拼凑起来。

之前他们怀疑那块布料是小曲遇害时从凶手衣服上扯下来的，那么这套衣服怎么会从王六的房间里找到?

梁捕头冲进屋，打开衣柜，翻出里面所有的男性衣服，还有布鞋，一一比对尺寸，众人难以置信地发现，尺寸全都一致。

梁捕头的心猛地一沉，这都是王六的衣物?

贞白道：“腰带呢?”

“嗯?”梁捕头愣了一下，立即反应过来，这件靛青色开襟布衣应该有一条同色腰带，他们又把王家里里外外翻了个遍，愣是没找到任何靛青色腰带。

那根腰带会是凶器吗?小曲是被那根腰带勒着脖子拖上山，埋进了谢老太爷的坟地里?这个发现在梁捕头的内心翻起滔天巨浪，他的视线从衣物上转移到灵堂，最后盯着王六的棺椁久久出神。一个父亲，怎么可能活活勒死自己的女儿?一定有别的原因，或者是——被人嫁祸?

他定了定神，命人去谢远的墓地所在的那座山进行地毯式搜索，寻找那根靛青色腰带，同时把鞋上的泥巴和树叶带过去进行比对，而他则带着布鞋与衣物回衙门提审王氏。

安排完这一切，梁捕头回身转向贞白，欲言又止道："你……"

贞白："我回客栈。"

梁捕头颔首，刚迈出去一步，又扭头警告她："不许妖言惑众！"

见贞白没回应，梁捕头又道："不然你就跟我回衙门。"

贞白有些莫名其妙，正要应声，此时一个衙役冲进宅院，喊道："头儿，找到了，那小丫头。"

梁捕头大步上前："在哪里？"

"祥云客栈。"衙役有些气喘，"我刚追进去，就不见了人影儿，但是掌柜的说，那丫头就住那儿。"

原本要回衙门提审王氏的梁捕头于是改道去了祥云客栈，以免又让人溜了。

一个小丫头，居然跟条泥鳅似的，让官府苦苦找了两天。他怕再晚一步，这泥鳅又不知道钻到哪个旮旯里了，为免夜长梦多，他得先去抓回来。

可能是运气好，一行人刚到祥云客栈，就见那小姑娘正好迈出门槛，蹦下石阶，往另一处拐。

贞白一看见那身天青色衣衫就认出了这小女孩，何况她一蹦一跳的身上叮当作响。

"哎，丫头。"梁捕头叫住她。

小女孩闻声扭头，立刻警惕地站在原地，眼睛却是盯着贞白的。

梁捕头并未注意到这个细节，三步并作两步跨过去："让我们好找啊，你，叫什么名字？"

小女孩看了他一眼，又看了贞白一眼，才咬了咬唇回答："一早。"

"一早。"梁捕头点点头，微微躬身，一脸慈笑道，"知道我为什么找你吗？"

一早似乎不适应跟人这么近距离地交流，下意识地往后退了一步，看在众人眼里，以为她是有些怕生。

她摇摇头，没吱声。

"因为你不乖。"梁捕头说，假装训小孩，"小孩子要听话，要诚实，知不知道？"

一早皱了一下眉，眨了眨眼睛。

梁捕头："你是不是拿了别人的东西啊？"

一早愣了一下："我没有。"

梁捕头换了种说法："那是捡了别人的东西，对吗？"

一早沉默。

梁捕头道："上次有个大爷带你来县衙报案，把一根指骨交了公，但是那根指骨上应该还戴着一枚指环，是不是被你摘下来了？"

因为那根指骨上有一圈颜色明显不一样，长期埋在土里，指骨的其他部分都沾上了尘泥，唯独那一圈很洁净，而且骨头的挥发程度也和其他部分有细微差异，据仵作推断，这根手指上应该戴过一枚指环，而且是出土后才被人摘走的。

他曾审过王氏，据王氏说，挖出那具尸骨时，他们都没有触碰过，直接拿稻草遮掩了，接着赵九就去了路边折柳枝，而贞白则去了山头择坟地。如果王氏没有撒谎的话，那么摘走指环的人，很可能是捡到这根指骨的小女孩和带她报官的何大爷。

从小女孩此刻心虚的神态看来，指环估计就是被她摘走的。梁捕头问："你藏哪儿了，这东西不吉利的，小孩子不能玩，否则大老虎会来把你叼走哦。"

一早在心里翻了个大大的白眼，这人该不会是个傻子吧，但她还是假装天真地问："真的会有大老虎来吗？"

"嗯。"梁捕头严肃道，"大老虎会咬人哦，你怕不怕？"

怕死我了！一早心中不屑，但还是配合地点了点头："怕。"

梁捕头继续诱哄她："怕就把东西交给我吧，这样大老虎就不会来咬你了。"

咬你奶奶个熊！一早装模作样地说："给你了，大老虎就会去找你了，你不怕吗？"

"当然不怕，我很厉害的，会打老虎，把它关起来，想不想看？"

一早眯起眼睛笑："想。"

"那你把东西给我，我去把老虎引出来。"

"好。"一早喜滋滋地回答，伸手进兜里掏，掏出一个铁指环，放进梁捕头摊开的掌心里，不经意刮到他掌心的老茧，甜丝丝地说，"抓住大老虎了要告诉我哦。"

果然推测得没错，还真有一枚指环，梁捕头握在手中，脸不红心不跳地骗小孩：“好。”

“骗小孩的话你就会变成小狗，小狗吃马粪的。”

梁捕头嘴角一抽：你才吃马粪咧，你全家都吃马粪！真想拍死这个没教养的熊孩子！

贞白默不作声地看完这俩相互逗傻子的过程，同情地看向梁捕头，显然，他更像是真正的傻子。

第二十五章 肉末粥

待梁捕头拿回证物离开后，贞白盯住一早，浅声道："你拿这个指环干什么？"

一早踩着脚下的石缝走直线："捡来玩玩儿而已，不都已经交给他了吗。"

贞白的视线随着她的走动来回游移："当时怎么不交？"

"觉得稀罕所以就想留着呗。"

"怎么又不留了？"

"不是不留，这不你们都找上门来了，我若不交出来，能瞒得过你吗？"一早踩着直线转了个身，坦言道，"你不必怀疑我，我也只是跟着李怀信才来到这儿的。"

贞白蹙眉："你为什么跟着他？"

一早顿住脚，仰头弯起眼睛笑，露出腮边一个酒窝，声音甜丝丝的："难道你不觉得他很好看吗？"

贞白愣了一下，这也算理由？

"你……"

一早摆摆手，手腕上的铃铛丁零零地响，她说："我都不打听你，你也别问我，反正咱俩差不多，都是别人作的孽，以后井水不犯河水，好吧？"

贞白沉吟片刻，问："你去过乱葬岗吧？"

“嗯？”

“一个多月前。”

“哦，那里怨气好重，没忍住过去看了看。”一早用手指卷着一缕垂下的发丝，说，“就在外面转了转，里头设了阵法，我进不去。”

所以，那个樵夫之前看见的小孩应该是一早。

“你手上那串凶铃……”贞白话未说完，就被一早打断了：“不关你的事。”她倏地把手藏在背后，掩于袖中，另一只手紧紧握住，如临大敌般往后倒退，生怕被贞白抢了去，退到远处，敏捷地窜入一条僻陋的小巷，溜之大吉了。

贞白盯着那条陋巷，斑驳的墙脚爬满青苔，被女孩一脚踏过，印下半只足印，贞白盯了须臾，才转身步入祥云客栈。

这个叫一早的小女孩是谁作的孽，为什么会跟着李怀信来到此地？她手上怎会戴着一串凶铃，又为何会去王六家捡指骨，还摘下那枚指环藏起来？诸多疑点挥之不去，贞白在心底叹了口气，她何必去管这些闲事呢，她连自己为什么会被钉在乱葬岗都不知道呢。

贞白抬脚迈过门槛，伸手摸了摸袖中的钱袋，感应着附在五帝钱里的阴魂，仍旧毫无起色，所以她想要问卦，还得再耗上些时日。

要耗多久呢？她思索着穿过喧嚣的大堂，拐入后院，拾阶而上，走到房门前，刚抬起手，就听见砰的一声响，仿佛什么东西摔了，动静不小。她正欲推门的手一滞，又听见里头传来一声低喘，这才推门而入。

目光落在地上那个半裸的男子身上时，贞白微微一愣。

李怀信裤子倒是穿了，但袍子只穿进去一个袖管，另一边也不知道他是怎么弄的，缠在了腰上，费了半天劲也没能套上。

本来整个人都使不上力，抬一抬胳膊都得出一身虚汗，光穿裤子就穿了大半天，结果袍子怎么理都理不齐整，他想要不试试下床站着穿，结果腿一用力，就跟被人挑了脚筋似的，整个人栽倒下地。

早知道这副模样会被那女冠撞上，清晨赵九要给他穿衣的时候他绝对不会拒绝。现在后悔，为时晚矣。

李怀信抬头，对上贞白那双毫不避讳的眸子，顿时血液逆流，你看个头啊看！

方才已费了半天劲儿，实在没力气再扑腾，但为了遮蔽“玉体”，李怀信胡乱扯着缠在腰上的袍子，想盖住自己的千金之躯，奈何越扯袍子缠得越紧。向来自视甚高的他，今日居然败给了一件袍子，天纵奇才的骄傲顿时一溃千里。

“需要……帮忙吗？”

帮个屁的忙，这种时候难道不应该避嫌吗？好意思帮忙？！丢脸丢大发了的李怀信顿时七窍生烟，也不知在跟谁较劲，他不理会贞白，使出浑身解数，用尽全力一扯，差点把自己勒断气，最后精力耗尽，只得涨红了脸躺在地上喘息，暗暗唾骂自己：让你逞能！

贞白走近，躬身想去扶他，刚伸出手，就遭到对方的厉声拒绝：“不需要！”

贞白犹豫了一下，还是抓住他胳膊，把他架上了床，见他长眸紧闭，咬牙隐忍的模样，贞白想，许是袍子勒得太难受了吧，于是便伸手去解他缠在腰间的衣袍。

李怀信猝然睁开眼：“你……”话还没说完，贞白冰凉的手已无意间贴在他裸露的肋下，凉得李怀信咬紧牙关，才忍住没让自己战栗。

这是故意的吧！他无比恼火，怒瞪着俯身解他衣带的女冠，扭了扭身子，欲做无谓的抵抗。

这轻轻一扭几乎耗尽他全力，结果此女干脆整个手掌按在他肋下：“别动。”

李怀信第一反应是：凉凉凉！你暖手呢！当我是炉子吗！

第二反应是：这不要脸的趁机揩油呢吧！逮着机会就往我身上摸！昨天，还有前天，连今儿也不肯消停。是可忍孰不可忍，他暗自发誓，待他好全以后，非得把这双咸猪手给剁了。

贞白抽出缠在他腰间的袍袖，伸入袖管中把翻了面的缎子拉出来，再扯松衣袍。

李怀信身上的束缚一松，呼吸顿时顺畅了，但经历一番折腾，浑身出了一层汗，此刻只能筋疲力尽地被人捏住手腕，把胳膊套进袍袖中。他实在没了力气，只能任其摆布，遂认命似的安生下来。这会儿他长眸一抬，见女冠俯身垂目，面若霜雪，如此一看，居然还挺顺眼！

李怀信被自己这个想法吓了一跳，他吃错了药才会觉得这不人不鬼的邪祟顺眼！思至此，他狠狠咬了咬舌尖，也得亏这邪祟人模狗样的，若换个歪鼻斜眼或者死状狰狞的，他宁愿死掉一了百了，也不要被一只奇丑无比的玩意儿救。

想当年，桀骜不驯的李怀信生病了要就诊，御医都得挑那太医院中颜值最高的，看个病搞得跟选妃似的。对他而言，御医的医术都是其次的，必须颜值高，否则死活不让人诊脉，这要求实在匪夷所思，所以太医院特意栽培了个模样俊俏的好苗子，专供这祖宗使用。

奈何出了宫，下了山，沦落到这般境地，再多不满，也没得挑，李怀信感觉身不由己，满心憋屈，这客栈的环境之恶劣先不说，昨天来照顾他的赵九，虽谈不上丑，但放在他身边，也是没眼看的，所以在发现自己能动了之后，他拒绝了赵九为他更衣的好意。这不，明明早上才见过，这会儿已经把赵九的模样忘得差不多了，他记忆力向来不错，但对这些平平无奇的面孔，都会选择性失忆，除非丑得出类拔萃的，会给他造成巨大的心理阴影，连着做几天噩梦，想忘也忘不掉。

此时李怀信盯着女冠规规矩矩地给自己整理衣襟，帮他盖住胸膛，没有更多逾矩的行为，稍稍放下心，转而又想起手腕上那两个结了痂的血洞，惴惴不安起来，直接问吗？她肯定抵死不认。

斟酌须臾，他说："我饿了。"

贞白正替他盖好被子，闻言，直起身："我让掌柜的盛碗粥来。"说完转身出了门。

没一会儿，她端着一碗粥回来，搁在桌上，转头问他："你自己吃吗？"

李怀信点了点头："可能端不住碗，但拿得动勺。"

贞白扶他起来靠在床头坐稳，把碗端在他面前。

李怀信犹豫道："就一碗吗？你不吃？"

"桌上有包子。"

李怀信望了眼早上赵九送来的那袋蒸包，早就凉透了："你吃那个？"

其实吃不吃都无所谓，贞白还是应了声："嗯。"

李怀信质疑地盯了她片刻，抬手捏起勺子，但手腕实在没力气，连舀一勺粥都觉得无比沉重，微微地发抖。

粥是熬得烂烂的青菜碎末粥，颜色发绿，很黏稠，但吃进嘴里，没滋没味的，他知道病人要忌口，不能大鱼大肉，但是也需要适度进补吧，他今天穿衣服的时候，摸到自己的身体，都快瘦得不成人形了。他说："我要喝鸡汤。"

贞白说："没钱。"

李怀信愣了一下，没料到她穷得这么理直气壮，半晌才退而求其次地说：

“肉末粥也行。”

贞白抬眼看他，面无表情地起身把碗端走了。

李怀信措手不及：“哎……”

只见贞白把碗搁在桌上，从纸袋里拎出一个包子掰开，把里面的肉馅挖出来兑进碗里，四五个包子馅儿抠完，再拿勺子搅匀，就成了一碗肉末粥，她捧到他面前，说：“吃吧。”

李怀信看得目瞪口呆，他一向挑食，更是个讲究的人，这种掺和了早上剩下的包子馅儿的菜粥，和残羹冷炙有啥区别，太倒胃口了，于是他忍着饥肠辘辘说：“吃不下了，你自个儿消受吧。”

贞白皱了一下眉：“你不是要吃肉末粥吗？”

“大姐，你这是从包子里挖出来的啊。”还是上顿的包子，这么不讲究，顿了顿，李怀信问，“而且，你刚不是说要吃包子吗？”

“没事，馅儿给你，我吃皮也行。”

李怀信：“……”你是不是误会了，我没跟你客气，我就是嫌弃。

贞白捧着碗半天没动：“我身上只剩几文钱，你若不吃这个，我也没有别的东西给你吃了。你好不容易才从乱葬岗死里逃生，熬过了附骨灵，结果却要被饿死？”

李怀信气了个半死，从小养尊处优的他，从没想过自己有一天会沦落到寄人篱下吃糠咽菜的地步。可堂堂大端王朝二皇子最后要真是饿死的，这事记入史册，能让人笑个千秋万载。衡量之后，他只好不情不愿地选择了那碗“肉末粥”，试探着送入口中，味道居然还能接受，他狼吞虎咽地吃完，等咽下最后一口，便迫不及待地催贞白：“你去吃皮儿。”

贞白盯着空了的碗底，不太有胃口的样子。

李怀信看出她的不情愿，没忍住问：“你喝血吗？”

贞白莫名其妙：“什么？”

李怀信抬起手腕，两个血洞映入眼帘，他说：“我的血。”

贞白的目光扫过那包扎好的虎口，落在他手腕处：“我不喝血。”

“这难道不是你那天趁我不备咬的吗？”

贞白皱了一下眉，反问：“究竟谁咬的谁？！”

李怀信蓦地想起前夜自己一口咬住她脖颈的场景，顿时脸皮一热，目光下滑，落在贞白的颈侧，那片白腻的地方被青丝挡住了，不知道有没有留下齿印。

李怀信假咳一声，绷着脸说道：“若不是你先对我胡来……”

“附骨灵本就需要刮骨驱除。”

“哦，是啊，刮骨。”一提这事，李怀信就火冒三丈，指着自己下身冲她喊道，“那我小兄弟又没长骨头，你刮它？你是想废了我吧？！”一直憋着这口气没找她算账，那地方到现在还疼。

贞白蓦地一愣，不可思议地看向李怀信手指的部位：“没……有吗？”

李怀信顿时七窍生烟，整张脸红得像颗柿子：太不要脸了！有没有你心里没点数吗？装什么黄花大闺女啊！

贞白盯着他涨红的脸，突然有些忐忑，难怪他随时一股邪火，原来是因为这个：“伤着了吗？”

真敢问啊，李怀信已经听不下去了，他偏过头，面向里面，连耳根都红透了。结果这不要脸的毫无下限，居然问：“要……检查一下吗？”

李怀信差点没疯掉，这地方怎么检查，啊？拐弯抹角地想猥亵谁呢！

贞白犹豫道：“我帮你……”

帮个屁啊，李怀信受够了，从牙缝中挤出两个字：“下流！”

贞白被他猛地打断，顿了顿，意识到对方误会了，于是把后面的话补充完整：“……请大夫。”

请个鬼的大夫，这货完全没安好心，李怀信气绝：“不必！”

蓦地，他灵机一动，何不将计就计：反正我已经不能人道了，你别打老子主意！

“我……”贞白刚开口，就被李怀信打断：“你有钱请大夫吗？”

没有，但她有一块刚赎回来的玉佩，乃是故人所赠，若非当时李怀信命在旦夕，她也不至于抵押出去。但现如今，这个人很可能被她的一时误判伤了命根，本该是救人一命，反倒害人一生，这就让她格外心绪难安了。

李怀信决然道：“废了，没得治了。”所以你别贼心不死了。

贞白刚要开口，就被一阵敲门声打断，有人在门外喊：“道长，道长。”

听声音，不是赵九。

第二十六章 种因报果

贞白拉开门，见是暗地里跟踪她的那个衙役，他放下刚想继续敲门的拳头，说："道长，那个……头儿让我叫你走一趟。"

"何事？"

衙役也不隐瞒，想必是经过了梁捕头许可，直言不讳道："刚刚从那小丫头手里拿回去的指环，让王氏认了，她说，是那个道人的。"

贞白皱了一下眉："什么？"

"我们去提审王氏，开始什么也没说，直接让她先认物件，那件靛青色布衣是她亲手给王六做的，已经确定，而那个指环，她认出是二十年前请来给她女儿驱邪的那位道人的。"

"所以你们推断，埋在王六家的另一名死者，是那个道人？"

衙役点点头："头儿说，八九不离十，你现在就跟我过去吧。"

贞白不做犹豫，拿起沉木剑就去往县衙。

到了县衙，见门外停着一顶轿子，衙役一眼就认出守在轿旁的几名家丁，问了门口的守卫："谢家人来了？"

守卫道："可不是吗，说要来讨一个公道，盯着咱办案呢，这闹得。"

"谢家谁来了？"

"老太婆，还有一群儿孙。"

衙役“啧”了一声：“真硬朗啊，还没受够刺激呢，一天抢救两回了，她那些儿孙就不怕老太婆再昏厥过去？”

守卫道：“嗬，倔着哪。”

“我先进去看看。”

一踏入后堂，就听见妇人撕心裂肺的哭号，贞白脚下一顿，似乎不太想靠近这种哭声，反倒是那衙役健步如飞，冲进了人堆。

那声凄厉的哭号之后，又传来砰的一声，好几名衙役围了上去。梁捕头猛地起身，吩咐下属去请大夫，扭过头，往贞白的方向看了一眼。

贞白缓步走近，目光一扫众人，掠过谢老夫人，最终落在倒地不起的王氏身上。王氏之前就在谢家撞过一次墙，额头本身还缠着纱布，如今又一头撞在墙上，原先的伤口再度受到重创，雪上加霜。

一阵兵荒马乱过后，谢老太太一句话都没讲，拄着拐杖颤巍巍起身，招了招手，竟带着众儿孙走了。

事态突然变成这样，贞白还没来得及厘清是什么情况，只能先侧身让到一边，让谢家众人过去。

谢老太太经过她身侧时，忽地停下脚步，佝偻着身子抬起头，目光浑浊地看着她，说：“老婆子我活到这把年纪，什么稀奇的事情没见过。道长你说，他王六一家子，是不是叫自作孽，不可活啊？！”

贞白与其目光相对，半晌，才道：“天命不可违，他们已经为此付出了代价。”而且是惨痛的代价！

谢老太太冷哼一声，没再说话，拄着拐杖蹒跚离去。

贞白久久地盯着老人的背影，直到被跟上去的谢家儿孙们挡住了视线。

此时梁捕头走到她近前，正欲开口，就被贞白抢了先：“案子结了？”

“嗯？”梁捕头道，“我的人在山上找到了那根腰带，就在谢老太爷的墓地附近发现的。仵作验过，腰带上带有皮屑组织，形状也与小曲脖子上的勒痕吻合。还发现了一把铁铲，给王氏辨认过，是她家的。那铁铲以前有松动，她塞了一块木头上去固定，所以一眼就认了出来。王氏估计真不知情，不然这些罪证她不敢一五一十地招认，给自家揽个这么大的罪名。”

王氏还说，小曲失踪的前夜，王六半夜出去过，她当时睡得迷迷糊糊，以为丈夫只是起夜，她翻了个身，就睡到了凌晨开店。因为每日要起大早，他们都是静悄悄出去的，就怕惊动女儿，所以并不知道女儿是何时不在房中的。后来两人收工回家，没见女儿，等到后半夜，还不见回来，遂出门去寻，却一直无果。

这些话都是梁捕头今日细细盘问出来的，他事先没有告知王氏已经找到小曲的尸体。

王氏被蒙在鼓里，一五一十地全盘托出，全力提供线索，希望能找到女儿的下落。

当年王六老家发大水，王六的父母及膝下一双儿女都被淹死了。夫妻俩悲痛欲绝，逃难到此地，已是一把年纪，想再要个孩子却始终不得，日子过得心灰意冷的。坐胎药喝了四五年，好不容易才有了小曲，以为是苍天垂怜，谁知女儿一生下来，就多病多灾。就在女儿病入膏肓，夫妻俩走投无路之际，王六带回了那位道士，道士声称能救他们女儿一命。果不其然，那道士来了之后，小曲的病情日益好转，夫妻俩看到了希望，欲留道人长住，道人却说自己身有要事必须离开，并保证就算他离开了，小曲也会平安顺遂地长大成人。

王六夫妇闻言，也不敢耽误恩公要事，便不做强留。王氏对道人满心感激，想在他离开之前给他备一份厚礼，便独自出了门，结果回到家，王六就说那道人已经辞行离去，当时王氏还纳闷，怎会走得这般突然，却并未生疑。

贞白听到此，只觉满心疑惑："结果那个道人却并未离开，尸骨还被埋在了王六家的院子里？"

"对。"梁捕头道，"按理说，那个道人救了王六的女儿，王六没有理由毒死自己的恩人吧？！"

"确实蹊跷，可那具尸骨身上，并未穿着道家衣物。"

"这个我问了，王氏说那人道服破烂，看着挺落魄的，他们就去成衣店里给他置了一身布衣。"

贞白听完，沉吟道："……过去了二十年，王氏居然还这么清楚地记得道人手上的一枚指环？"

梁捕头打量贞白须臾，回道："可不是吗。"

"所以现在，王氏已经知道前因后果了？"

"我带她看过了小曲的尸体，不然怎么会有这么大反应，毕竟，丈夫杀女这样的事，换谁都接受不了。"梁捕头说话间，目光紧紧盯住贞白，不想漏掉她脸上任何一个表情，奈何对方一直面无表情。

梁捕头又道："其实你早就知道真相了，小曲是被王六杀害的？"

"不早。"贞白坦言，"也是在今日开棺之时才有所预料。"

"为什么没说？"

"这样的真相，我以为没有必要说出来。"

"虽然证据确凿，我始终想不通，王六为什么要杀自己的亲生女儿？我总觉得另有隐情，只是我们还没查到，所以今天找你过来，想听听道长你的高见，毕竟你比较了解，这些歪门邪道的神棍会怎么作案害人。"

"不过是作案者自食其果罢了。"贞白直视他，浅声道，"当年王六刨开谢老太爷的坟墓，把尸体搬走，令其成为一具空棺，他为了救女，以魂养魂二十年，如今空棺招魂，谁造下的孽，自然要由谁亲自还回去。恐怕连王六自己都不知道，他已被招魂棺驱策，天命不可违，这叫种因报果。梁捕头信也罢，不信也罢。"

信则尘埃落定，不信还可以继续寻找原因，这些贞白并不关心，反正查到这里，已知小曲遇害就是因为那口招魂棺。所以在谢远的墓地时，她便认为没必要说出后面的真相，谁料这梁捕头断案严明，非得揪着蛛丝马迹一查到底，查到王六杀女这一环，以为终于水落石出，总算给世人一个交代，但于王氏而言，却是致命一击，她一头撞上墙壁就是最好的证明！

而对于谢家呢，衙门查出了真相就算是还给他们公道了吗？显然不是，这个真相直接在谢家人心中点燃了一把火，这把火来势汹汹，一路燎到了王六家的灵堂。

这天深夜，左邻右舍正在酣睡，有几个辗转难眠的，被窗外的天光灼了眼，不明白这大晚上的，怎会突然亮如白昼？有人一探头，就被王六家烧起的熊熊烈火吓了一跳，连衣服都顾不上披，抄起铁盆就往外跑，边敲盆子边喊："走水啦，走水啦……"

听见动静的百姓鱼贯而出，拎着盆子木桶就赶去救火，谁知一冲到王六家门口，就被一位立于大火前白发苍苍的老人吓住了。

大半夜的，王六家的院子里居然站着一位身形佝偻的老太婆，众人见鬼似的纷纷刹住脚步。

有胆大的问："谁？"

老人拄着拐杖，面向大火，背对院门，岿然不动。

“这老太婆是人是鬼？”

“在王六家干什么？”

“都烧成这样了还不走？”

“王六的尸首还在灵堂呢。”

“救火吧。”

“报官啊。”

众人七嘴八舌，有人刚迈开腿，踩进院内，就被老人一嗓子吓退了。

“烧吧，烧吧。”老人一蹾拐杖，众人看不清她的神情，但语气是恶狠狠的，“烧吧，你王六，死不足惜，遭此报应，是罪有应得，下了地狱，也要受尽苦果！”

有人反应过来：“是她放的火啊。”

“什么仇什么冤啊？”

赵九拎着一桶水，扒拉开人群，侧着肩膀往里钻，奈何院子里坑坑洼洼，稍有不慎就会掉进坑里，他来不及绕弯路，提着水桶从老人身边走过，又冲身后的街坊喊：“快救……”“火”字还未说出口，就被老人的拐杖狠狠一捅，赵九腰侧一痛，踉跄了几步，手里的水桶晃荡，终究没维持住平衡，摔进了坑中，被浇了满身水。

他一抹脸，仰着脖子想要开骂，却看清了老人的脸，脏话堵在嗓子眼儿，生生咽下了，他惊诧道：“谢老夫人？！”

谢老夫人冷哼一声，转头对围在院门的群众道：“火是我老婆子放的，他王六刨了我老头子的坟，我就来焚了他的灵堂，你们只管看着，谁也休想来插手闲事。”

赵九急道：“老夫人，您这是为何啊？”

“为何？我也想问，我谢家与他王六无冤无仇，为何要遭受这无妄之灾？他为了救自己女儿，就要让我老头子身死魂消？凭什么！”

赵九踩着水桶往上爬，想好言相劝：“即便这样，王六如今……”

谢老夫人疾言厉色地打断他：“如今他家破人亡，就算遭了报应吗？不是的，他那女儿早就该死，他早就该家破人亡，可是他作孽啊，害人又害己。他给别人造成的伤害是无法抹平的，更不是他自己遭了报应就能抵消的，这报应不爽，仍难解我心头之恨！”

此时突然传来轰隆巨响，大火烧断了房梁，屋顶猛地砸下来，被火海吞没，天光骤亮，热浪一波一波地涌开，灼烤着老人佝偻的身躯。

赵九从坑里爬上来，拽住谢老夫人，不料手被旁边的火舌舔了一下，但他并未松手，半扶半强迫地把老人带到了院外安全的范围。

接下来，他大声冲围观的街坊邻里喊："都愣着干啥，赶紧救火啊，天干物燥的，别让火烧到后头竹林里去了，这竹林一着火，沿着竹林而建的房屋铺面都得烧起来，能烧完整条街道。"

闻言，众人这才反应过来，大惊失色，手忙脚乱地开始救火。孩子们拿着柴棍铁盆一路敲一路喊，嚷嚷出半个城的居民来帮忙，官府也赶到了，兵荒马乱地忙活了一整晚，才将大火扑灭。

众人灰头土脸地站在街道上，手里捧着锅碗瓢盆，茫然地盯着眼前这片焦土。

而纵火犯谢老太太，在被带回衙门的当天就撒手人寰了，谢家人来衙门领尸的时候大哭大闹过一场，怀疑是官府威逼恐吓把老人给折腾没的。梁捕头被气得咬牙切齿，那老太太本身已是一把年纪，他们还没来得及盘问一句，她就大仇得报似的咽了气，自己把自己折腾死了。

梁捕头当了这么多年差，办案无数，还是第一次遇到这么让人窝火的。就说王六吧，没事信什么歪门邪道，虽说没杀人害命，但跑去刨了人家祖坟，二十年后东窗事发，自己把自己作死了，还落了个家破人亡。谢家要来讨公道，他们官府还能去治一具尸体的罪不成？怎么治，鞭尸吗？显然谢老夫人心中有数，所以她跑去一把火报了私仇，然后撒手人寰。老太婆死了，又治谁的罪去？

这案子办得乌烟瘴气的，偏偏还存在诸多疑点，比如二十年前那个道士为什么被毒死了埋在地下？会是王六干的吗？其中究竟发生过什么恩怨？到现在时过境迁，一切都被知情者带入了地下，剩下一个疯疯癫癫的王氏。她自从知道真相，看见女儿的尸体后，便想自寻短见，结果没死成，醒来人就变得恍恍惚惚，嘴里反反复复只嘀咕一句："我有什么罪？"

大火焚尽的屋舍成为一片废墟，石墙也被烧成了黑色，上面一层墨灰。昨夜大家泼水救火，这会儿地上的灰烬还未干，湿漉漉的一片，贞白轻轻落下脚，鞋底沾了灰，深秋天气寒冷，此处却是热烘烘的，大火焚烧之后的高温还未降下。

赵九蹲在废墟中，拎着根棍子挖开焦炭，要把王六的骨灰从中分离出来。

贞白盯着他手上的动作，开口：“你要帮他收殓尸骨吗？”

赵九抬头看了来人一眼，小心翼翼地将碎骨捡进瓷瓶中：“不然怎么办？就这么放着不管吗？大嫂子都那样了。”

小曲的死和最后的真相已将王氏彻底压垮，她从保和堂醒来就成了个失智的痴人，估计不会想到替丈夫收尸。所以就算赵九不管，衙门那边处理完谢家的事，也会带人来善后。

贞白道：“之前给王六选了处坟地，一会儿就把他埋在那里吧。”

“哎。”赵九应着，动作尤为仔细，他灰头土脸地蹲在那儿，手肘和肩头的衣服被火烧出两个洞，皮肤也被烫起了水泡。

贞白的视线轻轻掠过赵九，她之所以会来，是因为之前收过王氏一袋银钱，允诺要替王六办完后事。跟赵九的热心肠不同，她没有那么多情，只是觉得应该言出必行。

赵九装好了骨灰，捧着瓷瓶站起身：“还有小曲，我想一块儿安葬了。”

第二十七章

衙门失窃

贞白回到客栈时，李怀信已经穿戴齐整，坐在床沿，双脚点地，单手扶着床柱正欲站起来。

大门敞开的瞬间，阳光肆无忌惮地照进来，刺得他眯缝起眼，又坐了回去，抬手罩在眉弓前，阴影即刻笼住了眼下一片。淡金色光晕照在他脸上，把他的肌肤衬得透明，让他整个人显出一种病态的美感来，让人目眩神迷。

贞白正欲掩上门，却被李怀信唤住："别关。"他想晒一晒太阳，整日躺在屋里不见天光，都快长绿毛了。

贞白的手扶在门板上，又把门拉开了一些，让阳光彻底铺满房间，照进犄角旮旯里。

李怀信眨了眨眼，适应了光线，遂放下手，搭在床沿，沉吟道："我要去趟县衙。"

"嗯？"贞白问，"能走了？"

李怀信缓缓站起身，脚下虚浮，身体晃了晃，随即眼前一黑，一阵头晕目眩，他赶紧扶住床柱，借力站稳。

他的身体实在还虚得要命，双腿一个劲儿地发颤，身上的袍子大得都能唱戏了，他无法想象自己现在瘦成了什么样，只觉得走起路来整个人轻飘飘的，有种踩在云端上的错觉，他严重怀疑自己缠绵病榻的真正原因不是刮骨之伤，而是营养没跟上。

贞白纳闷道："上次你不是已经去过县衙？"

"上次？"李怀信蹙眉，一寻思，就想起前两天他本来是准备去衙门的，可是一出门……

"嗯，在半道上碰见了你，我就跟了过去。"

当时还打了一架，结果因附骨灵缠身，打到一半就颓了，又被赵九背回客栈，遭遇了惨无人道的刮骨酷刑，瘫到了现在。如今他终于能动了，必须去衙门把冯天的尸骨领回来火化。尸体毕竟晾了一个多月，在乱葬岗那种阴气大盛的地方腐朽比较缓慢，但出了乱葬岗，即便天气转寒，也经不住耗。

李怀信道："冯天的尸体已经开始腐烂，衙门久等不见人去认领，极可能会擅自处理掉。"

贞白见他拖着摇摇欲坠的身体，孤魂野鬼似的经过自己身侧，遂道："我同你一道去吧？"

"嗯？"李怀信略微偏过头，半侧着脸，眼眸低垂，阳光透过他浓密的羽睫依稀漏进他眼底，瞳仁如琉璃般晶莹闪烁，他说，"我还要把冯天送回他家乡，你也得同我一道去。"

贞白愣了一下，这口气，是在下命令吗？！

李怀信道："不然，你就把五帝钱还我。"

贞白："……"威胁？这弱不禁风的废人凭什么狂成这样？

"没意见吧？"李怀信斜瞥她一眼，倨傲地偏过头，下巴挑起，与他修长的脖颈形成好看的弧线，"现在冯天养在你身上，迟迟聚不了魂，没办法帮你卜卦，你也就不知道该上哪儿去找你要找的人，与其在这儿干耗着，不如先送他回东桃村。"

早讲道理不就好了吗，非得狂那么一下，贞白不假思索地答应了："行。"

闻言，李怀信转过头来，恩赐似的赏了贞白一个正眼，差遣道："带路吧，去县衙。"

贞白："……"这人什么毛病？

李怀信撑着一副残躯，三步一喘五步一歇地到了县衙，还不忘端着架子，跟钦差大臣微服私巡似的，好在他病恹恹的，而梁捕头这个敏锐的人精正好业务繁忙，只来了几个反应迟钝的衙役，没看出李怀信那股与众不同的桀骜来。

直到见着冯天的尸体，李怀信才蓦地转换了模式，像一棵蔫儿了的植物。

日落西沉，云霞橙黄。

当大火燃尽，将最后一捧骨灰装进坛中，李怀信才怆然觉得，冯天真的已经离开了。

他整理冯天最后的物品，其实也没什么可整理的，一柄卷了刃的破剑和布包，布包上有一道巨大的口子，估计是在乱葬岗时豁开的，里面原本装着两人此行下山所需的衣物和银钱，全都没了。

李怀信是个带惯了随从的皇族，像金银元宝这种俗物从来不需要揣在自己身上，而且他一向不喜欢花枝招展的装扮，不像那些王孙公子恨不能往自己脸上贴金，搞得一身珠光宝气的，到处去晃别人的眼，他最多在身上配块稀世美玉，但那块美玉也不知什么时候遗失了，连他头上的银冠也在打斗中掉落，现在是真正的一贫如洗。

他举着冯天那柄破剑，如镜般的剑刃映出他的模样，当他看清里头那个双颊凹陷，整张脸好似只绷着一层面皮的自己时，只觉眼前一黑，这张脸跟乱葬岗里的骷髅有何区别？瘦成这副鬼样子，他自己都没眼看了，必须一日三餐，顿顿山珍海味才能补回来。可现如今，别说鲍参翅肚了，就连一碗鸡汤肉羹都指望不上。

李怀信看了看自己身上的绸衣，这是他仅剩的行头了，说什么也不能拿去当了！走投无路之际，借着斜阳的余晖，他感觉脚下有道光一闪，他蓦地提了提衣摆，赫然看到镶在靴筒上那颗精巧的金珠，别提多激动了，他简直恨不得回去重重地赏赐那个给他做鞋的绣娘。

李怀信蹲下去，扒下两只靴筒上的“意外之财”，决定去给自己好好补补。

就在他虚弱的步子准备踏入酒楼时，突然被贞白拦住了。

李怀信不悦地皱起眉：“我饿了。”

贞白瞥了眼酒楼的排面，道：“这里太贵，而且你……”

“我现在营养不良，气血两亏。”李怀信压低了声音，“之前你只管吸不管补，血都快吸干了，一天只供一碗粥，我都瘦脱形了你没看见吗？！”

“不是……”

李怀信不想听她废话，直接擦着她手臂走过。贞白只得跟进店，将骨灰坛和沉木剑搁桌上。

店小二热情地前来招呼，李怀信大气不喘地报了一堆御膳的菜名，把店小二听得一愣一愣的，赔笑道："客官，您说的这些菜，咱这儿没有啊，要不给您上几道本店的招牌菜，换换口味如何？"

在李怀信挥金如土之前，贞白赶紧说道："客栈的房钱只付到了今日，若想再住就得续费。还有，你打算什么时候动身去东桃村？以你现在的身体情况，不太适合长途跋涉吧，得雇一辆马车？路上还得备上盘缠吧，也不可能夜晚歇在马车里，这一路打尖住店，你……两颗金珠够吗？"

闻言，李怀信脸色一沉，捏着金珠咬牙切齿，终于败下阵来，只点了两盅鸡汤。

鸡汤上来，其中一盅被他推到贞白面前，揭开盖子，香味四散。

李怀信像是随意地说了一句："能吃这些吗？"

"嗯？"贞白不知所云，什么叫能吃这些吗？

"试试。"

贞白犹豫着握住汤勺，垂眸盯着汤面漂浮着的几颗枸杞，轻轻拨开上面一层薄油，舀了一勺，带着半颗菌菇送进嘴里，浓香即刻包裹住味蕾，让人食欲大振，她直接咽了下去。

李怀信一直注视着她的反应，直到她慢悠悠地喝下半盅，也未出现排斥等不良反应。

李怀信这才撑着桌沿，身子前倾，若有所思地揭开自己那盅鸡汤喝起来，一边喝一边在心里分析半天，分析不出个所以然来。他的目光时不时扫过贞白，想到自己居然带着一个邪祟坐在酒楼喝鸡汤，这种匪夷所思的做法简直不符合他的人生准则啊，虽然他也没什么人生准则，全凭随心所欲。

他一向随心所欲惯了，不是个会老实待在壳子里遵循仁义道德或宫规道规之人，所以在很多人眼中，他就是个没教养且讨人厌的皇二代，典型的地主家的混账儿子。这地主家的混账儿子还经常狗眼看人低，或许是身份使然，他总自带着一种老子高人一等的优越感，把太行山搞得跟他寝宫似的，没少把太行弟子们耍得团团转。人家都是来修行的，结果搞得像是进宫当了太监似的。明明这祖宗带了一帮如花似玉的小太监来伺候他，结果这厮居然还心疼那帮小太监，说他们细皮嫩肉的干不了体力活儿，只需要负责伺候自己，打扫打扫房间，种种花除除草即可，而那种建造后院浴池，分流太行之巅甘泉水，搬石头、挖坑之类的苦力活，就该由一众身强力壮的太行弟子效劳，这抓壮丁呢，能不招人厌吗？！

而招人厌的这位还毫无自知之明，是个完全看不懂别人脸色的主儿。当然，他也不需要看别人脸色，一向都是别人看他脸色。

没想到他第一次看人脸色，居然是面前这个女冠，偏偏这女冠还是个没表情的“面瘫”，整个人看起来要多淡漠有多淡漠，他最后断定，这人可能是死太久，身体都僵了，除了偶尔皱个眉，面部肌肉根本舒展不开，因此才显得难以琢磨。

此刻李怀信鬼使神差地问了句：“好喝吗？”

贞白抿了一下唇，低低应了声：“嗯。”

李怀信继续琢磨：这女冠被钉在乱葬岗十年，已经不食人间烟火了吧？

他瞥了眼女冠面前那碗见底的鸡汤，又默默喝了一口自己的，满嘴鲜香，问：“够吗？”

贞白搁下汤勺，应道：“够。”

所以他可不可以理解为，这女冠其实不是必须以血为祭，寻常食物也能将其喂饱？但真相还有待观察，这种凶性难辨的邪祟，必须拴在身边看紧了，不可掉以轻心。

李怀信一边盘算着一边喝完鸡汤，感觉就跟灌了碗灵芝下肚似的，立马恢复了不少元气，踏出酒楼，连走路都没之前那么飘了。如此他更加笃定，自己是营养不良造成的虚弱乏力，久病不愈。也可能，是一天一碗粥给饿的！

他整天瘫在床上，嗓子也哑着，动不了也喊不了，关键这女冠还成天跟外头晃荡，也没嘱咐掌柜的给他三餐送饭，这是成心的，还是成心的？李怀信没忍住问出了口，结果人家居然轻描淡写地说：“忘了。”

忘了……轻描淡写地……忘了……李怀信不敢置信，他居然被忽视了？！

这时，一队衙役行色匆匆地奔过，前面的行人避让时一不留神把虚弱的李怀信撞得踉跄了一步，贞白抬手把他扶住，带到了边上。

“怎么了这是？”有路人问。

另一人咬开一颗瓜子，边嚼边搭腔：“听说啊，这衙门失窃了。”

又一人惊道：“嗬，哪个贼人如此胆大包天，都偷到官府里了？”

那人又剥了颗瓜子，应和道：“可不是嘛。”

一个啃着香瓜的人凑上前打听："偷啥了？"

某某道："咳，到官府还能偷啥，要偷金银珠宝什么的自然会去谢家、张家，冒这么大风险上衙门犯案，我估计，是去偷官印！"

众人闻言纷纷点头，觉得言之有理。

那人吐掉瓜子皮："瞎说，偷官印干吗，篡县太爷的位吗？傻不傻！"

某某不服气："这你就不懂了，有些江洋大盗为了扬名立万，必须挑战一下权威。"

"哦哟，都江洋大盗了，还挑战你个县衙的权威？"那人又从兜里掏出一把瓜子，"你快别瞎说了！"

某某急了："那你说，难道你知道偷了什么？"

"指环。"那人神神秘秘道，"知道谁的指环吗？"

啃香瓜的咬了一半，含混不清地插话："县太爷的？"

那人摇摇头。众人于是七嘴八舌地乱猜一通，待吊足了胃口，那人才揭晓答案："是王六家埋的那具尸体的。"

众人大惊，呼声起伏，传入刚走出几步的贞白耳中，她蓦地顿住了脚步。

那人继续道："你们说奇不奇？梁捕头现在忙得脚不沾地，还在查这案子呢，现在又冒出来个盗贼，把证物偷走了。"

李怀信发现贞白没有跟上，回首催促道："走啊。"

众人议论四起，把话题拉到了王六与谢家的传奇事件当中，然后夸大其词地编排了一下。那想象力尤为丰富的某某大胆揣测，是王六的魂魄出来作案，盗了衙门证物柜中的指环，就是为了掩盖住他曾经犯下的更大的罪行。

贞白听他们越说越没谱，感觉浪费时间，抬脚跟上李怀信："去哪儿？"

"雇马车。"

第二十八章 催命凶铃

秋尽冬临，寒风凛冽，一迈出门，寒气就席卷满身。李怀信自小畏寒，一入冬，他房里的炉火就生得跟暖春一般，彻夜不熄，直烧到倒春寒才会撤炭，他也不是所谓的体虚怕冷，就是单纯的娇气，身娇肉贵嘛。

李怀信不惜花掉一颗金珠，雇了辆宽敞舒适的马车，里头锦被暖炉一应俱全，又为自己换了身银线滚边的白色锦衣，外加一件皮裘，银冠高束，墨发长披，换完装束，再人模狗样地往马车里一坐，气质就尤为蒙人。贞白一揭开帘子，就瞧见了这么端庄齐整的一个人，差点以为揭错了车帘。

“愣着作甚？赶紧进来，把帘子放下，寒气都钻进来了。”李怀信端着张脸，高贵冷傲地扫她一眼，又在心里没好气地补了句：想冻死谁？

贞白正欲上车，身后有人喊：“道长，道长。”

她回过头，放下帘子。

赵九气喘吁吁地跑到她跟前：“道长，这就要走吗？”

“嗯，何事？”

“没事。”赵九摆摆手，把一个纸袋塞进贞白手中，说，“这是我做的灌汤包，还热着呢，一点心意，就当给你送行了，带着路上吃。”

热乎乎的纸袋暖着掌心，贞白看着面前这个原本毫无交集的人，心底微微软了一下，不知是何滋味。

她收下包子，道了声“多谢”。

赵九笑得格外憨厚：“不谢不谢，你一路保重啊，要是哪天还回来，记得再来吃我做的灌汤包。”

贞白应下，上了马车。

车轮滚滚而去，赵九对着远去的马车挥了挥手，刚转过身，就被站在自己身边的小丫头吓了一跳，他捂着心口道：“哎哟，娘哎，我说，吓死个人了，你什么时候站我旁边的，一点儿动静都没有。”

一早盯着远去的马车，嘀咕道：“走了啊。”

“啊。”赵九应了一句。

“他们一起走的啊？”

“是啊。”

一早感叹：“那我也该走了。”

“走吧，回家去，别在外头瞎溜达，当心你娘找不到你。”赵九说完就往回走。

一早蓦地转过身：“大叔。”

“哎。”赵九驻足。

“我没有娘。”

赵九一愣：“什么？”

一早笑笑，眉眼弯弯，露出一双酒窝，把赵九看得一阵心酸：“那你爹呢？”

“也快死了。”

闻言，赵九一怔：“啥？是生病了吗？病了就去看大夫啊。”

一早摇摇头，她举起手腕的铃铛晃了晃，说：“他听见铃响了。”

赵九莫名其妙：“听见铃响怎么了？哎……不对……你这铃铛不是不响的吗？！”

一早笑了笑，背着手转身就走，抛下一句：“是啊，不响的，大叔，你是个好人。”

赵九盯着她背影，喊道：“哎，丫头，你去哪儿？”

一早没说话，慢慢朝马车的方向走去。

赵九站在原地，又喊：“别乱跑出城，去给你爹请大夫。”

一早没回头，依旧往城门方向走。赵九盯了片刻，直到那小小的身影消失不见，他才叹了口气：“这野丫头。”

马车驶出城门，轮子碾过一处凹槽，车身轻微颠簸了一下。

贞白捧着那袋冒着热气的灌汤包发怔，脑海里突然就闪现出某个场景。

那人提着一包糖炒栗子走进不知观，往她手里一塞，袋子也是热烘烘的。

她问：“什么？”

那人弯着眼笑：“糖炒栗子，吃过吗？”

“不要。”她说，语带疏离地回绝。

那人却道：“一点心意，收着吧。”

时过多年，她再次收到了别人的“一点心意”，一个热心肠的包子铺老板的心意。

贞白打开纸袋，刚要伸手拿一个灌汤包，就听李怀信“啧”了一声：“你刚才牵马了吧？洗手了吗？”

“嗯？”贞白有些茫然地抬起头。

“真不讲究。”李怀信一脸嫌弃地掏出条锦帕，从壶里倒了点水浸湿，一边嫌弃一边递给她，“把你的爪子擦擦，擦完再吃。”

贞白伸手去接，不经意触到对方的指尖，李怀信倏地缩回手，跟避瘟神似的，紧紧拽回了锦帕，又在贞白莫名其妙的注视下，毫不客气地把帕子甩在她身上。

贞白：“你……”抽什么风？

李怀信把手缩进袍袖里，忍不住发话：“你，以后管着点儿自己，别总对我动手动脚的。”

完全没意识到自己方才碰到了对方的贞白，直接蒙了。

李怀信迎上她疑惑的目光，心中冷哼：装！又不是二八年华的单纯少女，还老装出一脸懵懂的样子，他真是看不下去了，干脆偏过头，眼不见为净。

马车颠簸了一下，李怀信下意识地护住榻上的骨灰坛，往里推了推，转头喊：“哎……”

贞白正埋头擦拭指尖，没有反应。

“那谁……大姐……白人姐……”

贞白停下手里的动作，扭过头：“叫我？”

李怀信颔首，指着贞白的对面说：“你坐过去，留这边给我伸腿。”

事儿真多！贞白顺从地坐到了对面。

李怀信则抬起腿，刚要架在软垫上，又蓦地缩了回来。他扫一眼贞白，坐起身，弯下腰去脱靴子，脱完了往后一靠，双腿交叠着架在软垫上。刚卧下，就跟被针扎了背似的，他“嘶”的一声又弹了起来，动静不小。贞白实在没法无视，不禁抬起眼皮，见李怀信正直直地盯着他自己的五根手指头，惊恐道：“长倒刺了。”

贞白愣了一下，怀疑自己听错了，长倒刺多寻常一件事儿啊，至于这么一惊一乍的？

李怀信摊开另一只手，细细瞧过每个指甲的边缘。许是被他感染了，贞白也忍不住垂下眼帘，视线落在他的指尖，甲盖光亮，像贝壳一样，扣在根根纤长的指尖上，透着淡淡的蜜粉色，委实漂亮。

他说：“剪子。”

这马车上哪来的剪子？！贞白把手里的锦帕放下，冷淡地答道：“没有。”

李怀信这讲究的王子病一犯起来就十分要命，他不但对自己讲究，对别人也讲究。此刻他目光落在贞白的手上，不满地皱起眉，很挑剔的模样。

在他挑剔的目光下，贞白有些无所适从，忍不住也垂头看着自己的指尖，问：“看什么？”

她手指很细，因为苍白，显得格外洁净，像晨霜，像冬雪，然而全无血色，又像病了一场。此刻，她纤长白净的双手垂在玄色衣袍上，形成鲜明的色彩对比。李怀信挑不出毛病来，收回目光的同时，顺手抽出了剑，大材小用地用剑去刮指尖上的倒刺。

贞白没见过这样的人，明明是神经质的胡闹，却有股理直气壮的倨傲，乖戾恣意。但若单看面相，这眉眼之间，有种难以描述的贵气。

李怀信被她瞧得微微蹙眉，刮完倒刺，不悦地把剑插进剑匣，抬起眼皮：“看什么？”

看面相，但贞白没多言，只是移开了视线。这在李怀信看来，就是心虚的表现。

马车驶出官道，进入了泥路，一路凹凸不平，颠簸无比，李怀信窝在软垫里，又垫了床被褥在身下，还是被晃得头晕目眩，许是因为体虚，加上舟车劳顿，他咬牙挺到傍晚，整个人已跟散了架一样，难受极了。他有点坚持不住了，可此处荒郊野岭的，至少还得赶上四五个时辰的路才会有人家，他们只好把马车停在半路，休整片刻。

贞白一直在闭眼打坐，隐约间听到一阵响铃声，好似从很远的地方虚无缥缈地传来。她倏地睁开眼，盯住李怀信，后者刚从软垫中支起身，一脸倦容地伸手去够靴子，冷不丁对上贞白的目光，他顿了一下，才把右脚伸进靴筒里。

贞白问：“你听见了吗？”

“什么？”

“铃声。”

李怀信凝神细听，外面除了马的喘息和马夫拔掉壶塞咕咚咕咚喝水的声响，什么动静也没有：“哪儿来的铃声？”

“难道你到长平，一路被人跟踪，也不知道？”

李怀信神色一凛，显然毫不知情：“什么？！”

“是个……”贞白斟酌了一下用词，“小女孩，手上戴了串凶铃……”

贞白简明扼要地陈述了一下前两次见到那小女孩的经过，补充道：“方才，我似乎又听见了那铃声。”

李怀信皱起了眉：“为什么我什么都没听见？”甚至一点觉察都没有。

贞白道：“凶铃催人命，若听见了，就凶多吉少了。”

“什么意思？”

“字面上的意思。”

李怀信一噎，问：“你听得见？”

“嗯。”

刚想问为什么，又立即打住了，说了是催人命嘛，她又不是……人！

李怀信道：“也就是说，她现在还跟着咱们？”

贞白颔首。

李怀信伸手摸向剑匣，贞白立刻在剑匣上轻轻一压，问他：“干什么？”

他手腕一阵吃力，竟有些抬不起来，不由得咬牙：“逮了来问问，跟着我作甚？”

“问了。”贞白收了手，一本正经地转述道，“说是因为，你长得好看。”

许是贞白说这话的时候太过严肃，李怀信一瞬间没反应过来，待他咂摸过味儿来，扭过头，眯缝了一下眼睛，有股逼人的气势：“你信吗？”

贞白仰起头，未待她有所反应，李怀信的手已经从剑匣上移开，重新窝回软垫中，漫不经心地说：“我信了。”

卷二

无间篇

二十年，轮了一回，
一切仿佛又回到了初始，
冥冥之中，
他们在劫难逃。

第二十九章 黎镇

车轱辘轧着地面颠颠地前进，李怀信迷迷糊糊间忽然听到一阵呜咽啜泣声，嗡嗡地绕在耳边，苍蝇似的招人烦。

只听车夫长吁一声，拉住缰绳，马嘶鸣着跺蹄，刹在了路边。

李怀信不情不愿地从软塌的锦被中坐了起来，脸色阴郁疲惫，哑声问：“何事？”

车夫回道：“前头有人出殡，咱给让个道。”

闭目打坐的贞白睁开眼，不经意地开口：“难道死了两个人？”

车夫盯着前头一列披麻戴孝的长队，由二十四人抬着一口棺材，女眷低垂着头，哭哭啼啼地抹泪，刚想答贞白的话，就见长队的后头还抬着一口棺材，不由得愣住了，他诧异地问：“您怎么知道？”这人神了。

贞白浅声答：“这是双日。”

车夫蓦地反应过来：“对哦，差点忘了，今儿个是初八。”

按民间习俗，若家遇丧事，都会择单日出殡，双日意味着死了两个人。

李怀信撩开竹帘，寒风伺机灌了进来，风中裹挟着绵密细雨，冷霜一样扑在脸上，让人感觉透心凉，他盯着烟雨中那列送葬的队伍步步靠近，开路的在前方抛撒纸钱，纷纷扬扬撒了满地，被寒风一卷，飘到了马车顶，又从窗边掠过，飘出他的视线。

此处是个大路口，送殡的队伍停灵路祭，鼓乐一奏响，他不禁皱起了眉，太吵了。他微微偏头，瞥见抬棺的二十四杠和花花绿绿的纸扎，低喃了一句："还挺讲排场。"

他放下手，把竹帘掩上，车厢里降了温，他把手伸进锦被里取暖，一路上闷久了，难免发慌，遂闲话家常一样开口："在这里遇上出殡，想必是快到镇上了。"

回答他的是车夫："哎，快了，拐个弯沿着这条道下去就是黎镇，这镇上有家腊排骨非常不错，老板是个南方人，很会熏腊味，这大冷天儿的，二位要去喝口热汤吗？"

李怀信起了兴致："行啊。"

得了应承，车夫馋得咽了口唾沫，因为极少有人雇他的马车长途跋涉到此地，一年难遇一两回，他自己又不可能因惦记那口腊味而专程跑来，所以待送葬的队伍离开，他就急不可待地驾车入镇。

隆冬天干物燥，绵密的细雨正好润泽了土地。李怀信揭开竹帘下马车，扶住车厢外沿的手心沾湿了，刚想掏帕子，才想起之前给了那女冠。

腊味铺的老板见有马车停在店前，立即迎出来："二位，天儿冷，快里边儿请。"

一进店，一股烟熏的腊肉香便扑面而来，里头高朋满座，只有靠角落的一桌虚席。

落座后，李怀信点了一锅腊排骨、一份素菜拼盘，等上菜的工夫，听着邻桌的食客都在议论同一件事。

"樊家父子今日出殡，我看见是樊老三摔的丧盆子，以后樊家就由他来当家做主了。"

"轮得到樊老三？那可是个败家玩意儿，成天只知道吃喝嫖赌。"

有人一听就笑了："这樊老三是荒唐，可也荒唐不过樊家的长子不是？"

众人闻言，啼笑皆非，突然就跟开大会似的，东桌搭西桌的腔，南桌搭北桌的腔，你来我往，毫不生分，就着樊家那点事儿打趣取乐。

伙计端了炉子过来，里头的炭火烧得通红，热气直往脸上扑，接着把一锅热气腾腾的腊排骨架在炉上，撒了切成细末的香葱，又拿了木勺和碗碟过来摆好，招呼道："客官慢用。"

李怀信盯着一锅熏得酱红的腊排骨，取勺盛汤，耳朵却没闲着，听周围的议论。

有人说："死者为大，说那些干啥，上不得台面。"

"你还别说，那樊大少爷啊，平常看着斯斯文文的，饱读圣贤书，做的事这么上不得台面，自己死了不算，还把亲爹一并气死。"

"可不嘛，你说他饱读圣贤书，读的哪门子圣贤书？那书里有教他乱伦，教他跟自己小娘私通？"

"噗！"李怀信一口汤刚含进嘴里，还来不及咽就喷了出来。他没听错吧？私通？儿子跟小娘，也就是亲爹的侍妾？这是什么乱七八糟的世道？！

贞白皱了皱眉，给他递去帕子，李怀信向来被伺候惯了，又处在震惊之中，想也没想就接了锦帕，将唇上的汤汁揩净了。

那人还说："这深宅大院的，秘闻丑事多着呢，就这一件，若不是那场大火烧得旺，给烧穿了，还不为人知呢。"

在众人七嘴八舌的议论中，李怀信听了个大概：三日前，樊家长房的院子起了火，他爹的小妾光着身子从樊大少的屋里跑了出来，樊大少却没能逃过一劫，被活活烧死在屋里。老爷子悲愤交加，怒火攻心，要把那赤条条不守妇道的小妾扔进火坑里。小妾大哭，歇斯底里地乱挣，求饶不行，索性扯开了嗓子骂他老不死，娶了一房纳二房，家里妻妾成群，身体早已被掏空，上了年纪就让她们守活寡，既然他老得不顶用了，就怪不得她放浪形骸找小的，一席豁出去不要脸的话把老爷子臊得一口气没上来，直接蹬了腿儿。

本来谁家死了人，都是件令人同情的事，可这父子俩死得荒唐啊，又是私通又是乱伦的，这是多大的丑闻啊，怪不得众人要嘴碎议论，这可是现成的话本子，都不需要编排，人人都能说上几句当消遣。

"这些大户人家，看着人模狗样，没几个是体面的。"

有人接茬儿："还以为那樊大少爷是个体面人，平日里看着斯文端正，对谁都彬彬有礼的，真没想到啊。他身边没有两个通房丫头吗，或者学学樊老三去欢场风流啊，他们家大业大的，找什么女人不行，非得在他老子的妾室身上找快活，寻刺激呢？"

"你懂什么，人寻的就是这种禁忌感。"

众人哈哈大笑，有人却臊得慌，批判道："伤风败俗！"

李怀信眉峰一舒，眼尾一弯，突然展颜笑了。多有趣啊这些人，一边看笑话一边冷嘲热讽，句句尖酸刻薄又义正词严的，他还挺喜欢看这些人落井下石的嘴脸，真实，接地气，比坐在大内皇宫里头听戏有意思多了。

他觉得寻到了乐子，笑着端起碗，浓汤表层浮着几粒葱末儿，他抿了一口，满口醇香。

店内气氛热火朝天，炉子里的炭火正旺，排骨汤咕嘟咕嘟翻滚，大家吃得开怀，聊得更尽兴，有人喊老板再加两斤腊排骨，有人大声招呼要添酒，伙计忙得脚不沾地，一会儿倒骨汤，一会儿送炭火，勤勤恳恳地伺候着。

忽然有人问了句："那小妾怎么处置啊？"

"沉塘呗！"

"肯定得弄死。"

正说着，厚厚的棉门帘突然被掀开，店里进来一群人，个个儿披麻戴孝，挟着风雨入内。

众人纷纷注目，望见来者，都蓦地噤了声。

嘿！李怀信来了精神头，这不正是路口碰见的那列送葬的队伍吗？樊家人。怎么刚把逝者下葬，一大家子就来下馆子了？

老板迎上前，客客气气地说："樊夫人，这……小店已经客满了。"

樊夫人许是伤心过度，一夜愁白了鬓角，她红肿着眼睛扫视一圈，见桌桌的汤锅里都冒着热气，室内每个人的脸都如在云雾里，看不真切，她轻声开口："外面突然下起了大雨，所以进来避一避。"

这一入冬，挨家挨户就关紧了门窗捂住暖气，店里又闹腾，所以大家都没注意外头何时下起了瓢泼大雨，樊家人身上都湿了大半。

老板见状，赶紧招呼伙计："去，搬几条长凳来，再泡两壶热茶。"

樊夫人忙道："不，不用麻烦，我们就站一会儿，雨停了便走。"

伙计迅速搬来两条长凳，靠着墙壁安放，招呼樊家人落座。原本无比嘈杂的店内，一时间安静得只剩骨汤翻滚的咕嘟声。

李怀信慢条斯理地吃着排骨，吐出一截骨头，整整齐齐码在桌边，码了一小堆，随口说道："煮两块萝卜，解解腻。"

他嗓音低沉，云淡风轻地打破了沉寂，引来两三个人侧目。

贞白伸出竹筷，从拼盘里夹了几块萝卜下锅。

李怀信又道："还有笋。"

贞白照做。

片刻，也有人装作若无其事地说："来来来，吃吃吃，排骨都要熬烂了。"

渐渐地，大家围着各自桌上的锅，七嘴八舌地，气氛活泛起来：

"给我也下点萝卜，解腻嘛，要不都下锅煮了。"

"喝什么汤啊，喝酒，满上满上。"筷子敲得杯沿叮当响。

"哎，对嘛，痛快地，干了！"

"酒怎么这么凉，刚从地窖里挖出来吗，老板，架炉子，煮酒。"

"我还没吃几块肉呢，怎么炉子都冷了，多放几块炭不行吗，生意这么火，老板还抠抠搜搜的。"

老板心里叫屈，明明放了一整炉的炭火，是他们围着锅侃大山，光顾着议论人家樊家的长短，都忘了吃菜了，这不炭都烧成了一炉子灰。老板认命地让伙计替换炉子，到后院把炭灰掏空，又添上新炭。

大伙儿虽在背地里戳樊家脊梁骨，却没敢当着人家面议论什么，还是有所顾忌的，毕竟樊家是当地大户。

有人闲闲叹道："唉，这雨啥时候能停啊？"

另一个人顺着话问："樊夫人哪，这雨下得，不会耽误你们家事儿吧？"

樊夫人没料到会突然有人搭讪，回了句："不会。"

"唉，"那人道，"节哀啊。"

随后大家纷纷开始对樊夫人表示慰问，你别太难过，别太伤心，要保重自己的身体，云云。

嗬，倒挺会惺惺作态。李怀信戳着锅里的萝卜，目光扫过众人虚情假意的嘴脸，忍不住笑了，他眉眼弯弯地夹了块竹笋，感觉胃口特别好，还能再吃几块腊排骨，好让自己早日壮实回来。

吃着吃着，他忍不住吐露衷肠："这里的民风可真'淳朴'啊。"

贞白莫名其妙地抬起头，眼神似问非问：这是哪门子的淳朴？！

李怀信勾着嘴角，往贞白身边挪近些，压低了磁性的嗓子："坏得淳朴啊。"

背地里坏，嘴上坏，说三道四的坏，坏得如此统一，是不是一种淳朴！

末了他还觉得不够，又加了句："怎么这么坏。"那语气，仿佛在调情，接着又凑近贞白，像在跟她咬耳朵，"虚情假意的人可真多。"

贞白蓦地坐直，与他目光相对。

李怀信也不藏着掖着，直截了当地问："你呢，打的什么坏主意？"

这个话题他们之前已经讨论过了，贞白仍旧实话实说："我说了，我要找到那个人。"

"然后呢？找到那个人，然后……"

不等李怀信问完，贞白回答得很干脆："杀了。"

她没有那么多拐弯抹角的心思，也没必要掩饰自己的目的，这就是她打的主意。

她这是要报仇？李怀信倒没觉得意外，他可没单纯到觉得这女冠找那人只为叙旧。他顺势问道："你莫不是个什么罪大恶极之人，造了孽，才会被封印在长平乱葬岗？"

贞白迷惑道："造了什么孽？"

"问你呢！"

"什么是造孽？"

"谋财害命、杀人放火都是造孽。"

贞白淡淡应道："那便没有。"

李怀信揣摩着她话里的真假，又听她道："若论起来，在长平乱葬岗布下如此大阵，岂不更是造孽？"

正因如此，才让李怀信猜不准，这女冠被镇压在乱葬岗，到底是受害者还是自食其果。他无从判断，索性换了个话题："你从哪里来？"

"南边，禹山，不知观。"

李怀信皱眉，心下掂量：什么名不见经传的破地方？世人都不知道，听都没听过，所以才叫"不知观"吗？

果不其然，贞白继续说道："只是一座小山丘，一间不为人知的道观，隐于世，好清修。"

这话李怀信就不信了，若真这么与世隔绝与世无争，你后来又怎会被钉在乱葬岗？其中的因由，指不定多见不得光，所以不排除她是在胡诌想随便搪塞过去。看来这女冠也是个深不可测的！

李怀信正暗自钻牛角尖呢，那边伙计已经沏好了茶，挨个儿给樊家人倒上。

樊家人把杯子捧在手里，还没喝上一口，就听见外头有人惊叫："救命啊，樊二少爷发疯啦，救命啊，要吃人啦。"

第三十章

中邪

在场的樊家人都怔住了，樊夫人手一抖，茶杯滚到了地上，她被热茶泼了一身，却浑然不顾，脚步急促地往门外走。

有人揭开了棉门帘，只见外头大雨滂沱，有两个人正像落水狗一样在大街上狂奔，一追一赶。

“二哥。”头上戴着孝布的樊老三，一眼就认出了雨中追着人跑的男子，他大喊一声，也冲进了雨幕。

被追的人闻声，扭头望见店门口站着一众樊家人，急忙掉了个头，朝这边狂奔而来：“我的娘哎，三少，快救救我啊，樊二少这是发的什么病，见人就咬啊。”

樊老三想去拦自己二哥，谁料对方向他直冲而来，狠狠一撞，那身板，像铁板似的，直接把他撞倒在旁边的浅水坑里。

樊老三被那一下撞得头晕目眩，手肘撑着地面擦破了皮，疼得直龇牙，吼道：“失心疯啊你！”

对方充耳不闻，一个猛扑，泰山般压在了樊老三身上，龇着牙就要往他脖子上咬。

樊老三低骂一声，手肘抵住对方的脖颈，两人开始拉锯。

樊家人见状，大惊失色，几名男丁冲进雨里，试图将失心疯的樊二少爷架开。

店里的顾客纷纷扒开窗，瞅着外头俩少爷在泥泞里掐得死去活来，拉都拉不开，又开始评头论足："肯定是争夺家产来着，樊二少爷不甘心啊。"

"对对对，老大死了，老二又没死，轮也轮不到樊老三摔丧盆子继承家业，不打起来才怪呢。"

"瞧见没，都急红眼了。"

"这樊老二怎么丧服都没穿啊？"

"哎哟，还真是……这做儿子的，连自己亲爹出殡都没去送？"

"也不奇怪啊，为了争家业，兄弟相残、父子成仇的事还少吗，别说他们这样的大宅门，就是在皇亲贵族里，这种事儿也海了去了，不稀奇。"

众人扒着窗户观战，各有各的见地，突然有人提心吊胆地喊了声："哎哟，樊夫人……"只见樊夫人扑进雨中，想亲自去拉开儿子，谁料这樊二少真就六亲不认，一口咬在樊夫人手腕上，而且发了狠似的，咬进了皮肉里，顿时见了血，瞬间又被大雨冲洗干净了。

看客们不淡定了："快别看了，赶紧拉架去，别伤着樊夫人。"

"樊常兴这不孝子……"看客们骂骂咧咧地跑出去管闲事，想把发了疯的樊常兴从樊老三身上架起来，没想到这人力气大得很，兽性大发似的，众人好一顿折腾，才七手八脚地将其制住，然而他还死死咬着樊夫人的手腕不松嘴，满口白牙如同锯齿，嵌进樊夫人的皮肉，鲜血混着雨水将樊夫人的袍袖染红了一大片。

樊夫人痛吟出声，整张脸毫无血色。

樊老三猛地跳起来，大骂道："樊常兴，你发的哪门子狂犬病，敢咬老母亲，赶紧撒嘴！"

樊常兴赤红着眼，在众人的钳制下，如一头困兽，非但没撒嘴，还咬得越发狠了。有人去捏他两颊，掰他的嘴，使了半天劲，却是徒劳，忍不住道："这牙口可真好。"

樊老三气结，狠狠踹了樊常兴一脚："你跟谁过不去啊！不撒嘴是吧，要狠是吧，老子今儿就不信了。"他怒气冲冲奔进店，四下一扫，手疾眼快地拎起一把刨炉子的火钳，又气势汹汹地折回，边走边骂道："等撬开你的嘴，看我不打碎你的牙！咱爹刚下葬，你就来犯浑，敢咬大娘了，合着不是她生的你，你就狠得下心？！老子平时再不着调，也没你这么大逆不道！"说着，钳子就往人嘴里捅。

樊夫人忍着剧痛想阻拦：“樊深，你别伤着他牙……”

瞧着那一嘴的血，樊老三气得两眼冒火：“他都快要把您手给咬断了，我还顾及他牙，要不是怕伤着您手，我非将这钳子烧红了来撬。”

钳子捅破了樊老二的嘴角，却撬不进那紧咬的齿缝，糊了他满嘴的炭灰。

“樊常兴，你撒不撒嘴！”樊老三急得没了法子，正束手无策之际，不知哪位看好戏的懒洋洋地说了句：“给蠢得，拍晕啊。”

樊老三如同醍醐灌顶，顾不得对方言语里的倨傲无礼，赶紧道：“对，把他给我拍晕了。”

架着樊常兴的人闻言，立即一记手刀劈在其后颈，奈何他唯恐把人劈出个三长两短，吃罪不起，下手太轻。

樊老三气得翻白眼：“你没吃饭啊，给我狠狠地劈，劈死这个大逆不道的混账东西，劈死了算我的。”

那人得令，不再有任何顾虑，这回下手稳狠准，一记闷响后，人直接晕了过去。

樊老三立即上前，把樊夫人的手从樊常兴的嘴里抢救出来，看着老夫人腕上那两排深如血洞的牙印，他脸都青了，赶紧搀住她往腊味店里走：“大娘，您忍着点儿啊。”

“我没事儿。”樊夫人强忍痛楚，声线却在发颤。

樊老三扶着樊夫人在最靠近店门的一桌坐了下来，胡乱抹了把脸上的雨水，无奈雨水不停地从他的湿发里往下滴，滑过他饱满的额头，悬在眉骨上。樊老三打量了一下自己，浑身都湿透了，压根儿找不到一块干爽的衣料，干脆摘了旁边一名樊家女眷的素巾，去给樊夫人包扎血流不止的伤口，一边吩咐着：“把锅端走，炉子挪过来些。”

旁边的人照做，还把炭火挑得更旺，挪到樊夫人近前。

樊老三垂着头，把樊夫人的手腕缠了一圈又一圈，鲜血迅速浸透了好几层素布，最后他扎实地打了个活结，抬手把流至眼皮的雨水一揩：“这么冷的天，还淋了雨，哪里受得住。”

他握住那只手，大声问：“掌柜，有没有干爽的衣裳，借一身给我大娘。”

周遭围满了人，老板的声音从人墙后面传来：“有，让樊夫人跟我上楼换吧。”

樊老三小心翼翼扶起樊夫人：“都围着干什么，回去吃你们的饭。玉清，扶大娘上楼换衣服，当心着手，别碰了。”

待樊夫人上了楼，大家才想起来那罪魁祸首樊常兴还被扔在地上，身子歪斜着靠在柜台上，面色乌青，脏污的衣衫湿漉漉地贴在身上。

有长辈问：“常兴这是怎么了？”

樊老三肝火正旺，没好气道：“谁知道他发的哪门子疯，病了好几天，不省人事地躺在床上，也不知道什么毛病，大娘一边衣不解带地守着他，一边还要操持丧事。父亲起灵的时候他还没醒呢，结果醒来就犯浑。”

“常兴以前不这样啊，挺规矩一孩子，怎么突然性情大变，是不是……是不是……”

樊老三不耐烦道：“是什么？”

“中邪了。”

接茬儿的是一个低沉的嗓音，漫不经心地在人群外围响起。这声音跟方才那句“给蠢得，拍晕啊”一模一样，樊老三扭过头，就看见一男一女，衣着一白一黑，并肩而立。

樊老三脑子里冒出的第一个念头就是：黑白配啊！从哪儿来的这么养眼的一对神仙眷侣？！

等等！樊老三摒去心中杂念，此刻养眼和神仙眷侣都不是重点，重点是：“你说什么？”

“中邪了。”

闻言，人群蓦地安静了下来，接着开始有人窃窃私语，大家都感觉不可思议。

樊老三顿了一下，目光来回在两人身上打量。那男子白衣银冠，负剑匣，天之骄子般，而那女冠则黑袍长冠，持沉木剑，冷若冰霜，两位皆气度非凡，不像是江湖神棍。

樊老三内心觉得此事确实蹊跷，却也不相信中邪一说：“胡说八道，好好的，怎么可能是中邪？”

都这样了还能叫好好的？李怀信不与其强辩，只轻描淡写地说：“那就当疯病治着吧，最好捆起来，别再让他到处咬人，会传染的。还有楼上更衣的那位夫人也一并捆了，以免她疯的时候大家没个防备。”

这话说得欠揍，樊老三立即垮了脸：“你骂谁呢？！”

李怀信感觉莫名其妙，他向来口无遮拦，却也没觉得自己是在骂人：“我骂谁了？”

樊老三不干了：“你说你骂谁了，你骂谁疯！又骂谁会疯！”

李怀信认真地打量了一下樊老三，此人面色虽苍白憔悴，但口沸目赤，怒形于色，一副阳气充沛的模样，因此，他得出结论：“你没中邪啊，怎么也疯疯癫癫的？”

樊老三气绝，指着对方语无伦次地咆哮：“你才没中邪！”

嘿，李怀信心下一乐，面不改色地点头：“嗯，我没中邪。”

“不是，你才疯疯癫癫的！谁啊你，想惹事儿是吧？”

惹你算什么事儿，跟逗猫逗狗无甚差别。李怀信下巴一收，斜眼看着他：“你家宅不宁，又刚死了父兄，戴孝之人，还不知道安生，跟我叫什么板？”

这不成心气死人吗，贞白没料到李怀信这么能惹是生非，眼看就要引发战火，趁樊老三还没动手之前，她出声斡旋：“恕贫道直言，这位樊二少爷面色灰白，双目赤红，不分黑白地攻击亲故，俨然已经失去理智，且他印堂发黑，双唇青紫，乃死气夺生之象。”

许是贞白态度诚恳，一本正经，神态又极其冷肃，莫名令人信服。相较李怀信出口就是“中邪”“疯了”之类的讨打言论，贞白的这番话起码不那么刺耳，也不至于惹人发飙。

樊老三内心虽仍然抵触，面色却稍微缓和了些，问：“你这话什么意思？”

意思当然就是中邪啦！李怀信强忍住翻白眼的冲动，他都说得那么直白了，这人怎么还在犯蠢？脖子上长的怕是颗萝卜吧！

贞白从人群中穿出来，在樊常兴跟前驻足，她蹲下身，抬手撩起樊常兴的眼皮，只见他黑瞳蒙尘，眼白浑浊泛红，再探其脉搏……若说之前只是猜测，那么现在完全可以断定：“他中了尸毒。”

樊老三倏地一惊：“尸……尸毒？什么尸毒？怎么会……”

“他许是去过什么不该去的地方，接触过尸体，或者其他晦气的东西。”

这就难说了，毕竟樊常兴一个大活人，行动自由，去哪里、做什么不需要事无巨细地跟家里人报备。

樊老三道："不是，他除了偶尔去铺子遛个弯，整天就爱在院子里莳花弄草，晚上都不敢走夜路，胆儿比姑娘还小，能去什么鬼地方中这个尸毒？"

再怕走夜路，也有走夜路的时候，就像忌口的人，总会不经意间误食，难以避免，所以贞白道："方才听你说他不省人事好几天？是什么病？受过伤吗？"

樊老三顿了一下："什么病？许是伤寒呗，哎，之前就见他咳嗽喝药来着，郎中也说不清，然后前几天摔了一跤，磕晕了，至于伤……应该没有吧。"

贞白疑虑："应该没有？"

自己亲哥病成这样，做弟弟的竟一问三不知？

樊老三不耐烦地一挥袖："那天家里起大火，父亲和大哥惨遭不幸，我哪顾得上。"

"有。"樊夫人换好衣裳，被搀扶着匆匆下楼，"有伤，常兴的左手臂上，有四道划痕，请郎中瞧过，说像是被人抓的，都破皮了。"

贞白拉过樊常兴左臂，撩开袍袖，手肘上果然缠着纱布。樊夫人继续道："我给他包的，涂了药，怕感染。当时家里太乱，大家顾着救火，都乱了阵脚，我想着可能是在混乱中你推我搡，被人不小心抓伤了。"

贞白拆了纱布，众人呼吸一滞，这溃烂发黑的手肘哪里是抓伤破皮这么简单。

樊夫人惊得捂住嘴，盯着那团乌黑的烂肉，两眼圆瞪："这……怎么会这样……我分明……分明……"

贞白沉声道："这是被尸毒腐蚀的。"

樊夫人满脸惊恐，快哭了："那怎么办，我们家……老爷、大郎刚没了……现在……常兴也，他不能出事啊……他要是再有个三长两短……我……我……"

樊老三扶住樊夫人："大娘，大娘，你先别慌，别慌。"

"怎么能不慌啊，我们樊家，这一桩接一桩的，出的都是人命啊。"樊夫人蓦地哭出了声，"这位道长，你一定要救救我们常兴啊。"

贞白不绕弯子："时过三日，尸毒侵入肺腑，死气夺生……"

樊夫人闻言肩膀一抖，樊老三搀紧她，出言打断："你别吓唬人，就说能不能救吧。"

贞白拉下樊常兴袖管，把那骇人的胳膊遮住，她站起身，面不改色道："试试吧。"

见对方风轻云淡，仿佛并不为难的模样，也就是可能有救了，樊老三的心稍稍放下一点，就听贞白又道：“夫人手腕的伤，也得尽快处理。”

樊老三闻言色变：“你是说我大娘也……”

“她的问题不大，把糯米磨成浆，伸手进去泡半个时辰，能驱尸毒。”

樊家人哪敢怠慢，等不及雨停回家，立即问老板要来糯米，火急火燎地去后厨磨浆。一个个还没缓过劲儿，又听贞白开口了：“方才听夫人说，二少爷可能是在家里被人抓伤的？”

这意思，难道说那东西就在家里？樊家众人细思极恐，樊夫人更是吓得魂飞魄散，整个人直哆嗦。

樊老三感觉全身一股寒意：“听你说话简直要神经衰弱，怎么那么能吓唬人。”

李怀信在旁静观半天，心想：瞧这一本正经忽悠人的功夫，这女冠以前是不是驱邪化煞专业户啊？

果不其然，不过三言两语，樊夫人就开始急着给她送银子了：“道长，烦请二位到我家看看，救救我儿常兴，事后必定重酬。”

李怀信心下便更加笃定了：瞧瞧！

第三十一章 驱毒

“喂，白大姐。”李怀信与贞白并肩而行，压低了声音，有些好奇地问，“他尸毒侵入肺腑，看样子，都成行尸了，你还能解？”

贞白不点头也不否认，目视走在前头的樊家人，中间还架着昏迷不醒的樊常兴，低声道：“试试。”

李怀信提了提衣摆，迈过地面一摊积水：“都等同于死人了，难道你还能让他起死回生？”

“心脉还在。”

“嗯？”李怀信偏过头，看着她的侧脸，他知道尸毒一旦侵入肺腑，连他师父都回天乏术，否则方才怎么会认定她在忽悠人。

“心脉既在，就还没死，能不能救，要试试才知道。”

“你……”

“嗯。”

“我都还没说，你‘嗯’什么？”

“当初你中了附骨灵，我在你胸膛刻下符文护住心脉，其实能不能救，我也不知道。”贞白转头与其对视，“是想说这个吗？嗯，当时，我也是试试。”

李怀信盯住她如墨般漆黑的瞳孔，眯缝了一下眼睛。

警觉到对方的不快，贞白突然想起那次刮骨，脚步蓦地一缓，踩到了旁边一摊积水，被溅湿了鞋面。

真是哪壶不开提哪壶，李怀信冷笑一声："我还没谢谢你呢！"

贞白跨过那摊积水，神态恢复自若，淡淡地应道："不必。"

嗬，你还客气上了！李怀信稀奇地瞥了对方一眼，这人是看不懂别人脸色，也听不懂别人话里的意味吗？什么"不必"，他那句话的言外之意是：我谢你姥姥！

去到樊家，贞白不敢有片刻耽搁，先交代樊夫人备上浴桶，磨一缸糯米浆，又焚了道符，将符灰溶于水中，再命人将昏迷不醒的樊常兴放入浴桶内，又对一旁的李怀信道："你先帮忙护住他心脉。"

李怀信挑了一下眉，面朝樊常兴，只道："拿笔和朱砂来。"

旁边那名小厮一时反应不过来，显然对樊夫人突然带回来的两个人在屋里一番莫名其妙的行为有些蒙："啊？"

李怀信拿余光瞥他一眼，显然没耐心重复一遍："刀也行。"他不介意在樊常兴胸口划一道血口。

小厮不明就里，为难地问了句："到底……要什么？"

懒得废话的李怀信直接想拔剑了！

贞白刚要开口，那樊老三已经急了："都拿都拿，还不快去！"

小厮肩膀一抖，麻溜儿地去了，没多会儿工夫，又一阵风似的回来了，只见他右手托盘上放着毛笔和朱砂，左手却拎着一把菜刀。

李怀信震惊了，他说的刀是菜刀吗？看他那架势也不像是要切菜吧？正常人的思维不应该是匕首之类的吗？山下人都是什么脑回路？

他慢吞吞接过毛笔和朱砂，正欲转身，被小厮拦住，递过那把菜刀："还有……刀。"

这么蠢的小厮怎么服侍人啊？！李怀信瞥他一眼，轻飘飘地说："拿去抹脖子吧。"

小厮诚惶诚恐："啊？"

李怀信不再理会，走到浴桶边，扒开樊常兴的衣襟，将毛笔饱蘸朱砂，凝神静气，在其胸膛画下符文，心无旁骛，笔走龙蛇，一气呵成。继而收势，搁笔，他直起身，竟觉得有些伤神，区区一道符文，不料竟这般费神费力，果然这次刮骨还是伤到了根基。

他不动声色，负手而立，见贞白执起樊常兴那条腐烂的手臂，因在米浆里浸过，此时手臂滴着奶白色水珠。贞白的指尖掐在腐肉处，樊常兴斜靠在木桶边沿的脑袋动了动，她猛地抬眸，李怀信已经手疾眼快地把人再次敲晕了。

一旁的樊老三愣住了："你干什么？"

贞白接过话："醒了麻烦，为免出现差错，烦请诸位出去等候吧。"

樊老三正犹豫，被樊夫人拉了出去，带上了门。

贞白望向站在浴桶边纹丝不动的李怀信，说："你……"

"我不回避。"他得盯着她。

贞白不欲多言，随他去。她垂下头，手指掐着樊常兴手肘，凝了道真气，覆在腐肉处，须臾，一缕黑气升腾，淡淡的，仿佛一滴散在清水里的墨，慢慢流入贞白的指尖。

李怀信忽地一怔："你要把尸气引渡到自己身上？"

"嗯。"她说，"我只有这个办法。"

"你练的就是这种歪门邪道吗？活该被人钉在乱葬岗！"怪不得浑身阴气那么重。

"在那种地方，我只能依靠阴怨的尸气供养。"就好比人食五谷，她落在乱葬岗，要想不被邪煞之气侵蚀而成为一缕怨魂灰飞烟灭，就要同她一样，与其共存。若说是她的执念太深，其实也不然，她只想求个真相，把事情弄明白。而这些，对于一个毫不相干的人，她不愿解释过多，只在手上加了道力，引渡着樊常兴体内的尸毒。

约莫半炷香时间，樊常兴面上的灰败青色逐渐褪去，呈现毫无血气的苍白，看起来奄奄一息的样子，却不再是一副死人相。待樊常兴手肘处的伤口转为肉色，贞白才放下手，又把了下他的脉搏，脉象极其微弱。

贞白去开门，让樊家人进来。众人鱼贯而入，都惦记着樊常兴的安危，七嘴八舌地询问起来。

贞白道："尸毒驱了，应当再无大碍，只是体虚阳衰，还需食三日糯米。再请个郎中，替他好好调理一下身子。"

樊夫人泪眼婆娑，连连道谢，叮嘱小厮和亲眷照看樊常兴，又亲自安排贞白与李怀信住进东院两间房，忙里忙外的，樊老三在旁看着干着急："大娘，您还伤着呢，去歇着成吗，让我来，我来。”

樊夫人拂开他，执意道：“二位可是贵客，又救了常兴，是我们樊家的恩人，怠慢不得。”

“放心吧，我现在是樊家之主，我亲自安排，绝不怠慢，您快别折腾了。”

樊夫人还欲再说，被樊老三打断了：“我知道，好酒好菜，一律备妥了，您快回屋安生歇着吧。”

樊夫人只得回屋，刚准备走，又不放心地转回身，喊：“樊深。”

“哎。”

“让厨房多烧些水，方才那位公子说，要沐浴除尘……”

“知道，知道。”

“还有杨枝，淡盐水，要净口……”

“好好好。”

“熏香要上等的兰香……”

“行了，您就甭操心了。”樊深没好气地打断她，心想：哪来的纨绔子弟，这么多讲究？还真没跟他们樊家客气！

也不怪樊夫人不放心，毕竟樊家三少成日吃喝玩乐斗鸡遛狗，沉迷酒色，给人感觉极不靠谱。然而他却是个难得的孝子，为了让樊夫人安心歇息，他果真亲力亲为地跟下人交代妥当，没有上等的兰香就去铺子里买，有求必应，让李怀信狠狠舒心了一把。

李怀信在这边口嚼杨枝，沐浴焚香，贞白则在樊家大宅继续探寻。

因为樊二少爷极有可能是在家宅中染上的尸毒，这就比较危险了，虽然樊深觉得：“我二哥昏迷后，樊家上上下下都在操办父亲和大哥的丧事，没有再出过岔子，如果家中真有什么邪祟，还不早就鸡犬不宁了。”

听完樊深的分析，贞白踏入一处侧院。院内摆放着各种盆栽，其中水仙和仙客来正值花季，在廊下开成一片，养得不错。贞白环视一圈，并未发现异样，遂走到了花前，樊深道：“这些都是我二哥养的，日日照料，一年四季会开花的都挪到这院里了，你还真别说，经他这么一倒腾，是挺好看的。”

樊深一边念叨一边跟贞白走出侧院：“道长，这里里外外差不多都看完了，没问题吧？”

贞白微微仰首，盯着一树刚发嫩芽的蜡梅，浅声道："没问题。"

樊深松了口气："我就说嘛，家里是干净的。这么一来，二哥很有可能是在外面受的伤，也不知他去过哪个犄角旮旯，沾那一身晦气，差点没命。"

樊深自顾自地说着，用指腹摩挲着下巴寻思，贞白问道："这镇上近来可有什么风波？"

闻言，樊深有些闹心："除了我家，哪儿哪儿都太平着呢。"

确实，自贞白进小镇以来，耳里听的皆是樊家的流言。

"待二少爷醒来，再问他究竟发生了何事吧。"

贞白回东院时，李怀信已经梳洗完毕，他披着皮裘坐在檐下，整个人呈现一种一尘不染的白。石桌上摊开着剑匣，他手里拿着一条栗黄色绸帕，正在轻轻擦拭剑身，贞白步入院内，他抬起眼皮问："如何？"

"并无异样。"贞白回答，目光落在那只擦剑的手上，那手肤色瓷白，甲盖透亮，全无倒刺，像只精雕细琢的骨瓷。

李怀信擦完手里的剑，又拎起另一柄："所以问题可能不在樊家宅内？"

"嗯，只能等樊常兴醒来。"贞白目光下垂，落在剑匣中，"七柄？"

李怀信勾了勾嘴角，指腹在七剑上一一抚过，正色道："七魄剑，尸狗、伏矢、雀阴、吞贼、非毒、除秽、臭肺，是以七魄命名，有道法加持，斩妖魔，歼邪祟。"

贞白眼眸半垂，长睫轻颤，对上李怀信意味深长的眸子，那双眼似笑非笑，像这七把剑，锋芒毕现。是啊，她差点忘了，她于对方而言，是妖魔，是邪祟，是从那个乱葬岗里爬出来的。因为各取所需才相安无事地同行一程，他日，随时都可能针锋相对。

但是，无所谓，这个人奈何不了她，更遑论斩妖魔，歼邪祟，亏他敢大言不惭。

李怀信还在说，说到"正邪不两立"，贞白便了悟其中之意，不等他说完，便冷傲地接了话："到那时，尽管，放马过来。"她说话时，眉眼之间一片波澜不惊的淡漠，毫无惧意。

挑衅啊！啪的一声，李怀信合上剑匣，匣身雕着一只丹顶鹤，栩栩如生，他的指尖触摸鹤冠。鹤冠是以艳如血色的玛瑙镶嵌而成的，那玛瑙乃外族献贡之物，有市无价，弥足珍贵。

李怀信将那条栗黄色绸帕一扔，轻飘飘地落在地上，沾了尘：“‘到那时’是何时？你这是憋着坏招准备祸害一方吗？怎么，觉得我奈何不了你？那太行道呢？我师父、师叔，奈不奈何得了你？你自个儿好生掂量着，不想再被镇压禁锢，就别祸害人。”

贞白微微错愕：“我以为……”

李怀信蹙起眉：“以为什么？”

以为只要五帝钱里的残魂聚成了形，占完卦，到那时他们的协议结束，对方就该翻脸不认人，除魔歼邪了。

贞白摇摇头：“没什么。”

李怀信瞥她一眼，不管如何嫌弃，也不得不承认，这女冠救过他一命，还修补了乱葬岗大阵，又养着冯天的魂，还帮樊常兴解了尸毒，桩桩件件，都是善事。然而她阴气太重，能耐又大，邪性重得像颗不定时炸弹，所以他不得不时时敲打警醒，结果这女冠居然敢说“放马过来”，敢说这种狠话的能是什么好东西？必定是心存恶念，邪祟就是邪祟！偏偏他还治不了她，只能窝窝囊囊地把太行道搬出来吓唬人，好在看样子她似乎是被唬住了，毕竟那些歪门邪道牛鬼蛇神听见太行道的威名，没有不忌惮的。

李怀信思索之际，贞白忽然开口道：“你刚说的师叔……”欲言又止的样子。

“嗯？”

“是哪个师叔？”

“还能有哪个？不就那一个，冯天的师父，寒山君。”李怀信有点疑惑，怎么突然问起他师叔，“怎么？相识？”

“不就那一个”，听到这句话，贞白的神色变得极其不自然，她僵硬地摇了摇头，道：“只是有所耳闻。”

李怀信看在眼里，皱了一下眉，她那神情，可不像只是有所耳闻，倒像是有所交集，或者过节。

第三十二章 山中黑影

樊常兴是在翌日清晨醒来的，整个人虚弱极了，只喝了几口糯米粥。他环视一屋子人，好像断片儿了一样，茫然地问：“怎么了？”

在樊夫人嘘寒问暖的关怀中，他看见大家都穿着素服，平常最爱打扮的女眷们连簪子都没插，个个儿卸了脂粉，容颜憔悴。他的脑子轰然一响，忽地想起那一场熊熊大火，兵荒马乱的樊家，他原本是要去救火的，却忽然踢到石阶，撞在了廊柱上，后来发生什么他完全不知道了。再醒来，就是眼前这番光景。

他问到底发生了什么事，所有人都噤了声，如丧考妣的样子。他想起当时起火的是大哥的院落，浑身一颤，他的眼神一一扫过众人的脸，连樊深这个成天在外鬼混的人都在，那么……

“父亲呢？大哥呢？他们在哪儿？”

樊老爷的妻妾们蓦地红了眼，有的暗暗抹泪，有的哭出了声。

樊深忍了又忍，才艰难地开口：“没了。”

樊常兴如遭雷击，没了？他听清了这两个字，却似乎不太懂是什么意思，喃喃问道：“什么？”

“父亲、大哥，都没了，昨天已经下了葬，怕耽误时辰，等不到你醒。”

“怎么会没了？啊？两个人，怎么会一块儿都没了？！”

樊深闭了嘴，其中因由，却是难以启齿的。

樊常兴悲愤难抑："说啊，瞒着我干什么！"

"没想瞒你，只是大哥做的丑事，我不想提。"

樊常兴的脸色白了："他做什么了？"

樊深心里憋着一把火："他做什么了？他做了小娘的奸夫！那个禽兽不如的混账，竟敢在家里偷人，还是偷爹的人！真是丢人丢到家了，现在满城都在议论咱家，还有谁不知道，真真是扬名立万了他。"

樊夫人泪盈于睫，感觉又羞耻又难堪，制止道："樊深，你别说得这么难听。"

"这就难听了？我还是拣了好听的讲，那外边儿说的，更不堪入耳，连我这种没羞没臊的人听了都觉得没脸，像你们这种面皮薄的，往后也别出门了，躲在自个儿屋里，关起门来苟且偷生吧，免得听了要去上吊跳河的，我还得收尸。还有大娘……"樊深的语气缓了缓，"你也别出去给人送温暖了，那帮嚼舌根的不会念你的好。"

有女眷不服气："我们没偷没抢的，凭什么……"

樊深炮仗似的，气不打一处来，扭头就怼道："还不如去偷去抢呢，怎么都比如今好！我是无所谓，反正我名声早就烂大街了，谁来戳脊梁骨我都受得住，听得不痛快了就把人狠狠揍一顿，出口恶气总比把自己憋死强。"

家中长辈厉色道："你在外面可别胡来，还嫌不够丢人吗？"

樊深气急败坏道："我再胡来，也是丢我自己的人，没辱了樊家门楣。知道外面人怎么说的吗，龟缩在屋里的各位都不知道吧，今儿我就给你们转述转述！他们说，多亏了那场大火，烧穿了那块遮羞布，也把那不孝子给烧死了，不然让那对奸夫淫妇再苟且下去，回头把肚子搞大了，可就好看了，到时候孩子生出来，算谁的？管咱父亲叫爹呢还是叫爷爷，管我叫三哥呢还是叫三叔……哎？捂什么耳朵？听不下去了是吧，还有更难听的呢。你，你，我，在座的各位长辈兄弟姊妹，一个都没落下，在外人嘴里，咱们樊家都成淫窝了。还有说什么他爹娶了那么多个，樊老三还逛什么窑子啊……我没去他家里逛一逛，打他一顿就算是客气的了。这些话，你们受得了吗，你们听了还不得去杀人啊。"

这几日，大娘和家中女眷主内，二哥又昏迷不醒，他一时间成了樊家当家的，操持着父兄的丧事，日日在外奔波打点，还要听那不绝于耳的风言风语，已经埋了一肚子火药，现在被人无意一点，噼里啪啦就开始炸了。

樊深的一席话，震得樊常兴脑子嗡嗡作响，半天都没缓过来。

突然有长辈一拍桌子，愤然骂道："简直污秽不堪。"

字字句句，针一样扎进樊常兴的耳膜里，同时他也被这一拍桌震醒了神，所以大哥死在了火场里，那么父亲呢？

樊深向来说话直接，闻言就嘀咕了句："被气死了。追杀他那不孝子去了。"

樊老爷原本便年纪大了，身体每况愈下，近两年又患上心疾，连生意都逐渐有些力不从心，因此把铺子一点点交由老大老二去打理，老三是个不争气的，成日游手好闲，除了吃喝玩乐没什么长进，心思也从不放在家业上，老爷子指望不上，也没想他能有多大出息，就琢磨着把田产和一部分租铺留给这浪荡子，再由两个兄长照拂，如无意外，那也够他恣意半生了。盘算好了，樊老爷便决定退居二线，养养病，也养养老，因为精力不济，实在折腾不动了，而那一院子的妾侍更加顾不上了。哪知他这把老骨头刚不中用，后院就起火了，他那寡廉鲜耻的小妾不知何时竟爬到了他大儿子的炕头上，屋舍走水时她为了自己逃命，竟赤条条地跑出来，扎了满院子前来救火的人的眼，也戳了老爷子的心，不仅丢尽了他的老脸，更污了樊家的名声。

樊老爷好面儿，哪里受过这种耻辱，加之大儿子还身在火海，他气得要杀人，谁知这不知死活的小妾一通恶语冲撞，樊老爷直接就爆了血管，过去了。郎中来瞧过，说是颅内出血所致。

樊深尽量平静地把事情描述完，临了，又不无嘲讽地添了一句："即便这样，我还风风光光地把后事办了，真体面！"

樊常兴死死咬住后槽牙，面颊紧绷，从牙缝里挤出两个字："人呢？"

樊深："谁？"

"那个荡妇。"

"关在柴房里。"

"你们居然还留着那条贱命，不送她下去陪葬！"樊常兴瞪着眼，阴狠极了，那股戾气，竟让在座的众人不寒而栗。

樊深道："自是要她填命的，只是还没顾得上。"

"弄死她，还要你顾得上顾不上的？换了我，早就把她处置了，一条白绫、一杯鸩酒，趁父亲还未下葬便把她弄死在棺椁前，让她到九泉之下谢罪去。"

"一条人命，不该就这么草率地处置了。"

“怎么，你还重视起那条贱命了不成？”

两兄弟突然剑拔弩张，看得众人一阵惊悸。尤其樊常兴，那张脸阴狠得骇人。他一向性子冷清，喜怒不形于色，平日只喜欢莳花弄草的，对人虽冷淡，却很少跟人撂脸子，又因为怕黑怕走夜路，大家便觉得，这樊二少是个胆小如鼠之辈。如今也不知是中过尸毒被蚀了心智，还是父兄双双亡故对他的刺激太大，他一生的脾气似乎都攒在了此刻爆发，醒来后整个人性情大变。殊不知，家中遭此变数，即便平时再懦弱的人，都有手刃罪魁祸首的冲动。而此刻的樊常兴，手里就握着那把刀，欲斩之而后快，让其血债血偿。

当然，樊深也是个举着屠刀的，只是先前没能亮出来，此刻，他亮出心中的屠刀：“怎能不重视，反正如今樊家这档子丑事，已是尽人皆知，我便要让十里八乡的人都来看看，我樊家怎么惩这个歪风。”

闻言，樊常兴沉住了气：“你待如何？”

“这脸面丢了也就丢了，我们一大家子人，往后难道要蒙着脑袋过活？既堵不住悠悠众口，就把那些德高望重的老辈都请过来，将这个败坏风气的女人当众沉塘，以正家风，也好让那些乱嚼舌根的人知道，我们樊家，并不像他们想的那般腌臜！”

“倒是周全。”樊常兴绷着脸，满眼戾气，“好！那便沉塘。”

这一私刑，正是专门用来惩治私通之罪的，用来处死那个不守妇道的女人，再合适不过。

门外忽然传来“啧”的一声，众人侧首，樊常兴刺猬般奓起了刺：“谁在外头？”

李怀信啧完，正与贞白低语了句“要搞事情啊”，就被里头的人发现了。他俩也并不是要来听墙根的，只见那之前被李怀信嫌笨的小厮立即钻进屋解释：“我……我……和……那之前……夫人见二少爷醒了，特意让我去东院请两位道长过来。”结果刚到，就听见三少爷在里头发飙，小厮一哆嗦，吓得直接戳在了门外，也把李怀信和贞白堵在了外头，不得已听完这场大戏。

那小厮本身就是在二少爷院里伺候的，了解其性子，颇为冷淡，有时候会显得不近人情，他看似与世无争，其实骨子里执拗得很；而三少爷游戏人间，玩物丧志，是个没正经的；相比之下，最好相与的，还属大少爷，他饱读诗书，一身才气，待人接物温文尔雅，是老爷最引以为傲的儿子，可偏偏就是这个最让人赏识的大少爷，捅了这天大的娄子，让樊家蒙羞。从出事到现在，小厮都不敢相信那个对下人都客客气气的樊大少爷会做出这种事。站在门外听见这些，他内心有点复杂，但也不敢说什么，怕气头上的二少爷责难。

贞白和李怀信迈入门槛，樊常兴见还有外人，阴戾地皱起眉："道长？"

"对。"樊夫人连忙道，"是我让去请的，我正要跟你讲，这事说来话长……"然后将昨天发生的事讲述了一遍，把那个刚从鬼门关回来的人听得愣在床上，脸色变幻莫测。

据樊常兴回忆，那几天他感染了风寒，吃了几帖药都不见好，便自己去找郎中诊脉，结果在郎中那儿遇上了刚采药回来的小药徒，那小药徒背了满满一箩筐的草药，手里还抓着一把绿萼梅，说是在马鞍山上折的，晒干了可以入药。樊常兴对奇花异草最感兴趣，听了这话药也没抓就兴冲冲地去了，想去找几株绿萼梅回家培植。

不承想他到了山里，转悠半天也没找到，眼看天色渐暗，他怕走夜路，又不想白跑一趟，边纠结边沿着山路又寻了半刻，便准备放弃了翌日再来。此时突然闻到一股绿萼梅的幽香，樊常兴一阵兴奋，循着香气找过去时，天已经黑了，他环顾四周，是黑漆漆的山林，寒风吹过，草木摇动。他走出一身汗，却又觉得全身冷飕飕的，打了个寒战。此时，依稀见一个黑影闪过，他不确定，杵在原地不敢动，问了句"谁在那儿"，没有人回答。他刚想走，那黑影就动了，朝他一步一步靠近，那黑影走路的姿势很奇怪，木头人一般，僵硬极了。樊常兴心里打鼓，本能地往后退了两步，试图与之交谈。奈何那黑影一言不发，像个哑巴，半晌，却突然发难，张牙舞爪地朝他扑了过来。樊常兴吓了一跳，黑影靠近时他嗅到一股难闻的腐臭味，那味道难以形容，他当时第一反应觉得这是个乞丐，是想打劫他，他伸手一挡，那黑影抓住了他胳膊，触感湿漉漉的。临危之际，樊常兴反应奇快，抬腿踢中其腹部，那黑影吃痛，指甲在他手臂上划出四道血痕，接着便掉下了斜坡，一路滚到谷底。

樊常兴惊恐万分，认为自己害了人，跨出一步想去救，差点也跟着栽下去，吓得两腿发软。他心想，索性回去找人来救吧，于是顺着来时路狂奔，到山下时已是深夜，镇上家家户户已经熄了烛火。他一路跑回樊家，气都没喘顺，却正碰上家里走水，他慌不择路地想去帮忙，结果没注意脚下的台阶，摔下去时一头磕在廊柱上，便不省人事了。

再醒来，整个樊家，已是天翻地覆。

第三十三章 沉塘

樊常兴醒来后，樊夫人便将酬金送到了贞白手上，是一整袋银锭。贞白收入袖中，去敲李怀信的门，半天也无人应。她缓缓推开门，一股熏香扑面而来，里头空空荡荡的，李怀信不知去向。

早晨听完樊常兴的描述，出来时李怀信说："可能有邪祟，趁还未祸害到镇里，得先去看看。"结果半晌没等到贞白答话，似乎不打算同去，李怀信斜瞥她一眼，自行加快了步伐，直接越过她走了。

现在想来，他像是，在闹情绪？贞白转身往院外走，这人身子还没好利索，体能都没恢复过来，就敢单枪匹马去逞能？

她刚走过回廊，就看见前方围着许多人，樊家的丫鬟小厮似乎全都聚集在那儿。有两个体格彪悍的男子，正拖着一个被五花大绑的女人往外走。

贞白看见人群中有个熟悉的身影正随波逐流地往前走，她快步上前，蹭到李怀信身后，就听见他跟身边一个小厮在聊天："动个私刑这么大阵仗，官府不管吗？"

小厮随口答道："这是家宅私事，女人不守妇道，只要证据确凿，家里又没人报官的话，官府一般不会出面干涉。"

李怀信好奇道："这都要被处死了，她家里人为什么不报官？"

"自己女儿做出这种丑事，哪家人有这么大的脸，都羞愧死了，还报官？巴不得她死了才好呢。"小厮道，"而且，她爹独居在玉阳江上游，就在马鞍山脚下，又是个瞎子，吃穿用度都得靠樊家接济，管不了他女儿的死活。”

李怀信假装面露同情，说话却极不走心：“啊，这么惨哪？”

步出大门，在樊家待了数十年的老妈子接过话说：“惨得嘞，女儿不孝顺，一年到头也不回去瞧瞧，都是咱大夫人知冷知热地去给王瞎子送棉衣凉席、米面粮油。听说不是亲生的，反正按那女人的说法，自己是那瞎子在河边捡的，嫁到樊家后，她就不想认这个爹了。我估计啊，她就是嫌这爹寒碜，给她丢人了。”

樊家一个个都在数落那女人的不是，口碑这么差！李怀信心想：这女人可真不是什么好货色！

都说红颜祸水，李怀信眯起眼，打量远处那个被拖走的女人，论姿容，她也只够在这种小门小户里兴风作浪了。

“你去哪儿？”

背后突然响起一声询问，李怀信蓦地回头，对上贞白那双冷眸。他顿了一下，才道：“去看这种不贞不洁之人的下场。”

答完，李怀信回过头，皱了一下眉，继续随大流前行。

樊家男人在前方开道，由家丁押着那女人，游街示众般，大张旗鼓地往玉阳江边走。路边的百姓看见了，纷纷跟去看热闹，一条街走完，队伍逐渐壮大，大半个镇子的人都跟着去了。

等到了玉阳江下游，附近十里八乡的人也来了不少。有几名老者站在地势较高的位置，应该是当地颇有威望的人物。

其中一位老者出列，充当执法者，他从窄袖中掏出一张纸，展开来，掷地有声地宣读樊家小妾王闫欣不贞不洁、扰乱纲常、道德败坏、累死樊家父子等条条罪状，表示天理难容，遂处以死刑。然后，两名家丁把女人塞进竹笼。那女人想呼喊，却被棉布堵着嘴喊不出声来，只能撕心裂肺地呜咽，涨红了脸。她徒劳地挣扎着，刚伸出头，又被一只大手狠狠按了进去。

樊常兴晃晃悠悠地走近，大病初愈的他，脸色还有些苍白。他记得八九年前吧，这个女人第一次进樊家时的模样，年轻，娇媚，挽着父亲的胳膊，站在一块儿却像父女俩，他当时还纳闷，这女子风华正茂，怎么就跟了父亲这个糟老头子呢？后来看见她爹王瞎子家徒四壁、穷酸落魄的境况，也就不奇怪了，试问谁不想穿金戴银，锦衣玉食，随时随地都有人伺候呢？正所谓饱暖思淫欲，吃穿不愁的好日子过久了，人就开始惦记别的，只是，她不安于室，要红杏出墙，为什么偏偏勾搭上樊家长子，而他的大哥，又是犯的什么糊涂，做出这等蠢事，活生生把老头子气死了。

樊常兴边想边咬牙切齿，捡起几块沉重的石头就往竹笼里扔，有些砸在了那女人身上，痛得她往里缩。

贞白目睹这一切，站到李怀信身侧："私通就该被处死吗？"

李怀信作为旁观者，看待这种事件，还是比较通透的："一般的私通倒也不至于，看跟谁吧，跟爷俩儿的话，那就玩儿大了。她又不是寡妇，哎，其实也差不多。这世间本就没那么宽容，不仅不宽容，还特别狭隘，尤其在这种事情上，大家都挺死心眼儿的。而且先不论樊大少爷的死因，但死前确实是跟这女人在一块儿鬼混吧，樊老爷子断气也实实在在跟她脱不了干系，不管间接或直接，她都摊上了人命，所以樊家要把她沉塘处死，属于血债血偿，也合情合理……"

说话间，远处的樊常兴往竹笼里装满了石块，把竹笼关好，又用麻绳缠紧了，才退到一边。旁边两个糙汉子拿扁担横穿过麻绳，在老者宣判行刑的一瞬，抬起沉沉的竹笼就往江里走。李怀信目光紧随，慵懒又漠然地补全了刚才没说完的话："……死不足惜。"

众人冷眼旁观，没人怜悯，更没人站出来帮她求情，就如李怀信所言，她死不足惜！

俩汉子抬着竹笼涉水前行，江水淹到了膝盖，逐渐没过大腿根，越往前水越深，竹笼也进了水。女人仰起头拼命求饶，奈何两人无情地将扁担从肩头卸下，竹笼狠狠一沉，滔滔江水灌进女人鼻子之际，江上游突然有一人狂奔而来，那人边跑边大喊着："不好啦，王瞎子死啦……"

与此同时，竹笼整个儿沉底，江水淹没了头顶，女人最后似乎听见了这句话，倏地猛烈挣扎起来，水面荡起巨大的波浪，将她的呜咽声吞没。竹笼在女人的挣动下轻微移位，撞到其中一名大汉，江水浮力大，他在软泥中没站稳脚跟，一个踉跄摔进了水中，扑腾了几下才站了起来。

众人的目光齐刷刷地望向狂奔而来的人，他背着背篓，膝盖和双手都沾满了泥巴，双眼突出，鼻翼翕张，整个儿一受惊过度的模样。临近了，他猛地刹住步子，气喘吁吁地扫过几百个围观群众的面孔，目光涣散，一时不知该把目光聚焦在谁脸上。

有人嘀咕道："这不是何郎中身边那个小药徒吗？"

有人没听清话的上半截："他刚刚喊什么？谁死了？"

有人没听清话的下半截："他说王瞎子怎么了？"

有人完全蒙了："王瞎子是谁啊？怎么死了？"

"哎哟，不就是那个刚沉塘的荡妇她爹嘛，樊家的亲家！"

"我说他怎么没来，还以为是没脸见人，原来是羞愧到自寻短见了啊。"

"有这么个讨债的下贱女儿，真是害人不浅啊，一口气累死三条命。"

……

小药徒耳边嗡嗡的，突然看见有樊家人在，最后将目光锁定樊常兴的脸，他冲过去，紧张到结巴："樊二少，二少，那个王伯，王瞎子，死……死……死了。"

谁知，樊常兴冷冷一笑，薄唇吐出两个字："报应。"正好这父女俩一起去偿他父亲和大哥的命。

小药徒脊背一寒，只觉得那笑容冷血而残忍，他目瞪口呆地望着樊常兴，又望望其身后的樊家人，猛地意识到什么，扭头就看见两个大汉正湿漉漉地从水里上岸。

小药徒打了个战，一副要哭出来的模样："可王伯……王伯又没什么错。"

樊常兴欲加之罪："子不教父之过，他有这个觉悟自裁以谢罪，我樊家……"

小药徒急了："什么自裁谢罪，王伯是被野兽咬死的，全身都被啃烂了，血肉模糊，还发着黑。"说着，似乎回忆起了当时的场景，弯下腰就开始吐。

樊常兴等人捂住口鼻，嫌弃地后退一步。

樊深闻言一惊："什么，被咬死的？这江边有野兽吗？"

小药徒弓着身子干呕，抬起手摇了摇。

有人惊慌道："应该是从山上跑下来的吧？什么野兽这么凶，居然咬死人了，狼吗？马鞍山上难道有狼？"

小药徒停止了干呕，拍着胸口压下那阵不适，说："我常年在马鞍山上挖草药，从来没碰见过什么豺狼虎豹。"

有人猜测："可能是从别的山头跑来的呢？"

小药徒白着脸，其实他也有此猜测。

这些年，他隔三岔五地都会上山采药，有时候在山坳里钻一整天，下来就爱去山脚下的王瞎子家讨杯水喝，再到江边把采的草药清洗一遍，冲掉泥沙才背回去晒。

今天他像往常一样，天不见亮就上了山，跪伏在崖边挖了满满一背篓的草药，下到山脚远远便吆喝道：“王伯，我今天挖到了苦荞，分你一些泡水喝哇，安神活气的，你上次不是说晚上睡不好嘛……”

半晌无人回应，小药徒又喊了几声，以为王伯出去了，待绕到屋前，见门虚掩着，便走上前推开，结果被一股浓烈的血腥味灌了满肺，眼前的一幕让他惊恐地瞪大了眼。他猛地后退，跌坐在地上，背篓里的草药倒了出来也顾不上，跌跌撞撞地爬起身便疯了似的跑去找人。

这不，老远看见有几百号村民聚集在江边，他便飞奔而至了。

事情蹊跷，加上小药徒惊慌的模样引起了大家的好奇心，大家决定去看个究竟。一群人浩浩荡荡往上游走，人多势众，尤为壮胆，即便真有豺狼虎豹，也无须畏惧。

然而众人到了屋舍，推开门，只见满地黑血，却不见王瞎子的尸身。

小药徒呆若木鸡：“怎……怎么会，之前还在这儿的，我明明看见，王伯就躺在那儿。”

“难道就这会儿工夫，尸体就被豺狼叼走了？”

江边那几位有声望的老者也来了，见此情形，便发动群众四处去寻，并在屋舍后头取了木柴棍子，人手一根，用以防身。

待大家散开，贞白和李怀信才得以凑近。一进屋，几乎同时皱起眉。

李怀信道：“尸气很重，会不会……”

话未说完，就听见有人喊了声：“这里有脚印！”

四散的人纷纷往声源处聚拢，李怀信和贞白走出屋子，前往后山脚查探。

不久前下过一场雨，雨后山里的泥土湿软，那脚印应是在雨后不久留下的。随着水汽蒸发，那泥印子已经干了，陷在地上深浅不一，看起来步伐格外凌乱。

贞白道：“看脚尖朝向，此人应该是从斜坡往下走，一直到王瞎子的住处。”

樊深也扶着樊常兴走了过来，他揣测道：“会不会是王瞎子的脚印？”

闻言，有个妇人蹲下身，以手丈量地上的脚印，李怀信还记得她，就是在路上跟他吐槽王瞎子惨况的樊家老妈子，她说：“不是，每年大夫人都叫我给王瞎子做两双鞋，这脚印比王瞎子的脚短了。”

附近除了这脚印，没有任何豺狼虎豹出没的痕迹，大家沿着山坡上的脚印行进，到了一块平谷，脚印突然中断了。再往上，则是格外陡峭的山坡，坡上有一米来宽的杂草被折断了，仿佛是有人从山上摔下来，碾压所致。

樊常兴立在原地，目光一点点上移，盯着那高耸陡峭的斜坡，浑身一僵，脸色变得刷白，他脑子里纷乱一片，无数种猜测涌上心头。也许王瞎子并不是被豺狼虎豹咬死的，若如道长所言，那晚他被山上的黑影抓了一下，回去以后的种种怪异表现是中了尸毒，那么那个黑影很可能不是什么乞丐，而是……

樊常兴后背起了一层冷汗，他似乎记得，就是在这个斜坡顶，他一脚把袭击自己的黑影踹下了山，然后呢？樊常兴盯着这一串蜿蜒至山下的脚印发怔，须臾，他抬起头，盯住正仔细查看枯枝杂草的贞白，双唇嗫嚅："道……长……"

贞白回头，见对方欲言又止，问："怎么？"

樊常兴有点迟疑，声音轻得发虚："没……就是，想问，你有发现什么蹊跷吗？"

贞白正欲开口，倏地抬头，神色一肃，举目四顾。

李怀信觉察她的异样："怎么了？"

贞白耳郭一动，仔细聆听，欲确认方位："有铃声。"

樊常兴在旁不知所以："什么铃声？"他试图去听，却只听到大家四下走动的杂音。

李怀信目光一沉，他耳力不差且五感敏锐，居然丁点儿都听不见，只能随贞白往山林深处走，刚想开口问，贞白已经先一步答了："是凶铃。"

李怀信怔了一下："会是那丫头吗？"

贞白追寻着那微弱到几不可闻的铃声，脚步奇快，李怀信跟得吃力，差一点就要追不上，却见她蓦地停了下来。四周鸦雀无声，连空气都似乎是静止的，贞白垂首闭目，屈指抵在眉心，侧耳捕捉声源，须臾，她倏地睁开眼，神色肃杀："是凶铃引路！"

"什么？"

"这丫头，会驭尸术！"

李怀信"不耻下问"："赶尸人？"

贞白摇首："赶的是死尸，驭的是行尸。"

"所以，是这鬼丫头在镇上驭尸作祟？"

"不知道，既有她凶铃引路，便跟去瞧瞧吧。"

第三十四章 坠崖

此时，两人已经在山林间转了许久，夜色骤降，四周逐渐起了雾，寒风一吹，把本就隐隐约约难辨方位的铃声吹得七零八落。

李怀信有些体力不支，他四下环顾：“咱们这是在兜圈子吗？”

“不是。”她说，“这凶铃引路，好像存在某种规律，我们跟着它的指引，看似在山林中绕，来来回回地，却没有碰到过一起上山的百姓，而且，我们每一次起步，到下一个拐弯或转折，平均都是四十九步。”

李怀信大感意外：“你连自己走路的步子都数？”得多无聊的人才能干出这种事啊。

贞白道：“你听不见凶铃，自然不会去计算，它每一声铃响，都牵着行尸踏出一步。”

原来如此，李怀信盯着她的背影，不由自主地，也干起了数步子的事，数完一圈又一圈，果然这女冠所言不虚，每一趟都是四十九步，如同一些阵法中设定的规律，可这平平无奇的马鞍山，不似藏着阵法啊，阴气也不重，并不像有邪祟出没的地方。他观察了半天，未曾发觉蹊跷，也厘不出个头绪来，惯性似的，他又开始数步子，待反应过来，狠狠在心里鄙视了一下自己：无聊也会传染吗？！

忽然，他想起之前贞白说过，能听见凶铃者，不是将死之人就是已死之人，毋庸置疑，她属于后者，那么……李怀信心下一凛：“等等。”

贞白脚下不停，偏过头，避开一根树枝，不慌不忙地应：“嗯？”

他的神色带着几分凝重：“你能听得见这凶铃，不会……也被这凶铃所驭吧？就像现在，可能是……不得不跟着它走？！”

贞白蹙起眉，想起方才，确有一瞬间神志恍惚，那是因为铃声太过缥缈，她为了锁定方位，不得不屏蔽掉一切杂念，全神贯注地分辨这铃音，所以险些被摄住心神。但也只是一时不慎，对方这点道行，还不足为虑。

贞白刚答了句“不会”，铃音便戛然而止。引路铃中断，她也马上驻足，后面的李怀信惯性地追着她的步伐，一时猝不及防，直接踩在了她的脚后跟上。

他没认为自己不对，还先发制人：“带路就带路，你突然停下干什么？”

贞白浑不在意，没感觉到疼似的：“铃声断了。”

李怀信默默挪开自己的脚：“非要被动地跟着铃声走吗，感觉不太对啊！”他环顾四周，雾越来越浓，盖住了山体本来的面貌，他这才意识到，“我们好像被诱入了阵法之中。”

贞白听出了对方话中的不确定：“你不熟悉阵道？”

“我修的是剑道符箓。”

“太行道中，若是有人天赋异禀，会承天师命，一并修习全门道法吧？”

向来自视甚高的李怀信瞬间垮了脸：“目前整个太行山弟子，还没有能承天师命的。”他李怀信承不了，秦暮也承不了，既然太行道中没人有资格承天师命，他承不了也就不是多抬不起头的事情了，只是突然被这女冠如此一说，就感觉自己被看轻了似的，非常不爽。

贞白完全是无意识提及的，亦丝毫未留意到李怀信的情绪，她说：“上次刮骨，我发现你是以剑入道，但剑心不稳，修为也因此受限，提升比常人艰难许多，你其实……”

“闭嘴！”这女冠是成心给他添堵的吧，李怀信咬紧牙关道，“别跟我提这茬儿。”

贞白噤了声，恍然意识到自己又提了刮骨，触及了对方痛处，她把手伸进袖中，刚准备掏什么，就听见铃声乍起，贞白无暇顾及其他，立即闻声而动，并示意身后的人：“跟上。”

不料这次走到头，第四十九步踏了个空，贞白提着腿悬在崖边，并未真正落下去。

紧跟而至的李怀信问："怎么回事？"

"没路了。"

李怀信踱到崖边，俯视望不见底的深渊，崖底被浓雾笼罩住，像一种障眼法，遮着底下未知的险恶，他说："到尽头了。"

贞白盯着黑漆漆的前方道："可是凶铃仍在引路。"

"哪里？"

"前面。"

"可前面是悬崖，已经没有路了。"

"有。"贞白冷声道，"死路。"

李怀信神色骤变："什么？！"

"死人走的路。"

"你……"

"我去探一探。"

李怀信猛地拽住她："难道你要跳下去吗？"

"嗯。"

李怀信赶紧把她往自己身边拽，反应激烈："不行！"

贞白皱眉，李怀信音调拔高："死人走的路是什么路？黄泉路吗？！你跳下去无所谓，冯天怎么办？"

他一时情急，直接把心里话脱口而出了，待反应过来，为时晚矣，他缓缓松开贞白，有点尴尬地愣在那儿。不过，反正话已经说出口了，她要上九天下黄泉，确实与他无关，她对他唯一的价值，就是滋养冯天的阴魂，这一点彼此心知肚明，所以刚才那一番话并没有什么问题，他为何要觉得尴尬？

可能是因为那话太刺耳吧，但他又不是个会谨言慎行、去顾及别人感受的人，想到此，李怀信便释然了。

贞白却并未放在心上，神色如常地说："不是黄泉路，而是……"

而是什么？李怀信突然听不清了，他眼前出现了无数个重影，虚实不清，身体也失去重力，轻飘飘地往后坠，他嘴唇翕动，含混不清地吐出两个字："迷障……"

原来这林间降的不是雾，而是迷障，他们二人毫无防备地在其中吸食了小半日，竟然谁也没有察觉。怎么会这么大意呢？李怀信懊恼地想。他的身体一直在下坠，耳边是呼啸的风，他努力撑开眼皮，影影绰绰间，似乎看见有个人坠了下来，他心里咆哮：能不能靠点谱，就算不能拉他一把，也别上赶着跳崖啊，这就算他没被摔死也会被她砸死的……

再说贞白这头，方才她话未说完，便听铃声乍起，那铃声清晰无比地扎进她的耳膜，似偷袭般，夺魂摄心，让她猝不及防。她努力试了许多次，都稳不住神，到底是小看了那丫头啊……

盯着在悬崖边上摇摇欲坠的李怀信，她欲伸手拉一把，刚触着指尖，却生生错开了，然后听见他含混不清地说："迷障……"

原来如此，怪不得，她好几次都差点着了道，只是这一次，她确实不得不跟着凶铃的指引，迈出第四十九步。

坠入悬崖的瞬间，贞白两指并拢，点在眉心的红痕处，以护住神志，不被凶铃所驭。

与此同时，李怀信抬起手，以指为剑，在另一条胳膊肘上豁出道口子，鲜血渗出来，疼痛让他清醒了几分，随即，他听见下方传来湍急的水流拍打岩壁的声音，蓦地松了口气，起码摔不死了，也不必再费心思自救了。

"扑通"两声，二人前后坠入水中，溅起一片浪花。河水的浮力承载不住那股极速下坠的强大重力，入水的瞬间，李怀信感觉自己骨架都快被撞散了，只能竭尽全力屏住呼吸，以免呛水窒息。他忍着脏腑翻搅的痛楚，无所凭依地沉到了水底，躺在了长满水草的河床上。待挨过那阵来势汹汹的痛楚，他在水下睁开眼，看见了沉在不远处的贞白，他抓着旁边的水草借力翻了个身，一只脚踢在凹凸不平的河床上，泥沙晕开，搅浑了一小块区域，他借力往上游，无意间看见不到两米远的地方矗立着一个石桩，扎扎实实地立在河床底，往上望不到顶。

那石桩裂了缝，缺口蜿蜒扩张，几乎有手掌宽，里头隐约藏着什么东西，他看不真切，遂转了个方向，朝那根石桩游去。待近了，他在水下眯起眼细看，那隐于桩子里的，竟是一张小孩的脸，嵌在暗黑的石桩中，呈现毫无生气的惨白。惊诧中，他的身体猛地往后仰，冷不防呛了口水，紧接着四面八方的水肆意灌入他口鼻，仿佛要将他吞没。挣扎间，他感觉忽然有一只手扶住他后腰，及时地渡给他一口气。

李怀信倏地睁大眼，只见一双近在咫尺的眼，半睁着，异常淡漠地与他对视。李怀信伸出手，欲将其推开，刚触及对方的肩胛，她已经迅速移开了唇，拽着他往水面游。李怀信却在羞愤之中挣动着往下沉，二人一番拉扯，贞白不得不掉头往下，想查探他是否被水草之类的东西缠住了，谁知李怀信一个转身，游开了。贞白紧跟其后，与他停在那个石桩前，待看清裂缝中那张小孩的脸时，她蓦地顿住，锁起眉头。

李怀信围着石桩绕了两圈，仔细查看、触摸河床底部的石基，只是两人在水下憋气的时间太长，不得不浮上水面……

二人一前一后蹚着水，湿漉漉地迈上岸。不知是不是因为太冷，李怀信浑身战栗，连牙齿都在打战。

四下黑漆漆一片，除了流水声，再无其他声息。李怀信攥紧双拳，像个无头苍蝇似的一直往前冲，贞白在身后叫了他两声，他置若罔闻。前头没了路，李怀信却没有停下脚步的意思，眼看又要蹚进河里了，贞白拉住他："你……"

李怀信猛地甩开她的手，转过身，如避蛇蝎般后退一步。

贞白愣了愣："你——在发抖。"

李怀信抖得更厉害了，恨恨地看她，咬牙切齿道："走开！"

这一路过来李怀信都把自己捂得很严实，她知道他怕冷，如今他们身在河谷之中，正是夜深最冷的时辰，他们又浑身湿透了，更是严寒难耐，她指了指旁边一处崖壁："去那边，生火烤一烤。"

说完，她自行转身去了，剩李怀信僵在原地，全身绷直，咬着牙关，跟谁较劲似的，眼神锋利得像刀，盯着她的背影。直到她捡来一堆枯枝，在岩石上燃起一堆火，李怀信才僵硬地往火源处挪。

他冷着脸，坐到岩石上，揪起衣襟，狠狠拧了一把水，带着某种发泄的意味。试问，谁被登徒子轻薄了还要忍气吞声？他李怀信，堂堂男儿，居然三番五次地遭遇这种事，被这个不要脸的女冠非礼！每次都打着拯救他的旗号，堂而皇之地行非礼之事，而且他还不能表达怨愤，因为人家救了你啊，这是恩，恩你大爷的恩，快憋屈死他了，谁受过这种窝囊气啊！如今他只想打人，哦，不，想杀人，活剐了这个觊觎他的宵小之徒，再将她沉到水底！

李怀信脑子里过电似的，猛然又想起水底的情景，他粗暴地揉了把嘴，把嘴角揉得泛红。

贞白将一根树枝折断，试图开口："刚才在水下……"

闻声，李怀信一愣，脑子里那根弦绷紧了，目光凌厉地望向贞白，似在无声地控诉：你还敢说！

贞白漫不经心地把折断的树枝丢进火中，继续说道："……那个女童，怎会被嵌在石桩中？"

脑子里那根弦松弛下来，李怀信收回视线，面向河流的方位，说："刚才我们上岸的那里，是一座桥，那孩子，就是被嵌在那座桥底下的。"

贞白抬起头，视线越过火焰看向他。

烤着火，身上一点点回暖，李怀信抖了抖湿水后沉甸甸的衣服，牵起一条袖管支在火旁烤，沉声道："如果我没猜错的话，这是打生桩。"

贞白闻所未闻："什么意思？"

"生祭，就是一种用以祭桥的方式。有人认为修桥铺路，在某处大兴土木会破坏风水，触怒鬼神，招致灾祸，需在建桥前把一对童男童女分别活埋在桥头和桥尾的桥墩之内，这样既能保证工期平安顺遂，还会使其成为这座桥的守护神。"

"荒诞！"

"没想到，真有人会这么做，真是缺了大德了。不过……"李怀信放下袖子，道，"看石基，这桥已经建了有些年头了，可为什么，那孩子连块皮肉都没腐？"

贞白没答话，尸体不腐有很多种原因，既有方士想出这种残忍的法子，并用在此地，定是有其用意的。按李怀信方才所言，这种生祭一般用于修桥铺路，可天地之大，到处都是道路桥梁，若都采用这种法子，天下早就怨声载道了。而这座河谷之中的桥梁，虽不算小，却也没到大兴土木的地步，所以，此地会用孩童祭桥，必然事出有因。至于这"因"是什么，他们不得而知。而那石桩中的童尸，令贞白没来由地想起了一早。他们跟着铃声追踪到此，可就在他们沉入河底的瞬间，凶铃终止了。

"引路终止？"贞白倏地反应过来，"是就到这里吗？"

火堆里的木枝烧得一声炸响，李怀信挑眉："什么？"

"我们一直跟着凶铃来，那丫头，应该就在附近。"

第三十五章 童尸

河谷的上空，迷障笼罩，不见星宿。

贞白提着一盏以符化成的青灯，照亮方寸小径，沿着崖壁前行。两人都是耳聪目明之人，可这一路走来，周围除了湍急的水流声，一点其他声息也没有，更别说那个戴着凶铃驭尸的鬼丫头。

衣服没烤干，李怀信浑身潮湿，感觉寒气一点点渗进皮肤，直往骨头里钻，他向来养尊处优，从没挨过饿受过冻，现如今，在这数九寒天的野外饱经风霜，加之迷障的余力尚在，本身又伤了根基，摧残得他体力透支。再看那女冠，没事人一样，他实在不好意思表现出弱不禁风的样子，有损男儿气概，虽然这男儿气概早就在刮骨的那天便全军覆没了。

正当他踌躇满志想着如何重振雄风的时候，突然扑通一声，脚下一空，掉进了一个大坑中。他辛苦维持了二十多年的风姿，全因这一摔而毁于一旦，谁挖的坑啊！而且，这女冠明明走在他前头，为什么她没摔？！

是啊，好奇怪，为什么她没摔？因为她走的直线啊，他却东倒西歪地把一条路走得迂回曲折，自己把自己拐到坑里了。贞白在前头还奇怪呢，为什么他在后头不能好好走路，非要这么多花样呢？

好面子的李怀信当然不愿意承认他是踉跄、脚步虚浮、走不稳了。况且，他们还在逮那只小鬼，若他因为体虚而拖后腿实在是有失颜面。然而，逞强的后果往往是，颜面尽失。

贞白将他从坑里扶起来，靠着崖壁坐下，拎起他一只手探脉，隐隐看见他袖口处的手腕有伤口，她撩开他的衣袖细看，是道从手腕蔓延到手肘的新伤，已经被水泡得发白，这种皮外伤于她而言实在是小菜一碟，况且血已经止住，连包扎都没必要。

贞白探完脉，发现李怀信内息耗损严重，挺到现在，已是强弩之末，怪不得意识昏沉了。

李怀信迷迷糊糊地想：就睡一会儿吧，终归要养精蓄锐才行，不多会儿便已昏睡过去。

待醒来时，天色已大亮，而他身处一间陋室中，身边是一堆枯枝烧成的灰炭，只剩零星的星火，升起袅袅热烟。身上的衣服已经干了，残留着被烘烤过后的暖意，他从蒲团上站起身，见四下无人，里壁供奉着一尊神像，经年累月无人翻修，神像的表面已经斑驳掉皮，室内极其简陋，供桌上蒙了厚厚一层灰，连个野果子都没有，更别说香火了。

李怀信看了神像一会儿，没想起来是哪路神仙，只是感觉不大对劲，他寻思了一会儿，便不再琢磨了，迈出陋室，就近寻了一圈，始终不见那女冠的踪影。

他试着喊她，干巴巴地“喂”了两声，无人回应。他穿过林子，走到河边，把脚下一颗石子儿猛地踹到河里，激起层层浪花，他这才扯开了嗓子大喊道：“喂！那谁，白大姐！”

回答他的只有回音，四下连个人影都没有，李怀纳闷了，人呢？

他往回走，走到庙前，负手而立，抬头仰望庙堂破破烂烂的门楣。连个招牌都没有，又建在这荒郊野岭处，这修的是哪个野路子神仙？他抬腿迈过门槛，把方才自己坐过的蒲团踢到供桌前，顺便仔细瞻仰了一下神像。突然他眼尾一挑，这才发觉不对劲之处，这神像两条胳膊托在身前，却没有双手。

这世上有断臂的神像？李怀信快速在脑子里过了一遍，没印象！可能世间天神千千万，他在太行山孤陋寡闻了吧？毕竟在民间，连拜黄鼠狼的都有，拜个残疾神，也没什么稀奇的，说不定这个神仙有什么别样的神通呢。

思索间，他倾身向前，发现神像手肘处的切口平整，似乎是被利器削断的。他心中泛起异样，绕过供桌，一步跨上神坛，仔细端详那缺口。神像本身已经破败蒙尘，刷上去的颜料也斑驳了，让这断臂的切口看上去像是天然的一样。

若不是塑造它的人有意为之，便是后来被人斩断的，李怀信拿捏不准，直起身，绕到神像背后，发现神像背面的脖颈上有一道颈纹，哦不，像是被刀刃划过的缝隙，按理来说，这种细小的缝隙很难被人留意到，问题是那蒙了灰的神像肩头与后颈处，赫然印着两枚指纹……

“醒了？”

门外忽然响起话音，李怀信心里一抖，蓦地回头，只见贞白浑身湿透地走进来，那模样，好似刚从水里爬出来。李怀信难掩讶异：“你上哪儿了？这一身湿的，在水里泡了一宿吗？”

贞白淡漠地答道：“回去水底看了看，那桥墩底下，只有一具女童的尸体。”

那座桥与此处相距甚远，她居然会刻意绕回去，他不禁蹙眉道：“看那个作甚？”

“你不是说打生桩，桥头桥尾会分别生祭一个童男童女吗？可那水底只有桥头有童尸！”

“你……”李怀信没料到她会因为他的一句话而去求证，“这毕竟是邪门歪道，我也只是听说。”还是听冯天那个爱在藏书阁里偷看传奇书籍的家伙说的。因为好奇，冯天还去问过他师父，结果被老头子骂得狗血淋头，说他成天不学好，净钻研那些害人害己的东西，再后来，那本书就被老头子丢炉子里烧了，还趁火势烫了壶酒，啃了一碟鸡爪子。

贞白道：“兴许不是祭桥。”

想起冯天和三师叔，李怀信的思绪溜了会儿号，又仿佛太闲了似的，他也不嫌脏，用手去杵神像的后背，结果那块石膏松动，他伸手一接，就听贞白道：“不然庙里这具童尸有什么意义？以活人祭神吗？”

李怀信猝不及防，视觉和听觉同时受到冲击，他手一抖，那块石膏直接掉在了地上，而他直勾勾地盯着嵌在神像背部的一个童尸的脸。

女冠这话什么意思？她早就知道这神像里头藏了具童尸？

李怀信缓慢又僵硬地把目光从面前的童尸脸上移开，落到贞白身上，像一个突然遭受刺激而反应变迟钝的人，他耐住性子和她理论：“你就不能先告诉我，这里面有一具童尸？”居然让他像探险一样，随手一触，就刨出一具尸体，谁能想到神像里头会藏尸啊，即便他不害怕死人，也受不住这种出其不意的惊吓啊。这女冠倒好，不仅不告诉他，还让他遭受视觉和听觉的两面夹击，方才那一瞬他差点被吓得心脏骤停。

贞白一愣，说："我以为你站那儿，是已经发现了。"

李怀信内心翻涌，咬着牙关，生生忍住了要发火的冲动，他问："你又是什么时候发现的？"

贞白如实回答："昨晚。"

昨晚她把李怀信带到这间狭小僻陋的小神庙，刚走近，就觉察出异样，明明正前方供奉着神像，即便地处荒僻，常年无人祭拜，没有香火，也不该透出一股阴气。神庙很小，只要略扫一眼，室内的全貌便一览无余。这小庙就像被人们遗弃了般，破败简陋，只有一张供桌。贞白观察神像，像是尊观音，但双手被斩断，断臂托在身前，又不像持玉瓶的姿势，更像是抱着什么。思忖间，贞白靠近，触到那缺口，隐约有个猜测，莫非那双手抱着个小孩，这是尊送子观音？她的视线扫过那双空心断臂，发现阴气正是从这双空心的断臂中泄出，贞白绕到神坛后，用沉木剑划开神像的背部……

听完，李怀信内心翻江倒海，终于忍不住爆发了："你昨晚发现的童尸，还把我扔这儿跟它一起过夜？"

"有什么问题吗？"

一句话堵得李怀信半天没吱声，谁让自己不争气给摔晕了呢，人不把他扔这儿难道还要驮着他下水？好歹给他找了个能遮风避雨的地方，还能烤火，容他人事不醒地睡上一宿，还想挑什么理儿？

贞白即便再不善于观人眼色，也看得出来李怀信脾气不好，虽然他嘴上没说几句难听话，但是这一路过来他那横眉竖眼的别扭劲儿，一点不落地全看在贞白眼中。他的脾气格外阴晴不定，有时候她都想不明白为什么，莫名其妙地，怎么这祖宗又不高兴了。贞白想，许是因为伤了要害的关系吧，找到了症结，她便能够理解对方的喜怒无常了。

就好比现在，他又气上了，也不吭声，只在心里较劲，憋得脸色铁青。无论因什么而起，看他一脸想不开的样子，贞白也觉得自己应该有所表示，于是，她从袖中掏出一个钱袋递上。

李怀信拍了拍手上的灰，从神坛上跳下来，莫名其妙地瞥了眼那湿漉漉的钱袋，以为是对方在水里捡到的什么线索，犹豫了一下，用一根手指钩住钱袋的系绳："什么东西？"

“银子，樊家给的。”昨日一收到，她就准备给他了，谁知他当时不在房中。

李怀信蹙起眉，不解道：“给我干什么？”

“你拿去，找郎中看看。”

李怀信手指钩住钱袋晃了晃：“看什么？”

“上次刮骨伤到要害……”

话音未落，钱袋便砸了过来，贞白伸手接住，一抬眼，就看见李怀信那张瞬间变得阴戾的脸。

有哪个女人像她这么不要脸的？！憋了那么长时间的气，李怀信也豁出去了，脸不要了：“你还惦记上了是吧？”

“什么？”

李怀信口无遮拦：“我下边儿。”

贞白怔住了，李怀信对她这个反应嗤之以鼻，干脆打开天窗说亮话：“别惦记了，派不上用场。”

他说：“我一心向道，自小在太行山修行天道，清心寡欲，从没动过那些世俗的男欢女爱的歪心思，往后也不会动，所以，你别惦记了，没用！”

贞白心想：是这样吗？于他而言，这件事根本无关紧要？她也无须惦记着把他治好？

二人心思各异地沉默了须臾，李怀信察言观色，见她眉头微微蹙起，觉得这女冠仍然贼心不死。他的话已经敞亮到这份儿上了，再多说也无益，只要她不耍流氓，或者像昨晚那样，借水下渡气趁机占他便宜……

等等！李怀信灵光一闪，猛地想起什么，瞪着双眼不可思议地看着贞白：“你……你……有呼吸……”

贞白仰起脸，没跟上他跳跃的思维。

李怀信瞳孔紧缩：“昨晚在水下，你给我渡了气？”

贞白缓缓颔首。

“所以你，其实是活的？”无论是魂或者尸，都不可能有呼吸，又怎么能给他渡气？他居然到现在才意识到这点，脑子像被雷击过。

什么活的死的？贞白起初莫名其妙，半晌才忽地明白过来，蹙起眉：“难道你以为我……”

“啊，”李怀信捺下内心的起伏，“你身上阴气那么重，一丁点儿活气都感觉不到，又曾被钉在乱葬岗，我以为什么都合情合理吧。”他欲言又止，“……所以你……是人？被活生生钉在那地方……十年？”

不是荫尸，也不是什么妖魔鬼怪，她竟然是个活生生的会呼吸的人，这让李怀信感觉完全无法置信，因此他一个没忍住，竟把手伸到了对方的鼻端，探她的鼻息。如果不是太过意外，他定不会离她这么近。

贞白微微后仰，避开那只伸过来的手，同时后退了一步。

两人相视而立，李怀信捺下心中的异样，他还是第一次看走了眼，竟连人鬼都不分。

只是这女冠，打从第一次在乱葬岗里见到就没个人样啊，别说他看走眼，冯天不也没认出来吗，当初还是那小子直接把她归类到荫尸的范畴，况且，她是真的很邪门儿，譬如将冥蟒的绿眼珠子塞进自己黑洞洞的左眼眶，然后挺过十几道天雷，又凭一己之力垒起山峦、修补大阵等，都是人力所不能及的，他自然不会以人的标准去看待她。

第三十六章 枣林村

李怀信盯着神像良久："你说，这可能是尊送子观音？"

"对。"

"送子观音却遭人砍了抱孩子的双手，这座庙也被遗弃，无人祭拜，断了香火，而且神像里头还藏了具童尸，意义何在？"李怀信开始瞎猜，"难道是因为有人求子祭拜，观音却不显灵，那人一气之下剁了神像的双手，把那泥塑的婴儿摔了，如此还不解气，就丧心病狂到，给观音的肚子里送了个子，是以讽刺？！"

说到此，他思路一个急转弯，又有另一种设想："抑或是，在泥塑的送子观音身体里塞一个有血有肉的孩子，其实是什么封建糟粕，妄想着以此能让观音显灵？"

贞白蹙眉，觉得李怀信所言不无可能，人人皆有欲念，信神拜佛，亦是有所求，那求而不得，自会心生怨怼，从而走了岔路。当初王六不就是为了救女而不惜以魂养魂，最后落了个家破人亡的结局吗？

李怀信又道："只是，我们发现两具童尸，一具在桥底，一具在庙里，究竟是巧合，还是这两者之间存在某种关联？如果是巧合，那么我之前的两个猜测可能成立，如果不是巧合……"他顿了顿，决定不自作聪明了，轻描淡写地一摊手，"那我就不知道了，毕竟我不擅长害人。"

然后他扭过头，问贞白："你应该比较有经验吧，在这块领域。"

贞白：“……”什么领域，害人吗？

她本不想搭腔，奈何被李怀信两眼盯着，只得无奈道：“兴许跟那丫头有关。”

李怀信没有插嘴，等她发表高见，贞白继续道：“她也是童尸，或者说，尸童。”

仿佛打开了新世界的大门，李怀信蓦地挺直了背，心想：真是邪了门儿了，一个尸童居然一直跟着他，是要干什么？稍等，当初这女冠在马车上怎么跟他说的来着，因为他长得好看？所以那尸童是觊觎他的美色？这不开玩笑呢吗！

李怀信听懂了贞白话里的意思，神色一肃：“有人炼尸？用这些孩童？”

“可能吧。”

“所以那个跟着我的戴凶铃的尸童，就是炼制而成的？”

贞白摇首：“不确定。”她也只是怀疑，具体还需找到那丫头，才能问其究竟。

贞白迈上神坛，将神像后背的窟窿补上，她说：“回来前我四处看过，前面不远处有个村子。”

一个时辰后，李怀信和贞白站在了村口。

李怀信扫了眼刻在石碑上的三个字，轻声念出：“枣林村。”

大概每个地方的地名，都会结合一下当地的文化特色，就像这枣林村的村口，种着几棵枣树，可惜现在不是结果的时节。

贞白望了眼灰蒙蒙的天，自他们跳下崖到现在，她心里就隐隐觉得不对劲，可是哪里不对劲，她一时又说不上来，总觉得好像有什么东西被自己忽略了。

几乎是同一瞬间，两人感应到危险，不约而同地偏过头，相互对视间，一支羽箭以疾风之速，掠过两人的视线，从他们中间穿刺而过。两人的反应出奇地默契，他们回过头，向前迈进一步，肩并着肩，像两柄出鞘的利剑，亮出锋芒，笔直而立。

村口被高高的栅栏围封住，栅栏上密密麻麻缠满了带刺的藤条，像是怕被入侵而严防死守。他们只能隐约从缝隙中看见栅栏后几个移动的黑影，随即就是搭箭的声音，很细微，小心翼翼的，但是贞白和李怀信还是听见了，还有一声低低的呵斥：“谁干的？！”估计是个手残党，还没准备好就拉了弓，结果打草惊蛇了。

不一会儿，又有谁不小心踩到了枯枝，发出咔嚓一声脆响，那位带头的人估计感觉要暴露了，只能先下手为强，所以毫不犹豫地发号施令："射！"

李怀信和贞白刚到村口，就受了万箭齐发的大礼，他还没摸清路数，刚问了句"什么人"，十几支箭便已扎到跟前。李怀信气结，这枣林村是匪窝吗，民风如此彪悍，不分青红皂白就逞凶杀人。

他旋身躲过，从剑匣中抽出雀阴剑的瞬间，剑刃正好迎上一支飞射而来的羽箭，后者哐当落地，待回头，只见贞白纵身一跃，长臂舒展，玄袍飘飞，如展翅的黑鸟，又像泼在空中的浓墨。她以玄袍卷起一把箭羽，洋洋洒洒向栅栏的方向一抛，羽箭在疾风中并成一列，沉木剑横劈而过，利索地切断了箭头，变成几根无首的木枝，飞射出去，反杀式穿进栅栏，只将将穿过一半，不偏不倚，正卡在那几个人的眉心处，只点破了皮。

几名训练有素的村民刚搭上弓箭，此时蓦地一僵，生生拽住了弦，仿佛手指一松，那支无头箭就会捅进自己颅内。有个胆怯的往后一瘫，摔在地上，一脸死里逃生的惶恐样。

贞白步子沉缓，只是刚迈出几步，就听见里面有人惊恐地叫起来："来了！快！别让他们靠近，射箭！把他们射成筛子！去，叫村里人都过来帮忙！"

贞白蓦地驻足。

李怀信朝栅栏里的人喊："你们干什么，守在村口拿路人当活靶子吗，还有没有王法……"正说着，往前大迈一步，刚好越过了贞白。

他前脚刚落地，便踩到一根横在地面的细丝，贞白伸手想拦，却为时已晚，两张织网自左右罩过来，欲将两人拢入陷阱。李怀信正欲跃开，却被丝线缚住脚踝，两人协作挥剑，分别斩断织网与脚下的丝线，但丝线一断，又牵动了另一处机关，一排排利刃自地底扎出，若不是二人反应迅速，恐怕脚底已被捅出好几个血窟窿了。大批从地里刺出的利刃迫使他们步步后退，随即，后方原本看似平整的泥地一经踩踏，猛地塌陷，李怀信简直想骂娘，这真是机关算尽，环环相扣，令人防不胜防啊，果然高手在民间！

随着地面的塌陷，李怀信栽进一个深坑里，下坠的时候半天落不到底，感觉像一口十几米深的井，只是井底没有水，而竖立着几把长刀，刀口朝上。李怀信看清的一瞬，吓出一身冷汗，因为好死不死的，那女冠也紧随着他掉了下来，眼看就要砸在他身上，以他现在的体能，拼尽全力能卡住井壁自保就不错了，若要多承受一个人的重量……

想到这儿，李怀信大喊一声："底下插着刀刃。"然后看准时机，将剑插进井壁的石缝中，整个人就悬空挂在了那里。

与此同时，贞白也稳稳挂在了他的斜上方。

李怀信攥紧剑柄，忍不住骂了句："该死！"

"你怎么样？"贞白问，"还好吗？"

"不怎么样。"李怀信语气不善，"挂在这种地方能好吗！"问的什么废话。

贞白并不在意，说："这些陷阱都是想置人于死地。"

此时，上面传来脚步声，二人抬头望，就看见三颗黑黢黢的脑袋趴在井口，遮住了部分天光。

有人问了句："死了没？"

李怀信气血上涌，大声接话："没死！你们到底想干什么，在村口设下埋伏，不分青红皂白就滥杀无辜。"

井口的人跟没听见他后面的质问一样，"哎哟"一声，道："没死哎，怎么办？"

怎么办？还想怎么办？李怀信翻了个白眼，就听第二个说道："这么深的井，没死也爬不上来。"

第三个很谨慎："不行，你看他们这么掉下去都不死，壁虎一样挂在那儿，万一爬上来了呢？"

第一个表示言之有理，继续问："那怎么办？"

第二个道："要不干脆填土进去，把他们埋了。"

第三个摇头否决："不行，我们费了好大劲儿挖这么深，就是为了防止他们掉下去不死的话还能爬上来，况且，填土不就把刀刃也埋下边儿了吗，还得重新下去布置。"

李怀信听着这几个人合计着要怎么把他们弄死，商量了半天，第一个估计是个蠢货，除了问怎么办之外，就出过一个馊主意，用水淹，被同伴抽了两下脑瓜子："你是不是傻，万一他们会水，能淹得死个屁！依我看，干脆咱们去拎捆柴过来，投井里，再放把火把他们烧死。"

第一个点头如捣蒜："好，烧，烧死。"

第三个道："不必麻烦了，拿弓箭来，我现在就射死他们。"

拟订最终方案，就要开始行刑了。李怀信震惊了，不说行走江湖那套规矩，就是衙门办案，将死刑犯处死也要先定个罪名，这帮刁民倒好，一上来就喊打喊杀。李怀信做妥协状，试图用一种商量的口吻与之交谈："到底什么仇什么冤？我们不过是刚巧路过，大家素不相识，你们就布下天罗地网，要杀要剐的，咱动手之前能先走个流程吗？起码让我们死个明白，这无冤无仇的，是不是我二人贸然到此，犯了村子里什么忌讳？"

第一个人才反应过来似的，把脑袋往井口埋，片刻，稀奇道："呀，老蔡，好像是俩外地人。"

李怀信："……"敢情他们都没看清来者是谁，见人就杀啊，如此凶残，定不是什么纯良百姓。

"果然是生面孔，可这种时候，怎会突然有外地人进来？"

那个叫老蔡的，抓着弓箭，对井里的二人仔细瞧了会儿，犹豫先干掉谁时，第二个人建议道："先杀那个穿黑衣服的，刚刚她那一下子，厉害着呢。"

老蔡的箭对准了贞白，拉弓——

"瞧不起谁？"李怀信突然冷笑道，他拔出伏矢剑，往上一抛，挡掉了那支射向贞白的箭，直击老蔡面门，三人蓦地瞪大眼，作鸟兽散。

趁此时机，贞白回头，向李怀信伸出手："把手给我。"

"干什么？"

"带你上去。"

李怀信用目光丈量他们与地面的距离，却看见一个脑袋小心翼翼地往井口探了出来，他又是一柄剑抛上去，堪堪擦过那人头顶，只听一声尖叫，再也无人敢露头。随即，一黑一白跃出深井，吓得众人连连后退，如临大敌般，纷纷朝二人搭起弓箭，做防御状。

贞白松开手，扫视众人一眼："贫道途经此地，并无恶意。"

有人突然"啊"的一声："是……道士……"

老蔡眼睛一瞪，那人即刻噤了声，怯懦地往后退了一步。老蔡却突然换了脸色，试探道："二位可是修道之人？"

贞白颔首。

老蔡又道："敢问，师承何派？"

李怀信抽出插在井口的两柄剑，低头垂眸，看模样并不打算作答。贞白见状，答道："不知观。"

老蔡思索了会儿，又扫了眼乡亲，大家皆一脸茫然，谁也没听过。

老蔡一笑，露出参差不齐的两排牙，牙齿稀疏，下巴一颗又大又黑的痦子，眼周堆满皱纹，面相精瘦又奸诈，他拱了拱手："是我们有眼不识泰山，还请两位道长见谅。"

李怀信瞥他一眼，收剑入匣，不屑于这种假客套，直言道："你们为何在村口设下埋伏，对我二人痛下杀手？是有土匪抢掠还是有野兽吃人？无论谁来都要置于死地！"

老蔡吞吞吐吐："呃……这个嘛……"

李怀信道："你们把整个村子封起来，布陷阱，打游击，不可能只是防偷防盗这么简单，如此有作战经验，摊上事儿了吧？！"

老蔡顿了一下："不瞒二位道长，其实，我们村子，闹鬼了。"

李怀信蹙眉："所以你们设下陷阱是为了捉鬼？"

"啊！"老蔡点头。

李怀信与贞白对视一眼，漫不经心道："鬼什么时候不怕术法符箓，却怕这些渔网刀剑了，还能往人设的陷阱里跳？"

第三十七章

剖腹取子

农户屋檐下吊着一串串干辣椒和黄玉米，地上几个竹藤编制的笸箩里晾晒着深红的干枣。

一妇人蹲在笸箩前，牵起衣角抓了几把进去，又往嘴里塞了一颗，刚准备起身，抬头就看见了正巧经过屋门前的李怀信和贞白。

妇人鼓着半边腮帮子，一时忘了嚼，她缓缓撑起腰，站直了，目不转睛地盯着这二人。

老蔡快走几步，抬手引路：“道长，就在前面。”

一个梳着羊角辫的小孩从屋里蹦跶出来，扑到妇人腿边，刚喊了一声“娘”，就被妇人捂住了嘴。妇人衣摆兜住的干枣撒落一地，她惊恐地抬起头，正好与侧过脸来的李怀信目光相撞，她打了个哆嗦，仿佛那一眼就能索她命，她抱起孩子就跑进屋，关门插闩，慌张中还踩扁了两颗大枣。

李怀信莫名其妙，这是被吓着了？他有这么可怕吗？

随即，迎面走来一位挑水老汉，看见他们，他原本往前迈开的步子急速退缩，脚下一慌乱，水桶就开始左右打晃，老汉几个踉跄摔倒在路边，水泼了一地一身，手忙脚乱地去抓扁担和木桶。

老蔡箭步上前，压着声音讲：“慌什么慌！”

老汉抱住扁担，畏畏缩缩地指向贞白二人：“他……他们……”

“路过的。”老蔡道，“你赶紧回去洗洗吧，裹得一身泥。”

“哎哎哎。”老汉连连应下，拎起水桶挨着路边儿遁走了。

李怀信觉得奇怪，靠到贞白身侧低声道：“这些村民，似乎很怕我们？”

贞白颔首，轻轻“嗯”了一声。

老蔡笑着解释：“大家就是比较怕生。”

怕生？若说有一两个村民因为性格使然而害怕生人尚能理解，可这一路走来，每一个见到他们的人都露出了害怕的神色，也未免太蹊跷了。

不多时，他们来到一家农舍前，老蔡让他们稍等片刻，他先进去跟人打声招呼。

老蔡进去后，李怀信打量着这简陋的院门，这才有机会开口：“看样子，整个村子的人几乎都很怕生，难道他们在村口设下陷阱，甚至封村，是为了防止生人入内？”

贞白摇头：“没那么简单，这个村子，有古怪。”

“你也这么觉得？”

贞白与其对视，缓缓道：“他们每个人身上，阴气都很重，就像……”

话说到一半，老蔡迎出来：“两位道长，进来吧，那什么……方强因为伤心过度，情绪还很不稳定，我刚刚已经跟他说过了，就请你们看一眼，看一眼咱们就出来，别过多打扰，免得……刺激到他。”

说着三人穿过小院，李怀信欠身迈过门槛，辗转进入卧房，一股腥气瞬间扑鼻而来。李怀信蓦地蹙眉，抬手掩住口鼻，室内窗扉紧闭，空气不流通，气味很难散出去，加上这屋子背阳，又未点灯，即便白日里，也显得格外阴暗。桌子旁坐着一个男人，身子正对卧榻，一动不动，甚至没有抬头看一眼进来的三人，只是双目发直地盯着卧榻，像一尊砌在椅子上的石雕，无知无觉。他的手边放着一盆血水，里面浸着一条染红了的布巾，散发出腥气。

他怔怔盯着的，是躺在卧榻上的女人。那女人双眼大睁，布满血丝的眼球几乎整个凸出来，嘴巴张开，呈尖叫的情态，而她短衣堆叠到胸口，袒露着的肚皮上，赫然有一道被缝合的长疤，蜈蚣一样歪歪扭扭的，一针一线勒着深红带血的皮肉，缝合粗糙，看上去狰狞极了。

这画面令人极度不适，哪怕在村口时老蔡已经对他们讲述过，但此刻亲眼看见，还是过于血腥了。

贞白走到榻前，手刚朝女尸伸过去，桌边的男人腾地站起身："别动。"

贞白顿住，男人喃喃道："别动……别动他们……"

男人眼神呆滞，依旧直勾勾地盯着卧榻，行尸走肉般地说："别动他们娘儿俩。"

贞白缓缓收回了手。

老蔡在一旁朝她摆手，小声示意道："走吧。"

出了小院，老蔡才道："就是这样，你们刚才也看见了，咱们村子，是真的闹鬼了。前天晚上，方强一回到家，就见他怀胎八月的媳妇儿被开膛破肚，血淋淋地躺在那儿。"老蔡指了指院角的一口石磨，心惊胆战地说，"当时地上全是血，他媳妇儿肚子都被掏空了，孩子……孩子也不见了，当时把方强给吓傻了，到现在都没缓过来。我们劝他把他媳妇儿入殓，他死都不肯，谁都不准碰，尸体就这么摊在房里，你说，这怎么能成呢？"

李怀信瞥见石磨旁的一大摊血迹，道："你们就没怀疑是凶杀？"

"怎么没怀疑过，可那肚子不是被刀剖开的啊，是生生被人撕开的，谁有这么大力气？而且这已经死了第二个了，第一个是东杨家的媳妇儿，被撕开的肚子旁还有五根手指印，两人都是被开膛破肚，取走了胎儿。咱们村，总共就三个妇人有孕在身，那赵家媳妇如今怀胎还不到五个月，已经被吓病了。"

看伤口，确实不是被利器剖腹，李怀信有意试探道："或者是野兽呢？"

"什么野兽专吃人肚子里的胎儿？况且，方强媳妇死的那天晚上，隔壁邻居家的老人听见有动静，还走出来瞧过，老人家毕竟年纪大了，行动不便，好一会儿才拄着拐杖走到门边，说是看见一个披头散发的女人从方强家离开，不多会儿就没影儿了。老人家在门口站了没多久，方强就回来了，结果看见他媳妇儿惨死在石磨旁。

"更奇怪的是，事发第二天，东杨家的媳妇儿和方强他媳妇儿敞开的肚子，都被神不知鬼不觉地缝合了。"

李怀信听到此，才觉得有些玄幻："那伤口难道不是被家人缝合的吗？"

"不是，家里人谁都不知道，方强家就他们两口子，这刚要添丁，谁料出了这么个事儿，他哪里会拿针线啊，要缝合肯定要请人帮忙的，结果他失魂落魄了一晚上，第二天就看见自己媳妇儿的肚子居然被缝合了，又狠狠吓了一跳。村里人都觉得，是那个来取走孩子的女鬼回来做的。"

“女鬼？”贞白忽地联系到昨日，便问，“出村口往前十里，是否有座送子观音的庙宇？”

老蔡愣了一下，没反应过来，正说着女鬼索命呢，突然扯什么送子观音庙，但还是下意识地点了点头。

“那座庙似乎已经荒废了，经久无人祭祀，为什么……”

贞白还未说完，李怀信突然插话：“出了这种事，你们何不去庙里拜拜，毕竟那是送子观音，专门庇佑子孙的。”

老蔡似乎才反应过来，脸色一变，又极力想要表现得若无其事，他面部肌肉僵硬地绷着，说：“啊，这个，求神拜佛有什么用，我们村子现在都不信奉神灵的。”

李怀信见缝插针地问道：“现在不信奉神灵？那就是说以前还是信奉的吧，为什么突然不信了？”

“以前……也不怎么信。不是，二位，如果求神拜佛有用的话，我们就天天跪在神龛前磕头了，还请你们进村做什么，没必要啊。”

李怀信赞同地点点头：“言之有理，不过，我们昨晚借宿在送子观音那座庙里，发现……”

李怀信故意拖长尾音，卖起关子来，老蔡一脸紧张地追问：“发现什么了？”

李怀信不动声色地瞥他一眼，继续说道：“发现送子观音的双手被人砍了，怀里抱着的婴儿也不见了，你说奇怪不奇怪？我们一进村，又遇上村里的孕妇发生命案，被生生剖腹取子，难道是巧合？”

闻言，老蔡惊愕地张大了嘴。

李怀信继续忽悠道：“可能是巧合吧，两者之间不一定有什么联系，不过，谁人竟敢糟蹋亵渎神灵，就不怕神灵降罪吗？”

老蔡整张脸都白了：“神灵降……降罪？怎么降罪？”

李怀信吓唬他：“估计啊，是你们砍了送子观音的双手，又抢了她孩子，惹得天神发怒，遂降罪到村里，剖腹取子，断其后代。”

老蔡吓得双腿微微打战，连连摆手：“不是我们砍的啊，不关我们的事。”

“不是你们是谁？”

老蔡吞吞吐吐，直接绕过这话头：“这……不应该是女鬼作祟吗，菩萨即便发怒，也不该迁怒于我们村子啊，而且这般残忍，怎会是神灵所为？”

“哦，也对，我就是随便说说，菩萨向来慈悲为怀，别说砍断双手，你们就是把她的金身砸个稀巴烂，她也不会因此就滥杀无辜的。”李怀信顿了一下，又道，“只不过，若是村里人犯下了杀孽，可就是要遭天谴的。”

“杀孽？没有啊……”

“怎么没有，刚刚在村口，我们若是没点儿能耐，早就死这儿了，更难说之前有没有其他人枉送了性命。”

“没有没有。”老蔡连忙赔罪道，“实在对不住，因为这个事，村子里人心惶惶，都怕极了，我们也是不得已才出此下策，是我们鲁莽了。”

如此训练有素的埋伏坑杀能叫鲁莽？还真会给自己开脱啊！李怀信不动声色，默默打量了老蔡一番，又把话题拉回去：“既然没造杀孽，自然不会遭天谴，只是那送子观音像，很是邪气啊。”

老蔡直愣愣地盯着李怀信：“什……什么意思？”

“明明是尊送子观音，看上去却好像一尊邪神，是不是曾经被人动过手脚？”

“邪……邪神……”老蔡倏地打了个战，“不……不知道啊。”

李怀信别有深意地“哦”了一声：“是不知道，还是一时没想起来？”

老蔡被他盯得后背发毛，出了一手心的冷汗，他在裤腿上抹了抹，硬着头皮说道：“真不知道，那什么，天色已晚，要不我先带二位安顿下来，之后的事，咱慢慢再说。”然后逃避似的，也不管他们答应与否，自顾自带路去了。

李怀信盯着老蔡走出院子的背影，嘀咕道：“问他几句话，就好像被我刁难了似的。”刚要大步跟上，又拐到了贞白身侧，带些责怪的口吻说，“刚才要不是我拦着，你打算一五一十地跟这种人聊吗？”

贞白不明白：“哪种人？”

“你是缺心眼儿还是没眼力见儿，这人一看就是个奸诈之徒，最擅长虚与委蛇，你要想直来直去地把事情问明白，他能蒙得你三天三夜找不着北。”

贞白素来直接，确实来不了方才李怀信诈供唬人那一套，但也不至于被人蒙得找不着北，她并不愚钝，会有自己的判断，不是谁说什么就信什么。她抬起眼，盯着与他们拉开了一段距离的老蔡，缓步跟着，稍一侧目，就看到李怀信的脸，这人的反应相当敏锐，想必也是察觉了什么，否则不会连她说句话都要谨而慎之地打断。

贞白道：“所以你才吓唬他？”

李怀信偏过头，目光扫过旁边的水田，轻飘飘落在贞白脸上："没吓唬他，我就是试试，若他心里没有鬼，说到送子观音能吓成这副德行？还敢说他不知道？！"

"应是有所隐瞒，不过，那个女人死得的确奇怪，她的肚子里，有股怨气。"

李怀信不经意踢飞了一颗石子儿，落进水田里，咕咚一声，溅起水花，他脚下一顿："肚子里有怨气？"

"对。"

光凭这句话，他已经脑补出一段鬼胎撕开母亲的肚子，跳出母体为祸人间的场景了。

第三十八章 地道

屋舍破败简陋，一股尘土腐朽的气味，李怀信一时没忍住，挑剔道：“这是人住的地儿吗？”

老蔡尬笑道：“二位见谅，我们村就这条件，只能凑合着住了，一会儿我给你们打扫打扫。”

贞白扫了眼挂着蛛网的房梁，潮湿的青瓦长满了青苔，问：“这屋子常年没有人住吗？”

“哎。”老蔡应道，从桌子底下拎出木桶，边说边往院外的井边走，“这是我大姨父家，他们都搬走了。”

李怀信站在屋外不肯进，随口问道：“搬哪儿去了？”

老蔡把绳子绑在木桶上，打了个活结，闻言，手上的动作停滞了一下才把木桶扔进井里，拽着绳子答：“搬城里去了呗。”

“哪个城？”

老蔡犹豫了一下，伏在井口抬起头：“你打听这个干啥，他们都二十年没回来了。”

李怀信掸了掸衣袍上并不存在的灰：“随便问问。”

老蔡拎着半桶水进屋，路过他身边时说：“没什么可问的，去城里过好日子了，不会再回来的。”他迈进门槛，扯下梁上一块抹布，重复道，“永远都不会回来了。”

李怀信侧过身去，盯着老蔡拧干抹布上的水，去擦桌上那层厚厚的灰。

夜里起了风，拍打在窗棂上，嘎吱作响。

李怀信和衣躺在床上，枕着手臂，双目紧闭，像是睡着了。这时突然有一个黑影闪进房中，悄无声息地朝床榻边靠拢，然后像根木桩似的立在那儿。须臾，一只苍白的手伸向他，他倏地睁开眼，对上一双深邃而明亮的眼睛，在黑暗中似乎发着光。那人近在咫尺。

“你……”

贞白“嘘”了一声，苍白的手摁在他肩头。

二人都心领神会，扭过头，盯着窗外一闪而过的暗影以及被风吹得浮动的桑树枝的影子。

一截细小的竹管捅破纸窗插进来，吹进一股迷烟后，又自以为神鬼不觉地抽了出去。

李怀信凑近贞白，道：“有人做贼。”他声音很轻，贴在贞白耳郭处，呵出的阵阵热气，轻扑在贞白脸上，“先别轻举妄动，看看他们想要干什么？”

贞白颔首，李怀信便重新躺了回去，手抚上剑匣，指尖无所事事地摩挲着那鹤冠上的红宝石，静听屋外的动静。外面的声响几不可闻，依稀传来细微的搬动声、洒水声，似乎有人要将整个屋舍围困起来。

李怀信吸了吸鼻子，闻到一股浓烈的酒气，随即，蹿起大火，瞬间将室内照得仿如白昼……竟然想烧死他们！

老蔡鬼鬼祟祟地站在院外，一个劲儿地挥动袖子指挥，做贼似的用气音低喊：“快，快点，别磨蹭了，都出来，那个谁，你还举着火把干什么，扔进去！”

那人在奔跑中猛点头，一甩手把火把扔了出去。火把在空中划出一道抛物线，砸开了虚掩的窗户，恰巧照亮了窗边一个人的脸，那人正勾着嘴角，嘲讽地笑。

这笑在火光中，差点闪瞎老蔡的狗眼，他惊悚地打了个战，就跟活见鬼似的。

随即木门从里面被一脚踢开，本就老朽的门板直接倒塌，发出轰的一声巨响，两扇门板压住熊熊燃烧的火堆，为屋内的人铺出一条生路。

外面的人吃了一惊，就见一黑一白两个人，并肩踩在木门上，从容地迈过烈焰。

迷烟难道没起作用？众人吓得往后退，老蔡第一个反应过来，白着脸，强辩道：“走……走水了，我……我们是来救火的，对，救火。”

一帮人忙活了大半夜，在房子周围又是架柴又是洒酒，事实摆在眼前，居然还敢睁着眼说瞎话，简直把他俩当傻子。

李怀信弯起嘴角，和颜悦色地笑道：“那还愣着干什么，去救啊。”

那笑容真好看，却瘆出了老蔡一身冷汗，他忙使唤一群纵火犯去救火。一堆人冲到井边，井口只放着一只木桶，大家手忙脚乱地用这个木桶打上来一桶水，再由两三个人协作抬起来，浇进火海中，跟闹着玩儿似的，敷衍极了。

李怀信抱臂看戏，漫不经心地对老蔡道：“我们特别不好对付吧？”

“啊？”老蔡一脸蒙。

“射不死，烧不死，一点都不好杀。”

老蔡慌道：“不是……”

“还演呢，眼看在村口整不死我们，就改变策略，把我们诓进村来，想半夜三更一把火把我们解决了。怪不得把我们安顿到这个破地方，烧的是你大姨父家的房子，烧光了也不会心疼。可是为什么呀？就非得弄死我们吗？”李怀信说道，“咱们素不相识，无冤无仇的，你们冲什么呀？”

闻言，老蔡的脸色阴晴不定，嘴唇翕动，还未吐出一个字，就听见远处有人呼救：“救命啊，来人哪，救命啊。”

所有人都回过头，老蔡一拍大腿，急匆匆就往外跑：“不好，出事了，赶快回去。”

一群人蜂拥地往回赶，也顾不得身后的大火和李怀信二人了。

呼救的人慌不择路，脚背钩到一根枯藤，直接朝飞奔而来的众人跪了下去，双膝恰巧磕在石子儿上，疼得龇牙咧嘴，老蔡连忙搀住他：“怎么回事？”

“方强这小子疯了，要闯地窖，给他妻儿报仇，我根本拦不住，被他抢了钥匙去。”

“什么？！”老蔡脸色大变。

那人气喘吁吁：“结果门一打开，那东西就蹿了出来，逮着方强就咬，把耳朵都吃了，流了好多血，快，去救他……”

老蔡怒骂："这个白痴！"然后带着人风风火火往前冲。

李怀信与贞白紧跟其后，远远就听见一声凄厉的惨叫，到现场一看，方强正捂住左耳，侧脸血肉模糊，鲜血不断顺着他的脖子流进领子里，把胸前的一大片布衣都浸红了。他右手握着一把镰刀，正朝一个蓬头垢面的女人疯狂挥舞，最后一下砍在了女人的肩头，女人身形微微晃了晃，扭过头，张大嘴，露出两排血红的牙齿，狠狠咬住方强的手臂，脖子往后一仰，生生撕咬下一块肉。

方强惨叫连连，镰刀脱手，女人猛地扑向他，仿佛猛兽一般，双手屈指成爪，尖锐的指甲如利刃般插进方强的肩胛。

众人见此场景，瞠目结舌，猛地刹住脚步，心惊胆战地不敢冒进，突然有人惊呼了一声："强子。"

方强歪着头，脸色惨白，浑身是血，令人触目惊心，他的目光有一瞬间恍惚，神志不清地张了张嘴，那口型，似乎在说："报应！"

老蔡看清那口型，脸色倏地变了。

就在女人即将咬断方强咽喉时，李怀信目光扫过地上的一颗石子儿，脚步轻巧一踢，石子儿飞射出去，正好打在女人的门牙上，她脑袋后仰，拽着方强连退数步。贞白趁机袍袖一扬，并拢的指尖夹出张符箓，朝女人的面门掷出，符纸裹着劲风，贴在了突然抬头挡住女人的方强后脑勺上。方强整个人如同失去重力，被那蓬头垢面的女人拉扯着，踉踉跄跄地摔进一个石洞中。

贞白和李怀信毫不犹豫，紧追而入。

事情发生得太快，老蔡蓦地反应过来，大喊："快，把石门盖住，锁死！"

惊魂未定的众人闻言，蓦地回过神来，极个别村民犹豫道："可是……强子被拖进去了。"

老蔡疾言厉色："都那样了，被拖下去，肯定是活不成了，难道要让全村的人都跟着遭殃吗，正好那两个道士也一起跳了进去，不必我们再费力气，快点，赶紧封起来！"

众人立即蜂拥上前，推上石门，缠紧铁链落锁。老蔡仍不放心，指挥道："再搬几块大石过来，把出口堵死了，不能让他们活着上来。"

待做完这一切，老蔡那绷紧的神经才微微松懈下来，他摸了摸额角的冷汗，想起方强最后脱口而出的两个字，叹息一声，怅然道："为了整个村子的太平，只能牺牲强子了。"

地道冗长漆黑，一路往下倾斜，因为洞顶低矮，李怀信和贞白二人必须躬身前行。

空气中混着血腥气，贞白化了盏青灯照明，脚下和周遭都是潮润的泥土，地面凹凸不平，应是人工开凿的。

前方一段有凿开的狭口，里头隐隐传来奄奄一息的低喘痛吟，两人伏低身子钻进去，便看见地上长长一串被拖拽出来的血痕，石壁上留有血手印，仿佛有人想要拽住什么，却终究徒劳地被拖往最深处。

走过这段窄缝，地道逐渐开阔，起码以李怀信的个头，能够勉强直立了。他们脚步加快，听得深处传来一声大叫，伴随着某种咔嚓声，还有不似人类能发出来的咕噜声。因为相距甚远，光照不见，贞白只能听声辨位，掷出一张符箓，许是击中了目标，那东西发出咯咯怪叫，在漆黑中逃窜了。

待二人赶到时，方强奄奄一息地躺在地上，一只手臂向后折成扭曲的姿势，骨头被掰断了，浑身好几处地方被撕咬下肉来，血流不止，那血从他身下一直蜿蜒成细流，流到贞白脚下。贞白蹲下身，用手去捂方强脖子上那处被撕咬的伤口，血管爆开了，鲜血涌出来，浸过贞白的指缝。

方强抽搐着，浑身痉挛一样，发出咕噜咕噜的声响，好似喉咙里溢满了血水，堵到了嗓子眼儿。

李怀信环顾四周，这是一间方室，室内分别开出三条通道，从地上的脚印判断，那个披头散发的女人是从右边最近这条地道逃遁的。

李怀信回过头，扫了眼方强以及贞白那只按在其脖颈上的手，理性地下结论："他没救了。"

方强喉咙咕噜着，像一个即将溺亡的人，被洪水淹没了口鼻，瞪大血红的双眼，垂死挣扎。他艰难地抬起另一只手，像抓住救命稻草般，紧攥住贞白一角袍袖，张了张嘴，似乎想要说什么，却终究没能发出声音来，一阵剧烈的抽搐过后，他头一歪，直接断气了。

李怀信从他最后的口型中分辨出，他似乎说了两个字："报应。"

李怀信蹙起眉，突然想起什么，开口："白日里你说这个村子有古怪，是哪里古怪？"

贞白盯着自己一手的血，拈起死者身上难得一块干净的衣料，轻轻擦拭道：

“他们每个人身上，阴气都很重。”

闻言，李怀信心道：果然。

贞白擦着指缝，波澜不惊地补充道：“就像……每天跟死人同吃同住一样。”

李怀信被这个设想搞得一阵恶寒，这话颇有含义，他也算是顶聪明之人，立即反应过来：“你的意思是，这村子里的人有可能养尸？”

贞白点点头，她说：“整个枣林村阴气极重，确实是块养尸之地。”

李怀信道：“那就怪不得要封村排外了。”

而且，方才在村口，当村民发现他们道士的身份时，脸色各异，惊恐者有之，憎恶者有之，最后都在老蔡的假客套中掩盖过去了，老蔡甚至还刻意问起师承，李怀信难辨对方的态度是敌是友，遂没有回答。因为他当时就已经发现，不是一两个人有问题，出来伏攻他们的所有人都满身荫尸气，再进到村里，妇女小孩皆如此，甚至个个儿都惧怕他们，让人不往这方面想都不行。

若真如此，那老蔡所说的村子里闹鬼，就透着一股自导自演的味道了。

“只是，整个村子都养尸的话，这也太瘆人了。”

贞白已经擦干净手，站起身时，被李怀信嫌弃了一句：“你还真是百无禁忌，什么都要上手碰一下。”

她并不介意，只道：“咬死他的那具女尸，似乎是被关在地下的。”

李怀信蓦地想起来：“刚才听呼救那人所言，这个方强，抢了钥匙闯地窖，是为给妻儿报仇，难不成，他妻子被活生生剖腹取子，是这具女尸所为？而村子里的人应该都知道，遂把这具不受控制的女尸关在地窖？我们追去看看。”

两人循着血迹走入地道，没走几步，那些印迹就淡到无迹可循了，前路却仿佛没有尽头般，一直延伸，差不多两里之外，遇上一个分岔口，他们对视一眼，很有默契地拐入了左道，然后就像进了迷宫一样，随处都是岔路，地底四通八达，弯弯绕绕，绕得李怀信差点怀疑人生，忘了来时路不说，连方向感都迷失了。

他站在一个三岔口，已经疲于选择了，没想到自己居然会被困在这种地方：“什么情况？这些人在村子底下挖迷宫吗？你分不分得清楚，这走的究竟是什么路线？”

贞白道：“路形杂乱无章，似乎没有任何规律。”

李怀信气笑了：“也就是这些村民成天闲着没事，随便挖的呗。”

若是阵法还容易破，可遇上这种毫无规律、纯属胡搞的，真能把人为难死，因为什么专业技能和聪明才智在此都发挥不了作用，好在这些村民没有设下机关暗器。

就在此时，右前方响起窸窸窣窣的声音，二人毫不犹豫，循声追去。只见那蓬头垢面的女尸，此时也正像只无头苍蝇似的在地道里乱窜，正好与赶来的他们打个照面。贞白掷出一道镇尸符，远远地贴在其额头，女尸则保持着原地踏步的姿势，被锁在了原地。

李怀信刚上前两步，又蓦地驻足，那女尸身上的腐臭隔着两米都能闻见，头发脏兮兮的结成柳条状挡住了大半张脸，看不清颜色的衣服前襟全是一团团晕开的黑血，满身泥垢，仿佛刚从地里爬出来一样。

贞白走近，将女尸从头到脚打量一遍，最后停在其松松垮垮的衣服上。这衣服过于宽大，与女尸纤细的身形极为不搭，若不是穿了别人的衣服，就是……

贞白暗忖，以剑挑开女尸衣衫的下摆，只见她肚皮上赫然有一道丑陋无比的疤痕，缝合粗糙，与方强媳妇儿肚子上的那道如出一辙。

李怀信一愣："竟然……也是身怀六甲被开膛破肚了。"

贞白皱紧眉头："为什么要这么做？"

"有果必有因，童尸、送子观音、剖腹取子，再到这具女尸，不可能只是巧合。"李怀信想起方强临死前说的那句"报应"，估摸道，"养尸本就有损阴德，再搞出这些丧尽天良的事来，确实要遭报应的。"

藏着这么多不可告人的秘密，怪不得这村里的人千方百计要置他们于死地。

第三十九章

你们出不去了

在地下兜兜转转，为避免重复绕路，每走过一条通道，李怀信都会在入口的石壁上刻下三道剑痕。在屡次刻痕的时候，他发现地上有一些碎石，散乱地堆放着，但总会有一块棱角分明的石头嵌在角落的一处凹槽中，位置隐秘，难以发觉。石头的大小、形状各异，看似没有规律，但仔细观察就会发现每一块嵌在凹槽处的石头都是一头大一头尖的形状，李怀信每在一处刻完剑痕后，都会拎起一块石头细瞧，发现有些石头有专门凿成尖端的痕迹，像极了指路的箭头。他不禁勾起了嘴角，晃荡了一宿，总算让他发现了关窍，这九九八十一绕的地道，若没有指引，就算是当初开凿的村民也难出得去，总归是要给自己留路标的，只是以防万一，这路标必须隐秘。

心下有了判断，李怀信二人便顺着石头尖端所指的方向走。

途经一条通道，极其潮湿，石壁的缝隙中渗着水汽，生出了大片青苔，贞白贴近墙根细听："有水声，应该是靠着河道。"

随即地道拐了个弯，往另一处延伸，再往前走二里，出现了一处略微宽敞的方室，面积足以容纳上百人。

李怀信觉得奇怪，却又说不上来，谁会吃饱了撑的，没事在地下挖这么一个错综复杂的迷宫，面积几乎覆盖全村，如此庞大的工程，没个十年八载根本完不成，枣林村村民如此费时费力挖这个地道，究竟为什么？养尸吗？但他们转悠了一宿，这底下除了那一具女尸，连只苍蝇都没有。

良久，前方飘来一股血腥气，二人凝神戒备，走近了才发现，他们已经绕回了入口处，方强躺在地上，身上、地上的血迹都已经干透。然而，入口已经被人封死，李怀信用力推了推，石门纹丝不动，仿佛外面顶着千斤巨石。

李怀信震惊了："难不成，昨夜闹那一出，也是这帮刁民设下的圈套，就为把我们引入这里，再封锁出口？"他越想越觉得不可思议，"太险恶了，真是无所不用其极啊！"

贞白手撑住石门，暗暗使力，闻言道："应该不是。"毕竟方强遇害，看村民们的紧张程度，不似装出来的，而从他们的反应来看，确实是出乎意外，并不像是一个刻意设下的圈套。

李怀信向来小肚鸡肠，无论是与不是，都跟这帮三番两次想害死自己的村民计较上了，他说："就算不是，也险恶！"

石门在贞白的掌下晃了晃，发出铁锁清脆的声响，李怀信瞥她一眼："力气挺大。"

贞白不语，后退几步，将沉木剑猛地插入石门，轻而易举地，外面的铁锁哐当断裂，啪嗒掉地，石门从剑锋处蔓延出一道裂纹。

李怀信怔了一下，看着她抽出那柄能刺穿石壁、削铁如泥的沉木剑，起了浓浓的兴趣："哎，你这柄是沉木剑啊？"

"嗯？"

"木剑即便开刃也不可能这般锋利，你这柄居然比那些在剑炉中经过千锤百炼的宝刀宝剑都厉害，我之前还当你是太寒酸……咳……那个，当你是没有趁手的兵器，才拿木头随便削了一把。"

"不是普通的沉木。"贞白回话间，伸手抚上石门裂纹处，用力一推，整个石门瞬间分崩离析，然而石门外头还堵着两块大石，被倒下的石门推移出去些许，露出一道手掌宽的缝隙。

天光从石头的缝隙中刺进来，有些灼眼，李怀信抬手扇了扇飞扬的尘土，觉得有点呛，但心思还在木剑上，他说："我看看，怎么个不普通？"

贞白把剑递给他，接着踩在碎石上，去推那两块堵住洞口的大石，随口答道："就是那根将我封印的原木。"

闻言，李怀信握着木剑的手一沉，想起那根钉住她身体的木枝，在乱葬岗时还吸过他的血："你……"

大石被缓缓挪开，到一人能过的距离，贞白直接探身出去，下一秒，却蓦地愣住了。

李怀信握紧木剑，也探身出洞："你居然用它来做剑，心真大……"话说到一半就打住了，他看见不远处躺着四五具血肉模糊的尸体，仿佛被豺狼野兽啃噬过一样，脸和身体被撕咬得面目全非。

贞白沉声道："昨晚出事了。"

李怀信冷哼一声："走吧。"转身便往村口方向走。

贞白叫住他："不管吗？"

李怀信心里还有气："不管，一帮险恶之徒，自作孽不可活。"

"等等。"

"还要我以德报怨是吗？"

贞白上前，欲从他手里取回沉木剑，嘱咐道："你在村口等我。"

他却攥着剑柄不撒手，贞白不解地看着他："嗯？"

李怀信拉长着脸，对视间，恨恨地松开手，掉头就往村里走去，还找了套托词，给自己铺台阶："我只是怕你跑了。"

贞白："……"她若真想跑，他如今这副倒霉样能拦得住？

李怀信走出老远，感觉人没跟上来，转过身，见贞白仍旧立在原地，没好气道："闲事又不想管了是吗？"

农舍内，妇人死死抵住门板，用尽全力守住最后一道防线，外面一下一下仿如重锤，撞得她几度踉跄，她瘦弱的身板就像这扇经不起敲打的木门，已难以维系。

冷汗簌簌淌落，松乱的发丝贴在脸颊耳根，即将绝望之际，她盯着躲在米缸里瑟瑟发抖的小孩，又再次撑起腰杆，只是，长久的支撑，已经让她脱力。

撞门仍在继续，砰，砰，砰，一下一下，不厌其烦……

终于，门被狠狠撞开，妇人被大门猛力一顶，匍匐在地，她惊恐地回过头，见一具行尸扭动着，睁着死鱼肚般的灰白瞳仁，喉咙里发出拉风箱般的低吼，龇着带血的獠牙，猛地扑向她……

妇人惊叫着睁大眼，以为死到临头，突然，一道剑光横闪而过，一瞬的停滞过后，行尸的脑袋咕咚掉地，滚至角落，继而无头的身体一歪，倒在地上。

妇人劫后余生，满脸的泪水混着汗，瘫在地上，战战兢兢地盯着那个执剑之人。那人站在逆光下，青丝泼墨，白衣无瑕，恍如神祇降世，救世人于危难。在妇人怔怔的目光中，那神祇只字未吐，提剑转身，迈下台阶，与一个等在院中的黑衣女冠，肩并着肩，脚踏凡世尘埃，走在天光之下。

数十家农户的大门及栅栏被推倒撞坏，仿佛遭遇过一场抢掠杀戮，现场一片狼藉，满地血迹。

不远处，二十几个人和七八具行尸战作一团。其中一个村民手里握着长刀，毫无章法地乱砍，被行尸狠狠一撞，趔趄摔倒，行尸再向前一扑，二者就在地上扭打起来，那人拳脚相向地乱挣一番，好不容易挣脱出来，却被行尸一把钳住了脚踝，他蹬掉棉布鞋，一个劲儿地往前爬，在地上哭爹喊娘地乱叫，裤子都被扯到了膝盖，也顾不上拽。好不容易摆脱掉行尸的钳制，他爬起身准备狂奔，却被褪至膝盖处的裤腰绊了一跤，结结实实地磕在了旁边的磨刀石上，磕掉两颗门牙，再抬头，满嘴的血。还没来得及喊疼，又一具行尸扑了过来，他抡起磨刀石狠狠地砸上其脑门，无奈又有另一具行尸扑过来撕咬他的肩膀，他耐不住那巨大的疼痛，手上一松，磨刀石直接砸在了自己脚背上，那倒霉蛋惨叫连连。

老蔡蹬开一具行尸，扭头看见旁边的同伴被咬的惨景，他赶紧绷直手上的麻绳，冲过去勒住行尸的脖子。那行尸被死命往后拽的同时，生生咬下倒霉蛋手臂上一块肉，叼在嘴里，淌着血。

倒霉蛋瘫坐在地上，嗷嗷大哭，泪眼蒙眬地看着面前的人尸大战，还有被咬断了脖子的乡邻，鲜血喷溅着，像一只羔羊般被行尸叼在嘴里，一口一口地嚼碎了骨头，和着血肉吞下去。

眼前一片猩红，他崩溃地趴在地上喊："救命啊。"嗓子却像被塞子堵住了一样，几乎喊不出声来，他的眼泪鼻涕一起涌进嘴里，哽咽到几乎窒息："救命啊，谁来救救我们吧……"

他艰难地撑起身，跪在地上，面向一院子厮杀的行尸，重重磕头："放过我们吧，求求你们了。"一直磕到额头都破皮了，他抬头望着青天，又是重重一磕，"老天爷，救救我们吧……救救我们吧……"

待他再抬头时，就见一黑一白两道身影如旋风而至，长剑扫过，在空中交错擦肩，恍若浮光掠影，将七八具行尸尽数斩杀。

所有人都回过头，呆呆地望着二人，然后精疲力竭地跪了下去，脚边还躺着几具身首分离的尸身。

老蔡愕然睁大眼："是你们……竟然……"

李怀信居高临下地俯视他："很意外吗？"

老蔡的双手开始抖，因麻绳缠得太紧，在不断用力拉扯间，将手掌勒得变了形，他颤巍巍地解开缠绕的麻绳，只见掌心豁开了一道口子，嫩肉外翻，但相比身上其他的伤口，这根本算不得什么，只是费尽心机才好不容易把这俩道士困入地道，竟然还是让他们活着出来了，他大失所望："啊，是啊，白忙活一场。"

闻言，李怀信气得差点一剑抹了这厮脖子，他刚刚出手救了他们数十条性命，这人不言谢也就罢了，居然还敢说白忙活一场，他怎么救了这么个天打雷劈的玩意儿，给自己添堵。

他转向贞白，没好气地说道："我是有多想不开，跟着你来救这一帮遭报应的人。"

老蔡却突然激动起来："你说谁遭报应？！"

李怀信扫了一眼满地的残尸以及伤痕累累的众人，再加上老蔡那好似跟他有不共戴天之仇的态度，他也不想跟这群胡搅蛮缠的村民掰扯了，万一这帮人较起劲来，要跟他拼命，他肯定是不会认㞞的，但是欺负一群百姓，于他身份而言，说出去就有损颜面了。这帮人三番五次想害他性命，以他往日嚣张跋扈的个性，必得以牙还牙，只是眼前这番凄惨的场景，也算是他们自食其果了，所以他懒得再跟他们计较，对贞白道："走了。"

谁知老蔡冷哼一声："进了枣林村，你们就别想再出去。"

这话听着极其刺耳，李怀信"嘶"了一声："你都这副德行了还敢大言不惭，就你们这点儿能耐也想困住我们？！"说完转身便走。

老蔡却像念诅咒一样重复道："你们出不去的，再也别想出去了。"

李怀信头也不回，冷笑道："也不怕风大闪了舌头。"

拐角处，那个之前被李怀信救下的妇人，紧搂住孩子缩在篱笆内，见他们走过，又怯懦地往后缩，想把自己和孩子藏起来似的。

李怀信只轻轻瞟了她一眼，妇人便吓得哆嗦了一下，惧怕极了。她怀里的小孩突然抬起头，说："娘，有铃声。"

李怀信猛地驻足，扭头盯着那孩子，妇人被他这一盯吓到了，猛地抱住孩子的脑袋，往自己怀里按，颤声道："嘘，别……别说话。"

李怀信并没有听见任何铃声，然而这孩子刚说完，贞白已经如箭离弦，飞奔出去。

第四十章 突袭

二人追至山间，在林中绕了半日，铃声早已消失。到夜里，山间温度骤降，细流被冻住，枝头凝着寒霜，又开始起雾。这雾不知是真是假，李怀信掩住口鼻，不敢掉以轻心，只是呼吸间，又难免会吸入一些。

他们翻过山丘，眼前所见，仍是山窝里的枣林村。

“第三次了。”李怀信说，他们翻越了三次，每翻越一次，眼前看到的都是枣林村，就好像山的那头永远都是枣林村。他甚至怀疑自己中了迷障，产生了幻觉，索性也不掩口鼻了，回过头，透过迷雾看贞白的脸，迷离中，贞白那高眉深目此时显出几分柔和来，不似平常那般冷淡了。他忽地想起什么：“原来如此，怪不得，那老东西说我们再也别想出去，原来是在这里设下了阵法。”

贞白举目望去，这里四面环山，巨石林立，周围耸立的峰峦和枣林村所在的山坳所组成的地形，让她产生了一种错觉，好似身处长平乱葬岗。就在李怀信说出那句“原来是在这里设下了阵法”时，她的心蓦地抽紧了，如此相似的地形地貌，是巧合吗？

她下意识去数围绕住枣林村的山峦，数完，似是松了一口气，说：“八座。”不是七座，而是八座，仿佛这样，就跟长平乱葬岗没什么关联了。

李怀信听见她的低语，疑惑道：“什么八座？”

“山。”

李怀信被她没头没脑的三个字搞蒙了，皱了一下眉："一句话能完整地说吗？"

贞白这才解释道："压住长平乱葬岗的，是七座山，而这里是八座，看地形，我方才差点以为，是同一个阵法。"

"怎么可能，长平乱葬岗的七座山是为了压住幽谷中几十万大军的亡灵和……你，若同一阵法运用在此地，难不成是要压住整个枣林村吗？！"言至此，李怀信忽地顿住，心底生起一股不祥的预感。

他忍不住也数了一遍环绕村子的山峰，确定不是七座，才驱走了内心那股不安："长平乱葬岗的阵法是针对几十万大军怨灵的，但这里是成百上千条活人的性命，用不到一处，所以不能相提并论。"

他缓了缓，确定吸了雾气之后并未出现头晕目眩的症状，才沿着山路往下走，心里想着，也可能是这片刻工夫迷雾还未上头，还是趁早下山为妙。况且，这山间温度骤降，他早已冻得手脚冰凉，此刻他扫了眼结了冰的溪流，抬脚踩到中间凸出的岩石上，岩石上因水汽也结了层薄冰，有些打滑，他扶了把旁边的树干稳住脚，说："那鬼丫头溜得可真快，把我们引到此地，绕着山林打转，几个意思？"

"不知。"贞白的衣角被枯枝挂住了，她轻轻一扯，踩在李怀信方才踩过的岩石上，还来不及站稳，突然足下一滑。

李怀信闻声回头，就见贞白已滑出去一米，往悬崖的方向下坠，他伸手想够，贞白却凌空一旋，并没搭上他的手，沉木剑划拉过冰面，冰面迅速开裂，随即一个利落的翻转，稳稳落在斜坡上，离他几步之遥。李怀信立刻收回手，背在身后，有种被人拂了好意的不快。

他面上虽不显露，一路却都不再吭声，而贞白更是个闷葫芦，除了讲重点以外，别人若不说话，她绝对是只字不言。

待到山脚下，李怀信终于忍不住要开口了，因为有件事，自刚才起就一直盘旋在他心头。

"你既没死，却能听见铃声，是不是就意味着……"

经他一提醒，贞白驻足，仿佛才意识到这茬儿："我也是将死之人吗？"

李怀信有些意外："我以为你会说，是什么特殊情况……"

"什么特殊情况？"

“能听见铃声，这种……”李怀信顿了顿，“……特殊情况。比如，你虽是个大活人，身上却没有一点人气，所以能听见铃声，这难道不是一种特殊情况吗？”

贞白思忖片刻，摇了摇头。

李怀信还没明白她摇头的意思，她已经快速往村子里走去，似乎有些急切，单薄的身影在夜风中显出几分缥缈。李怀信突然想起在乱葬岗那崩塌的山峦上，她修补完大阵后，摇摇欲坠的身影，消瘦薄削，风一吹，就倒了下去。当时他来不及去体会自己内心的感受，直到现在，经过跟她短暂的相处，再回想起来，竟然有些不落忍。她一介女流，究竟有过怎样的遭遇，才会被活生生钉在乱葬岗十年，扛过十几道天罚，重获自由，却仍然孑然一身？

她有亲故吗？他想到那块她随身佩戴的墨玉，上面刻着个“杨”字，想必就是亲故了。如此贴身收藏，珍而重之，在她心里那必定是个极有分量的人吧。只是这分量远不及那个仇人，值得她去寻。

李怀信喊她：“你能慢点儿吗？”

贞白脚下不停：“我们得赶快出去。”

“着急也没用吧，指望枣林村那些人给你指路吗？”

贞白驻足：“我的时间或许不多了，在这儿耗不起。”

“就算现在出去了，你也没有任何头绪，怎么去找那个人？”

贞白顿了一下，垂下的双手攥紧，似是下了极大的决心，开口道：“上太行山，找你师叔寒山君，他能占卜。”一向波澜不惊的她，在说这句话的时候声调都变了。

李怀信的目光滑过她握成拳的双手，试探道：“你跟那糟老头子……有什么过节吗？”

转瞬间，贞白已恢复淡然：“素不相识，何来过节？”

李怀信也没指望她会坦诚相告，干脆直接跳过这个话题，道：“走吧，终归是要出去的，总得想法子问个究竟。”

只是，想什么法子呢？这帮村民其实跟那些见人就咬的行尸没什么两样，毫无理智可言。李怀信边走边琢磨，干脆把那个带头使坏的老蔡抓起来暴揍一顿，就不信他能扛得住，不过，如果他真是把硬骨头，能在自己拳头底下多扛一会儿就更好了，否则出不完这口恶气。如此一盘算，李怀信就觉得手痒痒的。

远处传来嘈杂声，村口挺立的几棵枣树挡住了视线，二人快走几步，将近时，只见几个摇摇晃晃的身影，机械地往村口去，栅栏后射出无数羽箭，即使刺穿他们的胸膛，也没能制止其半分。又是行尸！

埋伏的陷阱启动，几张大网罩下，兜住三两具行尸，在网中不断地撕扯扭动，喉咙发出咕咕的低号。撕扯间，那些腐烂的脸绷住网格，死命往外顶，即便被渔线编织的网格勒进肉里，也毫无知觉地继续挣扎。

地底的利刃扎穿了脚背，将行尸钉在原地，他们嘶嘶怪叫，猛力抬腿，却未能拔出来，摇晃间一个趔趄，双膝跪在竖立的利刃上，双手条件反射地撑地，同样被利刃洞穿，这下子，被牢牢地扎在了地上。

两边挺立的枣树忽然弯了腰，树干上系着几根麻绳，接连到栅栏内，此刻麻绳绷直，村民倾尽全力拉扯，一拉一松间，两块大石飞射出去，又将两具行尸砸进了那口深井中。

李怀信走了几步，打量旁边一棵枣树，见上头没有系着麻绳也没有其他异样，才放心地倚了上去，一副抱臂看戏的姿态："看来村口的陷阱，还真是用来对付行尸的。"

贞白站到他身侧，盯着三具被箭射中的行尸，依然笨拙地朝栅栏方向迈进，疑惑道："这些行尸，为什么是从村外来的？"

"因为那驭尸的鬼丫头就在村外啊，下午没逮住她，没想到她又溜回来作恶，真是一刻都闲不住。怨恨这么深，是要拿全村人来喂尸啊？"

贞白却有所疑虑："村民养尸，难道不应该是养在村子里的吗？"

"兴许，是召出来了。"李怀信略微一想，又觉得不合理，"不对，这未免太多此一举了。"

贞白颔首道："直接放在村子里，再以凶铃驭尸杀人，岂不更方便？"也无须经过村口这道埋伏。

"或许，原本就是养在村外的？"李怀信不太确定地说，他也懒得瞎猜了，目光盯着又一块飞射而出的巨石砸中了一具快行至栅栏外的行尸，直接将其脑袋从脖颈处砸断，耷拉在肩后，像一棵发了霉的烂白菜。那脑袋欲坠不坠间，又一块巨石将其整个儿砸出去几米，行尸倒地的瞬间，李怀信似乎看到有什么东西从那颗被砸开的脑颅中爬了出来，又像是流出来的血浆，因为天黑，又相距甚远，他还来不及看仔细，那异样似乎就消失了。

其余两具行尸一路越过艰难险阻，总算摸到了大门口，两双青紫发黑的手抓住栅栏，被荆棘的藤蔓刺穿掌心，行尸毫无痛觉，用蛮力狠狠一推。

那栅栏是以粗木搭建而成的，外层以带刺的藤蔓缠绕，内层则用粗绳和渔线一圈圈加固，栅栏的底部则被打入深深的沟壑之中，再填上土，非常扎实，靠蛮力几乎难以撼动。

其中一具行尸一边扒拉藤蔓，一边不顾一切地把手往栅栏的缝隙里伸，每伸进去一寸，那密密麻麻的长刺便划破其手上的皮肉，好不容易伸进去半只手，手掌却被卡在了木缝中，只露出三个血肉模糊的手指头。

有人惊叫道："啊，手，手！"

旁边一位胆大的吼道："几个手指头就把你给吓成这样，给他剁了！"随即咔嚓一声，菜刀斩下，手指头应声而落，刀刃直接插进了那根木桩里。那人拔出刀，只见那三根切口平整的手指仍在拼命往里钻，甚至又往里进了小半截儿。

那胆小的连声音都开始哆嗦了："怎么办？"

"起开。"胆大的一把拉开他，提起手里的长刀直接从夹缝中戳了出去，刺进了那行尸的肩胛，他发了狠，拿着刀的手用力一扭，欲把那条胳膊给卸下来。

一旁的老蔡刚与村民齐心协力发射完一块大石头，拉着绳索扭过头，就看见那胆大的长刀一绞，厉声呵斥："住手！你个蠢货！"

这一刻嘴快不如手快，那栅栏上死死绑住栅栏的粗绳及藤蔓被刀刃齐齐绞断，再经外面的行尸重重一推，原本固若金汤的栅栏崩开一道裂口，那只起初卡在缝隙中的手失去阻力，猛力一伸，铁钳般钳住了胆大那人的脖子。那人忽地愣住，隔着栅栏的缝隙跟那行尸大眼瞪小眼，直接蒙了，下一秒，就被强烈的窒息感唤回了理智。

胆小那位吓得倒退一步，待他看清行尸的脸时，如遭雷击："申伯伯！"

胆大的一张脸涨成酱紫色，凭着最后一点本能，抽出刀砍向行尸，却被胆小那位抱住膀子拦住了。

行尸掐着胆大那位的咽喉，往前狠狠一拽，对着颈项动脉张开嘴，露出尖锐的獠牙。胆小的见状，吓得立刻松了手，然而胆大那位已经被窒息感耗尽力气，长刀脱手，只能任人宰割。

千钧一发之际，一颗石子儿猛地被塞进了行尸嘴里，匆匆赶来的老蔡举起刀，毫不犹豫地斩断了那只扼住人咽喉的手。

胆小的因方才老蔡来势汹汹那一撞，摔坐在地，直接哭了：“老蔡，是申伯啊，申伯回来了！”

胆大那位捂着脖子猛咳，踉跄后退，不小心踩在胆小那位的脚踝上，栽了个跟头。

老蔡抡起刀，继续砍向行尸的肩颈，低吼道：“老申已经死了。”

余下那具行尸站在栅栏裂口处，竭尽全力地推着，而不远的地方，又有被砸倒在地的行尸扭动着身子站了起来……

扑到栅栏前的行尸越来越多，推动间，栅栏上那裂缝越开越大，行尸不惧刀枪，不顾一切往里扑，一张张狰狞的脸，对着村民龇牙咧嘴地乱咬，刚推开一具，又扑上来一具。壮小伙子举起刀，对准一具行尸的脖子就砍，冷不防行尸甩过头，露出长发下的半张脸，小伙举起的刀生生顿在半空中，震惊之余，脱口喊出：“爹——”

第四十一章 隐情

原本作壁上观的李怀信见到这一幕，纳闷道：“……怎么开始认亲了？”他来了精神，双腿站直，也不倚靠树干了。

只见老蔡抬起脚，竭尽全力把那具行尸踢了出去，行尸摔在地上连滚了几个跟头才停住。

那壮小伙子勃然大怒，转头冲老蔡吼：“那是我爹！你敢踢我爹！”

老蔡也不甘示弱：“你爹已经死了！二十年前就已经死了！现在是来要我们全村人的命的，都清醒一点吧。”

“敢情只要不是你自己的亲人，对谁都下得去手是吧？！”

“所以你的亲人，你不忍心，就交给别人来解决？！”老蔡咬紧牙关，一刀插进又一具扑上栅栏的行尸的咽喉，狠戾道，“对死去的人手软，他们就会拉你去陪葬。”那行尸抓住刀刃，一阵抽搐。

壮小伙子红着眼睛看向不远处蹒跚而来的父亲，也不知道冲谁，暴喝道：“他死不瞑目啊！”

老蔡抽刀，对准那个渐渐靠近栅栏的行尸父亲，却被壮小伙子一把推开，他用壮硕的身躯护住了那裂口。

老蔡吼：“你疯了，闪开！”

壮小伙子摇头：“放过我爹吧，他已经死过一次了。”

老蔡心硬如铁："你要尽孝是吧，那你出去，别连累了全村人。"

"我……"壮小伙子话到嘴边，后领却被人拎住了，他扭过头，凄厉地喊出一声"爹"。

胆小的那位瘫在地上胡乱摸索，抡起块石头就砸中了那行尸爹的脑门儿，这时胆大那位也已经缓过来，立即把壮小伙子从他爹的獠牙底下拖回来，只是这一拖，把那拽着壮小伙子不放的行尸爹也一并拖进了栅栏。那行尸爹张开血盆大口再次咬向儿子的后颈，老蔡连忙扑上前，掰住行尸爹的下巴，而胆大那位死拽着壮小伙子，企图将这人尸殊途的父子俩分开。

一旁的众人都看傻了，老蔡铆足了劲儿吼道："快帮忙啊……"

众人这才回过神，纷纷上前去拉。一阵手忙脚乱中，又有两具行尸翻进了栅栏，将那处裂口压得更大了。

眼瞅着一具行尸扑到了老蔡身上，得亏及时被人发现，死死拖住了，奈何那行尸力大无穷，一两个人根本按不住，大家齐齐上阵，再无暇顾及其他。

这时，李怀信大摇大摆地迈进栅栏，看着眼前这闹剧似的场面，明知故问："干什么呢？"

老蔡用力掰着行尸的下巴，正僵持着，闻声扭过头，见到他们回来，一副意料之中的神态。

李怀信开门见山道："出路在哪儿？"

老蔡故作愕然："什么出路？"

李怀信看着他，眼睛微微弯了一下，有股危险的意味："装模作样是吧？！"

老蔡斩钉截铁道："哪有什么出路，根本没有出路，只要进了枣林村，就休想再出去！"

危言耸听！李怀信蹙眉，腰挺直了："不说是吧？"他微微让开一步，老蔡的视线投向他身后，蓦地睁大了眼。

贞白守在栅栏处，沉木剑横架在裂口中央，拦住了几具往里扑的行尸。

"怎么还有？"老蔡惊道。

李怀信牵了一下嘴角，笑容像把悬在梁上的刀，他说："哦，这几具是困在陷阱里的，我进来时，顺手就把他们放出来了。"

老蔡闻言，目眦尽裂："你……"

"怎么？你们三番两次想取我二人性命，我现在要打击报复，怎么做都不过分。”

老蔡啐了一口，骂道：“你们这些臭道士。”

“臭道士怎么了，也比你们这群养尸的强，是不是吃饱了撑的，活腻味了，非要干这么有损阴德的事儿，现在遭报应了吧，还不如养条看门狗……”

“不是，你等等。”老蔡有些蒙，“你说我们养尸？”

李怀信挑了一下眉：“你们不就是在村子里养尸，怕人知道，才封了整个村子吗？”

“胡说八道！”老蔡满脸激愤，“我们若会养尸，还会落到如此田地，这般束手无策吗？还不是……”

差点说漏嘴的老蔡立刻噤声了。

李怀信问：“还不是什么？”

老蔡反应过来：“你想套我话。”

“哎。”李怀信大方承认，“但没指望你会配合，要不这样吧，你若是不愿说，外面三具行尸，我都放进来。”

“你……”老蔡几乎把眼珠子瞪了出来，还没来得及多说一个字，李怀信已经背过身去，扬了扬手，毫不犹豫地对贞白道：“白大姐，放吧。”

众人闻言一惊。

他还没说什么呢，怎么就要放了？老蔡猝不及防，心中大骇，眼见那女冠的手就要抽掉沉木剑，他语无伦次道：“不是……你……我还没开口呢！”

李怀信转过身：“所以？”

“我也没说不说啊，你放什么放！”

“啊！”李怀信装模作样地说，“我真没耐心，那你说吧。”

老蔡一时之间脑子又转不过来了：“说什么啊？”

李怀信皮笑肉不笑道：“白大姐……”

“等……等……等一下，我这不是不知道该怎么说嘛，哎哟，腿都酸了。”老蔡一直保持着扎马步的姿势，死死掰着行尸的下巴，又被李怀信这么一恐吓，腿肚子直抽筋。

李怀信又喊：“白大姐……”

“说！我说！”老蔡开始冒冷汗。

李怀信不理睬他，继续对贞白道：“拿几张镇尸符来。”

镇尸符一贴上，那几具犹如脱缰野马的行尸，立即老僧入定似的消停了。

众人小心翼翼放开行尸，惊奇道："不动了哎，真的不动了。"

老蔡扎了半天马步，此刻一松懈，大腿肌肉酸疼得厉害，一屁股坐到地上，气还没喘匀呢，却见李怀信这没耐心的已经让女冠把外面的行尸放了进来。老蔡差点被吓得心律不齐，一句话秃噜出来，语速飞快："村北的山头有一名妖道，这所有的一切，都是他做的。"

三具前赴后继的行尸被贞白以符镇住，她疑惑道："妖道？"

老蔡连连点头："对，这些行尸就是他养的，他是想要我们全村人的命啊。"

李怀信蹙眉，思忖老蔡话中的真假，其实刚才在村口，他就已经打消了对这帮村民养尸的怀疑，因为养尸人，不可能连张镇尸符都拿不出来，只知道一味地坑杀。

李怀信就问："哪儿来的妖道？为什么要害你们全村人的命？"

"那谁知道，许是要修炼什么魔功妖法吧。"

"既然如此，为什么不能一开始就据实相告，还想对我们赶尽杀绝？"

老蔡眼珠子一斜，说："那谁知道，你们是不是一伙儿的，要害我们性命呢？"

"我要害你们性命，还跟你在这儿废话？！"

"是是是。"老蔡一个劲儿地点头，"误会，误会。"

李怀信又问："为什么这里始终走不出去，出路呢？"

"没有出路的，整个枣林村，只进不出，进来了，就再也出不去了。"

李怀信却不以为意地勾了一下嘴角，只有这些没能耐的人才会坐以待毙："所以，将整个枣林村封起来，把你们困在其中的，也是那个妖道？"

老蔡似乎微微顿了一下，有片刻迟疑，而后重重地点了点头："是。"

"多久了？"

老蔡仰起脸，情绪有些波动，他说："整整二十年，我们被困在这里，已经整整二十年了，谁也出不去，一个都出不去。"

李怀信惊诧，二十年！

似乎是被触动了，老蔡撑着地面缓缓站起身，他佝偻着腰背，仿佛长年累月套着一副枷锁，被禁锢在这方寸之地，积攒了数十年的怨恨从他的目光中泄出来："二十年，那妖道，丧心病狂地杀了我们半个村的人，男女老幼，总共一千七百五十四口！这笔账，我都清清楚楚地记着呢！”

李怀信呼吸一窒。

“如今，他是要灭了我们整个村子啊。”老蔡激愤不已，“你们又刚好是在这个时候进来的，我们岂能掉以轻心，宁可错杀也不可放过啊，否则，死的将是全村村民。”

贞白插话道：“你们就没找过出路？”

老蔡冷笑了一下：“怎么没找过？那妖道本事通天，在枣林村盘踞二十年，我们每个人都活得战战兢兢的。为了出去，连地底都被我们挖穿了，可是不管怎么挖，最终都会莫名其妙地通向原点，所以才形成那么多弯弯绕绕的地道。我们不信邪，坚持不懈地挖了十多年，可有什么用呢？到头来，不过是上天无路下地无门。”

原来那一条条错综复杂的地道，竟是村民们为了逃出去而挖的。

老蔡说：“出不去的，只能在这里等死，等死啊。”

李怀信有点烦他，明明怕死怕得要命才搞出这么多事情，还跟这儿装腔作势。一个道士布下的阵法，到他这儿居然能上升到上天无路下地无门的高度，这些老百姓啊，遇到点事儿就以为天塌了。只是，若真如老蔡所言，那妖道杀了半个村子的人，就未免太过穷凶极恶了。他们在村里转过一圈，确实不少农舍都空置了，里头挂满了蛛丝，而且几乎每一户都人丁稀薄，有的剩一个寡妇，有的只剩孤寡老人，无依无靠，孤苦伶仃的。

李怀信不是没怀疑过老蔡话中的真假，可转念一想，枣林村这帮窝窝囊囊的村民，连几具行尸都对付不了，即便耍花招，也翻不起多大的浪。何况，是否真有这么个穷凶极恶的妖道在村子附近，也不难知道。李怀信下一刻就抓了老蔡带路，要去寻他口中那个法力通天的妖道。

老蔡吓得一跃而起，扎了半天马步的大腿似乎也不酸了，强烈抵抗道：“我不去！”

就算他蹦跶三丈也没用，李怀信心怀旧恨，就等着收拾他呢。见村民们把被镇住的行尸集中抬进一间小黑屋里，正要关门，李怀信顺手把老蔡也推了进去，插上锁：“你不去，就跟他们待着吧。”

老蔡吓得不轻，一个劲儿在里头拍门：“你……你干什么，放我出去，狗子，快给我开门！”

那个叫狗子的人刚想上前，就被李怀信一句“你也想进去陪他吗”给唬住了，迈出去的腿很识相地收了回来。

李怀信这会儿憋了一肚子坏水，就怕吓不死老蔡，又朝门里喊：“忘了说了，这镇尸符啊，也是有时效的，等过了时效，你可就得一挑五了，不过我看你也有两下子……”

闻言，老蔡都快哭了，撕心裂肺地拍着门板喊：“去，我带你们去！”

终于被放出来的老蔡苦着脸问：“为什么非得让我去？”

“因为枪打出头鸟啊，而且这一去吉凶未卜，就得你去才行。”

“为什么？”

李怀信冷笑了一下：“因为看你不顺眼，就想拉着你垫背。”

老蔡嘴角直抽，叫你多嘴。

互不待见的两人，外加一个沉默寡言的贞白，一起上路了。临行前，几个村民一路将他们送到村口，在后面嘀嘀咕咕了半天，终于那个叫狗子的人被大家推了出来，说：“二位请留步。”

三人齐齐转过身，那狗子抓耳挠腮半天，支支吾吾道：“呃……那个，道……道长，就是那个镇尸符，能不能再给我们留几张，哦，不，几十，几百张。”

李怀信道：“几百张？你当我们搞批发啊，怎么没贪心死你。”

狗子涨红了脸，贞白将所有的镇尸符拿了出来，仅剩十余张，都交给了狗子，道：“只剩这些。”

狗子抓着薄薄的一沓，刚要道谢，旁边一人站出来说：“就这么十来张不够吧，万一贴在屋里那几具行尸身上的符纸时效过了，咱还得用新的压住。”

贞白诚实道：“没有时效，除非损坏。”

听到这儿老蔡才知道自己被人愚弄了，他双目冒火，气不打一处来，还没等他发作，那村民又说了：“能不能麻烦二位在走之前帮我们再画个百十张符啊，万一来了更多的行尸呢？”

李怀信简直要被这帮无知的村民气笑了，再画个百十张？敢情他们都以为这画符是件多简单的事儿呢。画符可不像抄经文，你坐那儿抄几十遍经文顶多就是手腕酸痛，而画符这事儿，要让这些普通的符箓起效用，颇为耗费精气神，一时无节制多画了几张就会损耗修为，甚至会伤及元神。他和冯天在乱葬岗那种危急关头，最后也只刻出来十三块木符。而平时在太行道，弟子们每天都有画两三道符的任务，画废的都丢弃了，有效用的便收藏起来，以备不时之需，或者将来下山历练，带在身上，否则没有储备，等遇到危险了再临场发挥，需求量过高的话，可就要了命了。又或者像李怀信这种挥霍无度的，在乱葬岗乱撒一通，结果便是吃尽了苦头，不提也罢。

好在这女冠不是个热心肠的白莲花，面对村民无理取闹的要求，她的回答干脆而果决，含着一丝没有余地的无情："不能。"

对方一听就明白了，谈都不能谈，求也没用！

几个人目送他们离开，最后揪着狗子手里那十几张符，平均分配了。

第四十二章 上山

村北那座山，山势格外陡峭，与另一座山相邻相倚，山峰仿佛被利斧劈开，裂开一罅，两壁夹峙，人行其中，仰望长空，天幕仅存一线，可谓“何人仰见通霄路，一尺青天万丈长”。

中间那道狭长的通道，宽度不过半米，只能容一人通过，看着就异常危险，老蔡心里打鼓，说：“我能不能不上去，太危险了，要是一不当心滑了脚，再摔下来……”

不容他说完，李怀信催促道：“别磨叽，跟上。”

在李怀信的威逼下，老蔡丧着脸，被赶鸭子上架似的跟紧着贞白，踏上登高的险路，而李怀信则殿后，以防这老家伙临阵脱逃。

三人沿着崖间的隘路攀壁前行，稍有不慎，就会被流沙碎石滑了脚，越往上行，盘道越是崎岖，足下不过一尺，只能侧着身子，背贴着岩壁走。

老蔡瞅了一眼下面的悬崖，赶紧紧闭双眼，哇哇乱叫：“啊啊啊，不行，我不行了，我腿软了，我恐高，我要下去。”

“行呀，我踹你下去。”李怀信说着，作势要踹他，刚抬起腿，老蔡又叫嚷起来：“啊啊啊，我是真的恐高，不是装的。”

“我管你真的假的，你再喊我就真的把你踹下去了。”

“不是，你这人，还有没有点儿人性。”

“没有，你想死吗？！”

生死攸关，老蔡也不敢嚷嚷了，他紧紧贴着崖壁，一点一点地往前蹭，决定离这个恃强凌弱的危险人物远一点，好不容易蹭到贞白近前，试图攀谈，结果脑子突然短路，开口问了句：“那个，你有没有人性？”说完他就想抽自己两嘴巴子，再被那女冠的冷眸一扫，不用别人踢，他自个儿就差点吓得跳下去。

这女冠平日不言不语的，穿一身玄衣，有时退在李怀信身后，低调得像他的影子，没想到啊，居然也是个危险人物，那眼神冷漠得简直毫无人性，甚至连人味儿都没有。那比数九寒天还冰冷的目光，再加上那张黑暗中极度苍白的脸，老蔡差点以为自己见了鬼。

待贞白不言不语地往前挪开，老蔡才惊魂甫定地吐了口气：“太吓人了。”

李怀信轻笑一声，悠闲地挪着步子，难得平和地问老蔡：“她理你了吗？”

“没理。”老蔡后背贴着石壁，鞋底蹭着地面，一点点挪，与贞白拉开两米之距，才低声说，“她看了我一眼。”

李怀信道：“那就是理你了。”

老蔡惊讶：“这也算？”

“算。”

“那眼神儿也太冷了，跟冰锥子似的。”

“那就是起了杀心了。”

“啥？”老蔡受到惊吓，正巧踢到几颗碎石，石头噼里啪啦地砸着岩壁滚下悬崖，他浑身一僵，贴紧了石壁一动不敢动。

李怀信被他堵在半路，看了眼走远的贞白，抬腿踢他一脚。

老蔡没料到这只笑面虎会突然发难，刚刚还在聊着天儿呢，一点征兆都没有，就给他狠命一击，老蔡只觉腿肚子一痛，整个人朝悬崖下方滑去，惊惧之中，他手忙脚乱地想抓住点什么，奈何这半山腰处，断崖绝壁的，除了凸起的嶙峋怪石，连根野草都没长，他好不容易攀住一块石头，奈何手指打滑，眼看着就要滑脱。

就在他以为自己要葬身崖底时，李怀信突然拉住了他。

老蔡整个人挂在崖边，双腿悬空，心跳瞬间骤停，神魂久久不能归位。

李怀信蹲在不足一尺宽的悬崖上，一只手扣住旁边的岩石，一只手拉着吓傻了的老蔡，喊道：“喂。”

老蔡被他喊回了魂，惊恐地在虚空中乱踢，声音直发抖：“救……救命……”

“你再乱动我就放手了。”

“别！别放，快拉我上去。”他不敢再乱踢，低头望了眼黑黢黢的深渊，差点没晕过去。

“不着急。”李怀信说，“我有话问你，你若如实相告呢，我就拉你上来，不然……”

“你要问什么？”现在小命捏在人家手上，对方放手与否只在一念之间，况且这祖宗心思难测，翻脸比翻书还快，为今之计，当然是保命要紧，必须一万个配合。

“村子那座河桥下与送子观音的塑像里，为什么会有两具童尸？”

老蔡仿佛没听懂，茫然须臾：“什么童尸？河桥下？送子观音像里？什么意思啊？”

看那神情，不像是装模作样：“你不知道？”

“不是，你说清楚，是我理解的那个意思吗？那里有两具小孩子的尸体？”

“对。”

老蔡瞪大眼，难以置信：“怎么可能，我在这村子里生活了大半辈子，那大桥底下怎么可能……”说到此，他猛地想起什么，浑身一激灵，“我记得那座桥，是二十多年前修建的，好像正是那时候，村子里丢了个孩子……对，我想起来了，那两年里，陆续有孩子失踪，搞得村里人心惶惶的，但凡家中有小孩的，都不让出门，可前前后后，还是丢了七个孩子。”

“七个？”

“对，那七个孩子，怎么找都没找着，毫无踪迹可循。起初大家还以为是被山里的豺狼叼走了，上山捕过几回，狼是打死了，可孩子依旧没找到。那时候我们村里有个神婆，给起过一卦，说是我们枣林村来了个专吃小孩的妖怪，我们便去请了个道士来捉妖。可谁承想，会请来个妖道，孩子没找着，赔进去半村人的性命。”说话这会儿工夫，老蔡的手臂已经被吊麻了，他哀求道，“你先拉我上去行吗？有什么话咱不能好好说呢，非得这样，我这胳膊，实在受不住了。”

若这老东西真能好好说话，他至于这样？李怀信面色不改，实则他自己也已没多少力气了，不过是硬挺到现在，他额头渗出了细汗，抬头看了眼立在不远处的贞白，说：“白大姐，帮忙搭把手，我快拉不住了。”

老蔡一听，大惊失色，当场就要尿裤子，而他被李怀信抓住的手腕又滑下去一截，老蔡哇哇乱叫起来："哎呀妈呀，救……救……救命啊，我不想摔死啊，呜呜呜……"

李怀信被他喊得心烦意乱："闭嘴，吵死了。"

好在贞白适时走过来，蹲下身，接替李怀信拽住了老蔡。

李怀信撒了手，甩了甩发酸的胳膊，没好气道："吊住他！"

老蔡听到他还不打算拉自己上去，哭得更凶了，两只手死死抓住贞白，唯恐摔下悬崖。然而这女冠的胳膊、手腕异常纤细，感觉很难承受得住他一个汉子的重量，他总觉得自己下一刻就会把她一起拖进深渊，为此他一个劲儿地求两人赶紧拉自己上去。

李怀信置若罔闻，甩完了胳膊，又揉着酸软的手腕问："说说吧，村里发生的两起剖腹取子案，是不是那具被关在地道里的女尸所为？"

闻言，老蔡一愣，哭号声戛然而止，好像被卡在了喉咙里。事到如今，想瞒也瞒不住，他索性点了头，说："也是那妖道所为，当年，就是在送子观音庙中，我和乡亲们曾亲眼看见，那妖道，活生生剖开一名怀胎妇人十个月大的肚子，取出胎儿，修炼邪法，简直灭绝人性，丧心病狂！可村子里的人奈何他不得，只能任其宰割，我……啊！"老蔡突然大叫一声，从上空落下几块碎石，正好砸中他额角，细沙落进他眼中，他倏地闭紧眼，本能地想拿手去揉，又想起自己正挂在悬崖边，只好双手紧抓着贞白，使劲地眨眼，企图把沙子挤出来，缓解不适。

就在这短暂的一睁一闭间，老蔡微仰着头，眼睛朝上，仿佛看见一个黑影，大鹏展翅似的跃过上空。莫不是眼里进了沙子，看错了？可是那么大一道黑影呢，不太可能是幻觉……

他还没来得及再次确认，那女冠突然用力一提，将他整个儿拎上了悬崖。老蔡的脚跟刚踩到实处，便有一块大石头从方才他悬挂的地方坠落，若这女冠稍稍晚拉他一步，他就已经被砸得脑浆迸裂了。

经历两次劫后余生的老蔡，捂住难以负荷的心脏，惊魂未定地扭过头，结果右侧空空如也，那女冠居然不见了。他又猛地转头，那杀千刀的男人还在。

"我刚才好像看见，有黑影从崖顶跳了过去，跳到了对面山头。"

这两山之间的空隙，从半山腰往上开始逐渐开阔，呈弧形，而崖顶间距甚远，普通人根本不可能跃过去，除非那黑影真是只大鹏鸟，不然就是传说中的世外高人，能一跃数丈，就像刚从他眼皮子底下消失了的女冠，跟那个盘踞山头的妖道一样，道法武艺超绝，他说："肯定是那个妖道觉察我们上山了，想逃。"

"为什么要逃？他占山为王，本领通天，称霸枣林村二十余年，应该毫无畏惧才对。一个灭绝人性的妖道，知道有人上山了，不出来杀了我们，却选择灰溜溜地逃跑，这像话吗？！"

"对对，瞧我都吓得神志不清了。"见李怀信开始往回走，老蔡忙问，"咱们要下山吗？"

"人都跳过去了，当然是去对面山头。"他观察这山势，盘道越往上越险峻，前方的路甚至狭窄到只有巴掌宽，勉强能容下半个脚掌，就老蔡这种没点儿功夫还笨手笨脚的货色，再往前走，除了摔死，还是摔死。那女冠已经跑了，他可不想在腰上拴个人形挂件，说不定最后连自己都会被拖累，以他们两人目前的状况，登顶显然很耽误时间，最明智的选择当然是下山。

"可是那谁，她……她去哪里了？怎么突然就不见人影儿了？"

"都到对面半山腰了，她独自上去追人，撇开你这个拖累，行动更快。"

老蔡不乐意了："既然我是个拖累，你们就别带我啊，放我回去得了。"

"想得美。"

"小爷，就这会儿工夫，我差点死两回，你就算要打击报复，也该报复完了吧，我这一把岁数，真经不住折腾啊，吓都吓死了。"

"不是还没吓死吗，等吓死了再说。"

老蔡在背后咬牙切齿，他算是看出来了，这杀千刀的就是想要他的命，不折腾死他是不会善罢甘休的。与其任人宰割，不如先下手为强。他扫了眼悬崖，决定一报还一报，于是朝李怀信缓缓伸出了罪恶的爪子……

突然，一个人形物体从上面掉了下去，发出砰的一声闷响，吓得老蔡猛地缩回魔爪，惊弓之鸟一样慌张："什……什么东西掉下去了？"

李怀信没有答话，快速往下走，待到山脚，沿着崖壁寻过去，只见一具尸体一摊烂泥似的躺在地上，头骨破裂，手脚呈扭曲的姿势，关节处的断骨戳破了皮肉，支棱出来。这也就罢了，让人难以置信的是，都这样了，那具尸体还在地上像蛆虫一样蠕动。

老蔡脸色惨白，往后退了两步，脊背突然撞上了什么东西，他吓得一抖，浑身肌肉都绷紧了，直挺挺地立定，小媳妇似的嘤咛了一声，仿佛被人捏住了气管，想叫又怕叫出来。他僵硬地扭过脖子，眼珠子斜到了眼尾，发现只是一棵树而已，整个人才松懈下来。刚呼出一口气，就见李怀信挥剑一斩，一颗破裂的头颅朝他骨碌过来，而且好像有什么东西从裂开的颅骨缝里钻了出来，老蔡瞪大眼，弯下腰凑过去，想看清楚，结果那东西一蹿，差点扎进他眼睛里，他迅速躲开了："什么玩意儿？！"

李怀信收剑入匣，回头的瞬间，余光似乎扫到了一点虚影，像飞蛾，又像干枯飘零的落叶，转瞬便消失无踪了。

老蔡说："那妖道养这些尸，又长虫子又招苍蝇的，多恶心。"

李怀信没工夫跟他闲扯淡，催促道："别在这儿磨蹭了，上山。"

老蔡脸色骤变："我不去！"

"由不得你。"

老蔡环抱住树干，死赖着不走："我不去，坚决不去，死也不去！"

李怀信挑眉："死也不去？"

老蔡斩钉截铁重复道："死也不去！"

一个贪生怕死之徒，为了活下去又哭又闹地求救求饶，即便不情愿，最终还是妥协了带他们爬上那座妖道所在的山，眼下却死也不肯上这座山，为什么？

"难道这山里，有什么比那妖道更让你害怕的东西？"

老蔡双唇死死抿着，咬紧牙关。

"不说，我就只能把你打残了扔山上。"

老蔡实在没辙了，说："当年，那妖道就是在这座山上，杀了我们半个村子的人！"

李怀信一怔，老蔡愤恨不已："你说我还敢去吗？死也不敢啊！"

不过，当刀真正架在脖子上那一刻，他又觉得，没什么是不敢的！

第四十三章

山林起尸

山脚下荆棘丛生，纵横交错，织成一张巨大的网，阻挡了进山的路。有一两处狭小的地方，荆棘弯折，嵌进泥里，似乎被人踩踏过，压断了尖刺。李怀信选择从此处进山，但一路不时被藤枝和利刺挂住衣裳，尤为耽误脚程。

老蔡走在后头，没有李怀信那么敏捷的身手，稍不当心，就会被荆棘扎几下。密密麻麻的刺，像一群蜜蜂把他围起来蜇，把他扎得满身是伤，一会儿又被藤蔓缚住了脚，趔趄中，他用手撑住一旁的树干，却扎了一掌心的刺。十指连心，老蔡疼得五官皱成一团，嗷嗷叫个不停，他拔掉掌心的几根刺，几滴血珠子冒了出来，痛得他"嘶"了一声，轻轻拿袖口擦掉，抱怨道："这也太遭罪了。"

山里起了风，吹过茂密的树林，李怀信走过那段荆棘满布的路，攀上了一块岩石，大步登了上去。他一回头，就见老蔡猫着腰，背对着他往下走，而且已经与他拉开了一段距离，显然是脚底抹油准备溜了。

嗖的一声，一柄利剑带着一股寒气，擦着老蔡的颈侧飞过，插在了离他不足一米的树干上。

老蔡倏地僵住，盯着面前那柄仍在微微颤动的长剑，感觉脖子隐隐作痛。须臾，他感觉颈侧有些湿润，抬手一摸，摊到眼前一看，血！他猛地捂住伤口，双腿止不住地打战。

李怀信仿佛什么都没发生过，语气如常："把剑拔下来，给我。"

听在老蔡耳中，却像一道催命符，不从即是死，令人惊惧。

他缩起脖子，那里被剑刃割开一道极细极浅的口子，也就蹭破了皮，象征性地流了点血，却足以治得他再也不敢乱来。他抬手拔剑，双肩一抽一抽地战抖，脚踏着荆棘，顾不得被两边的尖刺划破布衣，乖乖地把剑奉上。

李怀信居高临下地瞥了一眼，并没有接，因为老蔡指尖上的鲜血蹭到了他的剑柄上，他不满道："脏了。"

老蔡愣了一下，立即反应过来，拿袖子又抹又擦的，直到把剑柄擦得锃亮，才让李怀信满意。

李怀信收剑入匣，不冷不热道："有种再逃跑试试，我保证下次扎你个对穿，绝不只是放点儿血。"

老蔡直冒冷汗："再也不敢了。"

"想从我眼皮子底下溜走，哼……"李怀信冷笑一声，"你得会金蝉脱壳。"

老蔡跟在其后，咬紧牙关不吱声，只能暗自腹诽，憎恨暴增。

斜坡并不算陡，泥土潮湿，杂草上的露珠欲滴不滴，被脚一碰，尽数抖落，沾湿了裤管。

密林深处不时响起几声虫鸣，在寂静的深夜里，尤为清晰。而此时，整个山间被一股黑气笼罩住，之前在山脚下，黑气比较稀薄，几乎难以觉察，越往高处，这黑气就仿如烟雾，浓厚到肉眼可辨的程度。

李怀信隐隐感觉不对劲，可哪里不对劲呢？却难以细想，大脑好似受到阻碍，无法凝神静气。他环顾四周，光秃秃的树枝在黑雾中竟变幻着形态，老蔡的声音此刻虚无缥缈地响起："这座山，上不去的。"

李怀信晃了晃昏沉的脑袋，眨了眨有些模糊的眼睛，问："为什么？"

"当年死的一千七百五十四口人，全部埋在这山里，也包括我的老婆孩子……"

李怀信蓦地回过头，见老蔡在几步外站着，脸色冷得可怕，声音也冷得像冰，带着长年累月的宿怨，他说："我想收殓他们的尸骨，好好将他们安葬了，可是上不去。不，也有人上去了，他们跟我一样，想要把亲人的尸骨殓回来，但是一去就再也没有回来过，最后跟那一千七百五十四个人一起，葬身在了这座深山里。"

李怀信感觉脚下虚浮，踉跄了几步，脚踩在杂草丛上的同时，响起了一阵丁零零的铃音。铃声清脆而空灵，瞬间占据了他整个识海。

老蔡的声音像阵风，和着铃声一起刮进他耳中：“你既然来了，就去陪他们吧。”

说完，老蔡退后几步，转身往山下跑。

李怀信看着老蔡逐渐跑远的背影，伸手想抓，却抓了个空，然后他膝盖一软，压断了一丛杂草，又牵起一阵丁零零的声响，将他的识海扰成一团乱麻。

这里被布下了阵法，杂草中挂满了铃铛，只要人涉足于阵中，就会被晃动的铃声扰乱心志。

又大意了！就知道这老东西绝不会安生，刚才在山下居然还没有和盘托出，讲一半藏一半，原来在这儿等着给他下套呢，老奸巨猾的混账玩意儿，李怀信真后悔没有一剑抹了他脖子。然而这防不胜防的，他又不能未卜先知，哪会想到这山里竟然埋伏了遍地的铃铛，还碰上个一心想坑死他的老东西，简直流年不利。

李怀信趁着脑子还有一丝清醒，站起身，小心翼翼地往前走了两步，再次牵起了草丛里的一阵铃响，他攥紧拳头，指甲嵌进肉里，抬头间，一阵天旋地转。他艰难地挪步，顺着铃音往斜坡上行，识海一会儿纷乱，一会儿茫然，仿佛被人牵着鼻子走，他努力让自己保持清醒，然而越想抵触那铃声，太阳穴越感觉像针扎般刺痛，他猛地意识到，这状态怎么那么像来时的凶铃引路。他蓦地惊出一身冷汗，凶铃引路不是用以驭尸的吗？不容他细想，突然刮起了一阵寒风，草木摇动，如浪潮般掀起一阵铃声，压倒性摧折他的意志，他的识海顿时一片空白，如一个被铃音操纵的傀儡，行尸走肉般登上斜坡。

整个山间黑气升腾，李怀信所过之处，地上潮湿的泥土微微松动，似乎有什么东西，即将从地底破土而出。

突然，一声蝉鸣刺入耳膜，撞进他的识海，李怀信原本散了焦的瞳孔倏地收缩，他目视前方，长睫微颤。然而那丝清明的目光稍纵即逝，很快便被一片迷茫所替代。

就在此时，泥土忽然破开，露出了一只苍白的手，扣住了李怀信的脚踝。随即，周围的泥土都鼓起小土包，起起伏伏间，泥土纷纷被顶开，不断有膝盖和头颅钻出来。

李怀信神游之际，一味地想往前迈，可被抓着脚踝的那条腿始终抬不起来。

四下不断传来窸窸窣窣的破土之声，而旁边的斜坡上，突然传来一声不似人声的低吼，接着是一声咔嚓脆响，仿如骨头断裂，土里的人缓缓坐起来，挂着泥垢的脸呈灰白色，眼眶一圈青黑，僵硬地扭动脖子，缓缓靠近李怀信……

此时的李怀信仍在识海中挣扎，他感觉自己身处一片荒草之中，没过膝盖的枯草下挂满了铃铛，随风而响，他想走出这片荒草地，可是无论如何都走不出去，眼下，一只脚又被什么东西缠住了，他只能不断地在原地踏步。耳边的铃声越来越响，他欲封闭五感，却毫无用处，那些铃声仿佛就在他的识海中，而非源于外界。他提剑，斩落几只铜铃，然而剑风一扫出去，成千上万只铜铃又晃动起来，丁零零……丁零零……

李怀信几乎崩溃了，他左手握住剑刃，一抹，掌心划拉开一道血口，以鲜血在识海中抹开一笔，口中念道："消音！"

掌心在虚空中画符，所到之处，血色尽显，似朱砂呈于黄纸上，延绵展开……

土里的人站起身，爪子攀上李怀信的肩头，缓缓凑近他的脸。他立在原地，入定似的一动不动，额头渗出细汗，攥紧的掌心渗出鲜血，源源不断地沿着指缝往下淌，滴滴答答地滴在软土上。

而在他的识海中，鲜血已写成符文，最后一笔，几乎将他的精气耗尽，他低喝一声："破！"

"一早！"

与此同时，一声低吼猛地撞进他的识海，他倏地睁大眼，脑子骤然清明，若是连自己的潜意识都走不出来，那他这些年在太行道算是白待了。

此刻他脚下一旋，拔剑的同时，背上的剑匣直接将那双攀在他肩头的手挡了出去。呼吸间，一股浓浓的腥臭味扑进鼻腔，几乎将他熏死过去，李怀信连忙抬手掩住口鼻。

那行尸被挡开后，举起爪子，猛地朝他扑过去，他手腕一转，反握住剑柄，侧身让开半步，行尸扑了个空，朝前栽去，他手中的剑则抵住行尸的脖颈划拉而过。刚出土的行尸就这么身首分离，倒了下去，头颅则滚进了其坟坑中。

接二连三有人起尸，他们掀开土壤，缓缓坐了起来……

此时山上传来打斗声，李怀信抬起头，就见数十个黑影穿梭在林间，其中，一个束长冠的黑影身法诡谲，沉木剑一挑，便将一拥而上的群尸尽数掀了出去，连她的衣角都没碰到。

李怀信扫了眼周围的行尸，被难闻的气味熏得无法呼吸，他速战速决后，便赶上山去与贞白会合。没走出两步，他突然发现周围种着一圈柳木，井然有序地排列着，仿佛将这一整块山地围在其中。李怀信以目力丈量，柳木之间的距离出奇地一致，甚至分毫不差，显然是经人精心测量后栽下，他又环视一圈，恍然大悟，难怪这山间的阴煞邪气这么重，原来是因为这一排排柳树的阻挡，防止荫尸之气外泄，从而形成了一个聚阴池！

李怀信想起老蔡之前说的："当年死的一千七百五十四口人，全部埋在这山里！"

全部埋在这山里……他心头一突，望着被黑气笼罩的林间，还有那几处诈尸的位置，他抬起头，斜坡之上同样挺立着一排排柳木，间距一致，井然有序，如果他没猜错的话："这是千尸阵！"

第四十四章 山顶的老道

李怀信顾不得其他，刚冲上斜坡，就见贞白单手将一个女童的双手反剪擒住，那女童拼命挣脱不开，怒道："你放开我！欺负小孩子，算什么本事！"

李怀信眼尖，瞥见女童被反剪在后背的手腕上戴着一串铃铛，女童挣动了半天，铃铛却毫无声响，想必，一直尾随他并且将他们引入此地的，就是这鬼丫头了，真是难捉啊，居然在这里躲着。

一旁的树荫下瘫坐着一名老道，头发和胡须都是斑白的，他喊了声"一早"，然后颤巍巍地扶着树干站起身，他左边的裤腿被扯破了，露出一截血肉模糊的小腿肚，对贞白厉喝道："你是什么东西，敢来枣林村作祟，还不赶快放开她！"

老道手持法剑，指向贞白。这女冠浑身阴气极重，无丝毫活气，也不知从哪里忽然冒出来的，对他穷追不舍，可到了此间，又莫名其妙地反杀起行尸，算是间接救下他的一条腿，可紧接着，又把一早给逮了，他实在拿不准这女冠到底想干什么。

贞白微微蹙眉，刚要开口，谁知手下的丫头趁机一扭，两条纤细的胳膊泥鳅一样滑了出去，狡猾至极。贞白正欲压制，老道看准时机，法剑朝贞白的后背掷出。

李怀信脚下提速，哐当一声，挡开那柄飞向贞白的法剑，法剑反弹回去，插在了老道脚边。

老道一怵，踧着脚倒退："你是何人？"

对于这种十恶不赦的妖道，不亮出个响当当的名头怎能在气势上压倒对方，于是他自报家门："太行道掌教千张机座下亲传弟子，李怀信。"

老道蓦地一怔，瞪大眼，仿佛难以置信，嗫嚅道："太行道……你……"

见对方一副受惊过度的模样，李怀信扬了扬眉。

那老道一瘸一拐地朝他走了过来，他下意识地握剑防备，岂料这老道蓦地停在他一米之外，非但没再发难，反而可怜巴巴地望着他，声音仿佛被砂纸打磨过，有些发颤，他说："是阿吉，找你来救我们的吗？"

这老头儿干瘦，苍老，脸色蜡黄，满面皱纹，穿一身洗到发白的破旧道袍，可怜巴巴地望着李怀信。他双眼浑浊发灰，仿佛蒙了尘，这一刻却突然变得目光炯炯，面带惊喜地问出这样一句没头没尾的话。李怀信感觉有点莫名其妙，他刚才没听错吧，这老道说的是"救我们"？

原本在贞白手里可劲儿挣扎的一早闻言，突然消停了。

老道迫切地问："阿吉呢？阿吉跟你回来了吗？"

李怀信蹙眉道："谁是阿吉？"

闻言，老道的目光瞬间黯淡下去，双眼似乎更加浑浊了，面上的惊喜之色亦转为失望："不是吗？原来你不是阿吉找来救我们的。"

"救你们？"李怀信觉得荒诞，"你盘踞在此，杀人养尸，困住整个村子，所作所为简直丧尽天良，罪该万死，我来，就是要将你千刀万剐的。"

老道脸色陡然一变，踉跄着退后一步，他摇头，一副难以接受的样子："不……不……不是的……不是这样的……"

李怀信内心也隐约觉得，一个丧心病狂地杀了半个村子的妖道，不应该是眼前这样一个两颊深陷、干瘪枯瘦、可怜巴巴的糟老头子，难道他是在做戏？

"不是？"李怀信神色一肃，厉声逼问道，"不是什么？当年你杀了半个村子的人，养尸炼尸，如今又驭尸入村害人，这一回，是企图灭掉整个村子吗？"

老道一屁股跌坐在地，恐慌极了，矢口否认："我没有，没有养尸，也没有要害整个村子……"

贞白按着一早，向老头质问道："这小东西，难道不是你炼出来的尸童吗？"

"她……"老道突然顿住，脸色惨白。

被贞白死死擒住的一早，在她手上徒劳地挣动了两下，说："他是我爹，养我炼我，没碍着谁吧？”

李怀信冷笑一声：“还挺理所当然啊，你们这些邪祟怪物，都是没心没肺没脑子的吗？他养你炼你，你就认贼作父？指不定当年，就是他把你弄死，再把你炼成尸童，你居然还回护上了。”

“对呀。”一早坦率道，“就是你说的这样。”

“什么？你知道自己是被他弄死的啊？”

一早点点头：“知道。”

李怀信大开眼界：“知道你还不找他报仇，还帮他一起害人，你这只小怪物是不是还被洗过脑……”

“因为他是我爹啊。”一早诚恳地说，“亲爹！”

李怀信和贞白皆是一愣，有些没反应过来：“什么？”

“他是我亲爹。”

虎毒还不食子呢，能是亲爹？亲爹能把自己女儿弄死了炼作尸童？李怀信说：“小鬼心性，你怕是给人骗惨了。”

一早翻了个白眼，嘀咕道：“你知道什么？！”

李怀信有点想抽她：“你认贼作父，帮他驭尸害人，你还有理了。”

一早抬头反驳：“谁驭尸害人了？”

这鬼丫头也是个狡猾的，李怀信算准了她会抵赖：“黎镇的玉阳江上游，马鞍山脚下，住着一个王瞎子，好好的却被行尸咬死了，后来应该是尸变了吧，然后你以凶铃引路，驭尸回到枣林村，把我们也一并引了进来，此举究竟是有意为之还是无意？应该是故意的吧？你跟了我那么长时间，一路跟到长平，又兜了这么大一圈，辗转回到枣林村，到底想干什么？”

一早眨了眨眼：“你问题太多了。”

老道却道：“一早，是你把他们带进来的？”

一早努了努嘴，不满地瞥了贞白一眼：“她能听见铃声，自己跟着来的，这妖道……”

李怀信脸色一沉：“说谁妖道呢，你这个爹才是妖道，自己搞搞清楚！”

“我爹不是妖道，你才该搞搞清楚。”

“杠上了是吧，他杀人养尸，还养出你这么个玩意儿，祸害整个枣林村……”

一早愤怒地瞪着他：“胡说！我爹没有害村子！他不仅没害，还救了半村人的命！”

“什么？”李怀信愣住了。

一早道：“可那些恶毒的村民却恩将仇报，要杀了我爹，我爹没有办法，被逼得躲藏在山中，他们爬不上山顶，我爹才逃过一劫。”

村里人说，这妖道杀了半村人，而这鬼丫头却说，这妖道救了半村人，几个意思？

双方说法不一，但村民们全员戒备的恐慌和惨状李怀信是亲眼所见。他们看上去的确是受害者，被行尸攻击，只能拿着几块破铜烂铁以命相搏，甚至为了寻找出路，挖了二十年的地道，对这妖道可谓恨之入骨。虽然那老蔡狡诈得令人切齿，可长期处于这种可怕的环境中，变成如此也是情有可原，况且，每次他提及妖道时，那从骨子里透出来的憎恨是伪装不出来的。然而，眼前这老道，却像一只丧家之犬，模样实在太颓丧了，根本没办法将他和一个法力通天、拿捏着全村人性命的妖道联系起来。不过，常言道：人不可貌相，海水不可斗量。究竟孰是孰非，眼下尚未能下定论。

斟酌一番之后，李怀信正欲开口，那边直来直往且脑子一根筋的贞白先一步问了：“你既救了半村人，他们为什么还要杀你？”

老道坐在地上，仰头望向贞白，浑浊的眼睛里蓄了一层雾气，他张了张嘴，却哑口无言。

贞白又问：“那之前的半村人，是你杀的吗？”

老道眼泛泪花，双唇开始哆嗦，像个受尽委屈的小孩儿。

一早见不得父亲受委屈，觉得他俩是在欺负人，嗔怒道：“不关我爹的事，他们本来就该死！”

李怀信忍不住伸手杵了下一早的脑门儿，训道：“谁该死谁不该死，你说了算啊？！”

一早被杵得偏了偏头，冲李怀信横眉立目地喊：“本来就是，他们该死，全都该死！”

“小兔崽子，喊什么喊，现在招了吧，怨鬼都不及你们这对伪父女心思歹毒，还全都该死？凭什么全都该死，人家做了什么伤天害理的事，就该死？”

一早被李怀信堵得说不出话来，眼巴巴地望着他，似乎认真地思考了一下他的问题，最后只是冷哼一声，巴掌大的小脸充满不屑：“你知道什么？！”

李怀信同样冷哼一声："我是不知道。"他扭过头，逼近老道，"所以我才问你，那半村人，是不是被你所杀？"

犯下这种该遭天打雷劈的罪行，一般人肯定是抵死不认的，但这老道似乎有点傻不拉唧的，他梗着脖子，赴死一般，眼泪汪汪地点了头，仿佛是被人架了把刀逼着承认的罪行，显得痛苦、委屈又无助。

李怀信没搞明白这人是什么情况，敢情杀了那么多人他还委屈上了？那些死了亲人的村民都没他这么委屈！

李怀信并不觉得老道这副可怜样儿令人同情，杀了那么多人，本身罪大恶极，怎么还好意思做出这副嘴脸？

李怀信逼视着他："这么说，你承认了？"

老道仰起脸，泪水从他浑浊的眼睛里滚了下来。

李怀信神色肃杀，语气陡然变得冷厉："那么，你杀枣林村一千七百余人，以阴山为穴，布千尸阵，栽柳聚阴，目的何在？"

一席话，像刺刀一样，刺得老道瑟瑟发抖，不等他回答，李怀信话音又起："这一千七百余人，可曾烧杀抢掠，为非作歹？"

老道仿佛被哽住了喉咙，半天才艰难地说出一个字："不……"

"不曾。"李怀信接过话，"那就皆是无辜者。"

老道陷入一种愣怔的状态："是啊，都是无辜的，那么多，那么多无辜的人，我……我……"

"你还布下大阵，把剩下的村民全数困在其中，只进不出。"

"不是！"老道突然大喝一声，斩钉截铁道，"不是！不是我布下的阵法，我耗尽心力二十年，也没有办法破阵，我也是被困在其中出不去啊，没有人出得去……"

李怀信心想，这人该不会是老糊涂了吧，居然睁着眼说起瞎话来，当他是缺心眼儿好糊弄呢？他摆摆手，打断老道的胡诌，道："老头儿，你是不是忘了件事？"

老道疑惑道："什么事？"

李怀信侧过身，指了指一早，道："你说没有人出得去，可你养的这只小怪物，不是尾随我兜了一圈儿吗？若不是你给她放出去惹是生非，我还真撞不进这个鬼地方。"

老道看向一早，眼中满是溺爱和疼惜，下巴一撮斑白的胡须抖了抖，他道：“我说的是没有人能出得去，一早，她不是人。”

李怀信与贞白对视一眼。

老道长叹一声：“也罢，这件事，我并不打算隐瞒，你是太行道弟子，那流云天师如今……”

“闭关了。”

老道点点头：“二十年了，外面早已变化万千，太行道如今的掌教千张机，是天师的大弟子吧？”

李怀信皱了皱眉，这人东拉西扯的，扯什么闲篇？

“二十多年前，我曾见过他一面，那时候他还是个小道童哪，跟在流云天师身边，也不捣蛋，像个小大人，说起话来有板有眼的，端正极了。”

现在是开始话家常，攀关系了？李怀信挑眉道：“你认得我师父跟师祖？”认得也没用！

老道却摇了摇头：“我区区一个青峰观的小观主，哪会有幸认识太行道的掌教天师，不过一面之缘罢了。”

“那你就别在这儿叙旧了，咱们叙不着。”

老道看了他一眼，目光投向远处：“这事说来话长。二十年前，我曾受邀前去参加一场论道，想着带两个徒弟出去见见世面，又不放心留内人一人守观，便都带上了。中途才发现，内人已有身孕，参加完论道，想着还是应该尽快回青峰观养养胎，便择日启程了。可这长途跋涉的，我担心内人经不住太长时间的颠簸，便中途在黎镇住了一段时间。眼见月份渐大，身子也重，内人却非要回去生产，只好继续前行。我们途经枣林村时，碰上几个村民说镇上有妖怪作乱，抓走了他们的孩子，想请我去捉妖。除魔卫道，本是天职，我义不容辞，就随他们进了村……”

第四十五章 七绝阵

这倒是与老蔡所说一致，李怀信没有插嘴，老道继续道：“只是，我将村子里里外外都寻找了一遍，根本没发现有妖邪作祟的痕迹，而那几个失踪的孩子也始终杳无音信，村民说有妖怪，然而谁都没亲眼见过，全是凭空揣测，所以后来我怀疑是人为，并让村民去报官。村民却说，两年前第一个孩子失踪的时候他们就去报官了，但凡官府能找到一丝线索，他们也不会怀疑有妖怪作祟而请我进村捉妖了。”

李怀信联想到嵌进桥墩和神像里的两具童尸，八成就是当年失踪的孩子，若是被妖怪抓走，应该骨头渣子都不剩了，所以他推测道：“是人为？”

老道点点头：“对，哪有什么妖怪啊，两年内一共失踪七个孩子，全都是人在作孽，人在作孽啊。”

李怀信道：“其中两个孩子，是被人嵌在了桥墩和神像里吗？”

老道倏地抬起头，愣愣地看着他：“你……你发现了？”

果不其然！李怀信道：“碰巧而已，不过……还有五个孩子呢？”

老道说：“我也是后来才一个一个地发现这七个孩子的所在，只是为时已晚。”

贞白追问：“什么意思？”

“就像你们看到的那样，他们分别被嵌在石桥、神像、山壁等村子周围的七处。”老道问，“你们可曾听说过打生桩？”

竟然与他之前猜测的一致，李怀信眉头一皱：“你是说，这些孩子是被人抓去做修桥建庙时的人祭？”

老道缓缓地摇了摇头，说：“不是修桥建庙，而是大阵，是为这个将我们所有人困在枣林村二十年的大阵而打的生桩！”

李怀信蓦地一怔。

老道说：“祭阵！有人在此精心布下大阵，最后，选了七个孩子来祭阵，我来之时，正好第七个孩子失踪，此阵渐成，待我后来慢慢发现，已经和全村百姓一起被困在了其中。

“起初我并不知道这是个什么阵法，我尝试过很多办法，不遗余力地去破阵，皆是徒劳。直到这村子里，路边的草木渐渐枯萎，到处可见蛇虫鼠蚁的尸体，河里的鱼虾死成一片，漂在水面上，腥臭扑鼻，农户家中的畜禽也无故死亡……这太蹊跷了，我心里开始生出不好的预感，却又不敢置信，这怎么可能呢？直到我发现一具具童尸，以打生桩的方式嵌在七处，我才猛然意识到，这是七绝阵！”老道面露惊恐，仿佛回忆起一场令人胆战的噩梦，连声音都变了，“易经八卦——奇门遁甲——七绝阵，那七绝阵乃是八门之中缺一门。”

李怀信不解，忍不住问：“所缺哪一门？”

老道重重咬字：“生门！”

贞白插嘴：“此中还有开门、休门，都属吉门。”

“吉？在其他的阵法当中，八门并存，开、休、生三大门能算吉门，可在这七绝阵之中，少了生门，而开门属金，有天地肃杀之合，为万物都收藏净尽之时，在此阵中，乃万物杀尽而不复生。休门属水，水杀万物，有霜雪之寒，纯阴之气，玄武之精，这里三光不照，为鬼邪所住，在此阵中，水亦不复始。吉则变凶！

“而七绝之所以为绝，就是要绝门绝户绝生灵。凡在七绝阵之中，所有的一切，草木不生，鸡犬不留！”

李怀信呼吸一窒，枣林村所发生的事，在老道嘴里一件一件串联起来，真相似乎呼之欲出，他在心里也生出七八分猜测。

老道的情绪激动起来：“你们以为我为什么会走投无路？！是因为在这七绝阵中，万物不生！一月之内，所有的草木人畜，都将被夺去生气，无一幸免。很快，村民们将开始七窍流血，接二连三有人死去，每个人都生活在恐惧之中，他们来求我，磕头下跪，哀号连连，可我想尽了一切办法，都无法破阵。

“那可是令人闻风丧胆的七绝阵啊，以我的修为，不管怎么做无疑都是蚍蜉撼树，以卵击石，根本不起作用，只能想办法出去找人来救。可是出不去啊，七绝阵没有生门，能怎么办呢？只有一个办法，那就是硬生生开出一道生门来！”说到此，老道握剑的手开始发抖。

贞白道：“你有办法开启生门？”

老道脸色惨白，表情十分痛苦：“若不到万不得已，我也不会，不会……出此下策！”

李怀信道：“若七绝阵如此凶险，你既能开启生门，就能将大家都送出去，又怎会是下策？”

“你知道要在绝阵中撕开一道生路，要付出多么惨痛的代价吗？”老道凄厉道，“我，杀妻弃子，一尸两命，才将我的徒弟于阿吉送出枣林村，让他在仅剩的半个月时间内，去太行山求救！”

李怀信屏住呼吸：“你做了什么？”

“天地生灵，皆是孕育而生，所对应的，不就是一条生路吗，所以，我才会出此下策，用十月怀胎即将临盆的内人做道场，剖其腹，开生门，却仅容一人出阵！”

闻言，李怀信只觉不寒而栗：“你竟然……用自己的妻子做道场？！”

他无法想象，老道在做这一切之时有多惨烈！

“就是这么残酷，我已经没有办法了，那一个月，我仿佛活在无间地狱里。你永远都体会不到，当一觉醒来，我的妻子也开始七窍流血，满身满脸都是血，止都止不住，我比谁都清楚，她熬不到生产那天，然后，我就拿她……就拿她……在那座送子观音的庙中，做了道场。”说到此，老道仿佛陷入魔怔，绝望地呐喊起来，“为了什么呀？为了活下去，为了让更多的人活下去！”

法剑从手中脱落，老道抬起颤抖的双手，目光涣散，仿佛看见这双手当时沾满鲜血的样子，妻子的话犹在耳边：“如果此法可以救下全村百姓，我跟孩子愿意豁出性命。青峰，你根本无须纠结，如今于我而言，豁不豁出性命，都是死路一条。最起码，这样死得有价值一些，能做此抉择，倒算是真正与你携手侠肝义胆了一场，无悔无憾矣！”

当年，他的小徒弟阿吉为了阻止他，跪在地上声泪俱下，那些话剜心般折磨了他二十年："师父，从小您就教导我们要舍己为人，可我一直觉得，我们这些名不见经传的小人物，不过是沧海一粟，窝在咱们那个与世无争的道观里说这些大仁大义，不过是喊喊口号而已。我从来都没想过，会有这么一天，为了苍生而付出一切。苍生，难道不应该是那些风云人物来拯救的吗？何时轮得到我们呀，何时轮得到师娘和一个还未出世的孩子啊？"

想到此，老道抹了把眼角的泪，深呼吸了几口。

这让李怀信想起在村里作祟的那具女尸，生生撕开孕妇的肚子，剖腹取子，被贞白镇在地道中。他们查看过女尸的肚子，也是被人剖腹取子后起尸，难道那具女尸就是这老道当年造下的祸根，是他的妻子，一早的母亲？

面对李怀信的疑问，老道脸色变了又变，嗓子哑得厉害："不是。"

他说："我当时的状态很不好，做道场开生门的时候，根本就不知道有村民偷偷潜伏在暗处，看完我所做的一切，所以……"

李怀信已经猜到了接下来发生的事，接话道："所以，他们就开始效仿你？！"

"对，他们以为这样就可以出去，所以那几个人，就私底下把一个即将临盆的妇人绑了起来……"老道喉咙艰涩地滚动，眼前闪过那一幕残酷可怖的场景，他说，"我没来得及阻止，根本就来不及。真正到了大难临头那一刻，他们都怕死，不惜残杀乡邻妇孺，这就是人性，我所看见的人性，便是没有人性。"

老道说："我曾因此无比自责，觉得这样的悲剧都是因我而起，是我的错，他们只不过是在依葫芦画瓢，是我引出了他们内心的恶念。但也因此，我总结出一个道理，要活着，就要有牺牲。"

可牺牲谁呢？谁都不愿意牺牲！谁都想要活下去，没有人甘愿为别人去死。

老道喃喃道："他们当然没有成功，如今也是自食其果了。而我，结局也并没什么不同。"

他继续道："自发现是七绝阵，我便想尽一切办法破阵。只有一个月的时间，做道场前前后后耗费了十天，再送阿吉出去，他就必须在二十天之内找到人回来破阵。然而我日盼夜盼，始终没等到阿吉回来，他……到过太行山吗？"

二十年前李怀信才刚出生不久，哪会知道是否曾有个叫于阿吉的人到太行山求救，想必是没有吧，否则太行道定不会坐视不理，让整个枣林村被困二十年。

所以那个于阿吉最后去了哪里？为什么没有去太行山求助？

既然在七绝阵中，一月内便会鸡犬不留，而如今二十年过去了，还有半村人活着，李怀信推测道："他没回来，所以你最后残杀了半个村子的人？"

"我没有办法，已经是道尽途穷。村民们匍匐在地上，七窍流血，脸上满是惊恐，他们哀号求救，就像炼狱里的怨鬼，置身岩浆火海，拼命想要爬起来，却只能苦苦挣扎到死。那种场景有多么触目惊心，没亲眼见过的人永远都体会不了。我想救他们，可我没能力破阵，就只能选择最残酷的方式，杀了一半的村民，布下千尸阵，以命以血以亡魂，来喂阵！

"然后栽柳聚阴，将整个枣林村变成了至阴之地，逆转七绝阵的磁场，才不至于被夺尽生气。

"你应该知道，这阴山阴地就是养尸之地，死后尸身不会腐烂，也最容易起尸，而活着的人，生活在这样的环境里二十年，自然阴气极重。

"若不是走投无路，我也不会这么做。"老道抬起老泪纵横的脸，"我想的是，能救一些是一些，却不得不犯下如此深重的杀孽。我错了吗？若换成是你，你又该如何抉择？"

李怀信只觉内心翻涌得厉害，对于没发生在自己身上的事，他向来不会为难自己去回答这种假设性的问题。

老道继续喃喃道："要救人，就要杀人；要做好事，就要做坏事。是与非，善与恶，都集于一身。就像，我明明救了他们，明明是他们苦苦哀求我帮忙，我救了，他们却恨不得吃我的肉，喝我的血，我只能躲在高山上，一步都不敢下来。"

老道吐出一口浊气，说："我知道他们为什么恨我，因为我救了他们，却杀了他们的至亲至爱，他们的妻子、孩子或者父母，这样的血海深仇，就算我的出发点是为了救他们，他们也不可能感激我。

"但我也为此失去妻儿，付出同等惨痛的代价。最后我只想把我的孩子留在身边，因此，才养起了死胎。"

听到此，贞白不禁松开了钳制住一早的手。

一早重获自由，箭步冲回老道身边。老道连忙护住她，心疼地把她圈进臂弯里。

李怀信有一点不明白："既然要杀，为何不直接选择半村人，将他们全家老小都杀了？”反倒每户都杀一半留一半，让大家失去至亲至爱，这种折磨人的做法不是存心招恨吗，变态啊!

“因为要喂阵，不只需要性命和亡魂，还要那泼天的怨和恨。”老道说，“况且，我根本没的选，也不是我想杀谁就能杀谁的。要逆转七绝阵的磁场，必须在一个前提下完成，就是用罗刹点将术。”

贞白神色一肃：“罗刹点将？”

李怀信也曾有所耳闻，神色变得凝重起来：“这是一种佛门的邪术吧？”

老道说：“是，我曾在一名梵僧那里得过一本古籍，上面记载了以罗刹点将术布千尸阵，二者结合，哪怕这里本是一块福地，也将生生逆转为殍地。”

李怀信算是长见识了，他偷偷摸摸下趟山，真是大开眼界。千尸阵和罗刹点将，这俩叠一块儿简直天理不容，这老头儿用这么伤天害理的禁术，当真不怕天打雷劈？！

老道继续说：“以七绝阵为基，在地脉之上铺阵网，每个人所处的位置，就会自行分出阴阳。

“那么整个枣林村，排除已故之人，剩人丁三千六百六，则是，命成阴阳分左右，阳为中军阵不动，阴为先锋随铃走。”

贞白抓住其中一个重点：“随铃走？所以她手上这串凶铃是？”

“对，原本的道铃，就是因此变成了凶铃。”老道颤抖着，像根一折就断的枯枝，“它是我造下的杀孽，又在这样一个绝境中，因罗刹点将而起，承载千百条人命，被鲜血怨念浸染而成。”

第四十六章 指环主人

全程听下来，李怀信的神经始终处于紧绷状态，他内心翻涌，久久无法平静。这也太折磨人了，堪比把人投进油锅里炸个几千几万遍，生不如死。这样的事偏偏被这倒霉的老道给摊上了，且不论他身处无间囹圄、杀人布阵的所为是对是错，就李怀信个人而言，已对这个之前他认为该千刀万剐的“妖道”生出了敬畏之心。他从小自视甚高，少有把谁放在眼里，这丧得不能再丧的老道算是一个了。

在七绝阵中被虐得生不如死，还为了大局亲手杀死妻儿，试问天底下有几个人能扛得住这样的痛苦，估计多数人早就找棵歪脖子树上吊了，或者在发现是七绝阵时就跟大伙儿一起认命地等死，何必做那么多费力不讨好的事，还备受内心煎熬，最后只能躲在山顶，过着人不人鬼不鬼的日子。

他做这一切，无非是为了让更多人活着！扛到如今，历经无数次崩溃，却不曾放弃，也算是个人物了，而且他居然还抱着一丝希望，等一个二十年不归的人回来救他们。简直痴心妄想，一个好不容易死里逃生的人，又见识过七绝阵夺生的威力，应该是无比惊恐的，而且明知短短一个月内这些人就会死绝，他既没能在期限内赶回来，那么二十年后就更不可能再回来了。

老道还在傻了吧唧地自言自语：“我……等了二十年！”

在枣林村这炼狱般的二十年里，被他送出去找援助的阿吉成了他唯一的希望，因为这点希望，才能支撑到如今。直到有一天清晨醒来，他听见丁零零的声响。

老道说：“山顶没有铃铛，其实一直以来，我都惧怕铃声。我曾因为铃铛害死过很多人，我以千只铜铃布在千尸阵外，但凡有人闯入阵法内，就会被铃音摄魂，被阵法困住，出不出得去，只看造化。”

李怀信也是遭了此道的，他深知这个铜铃阵的厉害，道：“普通人但凡入阵，都是九死一生，你布下此阵，可是一丁点儿都没对谁留情啊。”

“为了防止村民上山破坏千尸阵，我无法留情，只有让他们有来无回，他们才知道害怕，不然，我所做的一切都将功亏一篑，那么这半村子的人也就死得毫无意义。”老道深吸一口气，想让自己的心绪平静下来，“我一直都在提醒自己，我是为了救另一半的村民才出此下策的，只有这样，才能让自己稍稍安心，不至于认为自己罪无可赦。如此日复一日地苦熬了二十年，有一天我突然听见了铃声，是来自一早手腕上的那串凶铃。如同报应一般，当年我为了自己的一点私心，没有将已是死胎的孩子埋葬，而将其祭养在身边，我想过了，如果阿吉不能如约回来，我就会杀掉半村人，所以一开始我就是有预谋的，我想一举两得，遂把铃铛拴在了一早手上，以此为主导，再施罗刹点将术，这于死胎而言，则是千人血祭。”

李怀信不可思议地睁大眼：“原来这鬼丫头，是这样‘死而复生’的？！”

“我自知罪孽深重，一定会下地狱，所以我听见了铃声，就知道自己已经时日无多。我怕自己等不到阿吉回来，我死后，一早怎么办？村子会怎么样？他们还能安然无恙地继续活下去吗？”他说，“我想了很多，每天头昏脑涨的，直到有一天，我想，既然开不了生门，不给活人留生路，那就走死路啊，让死人走死门，这样总行吧？最后证明，我的想法是可行的。也许是皇天不负有心人，也许是天无绝人之路，我终于成功地把一早送了出去。”

听到此，李怀信忽地想起在进阵之前，他们被凶铃引到悬崖边上，他以为前方无路了，贞白当时说有死路，死人走的路，听得他云里雾里的，原来是这个意思。所以，这女冠早已察觉到那里有个阵法所布下的死门吗？

老道继续说道：“我让她去找阿吉，但是一定要避开修道之人，否则她就会有危险，我不能让她去冒险。不料，她还是招惹上你了，万幸的是她没有出事。”

一早在老道臂弯里反驳道：“我没有招惹他。”

李怀信道："你跟踪了我个把月，又在玉阳江边驭尸杀人，为非作歹，还把我们引入七绝阵，这还不叫招惹？"

一早扬起小脸，愤然道："我没有驭尸杀人！我不知道那具行尸是什么时候误打误撞，居然出了死门，还在江边咬死了人。我驭尸，只是想将其引回村子，却不料把你们也引了进来。"

李怀信才不信这鬼丫头，他挑眉道："引我们进来是意料之外吗？"

一早咬了咬嘴唇，坦言道："我之所以一直跟着你，是因为那天误打误撞碰上了，听见你跟你那个同门说话，得知你们是太行道弟子。我爹以前时不时会说起太行道的厉害，什么是国教啊，受天子倚重啊，还每天眼巴巴等着太行道的人来救我们，所以我才想把你们引进来。"

原来如此。

一早继续道："我爹让我去找阿吉，可这天大地大的，我上哪儿找去？我只知道阿吉二十年前去过太行山求助，却没能搬来救兵，我就想问问，是不是你们太行道见死不救？"

李怀信横了她一眼："他到没到过太行山还不一定呢，说不定这人好不容易逃出生天，不愿再回去冒险，遂躲起来苟且偷生，弃你们于不顾了。"

老道连忙为徒弟辩护："不，阿吉不是这种人。"

"人是会变的，更何况人心难测。你方才不是也说，大难临头没有人性可言吗？！"

老道瞪着浑浊的双眼，嘴唇颤抖着，却无言以对。他怎能相信，他牺牲妻儿，付出如此惨痛的代价，却换来徒弟的背弃呢？李怀信这番话直接扎到了他心里最脆弱的地方，他摇摇欲坠，似乎接受不了这个事实："不会的，阿吉，他不会的。"

那是他一手抚养长大的孩子，是个尊师重道、心地纯良的孩子，怎么可能弃他于不顾，弃全村百姓于不顾呢？

一早搀住老道，恶狠狠地瞪着这个戳她爹心窝子的李怀信，她咬了咬后槽牙，豁出去一般，伸手从衣兜里掏出一枚指环，说："阿吉不是那样的人，他只是……遇害了。"

老道倏地睁大眼，颤抖的手接过那枚指环，细细看过，正是当年他亲手交给阿吉的，他让阿吉以此为信物，去太行山求助，就说是青峰观观主的。

老道颤抖着，难以置信："你找到他了？"

一早答："是，我找到了他的尸骨，被埋在一个农户的家中，埋了整整二十年。他没有弃我们于不顾，他只是，还未上到太行山，就不幸遇害了。"

当年阿吉离开的时候，她还是个死胎，不曾认识阿吉，父亲让她去找阿吉时，曾画下这枚指环的图样，让她找到手上戴这枚指环的人。

贞白看见那枚指环时，也是一愣，蹙眉道："这枚指环，是……"是从埋在王六院中那具无名尸的手上取下来的！

"是我爹给阿吉的，就是我爹的，不应该呈交公堂。"一早转头望向贞白，说，"爹爹叮嘱我，出去以后不能害人，所以找到它时我就报了官，总要将恶人绳之以法吧。"

只是没想到，阿吉的死因未破，却牵扯出另一桩案子。

贞白没想到的是，那具被埋在王六家院中的无名尸，竟是好不容易才从七绝阵里逃出去求助的小道士。两者之间，居然那么巧合地牵连在一起，实在令人难以置信。

而更让老道难以置信的是，他等了二十年的徒弟，早已经埋入黄土，化成一堆白骨。

一早之所以回来后没有提及此事，就是不想父亲知道阿吉遇害后痛心难过，宁愿说还没找到，起码还能留给老头儿一丁点儿念想。谁知被这李怀信一通搅和，非说阿吉背信弃义，毫不留情地往她爹心上扎刀子，把老头对阿吉的信任、希望以及多年来的苦苦期盼搅成一摊血肉，这人简直坏透了。

老道攥紧那枚指环，失魂落魄道："阿吉，他怎么会……遇害了呢？"

一早抿了抿唇，似是不忍心，她总不能告诉老头，阿吉这个不争气的，跟师父修习多年，却不务正道，跑去教人家以魂养魂，反倒把自己小命给搭进去了吧。她不想让老头寒了心，索性隐瞒了下来，说："不知道。"

贞白本欲说什么，被一早警告性地盯了一眼，立即了解这丫头的用意，她话已到嘴边，又生硬地拐了个弯："如此说来，我们现在都被困在了七绝阵中？"

老道垂着头，脑袋似有千斤重，艰难地点了点头："若无法破阵，谁也出不去。"

"所以这小鬼明知道有进无出，却还故意将我们引进来，安的什么心？"李怀信脸色阴沉，语气也极其不善，"是想把我们也困死在这里？"

一早道："你不是太行道的弟子吗？"

"敢情你以为但凡是个太行道弟子都能破七绝阵？我真是谢谢你这么看得起我啊！"这丫头还能再缺心眼儿点吗，真以为太行道的弟子个个都是大能不成？而且像这种能灭掉整个村子的大阵，堪比饕餮一样的凶兽。你要杀掉一只凶兽，岂是随随便便就冲上前的？起码得先报备一下，让人掂量掂量能不能应付，如何应付，要怎样修为的人才能应付，就这样贸贸然地把他们引进来，不是坑人吗！

然而，这小鬼非但没觉得自己坑人，还理直气壮得很："我爹不让我跟修道之人碰面！"

这理由把李怀信气得想抽人："所以你就来阴我们？！"

老道赶紧护犊子，把一早拉到自己身后，诚恳地道歉："对不起，小女恐怕连累二位了。"

把人连累到几乎被困死的境地，道歉顶个屁用，他李怀信向来不是个宽宏大量之人，前二十年的人生可谓顺风顺水一路坦途，无论是王孙贵胄，还是太行山的师尊长辈，都不曾让他吃过半点亏。谁知下了山入了世，被这些个不知所谓的人坑了一把又一把，简直是吃了熊心豹子胆。

一早半躲在老道身后，迟疑道："所以你也破不了七绝阵吗？"

嗬！李怀信都快没脾气了，在此之前，他连七绝阵是个什么玩意儿都不知道，怎么破？拿剑捅破吗？但凡他有点头绪，也不至于现在满肚子邪火！

一早转头，仰视贞白，问："那你呢，你能破吗？"

突然被三双眼睛齐齐地盯着，贞白负手，在背后握紧了手上的沉木剑，半晌才道："试试吧。"

李怀信偏了偏头，眼睛一弯，长睫若羽，盖住一半眼球。

贞白正好对上他一双笑眼，有些莫名其妙，这人阴晴不定的，这会儿突然又乐什么？

李怀信道："你说试试，就是行咯？"

贞白："……"她什么时候给了他这种错觉？

闻言，老道那双浑浊的眼睛为之一亮，仿佛回光返照，说："你真有办法破阵？！"

贞白："……我说的是试试。"

李怀信弯着一双好看的桃花眼，似乎已把身家性命全押在她身上："怎么试？”

贞白顿了顿，道：“先去死门看看。”

四人正欲下山，贞白突然想起来还未请教老道的名号。

老道作揖道：“贫道乃青峰观观主，道号青峰子。”

贞白颔首，称其一声：“青峰道长。”又问，“你可知，是何人布下的七绝阵？”

青峰子摇了摇头：“我来时，此阵已成，然后稀里糊涂便被困在了其中，根本不知道是何人设下如此凶阵，竟企图灭绝整个村子，也没留下任何蛛丝马迹。”

闻言，贞白的眉头蓦地蹙紧，她不知道是否自己多疑了，但青峰道人的徒弟于阿吉从枣林村出去之后，是死于长平乱葬岗附近的城镇中，这么一关联上，她忍不住大胆推敲：这七绝阵的七门，会不会也和乱葬岗的七座山有所联系？

她沉吟道：“七门，七山，都是七？”

第四十七章 火拼

听着是没头没尾的一句话，却让历经过两地大阵的李怀信倏地一怔：“你的意思是，长平乱葬岗和这里的大阵，是同一人所为？”

“我只是……”她是有种预感，但预感这种东西，向来没有说服力，于是她沉吟道，“……只是猜测。”

李怀信呼吸一窒，因为这猜测不无可能，如果真是同一人所为，他简直不敢想象，因为这事儿太大了，大到以他现在的阅历，根本想象不出此人这么做的目的究竟是什么。

青峰子听不懂他们在说什么，刚要开口问，李怀信道：“这不是一般人能办到的，也不是任何人凭一己之力就能办到的。”

长平乱葬岗的大阵和此地的七绝阵，都不容小觑。

青峰子恍然大悟：“你是说，有邪道组织在暗中活动？”

李怀信瞥他一眼：“说不准。”

“这江湖上，有什么邪道组织？”在他的印象中，自己被困于七绝阵之前，从未听闻有什么邪道组织在民间有动作，而且是这么大的动作，居然避开了各正道的耳目，神不知鬼不觉地，布下这么逆天的大阵。

李怀信道：“这些歪门邪道，五花八门的，但都零零散散，各自私下活动，最多也就在民间装神弄鬼，骗吃骗喝，都是些毫无本事的三流，甚至连三流都算不上，没听说过有成气候的，也成不了气候，更不敢冒天下之大不韪，倒行逆施。若说有头目，把这些群龙无首的废物召集利用起来，混迹于人群，倒也可能为祸人间。但是，倘若如此就太引人注目了，因为越多人知道，就越容易走漏风声，不可能如此神鬼不觉。”

贞白道：“除非，他们也被蒙在鼓里，不知道这么做会引起什么后果。”

李怀信口无遮拦：“这么蠢吗？”就算这些蠢货不知道自己在干什么逆天的坏事，也应该知道如此大规模的行动，难免会被正义之士或太行道发觉。

贞白：“……”聊不下去了！

李怀信道：“干坏事就不用带脑子？怎么也该先想个明白吧！”

“也不一定。”青峰子插话道，“好比权贵下令做什么，侍奉者一般都会遵从。”

“遵从，不代表内心不琢磨，否则怎会有那么多人揣摩君心，一个指令就会牵引出各种假设……”李怀信突然顿住了，觉得他们现在说的都是题外话，争辩下去毫无意义，就算分析再多，也只是凭空猜测，目前最紧要的，是如何才能破阵。

此间腥臭冲天，李怀信憋着气，几欲窒息，实在一刻也待不下去了。

山体陡峭，四人缓步下行，悬挂在草茎上的铜铃一直发出丁零零的脆响。

李怀信垂头看了眼掌心那道割裂的伤口，仍在少量渗血，他撕下一截衣摆，潦草包扎，单手打了个结，用嘴扯紧，问道：“千尸阵里的这些尸体，是什么时候开始起尸的？”

青峰子拖着伤腿，咬牙忍痛，一瘸一拐地跟在他后面，回答道：“可能是最近几日吧，我一直待在北山顶上，不曾察觉，直到一早回来告诉我，说有行尸攻击了村子。我心里咯噔了一下，立即到千尸阵查看，不料竟正好遇到行尸，还遭到了攻击，差点丢了性命，多亏了你们……”

“等等。”李怀信驻足，突然想到有个地方不对劲，他挑眉转身，道，“这小鬼手上戴着凶铃，不是会驭尸吗，为什么你们会被这些行尸攻击，还差点丢了性命？”

这鬼丫头总不可能驭尸杀自己和亲爹吧？

青峰子长叹一声：“具体我也不甚清楚，只能凭经验猜测，可能是这些人曾被道铃所害，死后怨气撞铃，使其变成凶铃，那么因此而死的人，再听见铃声，非但不会被凶铃所驭，反倒会被加倍催出凶性，反扑执铃者，简单来说，就像蛊婆养蛊，蛊虫最终反噬宿主，一个道理。”

“难怪，”贞白道，“那些行尸会对你们穷追不舍。”

一早搀扶着青峰子，顺嘴接道：“就说了我没有驭尸杀人。”

李怀信却道：“如今千尸阵中的尸体接二连三地起尸，那么接下来，埋在地下的尸体会不会全都……”

青峰子脸色骤变，低喝一声：“坏了！快！”情急之下他向前迈出了一大步，伤腿吃不住力，伴随着一阵尖锐的刺痛，他脚下趔趄，整个人向前扑去。一早毕竟只是个孩童，力气小，撑不住，也跟着一起往前栽。李怀信及时伸手将这一老一小扶住，却被拉扯到掌心的伤口，痛得“嘶”了一声，明明只是搭把手，却好似抬了两只千斤鼎一般，待松手时，他感觉浑身的力气仿佛都泄尽了，虚弱得要命。

青峰子顾不上言谢，急切道：“快！不能让那些行尸去到村子里，我们还得赶紧想个法子，以防接下来有更多尸体起尸。”

然而当他们下到千尸阵，已经到处坑坑洼洼，那些原本被埋在地下的尸体，全都掀开了泥土，不知去向。

青峰子脸色陡然大变，他瘸着一条腿，着急忙慌地往前赶，也顾不得伤口还在流血：“坏了，出事了，我们得赶紧下山救人。”

李怀信紧跟其后，却忍不住问：“那些村民要杀你，你却还要救他们？”

“当初我不惜一切，好不容易才救下这些人，难道就这么不管了吗，那我所做的这一切，坚持到现在，又有什么意义？”他说，“如果一开始我就不管不顾，任由他们在七绝阵中自生自灭，那么这些人命都无须我来背负，但我既然没有选择袖手旁观，而决定背负半村人的命债，转变七绝阵的磁场，那么这些因果报应自然也一同落在了我的身上。我把这里变成了阴山阴地，才养出这千百具荫尸，这些荫尸因我而起，若再去杀人，则是我造下的孽，所以枣林村全村人的生死，都与我息息相关。”

李怀信觉得蛮惊奇的，居然有人历经苦难却依然心怀众生，用他衰残的身躯，把一群人的生命一肩扛起，这究竟是可贵还是傻呢？他在迫不得已的时候做了惨无人道的事，又在惨无人道的绝境之中救苦救难。

李怀信心里五味杂陈，问：“现在千尸阵破了，会对七绝阵有什么影响吗？”

“不会有什么影响，因为当初我布千尸阵，目的就是要将此地逆转为殍地，既然整个村子已经完全变成了阴山阴地，千尸阵破也就不会再有所影响。”

李怀信道：“所以现在这个七绝阵，除了困住大家，应该没有什么危害？”

贞白道：“但那些死去的人起尸了。”这也算是一种危害吧。

李怀信没再接话，闷声下山，自方才闯铜铃阵后，他就开始力倦神疲，耗到现在，一直都是强打着精神。毕竟底子还没恢复，进了枣林村又开始被村民连番折腾，两天一夜不眠不休，不吃不喝，就是铁打的身子也扛不住。他只觉得自己快要被熬死了。但这女冠到底是不是人？他们一直形影不离，被凶铃引入枣林村时，他起码还在破庙里昏睡了半宿，这女冠却连夜潜入水底查看童尸，到现在已经挺了两天两夜，却一点疲态都不显，一副还能与行尸大战三百回合的精神头，究竟是个什么体质？

李怀信咬紧牙关，一路撑到了村子，远远就听见惊呼哀号，一声比一声惨烈。

一千多具行尸，推倒了栅栏，蜂拥而入，向那些举着刀剑欲抵抗的村民龇开獠牙，啃噬着一具具血肉之躯。

有村民将锋利的刀刃插进行尸的小腹，后者无知无觉，凶猛地往前一步，任长刀把自己扎了个对穿，继而举起利爪，狠狠戳进对方的皮肉里。那人惨叫一声，鲜血从肋下飙出，溅了行尸一脸。那人疼得松开刀柄，欲往后退，却挣不开行尸的钳制，一声“救命”尚未出口，就成了行尸的嘴下羔羊，被一口咬断了咽喉，又被扑上来的几只行尸分食……

一场屠杀已经拉开序幕，赶来的四人目睹此场景，几乎是毫不犹豫地，纵身跃入尸群，提剑斩尸！奈何行尸数量庞大，四处攻击人群，撕碎了夺路而逃的妇孺。他们四个人势单力薄，根本救不过来，甚至纷纷陷入围攻，难以脱身。

贞白刚从危难中救出一个小孩，堪堪解决掉两具狠扑上来的行尸，一偏头，又见三步外一名老人被尸群围攻。贞白一只手举着小孩，一只手挥着木剑砍过去，有些应接不暇，只能把孩子朝空中一抛，朝旁边的李怀信喊道：“接着！”然后迅速把尸群中的老人拖住，以剑横扫脱围。

一片兵荒马乱中，李怀信刚救下两个人，正在单挑十几具行尸，本就分身无暇，突然听闻一声“接着”，还没反应过来，便见一个一米来高的小孩从天而降，还伴随着一阵惊恐的哭喊，李怀信措手不及，只能将刚救下的两个人猛力一踢，将他们踢出群尸的围攻范围，然后手忙脚乱地接住孩童，只觉手臂狠狠一沉，差点给他砸骨折了，他踉跄两步才堪堪站稳。更可怕的是，这孩子的哭功堪比狮吼，被李怀信接住后，直接趴在他肩头，附在他耳边歇斯底里地号哭。那哭声尖锐刺耳，刺得李怀信几乎失聪。这该死的女冠！

李怀信忍不住低吼一声：“闭嘴。”

那熊孩子非但没闭嘴，反而死死搂住李怀信的脖子，哭得更起劲了。李怀信刚想把孩子扔到一边，又一群行尸扑了上来，瞬间把那孩子吓得小便失禁。

李怀信一剑砍出去，旋身退避时，突然感觉手上一片湿热，鼻子比狗还灵敏的他马上嗅到了一股尿骚味，气得他一口气没喘匀，差点不想活了。

这该死的女冠！李怀信气惨了，几乎是恶狠狠地回头看了眼被淹没在群尸中的贞白，只隐约看见一个玄色的身影。似乎有些眼花，他觉得头重脚轻，一边挥剑扫开行尸，一边体力不支地退后，试图把那孩子从身上扯下来，奈何他现在的臂力，居然连个小孩子都不及了，费了半天工夫，硬是没能把这哭喊连天，还被吓尿了的孩子扯下来。

即便不愿意，但他还是不得不朝尸群中的人喊了声：“贞白——”

望着又一群蜂拥而至的行尸，李怀信只觉一片眼花缭乱，实在太多了。随即，他撑着剑，猛地半跪了下去，群尸猛扑上来，他下意识地挥剑去挡……耳边嗡鸣不绝，脑子恍恍惚惚，不能倒，在这种性命攸关的时刻，决不能倒，即便已是强弩之末，他也还能再撑一会儿。

待这阵晕眩过去，也不过是须臾之间，当他意识回笼时，贞白已经挡在了他面前，面前放倒了一大片，却冷不防被一具行尸的利爪捅进了侧腰处，她旋身，将那行尸一剑斩首，行尸倒下时，那只利爪划过她的后腰，划拉出五道深深的血痕。

李怀信一怔：“你……”

贞白又踢飞了两具行尸，感觉不到疼痛似的，抬手将沉木剑刺穿了行尸的头颅，因动作幅度太大，腰部的伤口被扯开，血浸湿了她腰间的衣料。

她远远地对着陷在尸群里搏斗的一早喊道：“用凶铃，把它们引到后山去。”

一早闻言，重重一点头，举起手，用力晃动。

那边青峰子挥开一具行尸，又以右肩狠狠一撞，顶开紧扑上来的一拨，他手腕翻动，法剑扫出去，杀出一条血路，他朝一早低吼：“让我来！”只是刚上前两步，又被另一拨扑来的行尸堵住了去路。

第四十八章 眉心红痕

一早身手敏捷，手持短匕，在尸群中左闪右避，像泥鳅一样，眼看就要被两具行尸夹击，她一侧肩，迅速从两尸相并的窄缝中溜了出去。迎面又有一具行尸狠扑上来，一早猛地刹住步子，往右侧瞬移，那具行尸则直接扑倒了两名同伴。

奔跑中，她举起胳膊，用力一晃，欲做凶铃引路之举，纤细的手腕却蓦地被一只发青发灰的腐手攥住了。一早反应不及，猛地一愣，她用力挣扎，奈何人小力薄，根本挣不脱这力大无穷的行尸，对方只轻轻一提，就把她整个儿拎了起来。一早双腿悬空，挣动间胡乱蹬腿，踢中行尸的大腿，行尸毫无知觉，一早慌乱之下大喊道："都是同类！"

闻言，这厮没有要将她生吞入腹的意思，下一刻，却是要把她活活撕了。意识到对方的企图，一早大惊失色，在对方抬起另一只手时，她把手中的匕首狠狠捅了过去，再用力一旋，直接把那手给挑断了。感觉到一丝松动，一早赶紧挣开钳制，在另一具行尸扑过来的瞬间，她猛地一个深蹲，那行尸的手堪堪从她头顶扫过，抓了个空。

一早如箭离弦，猛地飞奔出去。她一边晃铃，一边往外围冲，欲将行尸都往后山引。

只是，她突然发现，虽然身边不断有行尸围攻，但它们并非被凶铃催发凶性，反扑持铃人，而只是出于本能地攻击。而且，这凶铃似乎对它们不起任何作用，因为远处的行尸在听见引路凶铃的时候，全都无动于衷，仍然一个劲儿地扑向村民。

“怎么回事？”

远处的贞白也意识到了这种状况，心下疑惑。

“没用吗？”李怀信此刻总算把那熊孩子从身上扯下来，忙乱之中问了一句。他环顾四周，正发愁把孩子扔哪儿，无奈四处都有行尸，虎视眈眈、如饥似渴地朝他们拥过来，把那孩子吓得抖如筛糠，歇斯底里地喊着“不要不要”，然后拼命往他身上黏，糊了他一身的眼泪鼻涕，把他恶心坏了。他伸长胳膊，把人推出去，手掌死死抵住又要缠过来的孩子，快被这小屁孩给搞疯了，居然比行尸还难缠！

贞白干倒一具行尸，刚回头，就见身后这一大一小拉拉扯扯的，遂问道：“干什么？”

李怀信还来不及回答，又见有行尸张牙舞爪地扑过来，他提剑一挡，剑刃卡在行尸口中，随即他狠力一拉，割裂那行尸半张脸颊。

费力应付行尸的空当，李怀信稍不留神，就给那熊孩子钻了空子。小孩从未经历过这样血腥残暴的一幕，眼珠子差点瞪出来，如同受惊过度的小兽，惊叫着一头扎进李怀信怀中，鼻涕眼泪一股脑儿全蹭到其胸前。

李怀信气得七窍生烟，忍无可忍，低骂一声：“小兔崽子……”然后毫不留情地扭住其胳膊，差点给人拧折了。小孩疼得哇哇大叫，不得不松开，结果下一秒，就被这不知轻重的家伙一抛，皮球一样甩了出去。

贞白瞠目，没料到临危之际，他还会干出这么缺德的事：“你干什么把他扔出去！”

那孩子挂在一个树杈上，差点摔下去，连忙手脚并用地抱住树枝，底下有行尸伸手一抓，撕下他垂下去的一块衣料。小孩夹紧屁股，拼命抬高，抱着树枝继续号哭。

李怀信这祸害正在气头上，瞥了眼稳稳当当挂在树杈上号哭的小孩，好没良心地说道：“缠死个人了。”

“他还是个孩子，太害怕了才这样，你就不能迁就一下？”

“你不也把这小兔崽子扔出去了？”李怀信没忍住怼了起来，他还没讨伐这女冠呢，她倒先来指责他的不是了。

什么叫“迁就一下”？也不看看现在什么形势！李怀信气不打一处来，踹开一具行尸，发泄般说道：“我凭什么迁就他，我才是该被迁就的那个。”

贞白：“……”

她抬眼，确定挂在树上的小孩是安全的，又回过头，望着眼前的一片兵荒马乱，村民被群尸追着四散逃窜，惊恐地哀号着，嘶喊声、尖叫声杂乱无章地涌入她的耳膜。他们喊着“救命”，就像二十年前，他们在七绝阵中命在旦夕，绝望地呐喊，如今他们再次身临绝境，只是这一次，却是来自死去亲友的屠杀。

有人摔在血泊中，慌张地往前爬，却被行尸拖住了腿，他拼命挣扎，痛哭出声：“杨婶，别杀我，杨婶，别杀我……”

有人叫哥，有人叫爹，也有人叫姐姐……每一个村民都在垂死挣扎，几乎被绝望淹没。他们逝去的亲友乡邻变成怪物，从地狱里爬回来，残杀村民，六亲不认，嗜血吃肉。

此时，远处的一早晃动着凶铃，却丝毫不起作用，急得直跺脚。

贞白纵身一跃，踏过行尸的肩头，落到挂着小孩的那棵枣树下，踢开围着树干的两具行尸，发觉它们已经把那孩子的屁股蛋给挠破了，留下几道血印子。

她扶住树干，将力量源源不断地灌进去，扎在地底的树根开始疯长，然后被催动着破土而出，绳索一样，缠住了几具猛扑向村民的行尸，缚住其脚踝，再蜿蜒直上，将其捆了个扎实。

一切发生得太突然，以为自己死定了的村民还没反应过来，就见扑过来的行尸被树根缠住。他们看着眼前的行尸狰狞的脸，想到自己差一点就做了其嘴下亡魂，吓得屁滚尿流……

李怀信正费力作战，举起的长剑还未落下，只见一截树根扎穿了眼前那具行尸的身体，藤蔓一样从其骨肉之中钻出来，然后爬满全身。即便他曾在乱葬岗亲眼见过贞白操纵树根兜住崩塌的山石，垒成峰峦，如今再次目睹，仍不减震撼。

他很快冷静了下来，朝众人喊道：“大家不要乱跑，全都聚到这边来！”

大难临头，村民们全都成了无头苍蝇，在尸群里撞得头破血流，早已失去了理智和方寸，他们一味惊叫哭喊着，那声音如浪潮般，将李怀信的声音淹没。

附近的一些村民倒是听见了。他们死里逃生，被突然钻出来的树根所救，原本已经被行尸吓破了胆，如今又看见地里钻出来这么诡异的东西，差点没疯掉，正瑟瑟发抖呢，就听见这一声大喊。他们回过头，正好望见贞白立在一棵枣树下，手扶树干，那树根突然像活了一般，简直成了精，不断在繁殖增长，密密麻麻生出许多新的根茎，往四周无限蔓延。

无数条粗细各异的树根破土，有些从行尸的脚底扎过去，穿过脚背直上，缚住那一双双挥舞的手臂，将之禁锢在原地。

贞白屈起手指，扣住树干，不断灌入阴气，随着时间的推移，似乎显得有些吃力了。

不知是不是错觉，李怀信发现她紧蹙的眉心中间，那抹红痕变得比之前鲜红了几分。他下意识地回忆，在乱葬岗的时候，这女冠的眉心似乎并没有这抹红痕，他不太确定，但在他的印象中，应该是没有的。而那抹红痕，此刻正一点点变得殷红，仿佛眉心渗出来的鲜血。

就在李怀信琢磨之际，贞白沉声道："让村民都到这边，把行尸引过来。"

她望了眼四周，稀稀拉拉长着三棵营养不良的枣树，树与树之间的距离很远，她催长的根茎扎出去不到十丈，就无法再向前蔓延，仿佛已经到了极限。

显然，李怀信看出了她力有不逮，立即朝远处的村民大喊了几声。附近那些个大难不死的，因树根而得救，立即判断出此地才是安全地带，纷纷逃命而至，并开始帮着呼喊其他人。

青峰子闻声回头，远远望见树根缠尸这一幕，不可思议地瞪大眼："她居然……"一个走神，差点被行尸卸了胳膊，幸亏他立即反应过来，法剑猛地挥出去……

远处的村民纷纷回过头，虽不知发生了什么，但见数十具行尸被类似绳子一样的东西捆住，再加上有其他村民在呼唤，他们纷纷狂奔而来。然而有些人中途便被行尸拦住了，危在旦夕。

李怀信疾步奔向尸群，心一横，卸下剑匣在地上摊开，他觉得自己今天真的要累死在这儿了。来不及想自己如此拼命救这些不识好歹的村民到底值不值得，也来不及计较之前他们是怎么坑他的，危难关头，七魄剑齐发，如七道凌厉的光，直刺而出，削断十数具行尸的头颅。奈何他现在实在太虚，已经驭不起一个剑阵，即便强行驾驭，这里头还混杂了无数活人，全部包围的话，以他目前的状态，根本无法精准地操控剑刃，定会伤及无辜。

他为那些中途被行尸拦截的村民挣出一条逃亡路，自己却摇摇欲坠地站在尸群中，被争先恐后夺路逃生的人们狠狠一撞，再也立不住脚，跌倒在地，仿佛五脏六腑都被撞碎了，全身上下针扎一样疼。

是上次刮骨的后遗症吗？李怀信咬了咬牙，欲撑起身，却连站起来的力气都没有了。眼看着那些青面獠牙的行尸扑了过来，他想：真是玩儿命啊。

好在，有那么一个良心发现的，勇于在行尸嘴下夺食，猛地把他拽了起来，一直拖到树根缠尸的范围内。那人在他耳边震惊地问：“她是什么人？”

闻言，李怀信偏过头，才发现救自己的是青峰子。

“居然会以阴怨煞气催长树根？”青峰子又说。

李怀信困乏得厉害，不知从何说起，这女冠是什么人，为什么会拥有这种神技，连他自己都没有搞明白，于是他含糊道：“一两句话说不清楚。”

反正从目前来看，她应该不是个害人精，倒是发了好几次善心。

李怀信抬眼，就见那些追着村民拥过来的行尸通通被树根缠住了。总算是治服帖了，他想，应该能让他歇一歇了吧，刚想卸担子，偷个懒，养精蓄锐一番，就见脸色惨白的贞白，眉心那抹红痕突然发出强光，她像吃了一记重锤，整个人突然飞将出去，后背撞到一具被缠住的行尸，再重重摔在李怀信身侧。

青峰子倏地一惊，立即迈步上前。

贞白躺在地上，仿佛有一只手在她脑中翻搅，搅得她头痛欲裂，连意识都有些模糊。

青峰子伏跪在地上，去查探她的状况，刚触到其眉心红痕，就猛地一愣：“是朱砂点的镇灵符？你是被人封印……”

贞白强忍住疼痛，挡开他的手，吃力地撑起身，毫不在意地随口道：“我自己弄的。”

“什么？！”青峰子吃了一惊，以为自己听错了。

李怀信亦是满脸错愕：“你自己把自己……”

贞白倒觉得没什么可惊奇的，坦言道：“能压制大部分阴怨煞气。”

难怪，相较在乱葬岗，她似乎弱了很多，原本能扛过天劫且垒砌一座山的实力，现在连操控树根去缠数百具行尸都显得颇为吃力，甚至在施展功法时遭到了弹压，没承想，她竟是在眉心点了一道镇灵符，自己把自己镇压了。还有这么省事的吗？

贞白摁了摁眉心，想压制住天旋地转的晕眩感，冷静道：“这里的行尸数量只有几百，还有一部分，刚才被村民四处乱窜引到了别的地方。”

青峰子立即反应过来：“我去。”

他提剑起身，正准备走，人群中突然有人大喊道：“是那个妖道，青峰子，是他！”

随即引起了一阵哗然，方才场面太过混乱，大家只顾着逃命，根本没有人注意到他，现在暂时安全了，才有余力注意其他。青峰子的出现，让大家尚未平静的心再次掀起恐慌与愤恨。

“就是他，是他招了这些活尸来，要把我们全部杀死。”

“不是。”青峰子慌了，他退后一步，想要为自己辩解，“我是来救你们的。”

村民激愤道：“救？二十年前你说救我们，结果杀了半村子的人，我爹我娘，都是被你所害。”

可是我救了你，救了你们啊，青峰子话到嘴边，却怎么都说不出口。杀亲之仇掩盖了一切，没有谁会感激他，若再听了这番话，反倒会更加愤怒吧。

简直一波未平一波又起。

有人怒吼道：“杀了他！”

这一声怒吼千呼百应，众人压抑于心的憎恨如洪流一样暴发出来，涌向这个方寸大乱的枯瘦老道。

这二十年来他本就痛苦自责得要命，躲藏在山顶咬牙隐忍着，方才除魔歼邪，怒斩行尸，他还是一副钢浇铁铸的样子，毫不手软，可此刻直面村民的深仇大恨，他却整个人都蔫儿了，毫无招架之力。

真窝囊啊，李怀信心想，从没见过救了别人的人惨成这样，一脸罪孽深重地立于人前，似乎下一刻就要自裁以谢罪了。

第四十九章 十七年蝉

已经有两三个村民手握长刀，企图冲上前手刃仇人，一旦这几个人带起了节奏，其他人必定会群起而攻之。

李怀信此刻真没精神多管闲事，实在是被村民们的声讨吵得脑壳儿疼，他不耐烦地吼道：“能不能消停会儿？！行尸还没扫荡干净呢，你们不如留点儿力气自保吧。”

村民哪里肯听，仇敌当前，个个恨得双目赤红。

老蔡越众而出，激怒道：“就是他操控这些死人来屠我们村子，让我们与死去的亲人互相残杀，必须先杀了他。”

李怀信一见这糟老头子就恨得牙痒痒，心理阴暗地想：他咋还没给行尸叼走呢？真是祸害遗千年！

那祸害又说了：“还有这两个人，现在已经跟这个妖道串通了。”

听听这是什么话，接下来是要把他们一块儿打包处理啊。原本已筋疲力尽的李怀信，被激得“回光返照”，他铆足了劲儿站起身，双手叉腰，一副趾高气扬的样子，道：“我们不计前嫌，还大发慈悲赶来救你们。”他一指周围一片残肢断骸，以及被束缚住却仍旧龇牙咧嘴地挣扎的行尸，没好气道，“看不见吗？你们是不是瞎！”

老蔡固执己见，才不听他辩白：“大家千万不要上当，这些臭道士，一个都不能信，全是一丘之貉！口口声声说要救我们，却是为了自己活，施展邪法，拿我们当活靶子，赶尽杀绝。二十年前，我们就是因为相信了青峰子这个妖道，才失去了至亲，今日，他们还想故技重演，咱们决不能放过他们！”

李怀信可算明白了，原来这些村民是被毒害太深，一朝被蛇咬，十年怕井绳，如今把全天下的道士都恨上了，怪不得之前千方百计地坑杀他和贞白。他们因青峰子当年的所为积攒了如此深的怨恨，如今即便他舌灿莲花，说破了天去，也不可能说服他们放下戒心。而且他显然也不是个能跟人好好谈判的主儿，他一向骄横惯了，与这帮脑子一根筋且满腹深仇大恨的愚昧村民对峙，让他实实在在体会到了什么叫作吃力不讨好。

“不放过我们？”李怀信说，“你们是不是还没搞清楚如今自己是躲在谁的庇护下，我们有本事捆住这群行尸，就能再给它们松了绑！是活腻味了吗？”

闻言，众人大惊失色，立即缩成一团，惊惧地四下张望，似乎真怕这人话音一落，周围的行尸就突然松了绑。

李怀信冷哼一声：“不识好歹。”

老蔡显然也被这句话唬住了，他强撑着咬紧腮帮，底气不足地喊道：“谁怕谁，大不了同归于……啊……”话未说完，突然感觉被什么东西缠住了脚踝，他大叫一声，拔腿想逃，却已被钻出来的树根缠在原地。

众人见状，纷纷跳脚，倒退着查看自己脚下，唯恐也被树根缠住。

贞白此举正中李怀信下怀，要震慑这帮村民，以防他们轻举妄动，光靠嘴皮子可不行，还得亮出点真功夫。有了贞白的护驾，他接下来说什么都不会显得虚张声势，他说：“我纠正一下，不是同归于尽，而只是你单方面作死。”

“你……你……”也不知是气得还是吓得，老蔡双腿直哆嗦，结结巴巴道，“你……你……使了什么妖法，快放了我！”

放个屁！李怀信冷哼道：“不自量力，你老老实实待着吧！还有谁嚷嚷着要报仇的，尽管放马过来。都什么时候了，还跟这儿添乱，干脆一并捆了，消停！”说着目光朝人群中一扫，众人被吓得毛骨悚然，纷纷倒退。

本来就敌众我寡，有个道士在是多么弥足珍贵，这帮蠢货却要喊打喊杀，自掘坟墓，李怀信心想着，方才他被青峰子救过一命，此举既是报恩，也是保存一份战斗力，不管如何，他得保住青峰子。

李怀信又疲又饿，强撑至今，已是强弩之末，方才为了截杀行尸，又损耗了根基，早就外强中干，此时他面色不改，双腿却微微打战，有些站不住地后退了两步，背部抵在了某个物体上，仿佛找到了支撑，整个人牢牢地贴靠了过去。

被当成人形柱子的贞白没有躲开，她早就发觉了他不过是摆出一副花架子，内里早已是薄纸一样的虚弱。她抬起手，扶住了他的腰，他蓦地愣住了，所有的感知都集中于腰间那只手掌覆盖的皮肉处，然后慢慢扩散至整个后背。

背贴着贞白，李怀信头皮一麻，猛地意识到，自己这是投怀送抱的姿势吗？！他反应激烈地一挣，却虚脱得差点往前扑倒，被贞白长臂一揽，紧紧扣住，托稳了。

李怀信就差没奓毛了，他心里无名火起，这色坯，一趁他虚弱就急不可待地占他便宜!

贞白只是好心相助，哪想到这李怀信是个不知好歹的，哦，不，是个三贞九烈的，比黄花闺女更洁身自好，别人不小心碰了他一根手指，他都觉得被玷污了清白。

李怀信欲挣脱，却没有力气，毕竟在这么多双眼睛的注视下拉拉扯扯搂搂抱抱，实在太难看，他可丢不起这个人，遂绷着脸冷冷道：“松开。”

贞白不放心地问了句：“站得稳吗？”

李怀信咬紧牙关没作声，一偏头，见一早正飞奔过来，他想借个力，把这小孽障当拐杖使，谁料一早一阵风似的从他身边卷过去，扎进了青峰子怀里。

李怀信一口气堵在了心口，差点没直接晕厥过去。贞白撑住他，顺手搭上其脉搏，猛地惊觉，这人原本未愈的根基，损伤得更加严重了，若再强撑着运气，无异于自毁。其实方才他本可以躲在她身后，在树根缠尸的方寸内休养生息，也不至于搞得元气大伤，可见这人虽嘴上不饶人，实际上为了救这些村民，却牺牲不小。

他若再逞能，难保今后不沦为废人，想到这儿，贞白没来由地心底一软，手上的力度也变轻了，谁知李怀信突然一挣，使出浑身力气推开了她，然后踉跄摔倒，磕在了背后一块大石头上。

与此同时，青峰子喊了声“小心”。

贞白被李怀信推得倒退了几步，还未站稳，猝然抬头，发觉有个微弱的红点迅如闪电地扑向自己，她抬袖一拂，将那不知名的东西扫开了，只见遍地残尸中钻出无数飞虫，盘旋在夜色中，发出微弱的红光。

人群中有人脱口大喊："那是什么东西？"

"好像是从那些尸体里飞出来的。"

"飞蛾吗？"

"往这边来了，快跑。"

人群再次骚乱，那从行尸里飞出来的，哪怕是只苍蝇，也够吓人的，何况是这种闪着红光的不明飞虫，谁知道会不会要人命？一听有人喊跑，他们立即四散逃窜。

被树根绑住的老蔡此时拼命地挣扎，哇哇大叫："放了我，救命啊，快放开我。"

贞白上前一步，望着夜幕中一群类似萤火虫的飞虫，逐渐朝他们飞来，她盯着最近的一只，沉声道："是十七年蝉。"

李怀信撑着石头，咬牙忍着后背的钝痛，偏头看向青峰子："你养的？"

青峰子显然也很诧异："怎么会？我根本没见过！"

贞白道："生在七绝阵中，以尸为穴，蛰伏十七年，脱皮化羽，才令那些死者变异起尸。"

青峰子立刻反应过来："难怪，一早手上的铃声无法驱使这些行尸，因为它们根本不是普通的行尸，而是十七年蝉。"

贞白道："没错。"

"那……"青峰子刚要开口，就听见一声惨叫，伴随着一阵尖锐刺耳的蝉鸣。众人回头，只见密密麻麻的蝉群围住一个村民，不过片刻工夫，那人的惨叫声逐渐低下去，整个人抽搐一阵之后趴在了地上，待蝉虫扫荡而过，那人已变成一具干瘪的尸体，被抽干了血肉。

众人看得毛骨悚然，立即连滚带爬地四处逃散，跌跌撞撞中，有些翻进了田埂里，被十七年蝉追上，他们挥舞着手里的短刀一通乱砍，却根本无济于事，被蜇了一脸，只能抱住头往地里钻……

蜂拥而至的十七年蝉，所过之处，如风卷残云，将一个个鲜活的血肉之躯迅速抽干，仅剩一把皮包骨，保持着反抗的姿势，定格成惊恐的表情，张大嘴瞪大眼，连呼救都来不及。

天空被照成一片红色，蝉虫越来越近，数以万计，青峰子大惊失色，拉住一早倒退着吼道："走，快，离开这里！"

李怀信面白如纸，望着蔓延而来的蝉虫，趔趄了几步，惯性地按住剑匣。

现在大家都被困在七绝阵中，要对付千具行尸不说，此时又钻出这铺天盖地专吸人血的十七年蝉，根本避无可避，然而阵不破，谁都走不了，怎能不让人绝望?

贞白广袖一拂，把指尖的符纸扬了出去，在夜空中化作一排青灯业火，扑哧一声，有几只不长眼的十七年蝉正好撞了上去，薄翼被点燃，纷纷掉在地上，像陨落的星火。

贞白疾步上前，在尖叫着挣扎的老蔡身上一抓，将那根绑住老蔡的树根从土壤里拔了出来，老蔡几经旋转松了绑，晕头转向地栽倒在地。贞白动作迅捷，拽着长长的树根，纵身一跃，扬手抽出去，扫过那一排青灯，将树根点燃，如一根着了火的长鞭，抽向那片拥来的蝉群。

吱啦一声，所有蝉虫齐声长鸣，叫声震耳欲聋，响遏行云。无数蝉虫像星火一样坠落下来，火鞭如蛇，再次抽出去，又打散了拥上来的一大片。

倒退中的青峰子看得一愣。

李怀信大声道：“愣着做什么，点火，烧尸。”

“什么？！”青峰子回过头，就见李怀信手执青灯，点燃了被树根捆绑的一具行尸，他道：“鬼知道这些尸体里群居了多少只十七年蝉。”

青峰子反应过来，立刻捡起地上的树枝引燃，有些惶然道：“这些蝉，怎会吸食人血？”

烈焰顺着树根蔓延扩散，行尸在火中狰狞扭动，绷断了烧脆的树根，如一团火球般猛扑过来，李怀信退闪避开，火球直接滚到另一具行尸身边，将其引燃了。

李怀信这才不急不缓道：“十七年蝉原本穴居于地下，靠树根的汁液为食，然而这些十七年蝉，却是生长在七绝阵中，此地又是经千尸阵法逆转而成的至阴之地，它们以尸为穴，在这种环境里长出来的能是什么正经玩意儿，食血食肉有什么奇怪的，别大惊小怪。”

被打散的蝉虫重新聚拢并不断拥来，贞白旋身，下腰，从李怀信等人点燃的火堆中拉出一根着火的树根，双鞭齐发，纵身抽出去，如夜行魅影，在空中溅出无数火星。

一早帮着点完一把火，正好仰头看见这一幕，和李怀信异口同声地叹了句：

“酷！”

两人对视，一早弯起月牙眼，对李怀信咧开嘴，后者斜她一眼，爱搭不理的，把青灯往行尸身上一抛，火光骤亮，映照着他那精雕细琢的五官，一早心想，真好看。

李怀信偏过头，对一个劲儿地盯着自己看的一早道：“小鬼，帮个忙。”

“帮什么忙？”

李怀信指了指不远处的两张网，正是之前村民用来设伏的，一早立即领悟，躲开大火和蝉虫，七拐八弯地往前跑。

李怀信低声道：“还算机灵。”

待一早拽住网，李怀信大声发号施令：“撒网。”

一早重重地点头，几个助跑，跃上一棵枣树，在空中纵身一扑，将大网兜向夜空中的蝉虫。李怀信看准时机，扔出火种，整张网被点燃，歼灭了一大片十七年蝉，有少数从网洞中漏出的，又被青峰子掷来的一件着火的道袍盖住，烧了个灰飞烟灭。

蝉群被两张网兜尽，贞白扔了火鞭，回头看向李怀信，后者脸色陡变，脱口道：“当心！”

贞白微微一侧身，两指夹住了一根直射而来的银针。

明枪易躲，暗箭难防，李怀信瞬间沉下了脸：“居然还有人在这个时候搞暗算？！”

贞白与青峰子异口同声道：“不是。”

李怀信道：“嗯？”

贞白看了眼手里的银针，把目光投向青峰子，无声地询问。

青峰子那件破旧道袍已光荣牺牲，此刻只穿着一件洗到发灰的白色里衣，瘸着腿，十分狼狈地走到贞白跟前，看着她指间那根银针道：“这是枚缝尸针，怨气很大，之前让我不小心遗失了。”

第五十章

命运轮盘

“缝尸针？”李怀信蹙眉道。

“对。”青峰子道，“缝尸匠的缝尸针，贫道估计，应是缝尸匠的祖上传下来的，曾缝过无数残肢断骸，又受了某种影响，因此有了灵性，奈何怨煞之气太重，邪气得很。”

李怀信道：“你是说，这枚针有了灵性，自己乱飞过来扎人？”

“可以这么说吧。”青峰子道，“不过也不是乱扎，我是在一位济世救人的郎中手里得到的此物，据他说，他在山里采药的时候，遇到了一名被匪寇抢劫的商人，那人受了重伤，伤口需要缝合，当时他身上未带银针，恰巧在附近捡到这根针，遂用此针帮商人缝合了。只是后来那商人的伤口却经久未愈，甚至开始发黑腐烂，于是找到那位郎中质问，这事儿闹开了，又刚好让我碰上，顺便就帮他们解决了，所以我才得了此针，了解其属性。除非是近处有伤者或残肢断骸，否则它不会乱扎人的。”青峰子转向贞白，道，“方才这枚针刺向你，想必是你身上带伤？”

贞白一顿，她侧腰处的确被行尸划了几道口子，遂点了点头。

得到证实，青峰子了然道：“那就是了，伤得重吧？”

贞白冷淡地答道：“无碍。”

李怀信垂眸，往她腰部一瞟，这一眼看得他脊背发寒。方才场面太乱，他虽知道她受了伤，却无暇顾及，而且这女冠一直生龙活虎的，打完行尸又打十七年蝉，都不带喘气的，加上她一身玄衣，又是晚上，流了多少血这料子也看不出来，现在被身后的火光一照，他赫然看见她腰上的五道伤口深可见骨，因为腰带扎得紧，压着血肉，但腰部的衣料还是湿了一大片。

李怀信伸手一摸，沾了满手鲜血："你……"他一时不知该说什么，顿了顿，半天才憋出一句略显生涩的问候，"……不疼吗？"

贞白还是以一句"无碍"冷淡带过了，她捏着那根缝尸针仔细端详，似乎完全没把身上的伤当回事。在李怀信看来，这就有些不领情了，他方才还因为自己连累她受伤，心里多少有点内疚，本想关心一下，谁料这女冠竟如此不给面子。

李怀信感觉莫名地不痛快："你是铁打的不成？！"连续好几天不吃不喝不睡，还流了这么多血，竟还一副若无其事的样子。

贞白眉头微皱，抬眸看了李怀信一眼，若有所思，很快又把目光转向了青峰子，道："若如你所言，村里那个惨遭剖腹取子的妇人，后来肚子莫名其妙被缝合，是这枚针所为了？"

青峰子仿佛被这句话狠狠刺了一下，脸色变得很痛苦，他点点头，艰涩地说道："我曾经，也是用它，缝合了一早母亲的……"

言至此，青峰子再也说不下去，贞白却已经听懂了，她将缝尸针递还给对方，跳过这个话题："村子里还有行尸，需要尽快解决。"

青峰子压下内心的悲恸，强打起精神："行尸体内寄居着十七年蝉，若杀了行尸，十七年蝉被放出来的话更不好对付，最好是将所有行尸引到一处，像现在这样，一起焚烧掉。不过，现在村民们吓得四处乱窜，根本不会听我们的。"

"这倒不是问题，在枣林村一呼百应的头目不就在这儿吗？"李怀信说，下巴朝远处蜷缩着瑟瑟发抖的老蔡一扬，后者对上他视线，立刻敏锐地察觉到一股阴谋的味道，老蔡实在怕极了这个飞扬跋扈的坏坯，落他手上就总没好事，于是他像惊弓之鸟一样赶紧起身欲逃，才刚奔出一步，就被一颗飞射而至的石子儿砸中了膝窝，他"嗷"了一声，直接跪了下去。

打从村子被七绝阵围困，老蔡便一直是村民们的主心骨，此时让他去呼吁村民把行尸引到一处，再合适不过。

老蔡目睹了全程，刚才惊心动魄的一幕仍旧让他战栗不止，若不是这几个道士出手，恐怕全村人早已命丧黄泉，所以无须李怀信威逼利诱，他也心里有数，在生死面前多大的仇怨都可以先缓缓，现在最紧要的，是把行尸以及那些吸血蝉虫消灭掉。

贞白领着老蔡等人没走出两步，又转过身，对殿后的李怀信道：“你留下吧。”

“嗯？”

她说：“我能解决。”

李怀信一愣，未等他说话，贞白已经领着三人匆匆离开。他立在原地，没再跟上，鼻腔里有一股腐肉被焚烧的味道，难闻极了。他的身体十分疲惫，心里却莫名感受到一阵体贴，来自那个性情凉薄的女冠，她说她能解决，他便没有一丝丝质疑。想到此，他心头一悸，他什么时候对她这么放心了？好吧，她的确本事挺大，就算被朱砂画的镇灵符封印，本领也不容小觑，但她腰间受的伤可不轻，不会失血而亡吗？他心头又是一悸，担心个头啊，那女冠非一般人，瞅她那副生龙活虎的样子，那点伤根本不足挂齿吧？

他在身前点了几盏符化的青灯，并简单布了个防御阵法，靠着石头坐下，纠结了一会儿就心安理得地睡着了。

天刚麻麻亮，农舍大院里行尸成群，被粗细各异的树根圈在其中，贞白扶着院外一棵枣树，用树根建起一堵围墙，任凭里头的行尸如何扑腾都挣不开桎梏。

院外聚集着一众狼狈不堪的村民，大大小小都受了伤，盯着里头如同困兽的行尸，吓得抱作一团，妇女和小孩几乎哭喊了一整晚，到这一刻仍有人抽抽噎噎的。

贞白无暇他顾，用树根建完墙体，偏头问了句：“都在这儿了吗？”

“应该差不离了。”青峰子道，“另外有好些村民已遇害，一时半会儿也难以清点，但行尸应该都引来了。”

贞白颔首：“烧吧。”

老蔡和几个村民恶狠狠地将火把扔进院中，大火烧起来，尸群哀号不绝，扩散到方圆几里，扰了远处李怀信的好眠。

被吵醒的人心情极差，黑着脸，望向远处升腾而起的浓烟，蛮不讲理地责怪起那些苦战一宿的人：“折腾出这么大动静。”

须臾，他站起身，觉得养回了些精神，不再那么疲乏了。稍微恢复了点儿，他就开始矫情，望着周围一片乌烟瘴气，惊叹自己居然在一堆骨灰中睡了一觉，真是浑身不得劲儿。他以剑挥灭青灯，收剑入匣，往远处升起浓烟之处走去。

待临近了，又觉得那股烟火气太呛人，他停下脚步，目光来回睃巡，只见火光之外，贞白倚靠在一棵枣树上，那树此刻已被烈焰点燃，大火烧光了枯叶，蔓延到树干，而她却无知无觉般，岿然不动，手还搭在树干上，差点被火浪吞噬，幸得青峰子及时拽了她一把，她才回过神来，目光仍有些涣散。

贞白抬起头，眉心的朱砂红得似要滴出血来，扎了李怀信的眼，他几乎是冲到她面前，没来由地焦急道："你不要命了？！"

涣散的瞳仁聚了焦，贞白难得露出一丝倦怠，却仍然冷冷清清地道了一声"无碍"，她说："我心里有数。"

李怀信莫名有些恼，刚要开口，就听见有人低声嘟囔了一句："哪儿来的铃声？"

闻言，李怀信、贞白，以及青峰子皆是一愣。正往这边奔来的一早蓦地驻足，扭过头看着那个嘟囔的人，故意晃了晃胳膊，那人身边的妇人循声看向一早，答了句："那小丫头手上戴着铃铛呢。"

一早皱了一下眉，向那二人走过去，晃着手腕稚声问道："你们能听见吗？"

那二人点点头，结果旁边一个满脸血污的人烦躁道："别晃了，你这丫头有没有教养，听着都快烦死了。"

一早轻轻"啊"了一声，惊讶道："快死了。"

"你说什么？"那人心浮气躁地抬起头，眼珠子差点瞪出来。

"我说……"

青峰子一个箭步上前，猛地把一早扯到身边，满脸惶恐地扶住女儿的肩膀，扫了一眼众人，颤着声音问道："还有谁听见铃声了吗？"

村民被问得莫名其妙，纷纷仰起脸，目光却是怨毒的。

青峰子哆嗦着双唇，脸色比哭还难看："谁听见了？"

有人语气不善："她戴着铃铛一直晃，能听不见吗？！"

接着又有两三人没好气地说："我们又不是聋子！"

青峰子的脸色白得骇人，拉着一早踉跄倒退："所以，你们……都听见了？"

大家搞不清状况，许是被青峰子的情绪所感染，纷纷点了点头。

"听见了又怎么样？！"老蔡皱着眉，慢慢朝青峰子走近，在三步之远的地方停住，说，“我也听见了，昨天就听见了。”

“怎么可能？”青峰子难以置信，明明已经渡过了难关，好不容易把这千具行尸和十七年蝉一把火焚为灰烬，为什么大家却听见了铃声？

“怎么不可能？”经历过这么多怪事，老蔡变得极其敏感，他表情冷下来，“我们不该听见吗？”

青峰子被问得一怔，仓皇地回过头，看向贞白和李怀信：“为什么大家都听见了铃声？”

贞白说：“我一直都能听见。”

而李怀信却抿了抿唇，没有说话，因为他没听见，似乎也只有他没听见。

青峰子惶恐极了：“难道还有行尸吗，或者十七年蝉？不然……”他眨了眨通红的眼睛，说，“我……我再去四处找找，也许还有行尸没烧干净，要回来害命，一……一早，你跟我走。”

听闻可能还有行尸，众人皆是一惧。

青峰子拉着一早没走几步，又重新折返，蹒跚着走到李怀信和贞白跟前，深深一鞠，说：“贫道穷尽半生，终究未能破除七绝阵，我欠了半村人的命债，以为若能保住剩下的村民，我被困二十年也在所不惜，可谁承想，二十年后，枣林村又是一场灭顶之灾……我等不来阿吉，但是等来了你们。”

起初，他未曾抱任何希望，直到经此一役，亲眼见识了贞白的能耐。此时，他又是深深一鞠，郑重到几乎哀求：“两位道友，还请无论如何都要破了七绝阵，救救这些无辜的百姓吧。”他无法想象接下来还会有什么样的灾难降临，因为似乎所有人，都听见了凶铃声。

李怀信蹙眉沉思，神情凝重，他其实对此有所质疑：“这玩意儿真就这么邪乎？但凡听见凶铃都是临死的征兆？有没有什么例外呢？比如闯过了这一劫，改变了自己的命运，就又听不见了？”

青峰子被问得一愣，而离得较近的老蔡和几个村民听见了那句“听见凶铃都是临死的征兆”，仿佛被雷劈了一般，僵在了原地。

李怀信继续说道：“又比如，我们把七绝阵破了，也就破了这该死的命格。”

老蔡等人还以为李怀信找到了新的生路，没想到却是他们费尽心机都走不出的绝路，顿时崩溃了。其实他们何尝不知道，这二十年他们能生存下来，全靠他们至亲至爱之人的牺牲，他们只是不愿意承认，因为事实太残忍了，他们只能一边怨恨着，一边苟且偷生。而且不管如何，当初杀人布阵的确实是青峰子，既然他选择了这条路，就该全权担了这份罪责，无论所为何人。当年那个大阵的伊始，就让枣林村生灵涂炭，青峰子不惜杀千人喂养七绝阵，逆转气场，至今二十年，轮了一回，一切仿佛又回到了初始，冥冥之中，他们在劫难逃。

他们胡乱猜测，无比惶恐，感觉命运的轮盘周而复始，若真的再轮一回，他们如何承受得住？明明好不容易才从行尸、蝉虫中挣回一条命，劫后余生，刚想庆幸，却被一串铃声下了一道死亡通牒。谁受得了啊！

有人在想，听见铃声就得死，未免太荒诞了吧！可他们一边在心底质疑，一边又深信不疑地畏惧着。因为这个鬼地方，发生了那么多见鬼了的事情，他们想逃，却上天无路，入地无门，最后只能把希望寄托在这两个刚入七绝阵，似乎一身神通的道人身上。别的不论，他们自己肯定也不想命丧于此，或者一辈子困死在此。

这点毋庸置疑，确实，就算不是青峰子郑重其事地哀求，贞白及李怀信也会不遗余力去破阵。而破阵，也成了枣林村村民唯一能够指望的生路。

青峰子还陷在李怀信方才那番言论里，挣扎着问：“真的可以改变命运吗？”

李怀信挑眉，刚才他不过顺嘴说了一句，都没怎么过脑子，原本也是怕引起大家恐慌，给大家喂颗定心丸，一个假设罢了，没料到对方竟然真往心里去了。

为免这些人信了他的话，造成什么不良后果，给他惹一身麻烦，他觉得很有必要换一套说辞：“所谓天道轮回，说什么改变不改变的，谁知道自己是怎样的命运？也许你认为的改变根本不是改变，哪怕穷极一生，付出一切努力，其实到最后，它都在你的命运安排里。原本就只是一场劫一道坎儿，你所执着或纠结的，不过是做了某种早已命中注定的选择，谁说得准？”

一会儿说改变命运，一会儿又说命中注定，活了大半辈子的青峰道人隐隐有种被人忽悠了的感觉。

而大忽悠一本正经地说完，又轻轻挑了一下眉，瞧着对方那副迷惘的模样，应该差不多被糊弄住了。他视线掠过众人，恰巧与贞白的目光碰了一下，后者转身便走，脸色仿佛结了冰的湖面，又冷又硬。

李怀信脊背发寒，“哎”的一声抬腿追了过去。

待与众人拉开一段距离，贞白才压低声音，冷冷地开口：“为何这般糊弄人？”

“没看见吗，他都快疯了！我还不是出于好意，才胡诌几句，稳稳他的心，有什么问题？”李怀信道，“或者我应该像你一样，缄口不语，冷眼旁观？”

贞白：“……”

“我起码还知道宽慰人几句。”

贞白直接给他整无语了，加快脚步走到了前头。李怀信落在后面，还想给她找几句不痛快，就见贞白腰侧血淋淋的伤口，忍不住一顿，把气人的话咽了下去，最后，终于良心发现地说：“你这伤，真不要紧吗？用不用包扎一下？”

“不用。”

李怀信：“……”什么态度！如果这伤跟他没关系，也就拉倒了，她爱如何就如何。

难得良心发现的李怀信觉得还是有必要坚持一下，毕竟这几道口子看起来怪吓人的，而且行尸已经烧了，破阵也不急于一时，起码得先疗伤，这也耽误不了多长时间。

不知道这女冠为什么这么拧巴，一刻都不肯停歇，李怀信追上前拉了她一把，却被对方滚烫的皮肤灼了手。

“怎么这么烫……”

手腕被拽住，贞白蹙着眉回头，视线掠过李怀信的肩膀，远远看见一众衣衫褴褛、伤痕累累的村民，拖着疲惫不堪的身躯，踟蹰着跟在他们身后。

她心里发沉，对李怀信道：“跟伤口无关，是镇灵符。”

她以阴怨煞气操纵树根，遭到眉心的朱砂符镇压，就像在体内点了一把火，要把这具充盈着阴邪之气的躯体焚烧殆尽，此刻她整个人如同置身火海，又像被架在柴堆上炙烤，然后被李怀信凉凉的手一抓，如同在滚烫的骨头上浇了把冷水。她忍受这股难耐的灼烧感太久了，此刻为贪那一丝清凉，她反手将那人的手握住了。

第五十一章 触动凶门

李怀信猝不及防，根本反应不过来。他欲挣开，却被贞白攥得死死的，那掌心烫着他的皮肤，像着了火一样。这……

他刚要发作，下一瞬，贞白就蓦地松了手，她扫了眼远处跟来的村民，面色不改道：“这些村民怎么跟来了？”

表情和语气都很冷肃，好像刚才什么都没发生过一样，若不是李怀信手背上那几道苍白的指印犹在，他差点就以为刚才的一幕是自己的幻觉。

占完便宜的人若无其事撒了手，并一本正经地开始了新的话题，李怀信难以发作，只能火大地转过身，看向那些远远跟来的村民，没好气道：“还能怎么，见识过厉害，就知道谁有能耐救他们，不跟紧了，万一咱俩开了道生门自己跑了怎么办？就像二十年前被老道送出去的那个徒弟，在他们看来，不就自己跑路了，或者……”他顿了顿，说，“或者不把我们盯紧了，我们也施展起什么邪术来，灭绝人性地屠杀半村人以自保，那他们得死得多冤。”

贞白眉头紧蹙，突然道：“如果呢？”

李怀信一愣，偏过头问：“如果什么？”

贞白却没再吭声，李怀信的眼中闪过一抹肃杀，仿佛盯着一个暴徒，这暴徒也许真有什么邪法能够破阵，甚至可能会为了出去，而灭绝人性，大开杀戒。

贞白兀自转过身，继续向前行，似乎懒得管身后这帮村民，语气透着几分无奈："随他们跟吧。"

李怀信紧跟其后，认为有必要将这个暴露了凶性的女冠看紧了："你去哪儿？"

"不是要破阵吗，先去死门走一遭。"贞白道，"毕竟那儿如今能供已故之人通行。"

途经那座破旧的送子观音庙时，贞白只有片刻迟疑，便往河桥走去，体内那股灼烧感太过难挨，她恨不得即刻投入水中，灭了体内这股翻腾滚沸的血气，她面上神色不改，只是脚步更加急切了。

然而此时，突闻青峰子一声暴喝："别动神像……"

最后一个字破了音，接着传来砰的一声巨响，似乎什么东西被砸碎了，众人还没反应过来，便见青峰子疯了似的冲向庙宇，嘴里大喊道："祭阵的童尸不能移动，它们是阵主用来镇守七门的！"

如今神像已碎，而站在神坛前的老蔡等人不知是被眼前的场景吓住了，还是被青峰子这一嗓子吼愣了，个个把眼睛瞪得跟铜铃似的。

老蔡之前便听李怀信说送子观音的神像里嵌了具童尸，他一直抱怀疑的态度，刚才路过庙宇，正好想了起来，便决定进去探个虚实。不料他刚跃上神坛，才轻轻触了把神像，那神像泥塑的后背便突然毫无预兆地剥落了，他猝不及防，被里头的童尸一吓，加上青峰子突然的暴喝，他怕得四肢乱颤，猛地一个后退，撞上了同伴，顺带把神像也给撞了下去……

不等大家弄明白发生了什么，甚至连个缓冲的余地都没有，神像一倒，地面就轻轻颤了颤，像是站在颠簸的马车上，众人脚下一晃，踉跄了一下，还没稳住身体，地面又是一震。

慌乱中有人出声："怎么回事？"

还有脸问！这些不知死活的，触了大阵的凶门了！

李怀信简直想骂人，难怪这一个个的会听见凶铃响，这不是自己挖坟作死吗？！

"快，离开那座庙。"青峰子喊道。

破庙年久失修，再经不住半点儿动荡，在震荡中摇摇晃晃几下，房梁便倾斜了，青砖瓦砾直往下砸。老蔡等人刚要冲出庙门，就感觉一阵地动山摇，老蔡脚下一个趔趄，踹到门槛摔在了屋檐下，险些被坠落的砖瓦砸中头，幸好被及时赶到的青峰子拽了起来。

晃动中立不稳脚，大家在惊叫中抱住旁边的树干以保持平衡，奈何震动越发猛烈，山体开始滑坡。青峰子撕心裂肺地喊着让大家快跑，村民们经历过一夜奔命，早已精疲力竭，相隔不到几个时辰，又是一场兵荒马乱的逃亡，为免被滑坡的土壤掩埋或被碎石砸中，大家只能远离山体，踉踉跄跄地往河边的旷地奔去。

仿佛一只巨兽在地底翻了个身，搅得地下岩层断裂，贞白走出去没几步，便见面前的道路塌陷了，村民们在塌陷中摔倒一片，大家纷纷往上爬，有几个人刚从坑里爬起来，却被山上滑落的碎石砸中，又掉了进去，头破血流地抱住脑门惨叫。

轰隆一声，那座摇摇欲坠的观音庙完全倒塌了，砖瓦房梁全部沦为废墟，尘土扬在半空，而废墟之下的地面在震颤中开裂，裂纹一路蔓延至山体河流，将整个大地一分为二。

有人刚好站在裂缝中间，双腿各站一半，眼睁睁地盯着地面在胯下分裂，恐慌中想要迈腿，结果大地一阵巨震，他的左脚陷进了裂谷中，又被震动一颠，整个人失去了平衡，便要往裂谷中栽去："救命……啊……"

幸好被赶来的贞白一把拎住了后衣领，拽了起来。那人直接瘫坐在地，双腿颤得无法站立，只能揪着旁边一把小草，死劲儿攥着，盯着越来越宽的裂谷，蹬着腿往后退。

贞白顾不了他，又飓风似的扑了出去，及时抓住了一个即将掉进裂谷的妇人，然而她长臂展开的瞬间，袍袖中的钱袋被甩了出去……

李怀信以剑匣替人挡开砸下来的石块，扭头就看见那只坠向裂谷的钱袋，一瞬间，心脏骤停，几乎窒息，他失声喊了句"冯天"，便不顾一切地扑上前，纵身一跃，伸长了手臂，遥遥钩住了那只钱袋，待抓在手中，才松了口气，深深呼吸，可下一瞬，他整个人便坠向了那深不见底的渊谷。

李怀信这才猛然意识到，自己居然拼了命。与此同时，他腰上一紧，一缕烟雾从钱袋中飘出，浮在半空，慢慢凝聚成形，显现出少年人的身形跟模样。

李怀信伸出手，想抚摸那道人形的烟雾，却只抓了一把阴冷的空气。

刚凝聚成形的少年人迷迷瞪瞪间，先是茫然地适应了须臾，待看清眼前场景的瞬间，猛地打了个战，惊恐地瞪大眼，跟见了鬼似的，脱口而出："娘哎……"

原本眼睛酸涩的李怀信听到这句话，什么触动都没了：“……”这臭小子生前身后都是这么一副死德行！

少年人似乎被吓得不轻，与李怀信面面相觑后，忽然条件反射地躲开，身子像柳絮一样飘远了，嘴里又不知死活地说了句：“见鬼啊！”

李怀信才刚为他拼了命，闻言瞬间瘫了脸，抽了抽嘴角，有种想掐死他的冲动，忍不住怼了回去：“你一只死鬼敢说见了鬼，有没有点自知之明？脑子不清醒吗，还把自己当人了？”

透明如轻烟的少年人置若罔闻，眼睛眨了眨，还是一副无比惊诧的模样，他指着李怀信，尖着嗓子挤出一句：“冥蟒啊，我去，你怎么还被它缠着。”

李怀信这才猛然意识到，自己还悬在半空没有往下掉，刚才腰上一紧，似乎被什么东西缠住了，但他来不及细究便被突然凝聚成形的少年人吸引了注意力，这会儿他低头一看，只见腰间一排排光滑的蟒鳞。李怀信脑子一蒙，巨蟒的尾巴尖倏地摆动，卷着他猛力一甩……

李怀信抱紧蟒身，只见长长的巨蟒脑袋上，插着一把沉木剑，而剑柄握在一个黑袍女冠手上。女冠略微偏过头，那张冷肃的脸正好与乱葬岗里那具挖了冥蟒的眼目占为已有的荫尸重叠。

少年人“嗷”了一嗓子，蒙了：“咱怎么还在乱葬岗啊？！”更要命的是，居然还在跟这俩逆天的玩意儿纠缠，没完没了。

眼看着李怀信被巨蟒卷住，少年人咬紧牙关，打算豁出自己这缕孤魂不管，冲上去拼了，他斗志昂扬地大喊：“老二，我来救你！”

老二你大爷！救你大爷！李怀信听得心口绞痛，他怎么这么想不开，要帮这二货聚魂，现在好了，来给自己添堵了。

这二货奋不顾身，气势汹汹扑过来救他，结果一头撞在巨蟒的尾巴尖上，如同空气般，毫无存在感地穿了过去。

李怀信嘴角抽搐，捂住半张脸，简直无法直视，心想：我真是谢谢你了，咱能不能别现眼了！亏你还是太行道弟子，脑子抽了才不知道阴灵这种小飘飘，根本触不到实体啊？一出来就犯蠢！

少年人见自己毫发无损地穿了过去，仍不死心，轻飘飘地转过身，这次把目标转向了手执沉木剑操纵着冥蟒的贞白，俯冲而下。

“冯天，你等……”李怀信吼了一嗓子，欲要阻止，但是已经来不及了。

贞白四平八稳地立在地动山摇中，被风沙卷起的黑袍长发猎猎飞舞，周身煞气极重，而眉心那竖红痕极艳，看起来异常邪性。

太凶了。与贞白面对面撞上的刹那，冯天脑子里飞快地闪过这个念头，刚壮起的狗胆顿时孬了，但他冲得太急，临时已刹不住自己比柳絮还轻的灵体。待逼近跟前时，贞白一挥袖，就像赶苍蝇似的，把俯冲而下的冯天挥开了。

阴风扫过，冯天打了个寒战，差点以为这一袖子要把他拍得魂飞魄散，毕竟他生前不是没见识过，这家伙是个能掀天揭地的主儿，再加上眼前这条冥蟒，看把这里给折腾得，山崩地裂啊，如此动荡，简直翻了天了！

冯天忍不住说："怀信，咱实在干不过啊。"

李怀信刚要接话，便见贞白的沉木剑一收，冥蟒则卷住他狠狠一拽，把他托到实地的瞬间，蟒身倏地消散，附在了沉木剑上。

李怀信和冯天瞠目结舌，惊讶于这冥蟒怎么成了剑灵，姑且这么称呼吧，或者剑的文身也行。那边看见巨蟒的村民已经吓得全体瘫痪，惊叫声此起彼伏，"妖怪妖怪"地炸开了锅，一时间沸反盈天，刚聚魂成形的冯天这才注意到，怎么会有这么多村民，而且这地势，并不像在乱葬岗。

他蒙了半晌，才回过头来问李怀信："这是哪儿？"

"枣林村。"

冯天继续迷惘："枣林村是哪儿？不在乱葬岗吗？"他万分警惕地指了指贞白，"还有她……"

这就说来话长了，眼下山崩地裂，路陷桥断，没工夫啰唆，李怀信一摆手："以后再跟你解释。"

话音刚落，又发生了一次塌陷，地面呈高低之势，河道陡斜，如洪流倒灌，冲击淹没了无数村民。

第五十二章 破阵

青峰子惊恐地看着这一幕，拉着一早，在剧烈的震动中爬出凹陷的大坑，他遥遥地望着贞白与李怀信，眼里布满血丝，大喊道：“他们触动了一扇凶门，河道山体也受到了波及，死门、休门、伤门……整个七绝阵，牵一发而动全身，除非立即破阵，否则山塌地陷，我们所有人都会葬身于此，一个活口都不留！”

这就是七绝阵的凶性所在，灭绝一切生机，所以他被困其中，尝试了无数法门，都不敢妄动七门，就算后来他发现了七具童尸的所在，也不敢告诉村民，就怕这些人轻举妄动。谁知阴差阳错的，还是让他们催动了凶门。而眼下，仿佛只有死路一条，就看那两个人能否力挽狂澜了。

眨眼间，河水泛滥成灾，奔逃的村民不是被淹没，就是被山体滑落下来的碎石砸中，还有人慌不择路地跳进了裂谷，冯天想救人，奈何伸手去接，那人却穿过了他的双臂，直坠入深渊。

他愣怔须臾，眼睁睁地看着那个人万劫不复，才恍然想起什么，茫然地盯着自己的双手。那么多人在垂死挣扎，而他除了干着急，一点忙都帮不上，冯天抬眼，看向远处打捞村民的李怀信，突然觉得很揪心。他清清楚楚地记得在乱葬岗里发生的一切，最后那一幕，阴兵撞魂，撞碎了他的生魂，他看见李怀信的眼睛红得像兔子一样。

他从没见张扬跋扈的李怀信哭过，想不到第一次居然是被他给弄哭的，这样的光荣事迹说出去，他一定会被太行山那帮憋了满肚子怨气的弟子当大仙儿崇拜，想想都……他蓦地打住了，心里五味杂陈，毕竟这么把人弄哭了，自己想想也并不好受。

待他再次睁眼，却已是一缕孤魂，又是在这样一种境况下，他们没有时间伤春悲秋或感怀久别重逢。冯天不再多想，朝正在救苦救难的李怀信飘了过去，他说："我刚才好像听那老乞丐说什么七绝阵？"

老乞丐？！李怀信闻言，一时间没反应过来，蓦地想起方才是青峰子在说七绝阵的事，遂朝那边瞥了一眼，也不怪冯天误会，青峰子此刻衣衫褴褛的形象，老乞丐之称谓确实当之无愧。

李怀信道："是啊，我们现在就被困在这七绝阵中。"

"我的娘哎。"冯天低呼，"真的假的？"

听这口气，似乎是知道七绝阵："你听过？"

"哎，你们勤学苦练那会儿，我不是学什么都白搭吗，情绪比较消沉，就特别沉迷于这些歪门邪道的传奇书籍，其中就有一本提到过七绝阵，当时我看到还觉得挺惊世骇俗的，没想到啊，现在居然让我碰上了。"

听语气，这缺心眼儿的还觉得碰上七绝阵是走大运了？！

李怀信挑了重点问："你看的什么书，里面可曾记载破解之法？"

冯天飘到他左边，寻思片刻："好像没有哎，记不太清了。"

李怀信翻了一个白眼，一点儿都指望不上，要你何用！他刚捞住一个村民的胳膊，却被湍急的洪流冲击，差点站不稳脚，冯天有意想拉他一把，手掌却徒劳地从他肩头穿过。

激流排山倒海，山石沙土铺天盖地，将一群大惊失色的村民水淹土埋。贞白跃上高处，观八方之势，泛滥成灾，沉木剑挥斩而下，冥蟒聚形，呼啸着蹿出几丈，卷起漩涡中的七八个村民，扔到高地上。村民个个被摔得晕头转向，又呛了一肚子河水，趴在地上剧烈咳嗽起来。

眼下正如青峰子所言，因为触动了一扇凶门，整个七绝阵牵一发而动全身，山崩地裂地是要建一座坟场，将他们尽数活埋！

所以此时，感应到开、休、死、惊、伤、杜、景七门所在，贞白倏地睁大眼，冷目锋利如刀，她纵身一跃，乘冥蟒腾空，阴云压顶，不断翻腾的冥蟒避开抖落的碎石沙土，盘着山脉飞窜而起。贞白凌驾其上，黑袍穿过雾瘴，若隐若现，给人一种龙行九天的错觉。

冥蟒在山脉处骤降，隐于绿荫中，须臾后，又重新飞窜而起，带起尘烟滚滚，接着急转直下，又落到塌陷的另一处，片刻后驮着贞白再次乘风破浪，似乎将整个枣林村逡巡了一遍。

这一幕，把冯天震撼得久久不能回神，而李怀信不明白，眼下大家命在旦夕，救都救不过来，这女冠却骑着巨蟒在枣林村上蹿下跳，怕吓不死谁？！

只有青峰子知道，她所落的每一处，正好是七具祭阵童尸守住的七门所在，但他也看不明白她究竟要做什么。

直到贞白驭冥蟒攀登崖顶，所立之处，正乃大阵中宫。冥蟒长嘶一声，绕着贞白盘旋数圈后，倏地化为黑雾，盘绕住沉木剑身，沉木剑悬于半空。贞白长眸紧闭，手捏法诀，一时间，风起云涌，天昏地暗。

而地动山摇间，落土飞岩，倒塌的观音庙旁，一棵屹立不倒的大树，根茎迅速滋长，掀开了地表的废墟，露出那具藏于神像内的童尸。童尸坐在盘成巢穴一样的树根中，吸纳着源源不断的阴气，催生似的灌入根茎里。根茎肆意疯长，然后像藤蔓一样，蜿蜒爬向崖顶。不仅这具童尸，祭阵七门的每一具童尸，都以同样的方式纳阴生根，拥向崖顶之人。

“拔阴斗！”冯天突然喊出了声，他紧紧盯着眼前的一幕：四面八方的树根朝崖顶汇集，贞白双手捏诀，四周风起云涌。

这见鬼的场景让冯天不由得想起乱葬岗里她补阵那一幕，心惊胆战道：“她是魔鬼吗！”

第一次目睹这个场景的青峰子惊骇不已，被冯天一嗓子震回了神：“她竟然用祭阵的童尸来做拔阴斗。”

拔阴斗是将地下蕴藏的阴气吸呐出来，而枣林村是至阴之地，有源源不绝的阴气供应，只是这法子一向用于驱除附体的邪祟，而贞白却以祭阵童尸为皿，聚阴操控树根，甚至一次性摆出七个拔阴斗，同时作业，换成其他人，早就精力耗竭而亡了。这哪里是拔阴斗，这根本就是拔荫尸！

青峰子听了冯大的嚷嚷，心中也不由得惊叹，她真的是魔鬼吧，连这种法子都想得出来！

李怀信却看得心里发沉，名门正派的驱邪道法被她这么一开创，直接拐到邪门歪道上去了，即便她不曾为非作歹，但历来正邪不两立，若传了出去，天下间谁还容得下她！

原本贞白自身就是个纳阴之体，奈何由镇灵符封印，受其管制，无法再吸纳过量的阴怨煞气，又历经一夜的苦战，体力已达极限，加上眉心的符咒不断在体内作祟，她全身的血液此刻如同沸水一样，难耐至极。

而李怀信和青峰子心里清楚，她曾遭到镇灵符弹压，所以此刻才选择以童尸为媒介拔阴，来减轻自身的吸纳跟输出，也是个最好的办法。

七处树根如藤蔓一样，或扎进土壤，或穿梭于地表，一路蜿蜒直上，汇集崖顶，纷纷缠绕住那柄悬于半空中的沉木剑，贞白倏地睁开眼，握住剑柄，倾尽全力，狠狠插进地岩之中，一股巨大的气流猛地从山巅冲击开来，方圆数十里，山摇地动，江河逆行。气流直接冲击在七具童尸身上，只听齐齐一声尖啸，七只灵体从尸身中生生剥离，形如鬼魅，个个凶相毕露，恶灵一样扑向崖顶之人。

“是阵灵！”青峰子低吼一声，“小心。”

那七只阵灵狠扑上去，却在离贞白三尺外，猛地刹住了，围成了一个圈，面目狰狞地绕着贞白打转，似乎有些忌惮，然后再缓慢逼近，又迅速飘远。

李怀信这才猛然意识到什么：“这是拔阴聚灵。”

所以她拔阴的目的，其实是要拔出阵灵，用至阴之气，将七具童尸里形成的阵灵驱出，然后杀之，那么这个阵法，也就得以破解了。

“我怎么就没想到呢？”青峰子懊恼极了。

李怀信顺口说道：“想到了你也做不了。”

青峰子有些尴尬：“贫道修为浅薄，实在惭愧。”

就算他能想到，也不敢轻举妄动，因为这里头有七只阵灵，以他的能耐，只能逐只逼出，可一旦触动其中一只阵灵，就等于触动了凶门，到时候山崩地裂，大家只能同归于尽。

青峰子“咦”了一声，指着崖顶上的一幕，有些疑惑：“那些阵灵，好像有些怕她？”

冯天闷声哼道：“我也怕她。”

当阴灵碰到比自己还阴的东西，都会有所忌惮，因为那是比自己还凶的邪祟，好比如今的冯天碰上贞白，又好比那七只阵灵对上贞白……反正谁都阴不过她。可想而知这七只阵灵会是怎样悲惨的下场，这会儿敢冲上去，实乃勇气可嘉。

不过有些东西，就是弄不清楚自己几斤几两，它们虽然对贞白有所忌惮，但仍觉得能与之一战，甚至自以为是地认为这是它们的地盘，强龙尚且压不过地头蛇，何况它们是阵灵，有这一层打底，顿时无所畏惧。徘徊在边缘试探的七只阵灵猛地对贞白发起攻击，屈起的利爪像刀尖，煞气重得能腐蚀人骨。

对比起来，像冯天这种生前没心没肺的，死后也毫无怨煞之气，又刚刚聚形，只算是一缕不中用的游魂，不仅害不了人，还随时会被阳气过重的人压得魂飞魄散。他现在之所以这么精力充沛，都源于枣林村这块至阴之地，村民们在这至阴之地里生活了二十年，个个阴盛阳衰，连李怀信的阳火都跟着削减了下去。冯天不由得感叹道：这环境，实在是太养魂了。

而这七只灵体被用来生祭七绝阵，怨气本身就重，活活被炼成阵灵，又在养阴地二十年，可谓凶煞至极。此刻它们齐齐朝贞白猛攻上去，贞白敏捷地躲开了，阵灵扑了个空，更加面目狰狞，嘶叫着再度进攻。贞白拔出沉木剑，一抬手，七条粗粝的树根像蛇一样扎向阵灵。七只阵灵惨叫一声，煞气更甚了，其中一只逼近贞白身前，举起利爪朝她面门抓去，还未触及贞白的皮肤，就被一股热浪掀开，弹出数尺外，再看那只手，已经被烫得一片焦煳。

李怀信这才意识到她眉心那抹朱砂符的威力究竟有多大，一旦发作起来，不但折磨自己，还能抵挡外邪入侵，她是有多想不开，才会对自己下这么重的手，这也就算了，明明知道自己体内压着镇灵符，还不知收敛，就不怕自爆而亡？

“真是亡命之徒。”

冯天没听清，偏头问：“什么徒？”只见李怀信牙关紧咬，右手扣住剑匣，已经朝山崖迈开了腿。

“哎……”冯天话刚出口，李怀信已经祭出长剑，并且一击必中，刺穿了一只扑向贞白的阵灵，只听一声厉声惨叫，那阵灵倏地消散了。

冯天愣了一下，他刚聚魂就遇到这兵荒马乱的境况，还没分清敌我，就看见乱葬岗那个荫尸和七只阵灵相互厮杀，本来正中他下怀，恨不得双方打个两败俱伤才好，结果李老二中途横插一杠，明明那个荫尸更不好对付，天打雷劈都不死，他还不知死活地去灭阵灵，到时候若让这个荫尸占了上风，他们可都是死路一条。想到这儿，冯天急眼了，他飘到李怀信面前阻拦道：“你瞎捣什么乱？！让这些邪祟斗个两败俱伤，我们再一锅端了。”

李怀信挑眉："你想一锅端了谁？"

冯天大义凛然地一指山顶上空。

李怀信强忍着没翻白眼，真把这小子牛坏了，还一锅端呢，他说："闪开吧，你再碍事儿，我们才要被一锅端了。"

那女冠被镇灵符压着，谁知道能撑多久，李怀信拔剑，再次祭向一只阵灵。

劝也劝不听，拦也拦不住，冯天只能干着急："李老二，你干什么向着那只邪祟，她可比阵灵更危险啊。"

谁向着那只邪祟了？！灵剑返回手中，李怀信准备继续搏杀，朝冯天一挥胳膊："你快闭嘴吧。"

冯天道："你快住手吧。"

两人僵持之时，突然传来一阵厉声惨叫，贞白的沉木剑横斩而过，将五只阵灵拦腰劈成两段，瞬间化为硝烟，被风吹散。

晃动的山峦、震颤的大地，以及湍急的河流，顷刻间平息了下来。那些被河水淹没的村民在退潮的河床中爬起来，有的死死吊在树杈上，有的奄奄一息挂在悬崖边，个个儿遍体鳞伤，但好在，他们都活下来了。

"阵灵灭了？"青峰子如坠梦中，不确定似的问了句，"那么阵，破了吗？"

贞白立于山巅上，目光投向远方，山的那头是广袤的大地，通往未知的方向，终于不再只是枣林村，她看见了出去的路，于是喃喃道了句："破了。"

因为相隔太远，所以大家没有听见。为了求证，青峰子涉过河流，翻过低矮的小山坳，怔怔地盯着前方，须臾，他老泪纵横地回过头，带着重见天日的难以置信，嘶哑的嗓音带着哽咽："破了！七绝阵，破了！"似激动，又似崩溃，最后难以支撑地跪了下去，他朝着天地，又朝着枣林村所有百姓，嘶吼道："破了，终于，破了。"

他沉浸在巨大的悲喜交加里，像疯魔了一样，跪望苍天，声泪俱下地忏悔自己一生的罪孽："罪子青峰，杀妻弃子，舍身舍道，必将永坠无间，有幸等到今日，叩谢苍天垂怜。"语毕，额头重重磕地！

李怀信偏过头，不忍再看，老道那可怜样儿，委实扎心。只是叩谢苍天有什么用，又不是苍天帮你破的阵。

不明状况的冯天看到这一幕，心里也不是滋味儿："好惨一老头儿！"

伤痕累累的村民挣扎着站起身，相互搀扶着往小山坳走去，最后盯着面前的出路，再也忍不住号啕大哭。

灰头土脸的一早攀过泥坎，东一脚西一脚地踩着碎石，朝青峰子跑去，她喊：“老头儿。”

她途经那些暂时还爬不起来，横七竖八地倒在地上的村民时，清脆的铃声却像魔咒一样，传进他们耳中。他们惶然地抬起头，有人心慌地说了句：“我又听见铃声了？”

“我也听见了。”

“为什么我还能听见？”

“是那个小孩，她戴着那串铃铛。是她在作怪。”

一时间，所有人都转过头，惊恐又怨毒地盯住一早，甚至爬起来，挡住了她的去路。

所有听见铃声的人蹒跚着聚拢，形成一个圈，逐渐把一早包围在里面。

第五十三章 焚噬

“不是。”冯天不明就里，眼见那小孩被一帮恨不得吃人剥皮的村民困住，“这什么情况？听见铃声怎么了，我也能听见啊。”

“情况比较复杂。”李怀信说着，抬脚往前走，“我回头再跟你解释。”

冯天赶忙跟上：“哎，那小孩儿，也不是人哪。”

见一早被村民围困，青峰子大惊失色，撑着骨瘦的身体爬起来，跌跌撞撞往回奔。他不明白，明明这一关已经过了，七绝阵也已破，为什么大家还能听见铃声？

一早被困在人墙中，稍微一动，就会带起一阵铃响，听见铃声的村民个个面目可憎起来，他们弯下腰，捡起石块步步逼近。一早没见过这种阵势，心里发慌，她想逃，却被身后的村民推了一把，往前扑倒了。众人一拥而上，七手八脚地按住她，抡起手里的石头，第一下狠狠砸在她戴着凶铃的那只手腕上，第二下，朝她身上抡去，他们认定这是邪术，像七绝阵一样索命的邪术，仿佛杀了这个小孩，毁了铃铛，就不必再惊慌了。

“一早。”青峰子嘶喊道，急奔向人群，“别伤害她……”

“这些人都疯了。”李怀信狂奔而至，一脚踹开两个站在外围的村民，又扒拉开几个，直接扔进阴沟里了。

冯天看得瞠目结舌，李怀信这厮到底分不分得清是非，有没有道德标准，之前帮了那具荫尸不说，现在还为了个尸童对村民拳打脚踢的，这不胡闹吗？！

没等李怀信钻进去，一条巨蟒猛地蹿过来，直接将所有人掀翻在地，卷起地上的一早呼啸而过，迅疾如闪电，等大家反应过来，一早已经狼狈不堪地立在了不知何时下了山的贞白身边。

对于贞白，所有人都是怀着畏惧的，她要护这丫头，谁也不敢轻举妄动。

青峰子奔上前，拽过一早上上下下地查看，满脸心疼，还好无大碍，只是手腕破了点皮。

一早倒显得很淡定，她转了转手腕，不甚在意地说："别瞎担心了，我又不疼。"

能不担心吗？那帮村民齐拥而上，个个手里还拎着石头，若没有贞白及时出手，这些人哪怕不把她砸个稀巴烂，也会七手八脚地把她给分尸了，想想都肝儿颤。

青峰子拉着一早一个劲儿地向贞白鞠躬道谢，加之多亏她才破了这大阵，他内心感激，忍不住潸然泪下。

贞白皱了皱眉，搀住青峰子的胳膊，拦住他欲跪拜的动作："青峰道长，不必。"

"若不是……"青峰子张了张嘴，还欲再说，却忽地住了口，贞白已经转过身，步履匆忙地朝崖壁狭径走去。青峰子愣怔须臾，方才被贞白扶那一把，隔着衣衫他也能明显感觉到她掌心的灼热，当下他心下一凛，转头望向李怀信，惨白着脸道："她在被体内的镇灵符焚噬……"

李怀信脑子轰然一响，来不及多想便追了上去。

狭道本就狭窄，如今被流沙碎石堆积，更是难行，岩壁上有一道裂纹，仿佛随时都有坍塌的可能，李怀信跃过几处乱石堆，终于望见不远处的丛林里那个略显踉跄的身影。

"哎……"他出声喊她，"白大姐……"

前面的人却充耳不闻，没有丝毫停顿。

"贞白。"李怀信疾步追上，再三寻思，欲言又止，实在别无他法了，才道，"要不然，你把镇灵符解了吧。"

这段时间相处下来，感觉她这人还算仁义，骨子里没什么嗜杀的天性，没作过恶反倒尽心尽力救人，就算解了咒，应该也造不成什么危害。

贞白驻足，手撑着旁边一棵树，转头看向李怀信，坦言：“我是体内的阴气压不住，才会给自己下这道镇灵符。”

原来没什么嗜杀的邪性是建立在被镇压的前提下。

她又补充道：“若是解了，难保不会失控。”

真要命，李怀信心中凌乱，符不能解，又怕她被这符整出毛病来，左右为难之际，贞白冷淡道：“你别跟来。”

“嗯？”李怀信没听明白，在贞白动身之时又跟着往前挪了一步，恰好挡了道，随即就被一只滚烫的手攥紧，对方狠狠一扯，李怀信整个人天旋地转，下一刻便被重重抵在了树干上，后背被撞得生疼，牵扯着内脏都在疼，这女冠的手劲忒大了。

而原本只想把他摔开的贞白，在抓住那一截清凉的手腕时却突然撒不开手了。

被撞得头晕眼花的李怀信，突然感觉那只滚烫的手像烧红的烙铁一样，倏地滑进他的袍袖中，烫得他浑身一抖，顿时火冒三丈。这都快被镇灵符焚噬了，又不是嗑了春药，都什么时候了，居然还心怀不轨地打他主意，净想着那档子淫秽之事。

如今的李怀信，可不是当初那个瘫在客栈任人拿捏的废物，他一大老爷们儿，被人强行架在野林子里欲行不轨，不要面子的啊。想到这儿，李怀信奋力一挣，没挣脱，里子面子全丢了。

他还没好全，这女冠手劲儿又忒大，他的千金之躯被她一寸寸蹂躏，从手腕到手肘，原本腻白如脂的冰肌，火烧云似的，被烫成了红红火火的一片。

李怀信：“……”疯了！下手这么重，摸得这么狠，是想吃了他不成？

贞白紧蹙着眉头，极力隐忍，抬起的目光却利得像刃。

李怀信：“……”还有脸凶！凶个屁啊你凶，凶我就会服软了吗！就会任你欺凌了吗！做你的春秋大梦吧，吓唬谁啊！

可两臂被禁锢，他实在挣脱不开，简直要被整得没脾气了，就在对方的魔爪侵略至他的臂膀时，他突然开口道：“想用强是吧？！”

李怀信的声线低低哑哑地刮过耳郭，贞白忽地一怔，似乎才意识到自己在干什么，神志稍稍清明。

与此同时，李怀信抬腿猛踹，发了狠地，踹这个欺男霸男的坏东西！贞白迅速倒退，手从他袖管中撤了出来，堪堪避过那一脚。

李怀信一撸袖子，胳膊上赫然留下一片备受凌虐的痕迹，顿时气不打一处来，这厮太粗鲁了！当他什么人，胆敢这般肆意蹂躏。

贞白看了他胳膊一眼，怔怔地张了张嘴，刚要说什么，就被三贞九烈的某人扇了一耳刮子。啪的一声，在寂寥的山林间显得格外清脆。

这一巴掌过后，两人同时愣住了。打的人和挨打的人两相对视，都有些无措。

李怀信还是头一次干打女人这种丢份儿的事，心里犹如万马奔腾，整个人面红耳赤。

那女冠估计也没被人这么扇过，一时间反应不过来。其实是因为焚噬太过难挨，她才会有此鲁莽之举，伤了人也不是故意为之，本想向他道歉，谁料话刚到嘴边就被他扇了记耳光，直接把她的歉意给打没了，索性受下来，权当两清了。

而这头，纠结不过两秒的李怀信很快又理直气壮起来，打的就是你个色胆包天的女流氓，让你欺负人！

李怀信还在那儿气得腾腾冒烟儿，贞白已经转过身，冷冷抛下一句："别跟来。"

这回李怀信听清楚了，跟个屁，他又不是吃错药了，还敢往人嘴边送？此刻他简直巴不得她被镇灵符焚噬了才好，但转眼瞅见她腰上的伤口时，心底仿佛被什么狠狠扎了一下，下一秒，这一刻的心软又被岩浆似的火气盖过了，各种纠结，最终汇成一念：去他的！

许是气坏了脑子吧，否则他也无法解释，自己为什么还要跟上这女冠，并且看见她沉入河里的时候，会不顾一切冲上前阻拦。他想说，你这样没用的，对方却一头猛扎了进去，顺带把拽着她的李怀信也扯进了水底。

彻骨的寒凉袭来，只余掌心握着贞白手腕的一团火热。她体内有两股力量，一阴一阳，一冲一压，阳火烧阴，如受火刑之苦，谁熬得住？

她用力一挣，在冰火双重煎熬下，强行去拔眉心的符咒。

李怀信想起她刚才说若压不住体内的阴气便会失控，一见她拔镇灵符就心惊胆战，他在水下屏住呼吸，从腰间摸出钱袋打开，倒出冯天那串五帝钱，强行扯过贞白的手，红绳缠绕一圈，将五帝钱扣在其手腕，再咬破指尖，在铜钱孔中用力一按，想以阳制阳的方式制衡一下。奈何鲜血很快被水溶解，起不到效用，李怀信只好拉住她往岸上游。

贞白眼皮一抬，看向身边的人。李怀信浑身湿漉漉，还淌着水，面色冻得苍白，他咬破第二根手指，拽过她手腕，打着冷战将鲜血抹入铜钱孔。

太行道弟子，骨血都被符洗过，修行十余载，受香火浸身，加之李怀信童子之身……

贞白倾身向前，声线极低，嗓子仿佛被高温烘干了，十分嘶哑："童子血，纯阳躯……"

"什……"李怀信猛地抬头，正对上贞白近在咫尺的脸。

她似乎被烧得神志不清了，瞳孔有些涣散，脸上涌起潮红："有些用……给我……"

李怀信瞠目，脑子猛地想起那些邪门歪道，什么为了修行疗伤抓个童子采补元阳……他猛地推开她，如避蛇蝎般弹开老远，实在忍无可忍，吼道："去死吧你！"然后愤然转身，不管不顾地离去了。

贞白被推倒在河滩边，盯着那人模糊的背影，意识渐渐不清。

李怀信一路走走停停，在崖壁拐角处突然驻足，试图顺一下自己的脾气，然而这口气实在咽不下，他气得腾腾冒烟儿。

此时一缕幽魂飘过，见到李怀信，急切地扑过来："出事儿了。"

"又出什么事儿了？"李怀信气还没顺，语气自然不善，难不成那些村民一看他和贞白离开，又开始闹事，找那一老一小寻仇去了？

冯天东张西望，没瞧见那位令人胆寒的女魔头，稍稍放下心来，焦灼道："我刚才就发现不对劲了，所以留在现场守了会儿，不知道为什么，那些村民的身上，全都长出了尸斑！"

第五十四章 无能为力

“你说什么？”李怀信神色一凛，“尸斑？”

“对，我刚发现就想说了，结果转头你就没影儿了，我找你半天。”

李怀信感觉难以置信：“活人身上怎么可能长尸斑？”

“我也觉得难以置信，这些人都没死吧，我看他们明明还喘着气儿哪，上一刻还抡起石头砸人，结果没一会儿……”

“怎么？”

“就像一盆绿植迅速枯萎，片刻不到就奄奄一息了，衰败的迹象太快了，我还有点儿蒙，搞不明白什么情况。”

李怀信犹豫着回头，管不了那女冠的死活了，他急匆匆地往村民所在的地方赶：“那青峰道人呢？”

冯天茫然：“谁？”

“那老乞丐。”

“啊，他啊，他是个疯子吧，我看他精神好像不太正常，也长了满身尸斑，又哭又喊的，反倒是他身边那小鬼，哎哟，怎么死人身上白白净净的，活人反倒长出尸斑了？”冯天紧跟李怀信，继续说道，“还跑了几个村民，疯了一样往外冲，逃难似的，非要离开这里，我没阻拦，当然……也拦不住。”一伸手，人家就从他的手心里穿了过去，毫无阻碍，别提多沮丧了，而且他发现，那些村民似乎根本看不见他，也听不见他说话，要不然这么从他身上穿膛而过，早就吓死了。

待二人赶到时，地上横七竖八地躺着无数村民，大多已是奄奄一息。

李怀信捋起一个村民的衣袖，又扒拉开他胸前的衣襟，那上面长满了大小不一的紫红斑痕，就算亲眼所见，也令人难以置信。他挨个儿查看过去，很多村民体温骤降，呼吸越来越孱弱，甚至有些人陷入了深度昏迷，然后，死去。

青峰子跪在其中，整个人已经陷入疯魔状态，这场突如其来的灾难，仿佛压倒骆驼的最后一根稻草，短时间里经历这样的大喜大悲，他终于承受不住了。

李怀信觉得无比讽刺，方才破阵之时，这老道还在叩谢苍天，他当时还想，苍天做过什么呢？不是那女冠倾尽全力的结果吗！结果下一刻，老道叩谢的苍天就朝他们举起了屠刀。

上一秒，李怀信还在查看一个村民身上蔓延的尸斑，摸着那人的心跳，下一秒，那心跳却慢慢在他手上停止了。他站起来，环顾四周，不是濒临死亡的人，就是刚刚死亡的尸体，这种感觉很不好，他发现自己根本受不住这样的场面，看着大家接二连三地在他面前死去，他却束手无策。他想救，却不知道该如何下手，他还从来没见过活人身上长尸斑的，甚至闻所未闻。

李怀信奔向青峰子，想弄明白为什么会这样。

青峰子被他抓着肩膀，整个人摇摇欲坠，愣怔着，仿佛被抽掉了神魂，许是被李怀信晃回了三分神志，他抬了抬耷拉的眼皮，眼睛明明看着李怀信，瞳孔却毫无焦距，呢喃道："原来破不破阵，都是死路一条。"他似在对面前人说，又似在自言自语，"根本不留生机。"

他皱着眉，表情痛苦："都是我的错，我错了，全错了，是我害了大家。"

"什么意思？"李怀信听不明白，"到底为什么会变成这样？为什么所有人身上都长出了尸斑？究竟哪里出了错？"

语毕，他猛地想起不久前自己和那女冠说过的话，难道她真的为了出阵，采用了邪法，牺牲其余千百条村民的性命去破阵吗？眼前的事实让他无法接受，真的是她做的吗？为了出去，为了揪住仇人？

李怀信抓着青峰子肩膀的手开始不受控制地颤抖，心里涌起一股莫名的恐惧，令他险些乱了方寸。自始至终，他全程在场，一直监视着贞白，她非但没有伤及无辜，反倒一直在危难中救人，竭力逼出阵灵以破阵，所以，她应该不会。

李怀信在脑子里努力捋清楚事情的经过，一桩桩，一件件，令自己冷静下来。

青峰子魔怔似的一直在重复："是我的错，二十年前就错了，是我害了大家。"翻来覆去地，又回到那句，"破不破阵，都是死路一条。"

李怀信听不懂他的话，也问不出个所以然，颓丧地松开他的双肩。反倒是一直闷不吭声的一早，突然开口道："因为二十年前，老头儿布下千尸阵，把这里变成了殍地，从此所有的村民，都得靠荫尸气才能活着。"

李怀信和冯天蓦地回头，盯住一早。

她继续道："……又在七绝阵中，被封二十年。一旦破阵，就是泄阴过阳，所有人被阳气一冲，必是死路一条。"

就好比一座封闭已久的墓穴被打开，里面的东西会瞬间氧化成灰。只不过这里是七绝阵，一个困住整个村子夺尽生机的凶阵，然后被青峰子布千尸阵改变了磁场，那么所有的变数也会在那一瞬间发生，比如，改变之后的七绝阵，因为千尸阵制衡，只有不破阵才会安然无恙，可是作死的村民触动了凶门，导致山崩地裂，不得不破，可破阵反倒会释放七绝阵最初始的凶性，打破千尸阵形成的制衡，一旦失去制衡，就会发生这场无可避免的灾难。其实这场灾难早该发生，因为青峰子的硬撑才迟了二十年，命中注定的劫数，终究谁也逃不过。

而贞白和李怀信来此才不过两三日，没有参与过这一系列变数，不像那些千尸阵形成后一直生活在荫尸地的村民，七绝阵产生逆变后，只有靠这里的荫尸气才能活着，所以，李怀信没有听见铃声。

一早垂着眸，浓密的睫毛盖住半颗黑瞳，她看起来平静极了，面无悲喜地说："老头儿方才说完就成这个样子了，我想他是承受不了了吧，他其实早就受不了了。"

她走到青峰子身边，抬手捋了捋他凌乱不堪的华发，小手抚过其凹陷的脸颊，擦掉上面的血渍和污泥，她说："老头儿要死了，我知道。"

李怀信看着她，突然心里一紧："小鬼。"

一早抬起眼皮，牵起衣袖去擦青峰子的额头，一点一点，仔仔细细地清理，她说："老头儿就是放不下，老顽固一样，明明自己比谁都潦倒，还有操不完的心，放不下这个，放不下那个，谁都放不下。"她轻轻摩挲着他的眉骨，那里有一块浅淡的伤疤，“其实，他最放不下的是我，想要一辈子守着我，或许是愧疚吧，觉得对不住我和娘亲，这道坎儿，闷在他心里一直过不去，如今，恐怕到死也过不去了。”

一早捧着父亲的脸，轻拭他下颚，擦着擦着，那张脸就从她手心滑过，倒在了软泥上。临终前，青峰子哽咽地叫了声“一早”，却什么遗言都来不及留下，他的眼睛大睁着，盯着他最放不下的女儿，是不舍，也是不甘。

一早愣了须臾，才缓缓伸出手去抹那双浑浊发灰的眼睛，她说：“老头儿挺可怜的，生前放不下，身后不瞑目。”她的声音很低，这话从一个孩子嘴里说出来，竟有种悲天悯人的感觉，她说，“只有我心疼他。”

李怀信盯着那双小巧的手抹下那双死不瞑目的眼睛，忍不住呼吸一窒，深深的无力感涌上心头，呼吸也变得粗重起来。

他扑到那些村民面前，好不容易探到还有一息尚存的，病急乱投医地咬破指尖，在那些长满尸斑的皮肉上画符，什么驱邪驱阴，镇邪镇煞，他把能想到的，都在这些人身上试一遍，最后十根手指都破了，耗损了根基，伤了元气。

冯天阻止不了，只能心急如焚地看着这个乱了阵脚的同门。

突然，李怀信想到了什么，站起来就往前走，冯天跟了过去，被他呵斥住了。他让冯天留下来守住村民，便朝崖壁狭径直冲而去，穿过树林，来到河边，见贞白依然躺在原地，神志不清的样子。

也许她有办法。李怀信的脑子闪过这个念头，试图唤醒贞白，对方却一点反应都没有。

李怀信心急火燎，想着那一帮半死不活的村民，善心泛滥，毕竟是活生生上千条性命啊，他能见死不救吗？起码要努力一把吧，所以他心一横，决定豁出去，充当一回救苦救难的活菩萨：“给你就给你吧。”

说罢他俯下身，献祭似的吻在贞白唇上。

双唇交叠，李怀信却是不情不愿的，真真便宜她了！只是这光天化日之下，露天席地……他撑起身，咬了咬牙，用手去拽身下的人。

她体内的镇灵符仍然在烧，全身滚烫，只是相比之前，那股作乱的阳火有了偃旗息鼓的迹象。

感觉被人晃了晃，贞白半醒半寐，眼睛茫茫然睁开一条缝，目光与正在纠结如何舍身就义的李怀信对了个正着，后者吓了一跳，抽回手差点往后一摔，堪堪稳住身子，满脸干了不光彩的事被人当场拿住的难堪。

贞白低低问了声：“你干什么？”

李怀信：“……”简直难以启齿！

大丈夫不拘小节，李怀信摊开受伤的手指，义正词严道：“救你。”然后欲盖弥彰地咳嗽了一声，将七绝阵被打破之后的现状简明扼要地说完，然后问道，“你有办法救人吗？”说完暗暗观察贞白的表情，这女冠向来深藏不露。

贞白的脸上闪过几丝错愕，却没有表态，这样的情况，她也是闻所未闻，见所未见，而且完全超出了她的预料。她只能勉力撑起身，前往现场查看。

然而李怀信这一来一回，不过须臾之间，形势却已翻天覆地。

枣林村，一个活口都不剩，只有一尸一魂立在死人堆里，那场景犹如无间地狱，令人绝望，令人窒息，更令人永生难忘，像噩梦一场。

这场噩梦，最后被付之一炬。因为此处乃至阴之地，经历过一场起尸，而这些枉死的人，死时怨念太深，恐会作祟，留不得全尸，只能烧成灰烬。然而，尸体虽烧尽了，这里的阴怨气却烧之不尽，恐怕此后百年，枣林村都将荒无人烟。

第五十五章 你别难过

火葬完村民他们已筋疲力尽，在无比沉重压抑的氛围中休息了一晚，翌日才启程离开，四个人前往黎镇，确切地说，是两人加一尸一魂，在林路中不徐不疾地前进。

冯天抬头望了望走在前方的贞白和一早，与他们隔着一段距离，他按捺不住好奇，在李怀信身侧压低声音问："我死的这段时间究竟错过了什么？你怎么就跟这个邪祟厮混到了一起，还跑到这种鬼地方？"

在听到冯天说"我死的这段时间"时，李怀信便蹙起了眉，听到"厮混"时，更是当即垮了脸。闹心，上火，这个乌鸦嘴还不肯消停。

李怀信顺了顺自己的气，看了眼冯天，却被那一眼望穿的透明魂体扎了眼，心里一紧。冯天是在最危急的关头聚魂的，当时兵荒马乱的，两人都顾不及感怀死别后的再度重逢，这会儿安生下来，他隐忍已久的那点儿情绪就像泄了洪，只觉得满腔酸楚。他立刻扭过脸，生怕多看冯天一眼，哪怕多看一眼，他都觉得受不了。

"哎，怀信？"见对方不搭理自己，冯天不明就里，突然，他脑中警铃大作，惊慌道，"你不会……是被她挟持了吧？"

闻言，李怀信的脸更垮了，满腔悲情被对方这一通胡搅，变成了无语。

"是不是被她挟持到这儿的？"冯天又问，心想：瞅着太不像。

李怀信没看他，脚下不停，半天才憋出一句话，嗓音极低：“冯天，你是不是缺心眼儿？！”

冯天只当他臭脾气上来了：“这种时候，咱就别互相挤对了，你要是身不由己，心里憋屈，尽管跟我说，那邪祟实在了得，就算被她挟持，也不丢人，我想办法，咱俩……”他一下子飘得有点快，忽地飘到了李怀信的前头，却见他双眼通红，就像，在乱葬岗的那天。

只是一瞬间，李怀信就撇开了脸，似乎生怕被人窥见什么。这欲盖弥彰的一躲，却让本以为自己眼花的冯天突然反应过来，他怔怔地喊了声：“怀信……”

李怀信蓦地驻足，脊背挺得笔直。

那背影看得冯天一阵心酸，说话也变得极其不利索：“那个……其实我……我这个样子吧……”他不知道该从何说起，其实他最不想看见的就是李怀信现在这副丧偶似的神色，所以从聚魂之时开始，他便极力表现得跟从前一样，插科打诨，没心没肺的。殊不知，李怀信这人平时看似骄横倨傲，薄情寡义，似乎谁都不放在眼里，其实心肠特别软，对情谊也看得尤其重。

冯天磕磕巴巴了一会儿，最后只是轻叹了一声：“……你别难过。”

谁知这祖宗却冷笑了一声，反过来怼他：“你不难过，你倒是死得潇洒，两腿一蹬，连做鬼都这么洒脱，了无牵挂！”

冯天：“……”好想撕了这张嘴，再糊他两嘴巴子。

冯天瞪着他那双兔子眼，意难平，索性讥讽回去：“不是叫你别哭吗！出息！”

没想到这话直接把李怀信给激怒了，这回倒像是急红的眼：“哭你丫的丧！”

冯天拿此当台阶下：“我谢谢你！”

李怀信奓了毛：“一句谢谢就算完？”

那还想怎样？冯天抓狂，这人不讲理起来实在难缠，他几乎败下阵来：“你真是我冤家！”刚才还感动于李怀信的心肠软，转眼工夫他就忍不住嚼碎了骂，“贼心烂肺的，是有多霸道，还不让个死人安生！”

“你想怎么安生？让我超度吗？”

闹完，两人就直挺挺地站着，一时相对无言，彼此却都红了眼圈。

僵持之间，冯天终于没忍住，放低姿态，轻声道：“不吵了。”顿了顿，又说，“现在还能看见你，就挺好的了。”

某人不识好歹："矫情死了。"

冯天："……"真的很想揍人哪。

谁料对方突然声线一转，是难得抒情的口吻，嗓音压得很低："真好。"

历经一场死别，李怀信说："还能看见你，真好。"

不争气的冯天，没想到自己这么听不得酸话，眼泪唰地就流了下来，他连忙按住眼尾，似乎想要把眼泪按回去。

"出息！"李怀信把他方才的话回怼给他，说完便仰起了脑袋，捏住发酸的鼻梁。

俩大男人对着哭，可真有出息！

待心中的酸楚压下去，李怀信终于能心平气和地将这段时间所发生的事情尽数道出，从乱葬岗到枣林村，再从贞白到一早，他说得口干舌燥，而冯天听得震惊不已。信息量实在太大，他一时间消化不了，大脑机械地转了转，模模糊糊地从里面理出一条线索来："也就是说，你们怀疑枣林村和乱葬岗的两处大阵，很可能是一个人的手笔？"

李怀信点头沉吟道："只是，七绝阵是二十年前布下的，而贞白是十年前被镇在乱葬岗的，中间相隔了十年。"

"难不成这人处心积虑了十年？"一想起乱葬岗的情形，再加上枣林村这个赶尽杀绝的凶阵，冯天只觉一阵恶寒，"也太可怕了！会是巧合吗？不然为什么要这么做？"

这就不得而知了，毕竟两处大阵都是十几二十年前布下的，并且未曾留下任何蛛丝马迹，要想从中觅出点儿真相，揪出幕后凶手，实在抓瞎。

暂且不论两处大阵有没有关联，是不是同一个人所为，但现在有两名被大阵迫害出来的不人不鬼（贞白和一早），凑到一块儿，誓要挖出背后的布阵之人。

此事却令冯天有点伤脑筋，他胆战心惊地问："所以，那个谁……是要让我帮她占卜找凶手吗？"

李怀信知道他斤两，犹豫了一下，还是点了点头。

冯天一惊，盯着前面贞白的背影，吓得不轻，对李怀信道："你赶紧把我超度了吧。"免得到时候算不出来或者算错了，被她拍得魂飞魄散。

李怀信恨铁不成钢地看着他："你现在连片叶子都捡不起来，怎么给她占卜？”

冯天顿时眼睛一亮，精神抖擞起来：“对呀，我现在魂体虚弱，捞不住那串五帝钱，爱莫能助啊。”

待贞白真的要求冯天占卜的时候，冯天非常积极地配合，然后装模作样去捞五帝钱，结果抓了一把空。贞白脸色一寒，握着沉木剑的手刚抬起，就把冯天吓得立刻钻进那串铜钱里，龟缩着不敢出来了。

李怀信见状：“……”这丢人的玩意儿！

再看贞白，希望落空的她皱着眉冷着脸，出神地盯住桌上的五帝钱，也不知在想什么。

她紧握着那柄沉木剑，上面攀附的蟒纹，让李怀信突然想起一件事：“当初在客栈，你给我刮骨之时……”他欲言又止，撩开衣袖，腕上有两颗浅浅的牙洞的伤疤，几乎已经看不见，只是新长好的嫩肉与旁边的皮肤色泽相异，他当初怀疑是这女冠嗜血，不料，贞白瞥了一眼他手腕，坦言道，当时把附骨灵逼到他手腕处，得用冥蟒将其叼出。

她说：“这柄剑，是用穿过我肩膀的沉木做的，也是那个人留下来的，唯一能与之联系的物件。”她一直带在身边，好不容易等到冯天聚形，便想让他以此物卜算，希望能找出那人的下落。却忽略了，一只刚聚形的阴灵，除了飘忽游荡，根本触不到任何实体。

所以，贞白另有了打算。她要去太行山，找寒山君。

李怀信毫无异议，毕竟送完冯天的骨灰回乡，他也要回太行山，向师父禀明两处凶阵，再给师叔寒山君一个交代。只是，他把寒山君的徒弟拐跑了，末了却带一缕残魂回去，怎么交代？

那糟老头子平时虽对冯天非打即骂，但谁都看得出来，他心里真真是把冯天当亲儿子疼的，自己也不见外地成天跟冯天灌输，一日为师终身为父，上赶着拿自己当爹。冯天也由着他倚老卖老，就算跟着他学不出个名堂，也没背叛师门，顶多偷摸跟别人学点艺，还心甘情愿挨打受罚，简直是一个愿打一个愿挨。

就是这样一段亲如父子的师徒情，让李怀信每每想到那个老头子就心里发紧。他在太行山上十余年，从来都是跟老头子对着干的，非常硬气，这还是第一次觉得愧疚，亏心，感觉无言面对这老头儿。

他知道，冯天是寒山君的心头肉。但凡俩小辈闹腾出点儿麻烦，寒山君都会气得跳脚，骂冯天：“你少跟那个大逆不道的祸害搅和在一起！”

骂完俩小辈，还要找千张机撒泼：“管管你那徒弟，别让他来祸害小天，把我徒弟往坏里带。”

千张机是个性子沉稳持重的，很有一派之长的气度，他觉得两个小辈交好，不应过度干涉，或者严令禁止，再说，怀信虽傲慢了些，本性却不坏，哪会带坏冯天。

千张机一讲道理，寒山君就斥责他护短，然后一甩袍袖就走，师兄弟不欢而散。

李怀信记不太清了，好像从一开始，寒山君就不待见他，也最反对冯天跟他交好，对他的评价都是什么骄奢跋扈、蛮横狂妄、目无尊长、离经叛道，一句褒奖都没有。李怀信不以为耻，反而为了气那糟老头子，天天跑去招惹冯天，成心在他眼皮子底下晃悠，更在冯天被罚禁足的时候，变本加厉，将其宝贝徒弟拐跑了。

在太行山修道的日子异常枯燥，李怀信无聊的时候，就爱逗寒山君生气，逗他生气又特别容易，只要去骚扰冯天。那小子又是个没定力没正形的，经不住撩，勾勾手指就跟着他满地撒野去了。可能是被寒山君打骂得皮实了，导致后来无论怎么受罚，冯天都不当回事儿，照样同李怀信厮混。

记得有一次，具体什么由头记不清了，那次冯天被罚得挺惨，屁股开了花，李怀信拿了宫里最好的金疮药过去看他，埋怨老头子下狠手。冯天趴在院子里，嘴里衔着一根稻草，眯了眯眼：“师父还说要断我根骨头呢，到底没舍得，不过是皮外伤。”

李怀信说：“就知道他虚张声势。”

冯天吐掉那根稻草，不乐意道：“你还真想他断我根骨头啊。”

“哪能啊。”李怀信赶紧安抚道，“我是来给你送药的，保准明儿就能活蹦乱跳。”

“我谢谢你了，赶紧走吧，师父给我捣草药去了，别让他回来看见你。”冯天接过金疮药，往袖子里藏，边藏边赶人，这玉瓷瓶一看就是宫里的东西，哪敢让师父瞧见，非得扒他层皮。

李怀信一屁股坐到寒山君那张太师椅上，架起腿，悠哉地晃了晃。

冯天整个人都焦虑起来："哎哟，祖宗，算我求你了，别跟这儿惹他上火了，他的气还没消呢。"

李怀信一挑眉毛，气性也很大："我怕他？"

"我怕。"冯天说，"你惹他生气，遭罪的可是我啊。"

"你说说你那师父，心眼儿多小啊，多大点事儿就斤斤计较。"

冯天胡乱点头，赶人："行了，快走吧，他一会儿就该回来了。"

"不走。"李怀信靠着太师椅，神情自在，"等我多气他两回，不是不待见我吗，我偏缠着他的乖徒弟。"

"干吗呀，折腾我吗不是。"冯天说，"走吧走吧，就当关爱一下老人吧，他又没真跟你生气。"

……

也许吧，吵吵闹闹这十年，寒山君可能并没有跟他真生气，然而这一次，他捧着冯天的魂魄回去，估计真能把老头子给活活气死。

他心里堵得慌，一路上闷声不语，到了黎镇才开口："去趟樊家，把冯天的骨灰取走。"

之前他们跑去凑热闹看樊家人沉塘，结果辗转到了枣林村，被困住三天，好不容易破阵出来，自是要紧着赶路。

然而他们到了樊家，发现樊家上下死气沉沉。门房刚引他们入内，就见樊夫人被搀扶着走出来，一身素衣，面容比之前更显憔悴，仿佛大病缠身。一见他们，樊夫人立刻两眼含泪，扑上前就跪："求二位道长救命啊。"

李怀信被她这一跪弄得一头雾水，本能地后退一步："这是……又摊上事儿了？"

第五十六章 重访樊家

樊家也不知倒了哪门子血霉，最近几天家里接二连三地出事。

在李怀信和贞白误入枣林村之后，樊常兴不慎失足，从山坡上摔了下去，腿骨断裂，浑身被枯枝草木割得皮开肉绽，不幸中的万幸是，他尚有一口气，只是一直昏迷，药也灌不进去，眼看着就快不行了。大夫来了一拨又一拨，都是摇头叹息，让樊家准备后事。

樊夫人终日以泪洗面，双眼都哭肿了。她虽为正房，却膝下无子，当初樊家本着娶妻娶贤的宗旨迎她过门，她也的确知书达理，大方贤德，自己无所出，就一房一房地帮丈夫纳妾，而且对妾室的孩子视如己出，甚至比亲生母亲还要疼惜他们。三个儿子倒也有良心，尊她为母，处处尽孝。然而才刚丧夫丧子不过数日，二儿子又遭了难，眼看着命不久矣，樊夫人哭昏过去几次。

这还不算完，昨儿个夜里，樊老三收账回来的途中，马车翻进了玉阳江。樊老三是只旱鸭子，在水里扑腾了半天，差点淹死，好在车夫及时将人拖上岸，才幸免于难，但巧就巧在，老三翻车的位置正是当时那小妾沉塘之处，不得不让人遐想联翩，大家都说是那死去的小妾索命来了。才半天工夫，这事儿就传得尽人皆知，乡亲们说得有鼻子有眼儿的，买菜的小厮回来禀报，樊家上下听得战战兢兢，不由得也怀疑是那小妾死不瞑目，害死了老爷和樊家长子还不罢休，又跑回来寻仇。而樊老三落水之后，一直躺在床上将醒未醒，仿如梦魇缠身。樊夫人守着俩儿子，食不下咽夜不能寐，怎能不容颜憔悴？

她泪流满面地把事情道完，悲伤难抑，却还要硬撑着指挥下人给贞白和李怀信接风洗尘，又吩咐下人多收拾出一间客房给一早。至于这二位为什么三日不归，回来时还带了个小姑娘，她也没有精力询问，只一一打点完，又让厨子备了晚膳，极尽周到，只等着把人伺候好了，帮他们樊家驱邪捉鬼。

李怀信饥寒交迫，先灌了碗鱼汤垫肚子就钻进了浴桶，全身经热水一泡，乏得昏昏欲睡。听见外面有动静，他出浴披衣，推开门，才见天色已晚，小厮拿着火折子在廊下点灯，将白皮灯笼罩上后，才回过头说："公子洗好了，就去前厅用饭吧。"

夜色中，白皮灯笼斜照在小厮其貌不扬的脸上，鬼似的。

李怀信眼角一跳，即刻移开视线，目光落到贞白那间房紧闭的门上。

小厮又说了："那位道长已经去前厅了，倒是那个小姑娘，闷闷地说肚子不饿，在屋里休息。"

这丫头刚刚丧父，估计还在伤心难过，李怀信没什么同情心，更不会闲着没事去哄孩子，任由她闷房间里消化情绪，他自个儿晃到前厅填肚子去了。

樊家虽然最近连连出事，愁云惨淡，对客人却毫不怠慢，眼前这一大桌子菜肴毫不含糊。李怀信拣了贞白右边的位置落座，樊夫人忙让下人盛上鲇鱼豆腐汤。她方才跟贞白絮叨了半刻钟，这会儿要起身去照看两个卧病在床的儿子，遂让二人先自便。

李怀信饥肠辘辘，走哪儿都不跟人客套，一勺汤入口，还未咽下，先把不小心吃进嘴里的青豆吐到骨碟上。他挑食，向来不爱吃豆子和豆腐，一碗汤下肚，青豆及豆腐都浪费了。

贞白的生活一向都是艰苦朴素的，曾经独居深山，吃喝用度，都是一分耕耘一分收获，见不得人糟蹋食物，于是忍不住问了一句："不吃青豆和豆腐吗？"

李怀信夹了一块鱼腹肉下肚："不吃。"

贞白说："我吃。"

"嗯？"李怀信偏头看她。

贞白一脸正色道："不能浪费。"

然后李怀信就鬼使神差地把碗里的青豆全拨到了贞白碗里，见她夹了一颗含进嘴里，若无其事地嚼了，李怀信又鬼使神差地把不爱吃的豆腐也拨进对方碗里，贞白又夹起那块豆腐，若无其事地咽了。

接下来贞白那碗鲇鱼豆腐汤，也被两人顺理成章地分着吃了。不知道为什么，李怀信喝那碗汤的时候竟觉味道特别鲜美，鱼也特别滑嫩，估计从未跟人同桌分食，感觉尤为新鲜，就算与冯天关系再好，冯天也不会吃他碗里挑出来的东西，再则，下人都知道他不爱吃豆子，烹饪的时候从来不会加进豆子，做鲇鱼豆腐汤，煮好了也会先把豆腐挑出来。

如今一碗羹汤分二食，这感觉说不出来的好，李怀信从中得了趣儿，自此，但凡他不爱吃的，都拨给贞白。

“你打算带着那小鬼？”李怀信突然想起了这茬儿，问道。

贞白“嗯”了一声：“同行而已。”

李怀信直言不讳：“你俩差不多一样的遭遇，怕是觉得同病相怜吧？！”

“她一家遭遇如斯，她爹到最后仍死不瞑目，这样的深仇大恨，绝对是放不下的。”

“要我说，青峰道人之所以落得如此境地，就是办法太多。”

见贞白不解地看着他，李怀信继续道：“打从一开始，他不搞这么多事儿，不就没有后来了吗，明明修为不够，还左一个办法右一个办法，杀妻弃子，罗刹点将，千尸阵，一桩桩一件件的，都是以命换命的法子，救了这些人，有谁感激他吗？结果自己越混越惨，积怨也就越来越深，到最后个个死得怨气冲天，不值当啊。现在那枣林村的地界就是个大凶之境，活人不能待，死人不能埋，留下这么一个小孽障，每天苦大仇深的，谁知道以后是不是个祸害。”

听完这番没心没肺的言论，贞白反问道：“你会坐着等死吗？”

李怀信不吱声了，他又不傻。

贞白道：“能救一命是一命。”

“哪怕是以命换命？”李怀信拿筷子戳着碗底，“亏他想得出来。”

“被逼到那种境况，对他而言，别无选择。”

李怀信又问：“若换成是你呢？”

贞白放下筷子，正视他：“我能破阵。”根本不会落到那样的境地。

“所以……”他斟酌着问，却是咄咄逼人的，“……你觉得亏心吗？”

贞白皱眉：“什么？”

他像是责难的口吻：“你破了阵，结果他们全都死了。”

贞白一怔，长睫颤了颤，盯着李怀信，须臾才说道："在那种节骨眼儿上，如果不破，不仅他们，连你我，都会葬身大阵。"

"所以破不破都是死。"李怀信突然一收那股咄咄逼人的气势，郑重道，"你既然明白，也就不必觉得亏心。"

贞白摆在桌上的手蓦地攥紧，仿佛被人戳中了心事。他绕了一大圈，说了那么多听起来似是而非的话，原来是为了开导她。这人向来是个心高气傲的，完全不善解人意，冷不丁贴心一回，跟转了性似的，这感觉实在难以言喻。

李怀信用水漱了一下口，吐到一旁备好的盆盂中，又拿锦帕抹了嘴，站起身说："走吧，去瞧瞧到底是冤魂作祟，还是他们樊家纯粹倒霉，回头可以画几道镇宅化煞的符。"说着，他又回过头，问贞白，"这玩意儿值钱吗？"

"宅子是干净的。"贞白说，"我方才已经跟着樊夫人四处看过了，并不是冤魂作祟。"

"你……"李怀信一挑眉毛，上下打量着她，"回来就没先把自己洗一下？"

贞白："……"

"真不讲究。"李怀信不掩嫌弃，立刻与她拉开一段距离，言归正传，"所以樊家这两个儿子你看过了没？"

贞白颔首："也没有沾上什么不干净的东西。"

"如此说来，沉塘那位倒死得消停，并没有回樊家来作祟。但两兄弟一个坠崖一个落水，纯属倒霉？"他又话锋一转，"樊家上下，家主男丁皆遭不测，未免倒霉得太不寻常了。"

贞白随他步出房门，把下午了解到的情况说了出来："当日在山上，大家都看到樊二少爷是踩滑了脚才失足摔下悬崖的，的确是意外。而樊三少爷，据樊夫人说，她问过车夫很多遍，也没有什么人或者马车突然撞出来，仅仅是马匹跑到路边，轮子碾到石头翻下了江。"

"所以？"

贞白浅声道："我们该启程了。"

她一刻不歇，马上就去建议樊夫人清查大宅，并且辞行。

如此焦急，竟是没耐心多等了。

"明日起早吧。"李怀信说，"但我得先送冯天的骨灰回乡，而且太行山戒严，你这……副样子，独自去的话，恐怕再大的能耐也闯不上山。”

贞白自然明白，她现在这副极阴之体，贸然入太行山，且不说那里有重重阵法关卡阻挡，恐怕在山脚下就会被当作邪祟捕杀了，所以她再心急，也没想要独自擅闯，便道：“顺路，我同你一道。”

李怀信松了口气，毕竟冯天刚聚形的魂体还太虚，为免被他的阳气冲散，还需要靠她滋养。

既然各有所需，达成共识，又可以安安稳稳同行一程了。

李怀信长腿一迈，又倒了回来，目光在贞白身上打量了一番，眼眸半垂，耳语一般低声说了句：“晚上，洗一下。”

贞白闻言一愕，那人已像春风似的飘走了，皂角的馨香扑了贞白满鼻，她骤然心底一紧，总觉得哪里不对劲，话不对劲，香气又腻人，双管齐下，教人晃神。

只是到了这天半夜，樊家的宅子里突然传来一阵恸哭，随后便有急促的脚步声渐行渐近，踏过青砖，停在他们门前，绊住了他们翌日启程的脚步。

是在樊二少爷身边伺候的那个脑子不怎么灵光的小厮，李怀信之前嫌弃他蠢笨，这会儿也是慌慌张张的，他带着哭腔说：“二少爷……去了。夫人说，想请道长帮帮忙，主持一下丧礼仪式。”

贞白欲推辞，那小厮差点哭出来，哽着嗓子道：“听说你们一早便走，本不想劳烦二位，但我去请过之前帮老爷和大少爷下葬超度的孙先生，却不料他前些日去了邻乡一户人家，我一时也不知道该去找谁，只能来求二位多留数日。”小厮说得恳切，到最后声调一变，却是啼哭了起来，“老爷和大少爷才刚刚去世，这都还没过头七，想不到二少爷竟然也……”

第五十七章 叠墓

樊家决定将父子三人葬在一处，下葬前则需祭祀开山打穴，贞白既应了这活儿，自是要亲身前往墓地，遂与李怀信一起，由樊夫人及家眷小厮引路，出镇右拐，往三里坡。

到了目的地，李怀信一看，忍不住道：“哟，选在此地安寝长眠，墓主可谓福泽深厚。”

樊老爷和樊大少的新墓相邻，坟前供品犹在，瓜果在寒冬的季节里打了霜，有点蔫儿，软泥中插着两把燃尽的香竹签，香灰已经被风吹尽。

这明明是一番好话，却被李怀信说得阴阳怪气的，樊家人听着他口气，感觉多少有点怪异。

樊夫人悲痛欲绝地说道：“我儿樊深，专门请来镇里有名的孙先生，择了这块吉地，厚葬老爷及长子。”

李怀信道：“确实是厚葬，不过樊老爷及长子恐怕福分不够。”

樊夫人一双哭肿了的眼睛湿漉漉地望着他，不解道：“什么意思？”

贞白观察周围的山势地脉，收回目光，眉头一蹙，就听李怀信与樊夫人说：“好比樊老爷子与长公子，自身福力弱小，无才无德，又死得那么不光彩，却要贪图王侯大地，是不是自不量力？”

当着逝者家眷的面评论逝者福力弱小、无才无德、自不量力，未免也太口无遮拦了。就算说的是事实，好歹也顾及一下人家的脸面不是？谁让某人生在皇室，乃天之骄子，自小就有种高人一等的优越感，是从娘胎里带来的傲慢。

樊夫人表情复杂，一时哑口无言：“这……”这是说的什么话！

“我说的很好理解吧？”他摒弃了一些专业术语，自认为已经表述得特别浅显易懂了，顿了顿，又补充了一句，“简而言之，就是这块宝地，樊老爷和长公子消受不起。”

樊家人闻言，面上难免有些愤懑，哪有人这么说话的！

一位妾室冷了脸：“一块墓地而已，我樊家家大业大，占了整个山头立祠堂都行，哪有消受不起的道理！”

李怀信遭到挑衅，瞥了那妾室一眼，差点被那尖嘴猴腮的庸脂俗粉污染双眼，他立即偏过头，想寻个赏心悦目的洗洗眼，环视一圈，最后目光定在了贞白脸上，她高眉深目，鼻梁高挺，五官冷艳得要命。他目光下滑，落在她细长的颈项处，她的雪肤和墨发、玄衣对比鲜明，像世界上最浓的黑幕，裹着最雪白的肌肤，那肌肤无瑕到连根血管都瞧不见，精致得不似活人。

李怀信盯着贞白从玄衣领口露出来的白颈，脑中鬼使神差地闪过一个念头：昨天晚上，她洗过了。

昨晚，他看见小厮往她房里提完水，掩上门离开。

院子里特别静谧，他披一件皮裘，捧一杯温茶，盯着一枝越墙而入的红梅，发起了呆。然后，他耳朵灵敏地听见一门之隔的房间里，传来哗哗的水声。

一朵朵粉雕玉琢的梅花在寒冬里盛放，他甚至闲得数了数那枝头上开了几朵，他想转身进屋，却挪不动脚，又像是懒得动，仍由那水声荡漾在耳畔，缱绻极了。

一阵没来由的口干舌燥，他垂眸，抿一口杯中的茶，茶已微凉，加上泡过了时辰，有些苦涩，他皱起眉，有点嫌弃。寒风拂过，枝头的梅花打着旋儿飘落，将将落在杯中，荡开一层涟漪，如同落在心上。

突然，他又听见一阵水声，却突然觉得太吵。他想起了那张曾经近在咫尺的脸，声线极低，有些沙哑，她说：“童子血，纯阳躯。”当时她似乎被烧得神志不清了，瞳孔有些涣散，脸色潮红，就像此刻落在杯中的红梅，带几分瑰丽的艳色。想到这里，他蓦地把手里的茶泼了出去，莫名地心浮气躁。

就像此刻，他盯着贞白细腻的脖颈，线条纤长，锁骨一半掩在玄衣领口里，凸出的骨头支起衣领，好似被一节指头掀开，凹陷的地方则似一道沟壑，压也压不平。

他的目光定在那锁骨上，脑子里乱七八糟地闪过无数念头，比如锁骨太深，肩线单薄，太瘦了，比如衣服太深，皮肤太白，像他常年搁在案头的宣纸，让他忍不住想在上头点墨，写意，然后心浮气躁地，又想弄脏它，揉作一团，毁了它。一时间，思绪纷飞，以至于忘了去跟那名心高气傲的妾室计较。

李怀信突然的缄默，引起了贞白的疑惑，她抬眼看去，就见对方目不转睛地盯着自己看，他长眸半垂，视线似落在她的颈项处。这人向来是个讲究的，对人对己都十分挑剔，贞白下意识地抬手轻拂衣领，以为那里有什么不妥。

见贞白的长指无意地压住了锁骨的沟壑，李怀信忽地回过神，撞上了贞白疑惑的眼睛，他没有慌张，反倒“啧”了一声，嫌她衣领开得太低。这数九寒天的，应该把脖子也一并遮起来。

李怀信收回目光，往坟头踱了两步，因为是新坟，黄土堆上并无杂草。

樊夫人哆嗦着问：“老爷和我大儿子才刚刚下葬，你却说此地他们消受不起，难不成是因为他们葬在此地，才令我其他两个儿子死的死，伤的伤吗？”

按理来说，不至于。贞白道：“这里阴阳冲和，五土四备，兆示吉祥，葬之，即便德行不及，也不至于累及子孙伤亡。”

樊夫人不解：“那是何故？”

这是块吉地，却又透着不祥，这是贞白和李怀信到此产生的第一感觉。

坟地在半山腰上，是一块平整的旷地，四周杂草丛生，方圆几丈内没有树木。

贞白与樊夫人说话间，李怀信已经不知不觉踱到草丛里，四下睃巡，须臾，又往回走，扫了眼墓碑，缓缓道：“这块地，怕是早就给人占了。”

樊夫人闻言一惊：“什么？”

贞白对上李怀信的目光，微微颔首，她向后退两步，半蹲在两座相邻的坟墓之间，握着剑柄，将沉木剑插进黄土，至整根没入。

那妾室看着她的举动，不禁问道：“你做什么？”

须臾，贞白抽剑起身，道：“此地虽吉，但亡者葬此形神不安，须立即迁坟，不容耽搁。”

“迁坟？！”樊夫人及妾室异口同声道。

樊夫人道："这刚下葬，就要迁坟？这可怎使得？"

"父祖子孙气血相通，彼安则此安，彼危则此危，先人形神不安，子孙便会有死伤之患。"贞白道，"更何况，樊老爷和长公子的坟压在别人的坟头上。"

李怀信接话："也就是坟叠坟，墓上墓，这坟压着别人的坟头，搞得别人的子孙后代地位低下，你们自己也家宅不宁，不迁坟还想怎的？"

众人目瞪口呆，妾室不敢置信地说："怎……怎……怎么可能？"

樊夫人更是方寸大乱，但如今家里男人死的死伤的伤，这一家子，就指着她拿主意。兹事体大，樊夫人不敢不信，又不敢轻信，左右为难之际，遂吩咐小厮去把孙先生请来，毕竟这块墓地当初是他定的穴，结果被人看出了大问题，那还得了。

小厮犹豫道："可孙先生被邻村一户人家请了去作法驱鬼了。"

樊夫人急道："那也去给我请来。"

小厮匆忙去了。

李怀信绕坟一圈，以步丈量，数到三寸，扒开杂草查看泥土的颜色，然后直起身，抬头看了看阴沉的天色，冲贞白招了招手。

贞白："……什么？"

"五帝钱。"他说，"让冯天下地去看看。"

贞白掏出五帝钱，指尖一弹，只听铜钱嗡鸣一声，面前青烟袅袅，聚形成白衣少年，灵体透明，常人肉眼看不见。

冯天迷迷瞪瞪地清醒过来，看到贞白的瞬间，条件反射地一怵，喊了一声"娘哎"，然后一阵风似的扑到李怀信身后，生怕这女魔头捉他算卦。

李怀信道："别㞞了，有什么好怕的，到地下去看看。"

冯天伸出脑袋："下什么地？看什么？"

李怀信道："看这里上下是不是墓叠墓。"

冯天这才发现自己身处坟地，他环视一圈，见一众妇孺披麻戴孝，想必是家中发丧，刚要开口，视线忽地扫过贞白，如同老鼠见了猫，打了个哆嗦，也不敢多问，立刻遁地不见了。

李怀信拍掉扒草时沾在手上的尘土，静待一旁，谁知冯天下地许久都没上来。

按理来说，下墓看看是否重葬不过是分分钟的事儿，他却耽搁了半天，李怀信险些以为他在地下遇到了状况。正担忧之际，一股青烟升起，冯天从黄土里钻出来，一脸夸张地看向樊老爷及樊大少的墓：“好家伙！”

李怀信忙道：“怎么下去这么久？是叠墓吗？”

在樊家人眼里，李怀信似乎是在跟贞白说话。

冯天道：“能不是吗，叠得四正方圆，穴口一致，上下双墓，两副棺椁相叠而葬，只差毫厘，我看这两座还是新坟，刚下葬吧，谁帮这家人定的穴？是有什么深仇大恨？”

李怀信蹙眉。

冯天道：“再不迁走，就要断子绝孙啦。”

“什么意思？”此地风水绝佳，就算误打误撞葬在了别人坟头，顶多只是家道中落，或灾疾缠身，不会严重到断子绝孙。

冯天知道他在疑惑什么，解释道：“若是一般的叠穴，在这么好的地方，也就不至于，但这家人，是叠在了绝户的坟上了。”

李怀信一怔，贞白皱眉：“绝户坟？”

“可不。”冯天说，“下头那位来头可不小，墓室宽敞，修建讲究，我下去的时候进到耳室了，看了好一会儿，才绕到主墓，看到里面的碑文和葬品才知道墓主是名太监，这受过宫刑，没有子孙后代的，不就是绝户坟吗？你葬在绝户坟上，还不得断子绝孙啊。”

第五十八章 启程

这种情况定是要让樊家人知情，李怀信言简意赅地把事情复述了一遍，吓得樊家妇孺魂不附体。这一幕被匆匆赶来的那位定穴的孙先生听见，勃然大怒：“哪里来的无知小儿，敢在此胡说八道，乱放厥词！”

这孙先生一身灰蓝色道袍，蓄着胡须，喘着大气，怒发冲冠的样子。他刚才远远听见李怀信那番口无遮拦的言辞，血气上涌，临近一看，竟是个细皮嫩肉的小子在这儿大言不惭，指手画脚，将他选的吉穴断成凶地，还绝户坟？！是可忍孰不可忍！近两年他好不容易在十里八乡混出点儿名堂来，能掐会算的，人人都尊称他一声孙先生，岂容一个初出茅庐的小子诋毁名声？

李怀信见他吹鼻子瞪眼的，不屑与气头上的人争辩，只轻描淡写地圈了方寸之地，让孙先生挖下去。

据冯天所言，那是墓穴耳室所在，从此处正好能挖出墓道。

事关重大，双方又各执一词，为了验证李怀信所言虚实，樊夫人便让小厮动手开挖。

被压的墓主亡于战乱时期，为免尸骨暴露于外，葬具埋藏很深，挖掘颇为耗时。

孙先生绷着脸，根本不信这毛头小子有什么能耐，没想到挖了半天，小厮突然发出一声惊呼：“有条地道。”

孙先生感觉如同晴天霹雳，猛地扑上前去，看见那个黑漆漆的墓道口，脸色变得刷白，他居然真把穴点在了别人的墓上？！他一时僵在当场，无言以对。

李怀信生怕刺激还不够似的，一开口就像砸榔头："是条墓道，现在无可抵赖了？你帮樊老爷把穴定在了绝户坟上，是存心还是无意？若说无意，是不是太凑巧了，莫非有什么过节，怀恨在心？但要人一家断子绝孙，未免也太歹毒了。"

"你休要信口雌黄，在此妄言，我与樊家上下无仇无怨，更无过节，怎可能存害人之心！"孙先生情绪激动地吼完，又底气不足地说，"这里……明明……我明明看过的……此地阴阳五行相互感和，冲和成真气，刚柔并济，龙穴融结，生气旺盛，是难得的福地，所以……"

李怀信道："所以你能看出这里是块风水宝地，却看不出这底下早有墓穴？敢问先生师承何门何派？既然道行浅薄，只懂皮毛，就别出来学人家点穴，不是害人吗？"

孙先生脸色青一阵红一阵，气得两眼翻白，连眼眶都急红了。而比他更气更急的属方才那位妾室，得知此真相，她哭叫着扑上前，对孙先生又掐又骂的，指甲在其脸上抓出几道血痕。不怪她如此失控，这妾室正是刚刚过世的樊二少爷的生母，要为儿子拼命。

李怀信和贞白远远避开，生怕待会儿血溅三尺。

樊夫人和小厮好不容易才把两人拖开，唯恐那妾室气疯了没个分寸，真掐出人命来。

那妾室恨得咬牙切齿，哪肯就此罢休，又恶狠狠地往前扑，被小厮拖住了，她难以挣脱，只得撂下狠话，要将那孙先生送进大牢，告他个谋财害命的罪状，把孙先生吓得连连倒退，一屁股摔在地上，然后连滚带爬地往山下逃。众人见此，拔腿就追，三五成群的，一溜烟儿跑得没了影。

冯天看呆了："这道士麻烦大了。"

李怀信不置可否："算什么道士，许是看了两本经书，还没入得其门，懵懵懂懂一知半解的，就披身道服装高人，跑出来招摇撞骗，害人害己。"

冯天道："你怎么知道？万一真是有什么过节，故意害人家的呢？"

"若他真是故意害人，就不会跟着樊家小厮上来了，心虚的人跑路还来不及呢，哪有自己往刀口上撞的，又不是白痴。况且……"李怀信道，"他一个修道之人，被请去邻村驱鬼作法，结果在这儿站了半天，却连你这只阴灵都看不见。"

"是哦。"冯天恍然大悟。

李怀信看向贞白，嗤笑道："看不见你的魂儿也就罢了，她身上阴气那么重，那姓孙的也浑然不觉。"

这么菜的道士，算什么道士，可想而知，驱邪点穴都是假把戏。

因大端王朝信奉道教，倚重太行，因此道门盛行，无数人跟风修行，削尖了脑袋想拜入山门。然而，不是人人都有修道的根骨，不少人被名门大派淘汰之后又转投小门小派，个别心高气傲的，自诩不是凡夫，要另辟蹊径，自学成才，装模作样地找个深山老林看经打坐，日复一日，在月下吸几口雾气，就好似吸收了天地日月之精华。突然一天睡醒，觉得神清气爽，自以为得了大道，脱胎换骨，便下山云游入世，自诩某某道人某某先生，从某某山头而来，还有更狂的妄称自己是散人天尊，实则斤两就跟这孙先生无二,一知半解地忽悠些外行，赚点钱财和虚名，其实就是招摇撞骗。

今日正巧让李怀信他们碰到一个，那些个没碰到的呢，也不知有多少江湖神棍在为祸人间。

其实害人害己，损了阴德，自己也不可能得什么好结果。

此后，李怀信和贞白又在樊家多留了三日，处理完樊家的迁坟仪式，得亏发现得及时，算保住了樊家的根儿，没有造成断子绝孙的后果。

遭此大难，那位花天酒地的樊三少醒来，就跟变了个人似的，性子突然沉稳了起来，有条不紊地处理起家中丧事。

待一切尘埃落定，樊夫人在坟前拉住他的手，止不住落泪，语重心长道："以后咱们樊家，就靠你一个人撑起来了。"

从此他的肩上，压下一副重担，沉甸甸的，压得他喘不过气，可看着这一屋子长辈妇孺，又不得不挺直脊背，为他们顶起一片天地。

而那位孙先生，樊家将其送了官，正收押审问，至于结果如何，贞白和李怀信就不得而知了，因为他们已经启程离开，但看情形，樊家不会善罢甘休。

但这些都与己无关了，眼下，多了一尸一魂的马车内略显拥挤，冯天不肯老实地在铜钱里待着给大家腾地儿，非要出来占个座儿，挨着李怀信，手搭上两人位置之间的骨灰坛，脸色变幻莫测。他无声地张了张嘴，看一眼和他正对面的一早，又偷瞄一眼斜对面的贞白，最后还是闭上了嘴。

一早瞧他一路上行为怪异，忍不住问："你到底想说什么，都张嘴好几次了。"

马车里无比沉默的诡异气氛被打破，于是冯天支支吾吾道：“那什么……我就是……想说……”他鼓足勇气看向贞白，“怎么说好呢，你救了我的魂魄，结果，我却帮不上忙，有点……有点，抱歉。”

贞白看着他，无言。

冯天正襟危坐，主要是害怕，她身上那股阴煞气太压人了，他又鼓起勇气说道：“现在，还要麻烦你送我回乡。”若贞白不一路同行，冯天这缕弱不禁风的灵体随时都有可能被阳气冲散，所以无论怎么说，也算是恩人，还继续养着他的魂，理应道一声谢。

贞白浅声回应：“无妨。”

经过几日相处，冯天慢慢发觉，这人虽然看起来冷淡又疏离，却并不凶狠；虽然邪性很重，却没有暴虐的性情，他一点一点放下戒心，觉得她好像也没想象中危险。不过，他对她仍不是百分百信任，让他忧虑的是，李怀信这个无法无天的，居然答应带她上太行。谁知道她有何居心，万一占卜只是幌子呢？万一她在这儿装模作样地同他们套近乎，目的却是打入太行道内部，然后大肆杀戮，毁天灭道，李怀信不就是引狼入室了吗？！

冯天自认为比李怀信多个心眼儿，想劝诫一番，却始终没找到独处的机会，遂一直不肯入铜钱内，几番欲言又止。

他转过头，只见李怀信靠着车壁，昏昏欲睡。冯天正纳闷，他一路上都这副状态，脸色越来越白，不由得担心起来：“怀信？”

“不会是病了吧？”他伸手想探李怀信的额头，手背却徒劳地穿了过去，感觉不到丝毫温度，“怀信……”

“别吵。”李怀信闭着眼，闷声道，“头疼。”

冯天不放心：“染上风寒了？”

贞白倾身，自然而然地搭上他腕上的脉搏。

李怀信眼皮睁开一条缝，盯着凑近的人，不识好歹地抽回手，缩进袍袖里，不冷不热道：“谁还没个头疼脑热的。”

贞白不动声色地坐回去，有点难以理解他阴晴不定的脾气。

李怀信的确头疼得很，尤其眉心胀痛难忍，又死要面子地硬撑着，谁都不想搭理。

傍晚找到客栈下榻，李怀信一声不吭地直接关门进屋，索性把冯天的灵体装进了铜钱袋里，以免他飘出来聒噪。

怎么就突然头疼了呢？李怀信躺在床榻上，把眉心都揉红了，也压不住那一阵阵的胀痛，辗转反侧到后半夜，痛感才渐渐消退，整个人筋疲力尽地昏睡过去。

相邻的房间里漆黑一片，贞白和衣而眠，却总也睡不踏实。梦里有个人，有个声音，轻轻地笑，动听得很，刮着耳膜，响在她的记忆深处，唤她："贞白，贞白。"一声比一声大，仿佛想要唤醒她，然后又温声低语，"你若得闲，来太行寻我，可好？"

贞白蓦地睁开眼，盯着漆黑的屋顶，久久地，在心里应了一声："好。"

图书在版编目（CIP）数据

太行道 / 不若著. -- 南京：江苏凤凰文艺出版社，

2021.4

ISBN 978-7-5594-4480-6

Ⅰ. ①太… Ⅱ. ①不… Ⅲ. ①长篇小说－中国－当代

Ⅳ. ①I247.5

中国版本图书馆CIP数据核字（2020）第258597号

太行道

不若 著

责任编辑 张 倩

特约编辑 三 月

装帧设计 吴思龙 @4666 啊

出版发行 江苏凤凰文艺出版社

南京市中央路 165 号，邮编：210009

网 址 http://www.jswenyi.com

印 刷 天津旭丰源印刷有限公司

开 本 700mm × 980mm 1/16

印 张 22

字 数 369 千字

版 次 2021 年 4 月第 1 版

印 次 2021 年 4 月第 1 次印刷

书 号 ISBN 978-7-5594-4480-6

定 价 49.50 元

特别鸣谢

责任编辑 · 张　倩

特约监制 · 杨伟佳

产品经理 · 李罗拉

特约编辑 · 三　月

特约策划 · 路　遥

营销支持 · 桑　雪　王思萱

出版支持 · 李一球

平台支持 · 超好看故事 APP

封面插画授权 · 长　阳

赠品插画授权 · 长　阳

赠品书签设计 · 宋赵杰

题字授权 · 仓　鼠

封面设计 · 吴思龙 @4666 啊

版式设计 · 刘龄蔓